本书获广西师范大学文学院自治区级优势特色重点学科
（中国语言文学）建设专项经费资助

鲁迅小说形象流变新论

——从中西文化之“个”切入

蒋永国◎著

中国社会科学出版社

图书在版编目（CIP）数据

鲁迅小说形象流变新论：从中西文化之“个”切入／蒋永国著.
—北京：中国社会科学出版社，2016.10
ISBN 978-7-5161-8917-7

Ⅰ.①鲁…　Ⅱ.①蒋…　Ⅲ.①鲁迅小说-人物形象-小说研究
Ⅳ.①I210.97

中国版本图书馆 CIP 数据核字（2016）第 221732 号

出 版 人　赵剑英
责任编辑　曲弘梅
特约编辑　薛敏珠
责任校对　董晓月
责任印制　戴　宽

出　　版　中国社会科学出版社
社　　址　北京鼓楼西大街甲 158 号
邮　　编　100720
网　　址　http：//www.csspw.cn
发 行 部　010-84083685
门 市 部　010-84029450
经　　销　新华书店及其他书店

印　　刷　北京君升印刷有限公司
装　　订　廊坊市广阳区广增装订厂
版　　次　2016 年 10 月第 1 版
印　　次　2016 年 10 月第 1 次印刷

开　　本　710×1000　1/16
印　　张　21.5
插　　页　2
字　　数　335 千字
定　　价　78.00 元

序

周　阅

鲁迅作为中国家喻户晓的文学大师，对他的研究成果可谓汗牛充栋。本书成功地克服了大量研究成果给研究者带来的“影响的焦虑”，为相关领域的学者和普通的鲁迅爱好者提供了又一部内涵丰富的学术著作。

本书针对日本学者伊藤虎丸在研究鲁迅时所使用的“个”的概念，以鲁迅的三部小说集——《呐喊》《彷徨》《故事新编》为中心，从东西方文化的视角，将小说中带有“个”的精神的人物形象置于发展变化的链条上加以考察，全面而系统地论述了“个”的概念在鲁迅小说中的“流变”。“个”是中国近代转型期的一个关键词，鲁迅早在留日期间就曾在多篇文章中论及这一概念，是最早对此予以关注和研究的中国近代思想家之一。可以说，“个”是鲁迅早期思想的一个重要起点，也是贯穿他一生的核心概念之一。因此，本书的切入点和选题本身就具有十分重要的意义。

第一，作者从日本的鲁迅研究专家伊藤虎丸的权威性著述入手，对其观点进行了探讨和商榷。伊藤是较早运用“个”的概念来解读鲁迅作品的学者，并对之后的日本以及中国乃至西方鲁迅研究界都产生了影响。作者对伊藤虎丸研究著述中“个”的概念的得失进行了正、反两方面的评价，在肯定伊藤学术贡献的同时，对伊藤鲁迅研究中的偏废和空隙进行了纠正与弥补，更在此基础上批评了伊藤过于政治化的解读倾向，并用大量的例证阐明，对鲁迅小说的研究应该回归到文学的立场，在文学和艺术思想的领域去展开。这是本书原创性的一个重要方面，它不仅使本书具有比较文学的特色和跨文化研究的性质，而且显示了批判地利用海外中国学成果的国际性学术视野。

第二，作者围绕鲁迅思想中“个”的概念，不仅仅从西方，而且更从东方，从中国文化自身的传统中去探求其“来源”，指出这是在一个关键的时期，在一种特殊的社会文化背景下，来自不同源头的有关“个”的因素共同融合的结果。作者通过绵密的文本细读，从繁杂的背景中梳理出鲁迅小说创作中与“个”相关的两大知识谱系——以浙东地区的非圣贤为经、以魏晋名士为纬的中国传统文化中的“个”的思想；从达尔文、尼采、易卜生到“摩罗诗人”所建构起来的西方文化中的“个”的思想，并且进一步追问和探究了鲁迅“个”的思想发展背后的文化选择。这样的方法论，使本书不仅关注了历来备受重视的横向的中西关系，而且更发掘了以往较为忽略的纵向的古今关系。作者将上述两种关系并置于一个双向交流的模式中开展研究，有意识地规避西方中心主义和民族本位思想，力求在对“个”的理论基点的论证中，打破中西古今之间的文化壁垒，实现了对固有研究范式的突破。同时，在上述方法论的统摄下，作者立足于实证研究，在论证过程中采用将理论溯源、生平考察、文本细读结合起来，使三者之间有效地形成了互证关系。此外，本书还从一个侧面说明，“新文化运动”并非过去被认定的那样仅仅是一场“西学”对中国的“启蒙”，而是带有自身的传统基因的，这亦是本书的重要价值所在。

第三，作者抓住了“个”的概念在鲁迅三部小说集当中的演变规律，从而以新的视角呈现了三部小说集之间以及各集当中每篇小说之间的内在联系，发前人所未发。比如，作者分析了“个”的概念如何在《呐喊》中成为文学性表达，继而论证了中西方之“个”的概念如何在《彷徨》中交织、挣扎与变异，进而阐明了传统文化之“个”如何在《故事新编》中回归、新生，最终指出了鲁迅小说中“个”的文化原点、发展路径及其与文化身份和政治环境的内在关联。与此同时，作者条分缕析地追溯了“个”的概念在中国传统文献中的线索，涉及了鲁迅思想中有关“个”的概念的各种来源，并进一步分析了这些来源在鲁迅身上的融合与发展——即“流变”。这种以动态考察为主导，以静态分析为支撑的动静结合的方法，加强了本书的创新性价值。

本书的论述建立在大量的鲁迅研究资料基础上，从作者对中外文献的熟练掌握和旁征博引，可见其阅读量之大，知识范围之广。这使得各章的内容具有极大的丰富性，同时，作者知史论事的态度也充分显示出其治学的严谨性。

作者蒋永国是我指导的博士，本书即是在其博士论文的基础上补充、完善而成。永国作为偏远农家的孩子，在一个普遍追求物质利益的时代，凭着自己的坚韧，毫不动摇地走上艰苦治学的道路，他对学术的执著每每令我感动。在中国，“鲁学”已有几十年的历史，可谓著述如林，在这一研究领域要有所创见绝非易事。因此，当初选题时我曾强烈建议他不要做鲁迅的题目，但永国就像当年立志读博一样，坚持自己的目标与理想。实际上，选择鲁迅作为等待接受审查的博士论文题目，既需要勇气，也需要学识：没有勇气就难以面对浩如烟海的中外文献，而缺少学识则无法在前人研究的基础上推陈出新。在论文写作期间，永国几乎是全身心地浸润于鲁迅的世界，无论在任何语境下，都是言必谈鲁迅。如今，作为执着努力的成果，本书以其理论的深度、独到的眼光以及论述的逻辑性，为推进新时代的鲁迅研究作出了自己的贡献。

我期待着，今后作者在已有的研究基础上，进一步从“群”的概念展开研究，以对“个”的概念形成某种校正，在还原思想复杂性的同时，使未来的研究更加立体化，继续为学界奉上优秀的论著。谨以此美好的祝愿结束我的序言。

目　录

导论

鲁迅的著作内涵丰富，研究他的成果很多，这对于一个想涉足鲁迅研究的人来说，无疑构成了极大的挑战，已有的汗牛充栋的研究成果也必然会给研究者带来“影响的焦虑”。李欧梵谈研究鲁迅的体验时说：“我研究鲁迅，多年来搜集了大量第二手材料，读后很失望，决心摒弃这些材料的影响而以阅读原著为基础。由于鲁迅的著译是如此大量而复杂，我的理解也经过了一个漫长的过程，常常回头重读又发现了新的意义。鲁迅作品的复杂程度，使它的原义往往避开研究者的理解而不是直截了当地向他说明，从这意义上说，或许任何人的研究也难于穷究其全部，或可称定论。”① 本书正是在这个意义上，尝试从“个”的角度切入，在中西古今的文化视野下来探索鲁迅的三部小说集（《呐喊》《彷徨》和《故事新编》）中主体人物形象的流变，以补充这方面研究存在的不足。首先需要对“个”和“主体人物形象”进行界定。

第一节 “个”和“主体人物形象”的界定

一、“个”之新说

1. 伊藤虎丸提出的“个”

伊藤（以下简称）首次提出“个”是想摒弃“个人主义”的消极意义，进而说明鲁迅的“个”是来自欧洲近代的个人主义，并且这个

① ［美］李欧梵：《铁屋的呐喊·序》，尹慧珉译，河北教育出版社2000年版，第1—2页。

“个”与民族独立自主是同构的。在《鲁迅与日本人》的序言中他说：“现在我所看到的鲁迅形象，一言以蔽之，就是可称为‘真正的个人主义者’的鲁迅，我要向鲁迅探寻的问题，如果会因‘真正的个人主义’这一提法而被误解，那么便是构成西方近代文化根底的‘个’的思想方式。”[①] 伊藤之所以不用“真正个人主义”而用“个”这一概念，是为了避免误解。接着又说到鲁迅“个人主义”的发展阶段：“在他作为‘小说家’的道路上，我说的‘真正的个人主义’，大致经历了以下几个发展阶段。”[②] 伊藤提出的“个”之思想在正文中被赋予了以下内涵：“第一，面对自身反省的主观内面性（不是儒教‘君子’理想的那种外表）；第二，‘近乎傲慢’的强烈意识力（不是优美的情愫和放纵自然的‘本能’）；第三，就像‘争天抗俗’所形容的那样，孤立于庸众，反抗既成的一切（不是作为儒教之根本的那种对既成规范的恭顺之德）；第四，通过这种反抗求得无限的发展和‘上征’（不是宿命论式的‘反复’和东方式的停滞）。”[③] 在对鲁迅的“个”进行了动态的考察后，结束语中伊藤对“个”之思想进行了升华，把它与民族独立和亚洲近代化联系起来，他说：“鲁迅在‘精神’和‘个性’（即主体性＝自由）那里把握到了西方近代的本质，并以此为依据，彻底批判和否定了被当作中国文化传统的所谓‘国粹’。他对西方近代和中国现实的断绝之深，隔绝之远，感到绝望。但是，正像前面所看到的那样，他凭借绝望，事实上是开辟了一条真正继承和再生作为民族个性的文化传统之路。”[④] 在《鲁迅、创造社与日本文学》一书中伊藤继续阐发此观点：“‘个人主体性的自觉’和‘文化自立的欲求’这一‘双重契机’，换言之，即鲁迅的‘个人主义（即西化主义）’和‘民族主义’，实际上，在同一个主体性思想上是彼此连接着的。”[⑤] 这是通过“个”连接

① ［日］伊藤虎丸：《鲁迅与日本人·序言》，李冬木译，河北教育出版社 2000 年版，第 11—12 页。

② 同上书，第 12 页。

③ ［日］伊藤虎丸：《鲁迅与日本人》，李冬木译，河北教育出版社 2000 年版，第 32 页。

④ 同上书，第 171—172 页。

⑤ ［日］伊藤虎丸：《鲁迅、创造社与日本文学》，孙猛等译，北京大学出版社 2005 年版，第 58 页。

民族主义，并把二者统一起来。孙玉石说伊藤的“个”“首先是‘个’的独立，也就是从旧的‘全体’（封建规范）的解放。其次是由这样获得独立（自由）的‘个人’共同形成新的‘全体’（新的秩序）的过程。而东方近代文化的形成过程，首先则是对于这样的西方近代文化精神渐渐加深认识的过程。其次是根据西方的‘精神’重新建设新的民族文化的过程。”① 孙玉石这段话其实是转述了伊藤的《致中国读者》中的原话。②

据上可知伊藤所谈的“个”或者“真正的个人主义”涉及三个层面：一是通过对鲁迅人生经历及其小说积极形象的考察，说明鲁迅是一种“个的自觉”，即鲁迅承认每个人所具有的不同价值，意味着人获得了与他人相区别的主体性独立。鲁迅的思想及其小说的主体形象就是这种“个的自觉”，它代表了个人的独立性和自主性，是人高度自由的表现；二是这个“个”上升为民族的近代化道路指的是民族摆脱外来奴役和奴役别人的独立性。伊藤特别说明：“我们对中国和亚洲其他国家便会永远只采取一种态度：要么把这个国家崇拜为权威，要么侮蔑这个国家的落后，而无法彼此保持相互间的独立关系。鲁迅说过，‘奴隶与奴隶主是相同的’。在这个意义上，崇拜与侮蔑也是相同的，都体现着独立的欠缺。”③ “个”的这两层含义实际上是内在关联的，由鲁迅的“个”分析上升到民族及亚洲独立性的思考，这样就形成了一种分析模型：民族及亚洲的独立和“个”的同构；三是这个“个”是鲁迅汲取的欧洲近代的“神髓”，东方传统中是没有的。

2. 多元文化中的“个”

伊藤“个”的内涵和欧洲近代个人主义相关联，外延具体在鲁迅的小说中是指积极的人物形象，如“狂人”、夏瑜、N先生、女娲、“我”、大禹和墨子等。也就是说伊藤在内涵上把“个”限定在西方自

---

① 孙玉石：《思考历史：日本一代有良知学者的灵魂》，见［日］伊藤虎丸《鲁迅、创造社与日本文学·序言》，孙猛等译，北京大学出版社2005年版，第11页。

② 参见［日］伊藤虎丸《鲁迅、创造社与日本文学·绪论》，孙猛等译，北京大学出版社2005年版，第27页。

③ ［日］伊藤虎丸：《鲁迅与日本人·序言》，李冬木译，河北教育出版社2000年版，第8—9页。

近代以来的个体觉醒意义的个人主义上，外延也是和这个内涵相对应的具有欧洲近代个人主义思想内容的人物形象。事实上，据现代学者有关个人主义的研究和鲁迅小说中人物形象的实际情况，发现伊藤的"个"思想在逻辑上不能准确对应，所以需要对这个概念重新审视，才能正确地沿着"个"的思路深入研究鲁迅的文学和思想。

西方近代个人主义起源是个复杂的问题，因国家的不同，具体情况也会存在差异。按史蒂文·卢克斯的说法，个人主义是19世纪的一个术语，因法国启蒙运动而产生，具有贬义性。"19世纪初期的保守思想，实际上都一致谴责诉诸个人主义以理性、利益和权利。（Conservation thought in the early nineteenth century was virtually unanimous in condemning the appeal to the reason, interests and rights of the individualism.①）"法国的个人主义在当时就是支离社会和集体的一个代名词。人们一般认为西方近代个人主义渊源于文艺复兴。个人是以一种眼花缭乱的景象展现在文学和绘画领域，像大多数学者所表述的那样，人挣脱宗教的桎梏，在文艺领域得到全面的复活。捷克人文学者丹尼尔·沙拉汉说："文艺复兴大胆地以写实手法来描绘个人，并且使人体成为了艺术美的基础。在这个过程中，它公开宣称了个人的至上性。"② 文艺复兴把人的个性、自我极大限度地解放出来，自由主义、民主主义和个人主义都和它存在紧密的关系。此后，欧洲的宗教改革又进一步把人从宗教的束缚中解放出来，马克斯·韦伯在《新教伦理与资本主义精神》中虽然讨论的主要是资本主义精神与新教伦理的关系问题，但却间接发掘了个人主义蕴藏在宗教改革和新教中的事实。艾伦·麦克法兰的《英国个人主义的起源》，在一些私人日记和法院卷宗的细致整理中发现早在13世纪英格兰就存在个人买卖土地的权利，不仅包括男子，也包括女人，他们对土地已经没有什么依恋，说明了英格兰社会具有当时欧洲其他社会所不具有的独特性。沙拉汉的《个人主义谱系》阐述了个人主义在西方发展演变的历史轨迹，认为在古代社会就有个人主义，不过是"外在

---

① Steven Lukes, *Individualism*, Colchester: The ECPR Press, 2006, p. 21.

② ［捷克］丹尼尔·沙拉汉：《个人主义的谱系》，储智勇译，吉林出版集团有限责任公司2009年版，第76页。

授权”（the authorized self）的个人主义，古希腊和古希伯来就能够提供很多事实依据。该书的第6章重点论述了个人主义，并把题目叫作“个人主义的时代”。作者的章节安排暗示西方近代个人主义即作者所言的“内在授权”（the empowered self）的个人主义是资本主义社会的产物，也就是说它至少是文艺复兴和宗教改革以后的事情。通过他占有性个人主义、主体性个人主义和浪漫主义的个人主义的区分，可知他的基本倾向是西方近代个人主义思想渊源于18世纪的一大批哲学家，比如卢梭、洛克、康德和霍尔巴赫等人。①

哈耶克比较清楚地划分了个人主义派别。在《个人主义与经济秩序》第1章“个人主义：真与伪”中他专门谈这个问题，哈耶克认为个人主义术语运用非常混乱，以致被它的反对者歪曲得面目全非，而且用来表达好几种社会观点，以此为出发点他明确地把个人主义分为“真正的个人主义”和“理性主义的个人主义”。他说的“真正的个人主义”的现代发展始于约翰·洛克、伯纳德·里德维尔和大卫·休谟，中间经乔赛亚·塔克尔、亚当·弗格森和亚当·斯密、埃德蒙·伯克等人的阐发，从而形成了完整的体系。另一种所谓“理性主义的个人主义”（伪个人主义）是由法国及其大陆国家的作家尤其是笛卡尔理性主义影响发展而来的，代表人物是卢梭和重农主义者。哈耶克认为“理性主义的个人主义”反“真正个人主义”，是现代社会主义和集体主义的源泉。他的划分其实想处理个人和集体的先后顺序问题，以尊重个人为前提的是“真正的个人主义”；反之就是“理性主义的个人主义”。哈耶克的分类试图把个人主义术语及运用的乱象秩序化，他不仅指出两种个人主义的渊源，也努力从内在特征上给个人主义正名。

《牛津英语字典》对个人主义进行了的定义：以自我为中心的情感或行为，即自我主义；尊重自由的个人行动的一种社会理论；独立而自

---

① 参见［捷克］丹尼尔·沙拉汉《个人主义的谱系》，储智勇译，吉林出版集团有限责任公司2009年版，第101—131页。

主的态度和立场。[①] 这个概念第一是把个人放在与群体对立的关系中谈个人的独断性；第二是从人的经验层面谈人的行为不被干预，并认为它是这样的一种社会理论体系；第三是从一个人的先验自由来界定，类似康德所说的人的意志自由。这明显综合了对个人主义的各种看法。第一义项正是史蒂文·卢克斯认为的最早的个人主义的一种用法，它在法国今天也没有得到正名。他说在法国，"对一些人来说，个人主义是危险的观念；在另一些人看来，个人主义是社会或经济的无政府状态，缺乏必要的制度和规范；还有一些人认为，它是个人之中普遍的自私自利之态度"。（For some，individualism resides in dangerous ideas，for others it is social or economic anarchy，a lack of the requisite institutions and norms，for yet others it is prevalence of self-interested attitudes among individuals. [②]）即使是傅立叶的追随者试图调和个人主义和社会主义的对立，也未改变"个人主义"在法国被贬损的总体趋向。史蒂文·卢克斯给出了自己对个人主义的理解，他认为个人主义包括这些要素：人的尊严、自主、隐私、自我发展、抽象的个人主义、政治个人主义、经济个人主义、宗教个人主义、伦理个人主义、认识论个人主义和方法论个人主义。[③] 卢克斯的定义关键在于前面的五个要素，后面那些要素其实都是前面的因素延伸到具体的社会生活领域的体现。单个人至高无上，自主地做或者不做，摆脱一切外在的干预是其核心因素。麦克法兰的定义也值得重视，他在描述性的定义中阐发了个人主义的本质要素，认为 individualism 有两个方面的意思：英格兰作为一个整体，他与欧洲其余地区不同，甚至与苏格兰也不同，所以它的行为是个别的、独特的，可见这是说个人主义的特立独行；英格兰的社会结构有一个很关键的基本表征，那就是长

---

① 《牛津英语字典》（1978 年版，第 224 页）解释：Individualism：1. Self-centered feeling or conduct as a principle；a mode of life in which the individual pursues his own ends or allows out his own ideas；free and independent individual action or thought；egoism. 2. The social theory which advocates the free and independent action of the individual，as opposed to communistic methods of organization and state interference. Opposed to collectivism and socialism. 3. Metaph. The doctrine that the individual is self-determined whole，and that any larger whole is merely an aggregate of individuals，which，if the act upon each other at all do so only externally. 4. Individuality. 5. An individual peculiarity。

② Steven Lukes，*Individualism*，Colchester：The ECPR Press，2006，pp. 23 – 24.

③ See Steven Lukes，*Individualism*，Colchester：The ECPR Press，2006，pp. 49 – 101.

期以来一直强调，与团体和国家相比，个人享有更大的权利和特权。他认为这个意思是个人主义用得最多的一个意思。[①] 丹尼尔·沙拉汉的定义也许最富有积极意义，他把个人主义看成一个信仰体系，“在这个体系当中，个人不仅被赋予了直接的地位和价值，而且也成为了真理的最终裁断者。”[②]

从这些学者对个人主义的探索来看，个人主义应是人类的一种共同思想品质，不仅时间上跨越古今，而且地域上跨越东西，只是在不同的时代表现不同罢了。因而，我们应该在多元文化中来界定“个”。“个”在内涵上与真正的个人主义对应，它是一个信仰体系。不同类型的文化中都存在这样的信仰体系，具有一般性意义。这种信仰体系相信人的尊严、自主和自由发展，确保每个人具有区别于他人的独立地位和价值，个人是真理的最终裁判者。从外延来看，“个”是具有这样的信仰体系的个人，主要表征个人区别于他人和群体的独特性、独立性和自主性。不同的民族及精神文化中事实上都具有这样的人，并不仅仅局限于西方文化，在东方世界也可以看到，比如沙拉汉所谈及的希伯来民族的个人主义传统，他们的文化中就有这种“个”的形象，耶和华（Yahweh）不仅是理想化的抽象存在，他还“表现出了和人类经验其他更有形的方面同等的重要性”，并进一步说明“这样一种抽象的理想化过程的形成，似乎就代表着向自我概念形成迈出的重要一步”[③]。还有并不被伊藤认可的中国传统文化中的“个”的形象。在我们传统中，几乎每个时代都存在与主流文化和现实对抗的“个”，女娲、后羿、大禹、墨子、接舆、屈原、嵇康、阮籍、范缜、王充、李贽、章太炎等都是例证；同时“个”也投射在民间文化中，如无常和女吊等鬼魂形象。综上可知，“个”需要在整个人类历史的事实上建构起来，它是跨文化、跨地域的思想存在。

---

① 参见［英］艾伦·麦克法兰《英国个人主义的起源·序》，管可秾译，商务印书馆2008年版，第11页。

② ［捷克］丹尼尔·沙拉汉：《个人主义的谱系》，储智勇译，吉林出版集团有限责任公司2009年版，第28页。

③ 同上书，第33—34页。

二、“主体人物形象”的界定

在一般性的意义上运用“个”来分析鲁迅三部小说集中的主体人物形象的流变，也要对“主体人物形象”有一个基本的界定。“主体人物形象”指在鲁迅整个小说人物形象中起支配作用的人物形象，它不仅支撑鲁迅的整个小说世界，也对应着鲁迅人生的基本精神，主要涉及两个层面的问题：一是它的内涵；二是它的范围。

“主体人物形象”是和“个”相对应的概念，主要指鲁迅三部小说集中“积极的人”。这种“积极的人”具有自觉性、独立性和自主性，永远怀疑，不断上进，涵括伊藤所说的积极意义的人物形象。① 伊藤认为这种人物形象的神髓是欧洲近代的“个”，这里所说的“主体人物形象”不仅包括伊藤所说的欧洲近代个人主义之“个”，还包括中国在内的东方传统文化中的叛逆者。“主体人物形象”的范围指鲁迅早期所获得的中西之“个”在《呐喊》《彷徨》和《故事新编》中演化出来的人物形象，具体包括狂人、人力车夫、夏瑜、N先生、少年闰土、女娲、魏连殳、吕纬甫、后羿、宴之敖、大禹、墨子和“我”。本书动态解析鲁迅小说中这些人物形象的建构路线图，并关注小说中与主体人物形象相对应和相联系的其他人物形象。

第二节　先行研究综述及问题的提出

一、先行研究综述

1. 鲁迅个人主义的研究

20世纪30年代到“文化大革命”结束，关于鲁迅“个人主义”的论述大体可分成两类：一是以瞿秋白为代表的将鲁迅的个人主义同尼采的个人主义哲学联系起来看；二是以何典（王元化）为代表的将两者区分来看。但他们的论述都是在认定尼采哲学为反动哲学的前提下进行

---

① 参见［日］伊藤虎丸《鲁迅与日本人——亚洲的近代与“个”的思想·序言》，李冬木译，河北教育出版社2000年版，第11页。

的。瞿秋白（1933）将鲁迅的个人主义同尼采的超人哲学联系起来阐释个人主义在当时中国具有的革命的意义。① 唐弢在1939年1月的《鲁迅风》创刊号上发表《鲁迅的杂文》提出“鲁迅是由嵇康的愤世，尼采的超人，配合着进化论，进而至于阶级的革命论”之说。他上承瞿秋白的观点，重申了鲁迅早期喜欢尼采的作品，但此观点受到何典等人的批判。何典在《鲁迅与尼采》（1939）中力图将鲁迅的个人主义同尼采的“超人”哲学区别开来，他一方面论说尼采哲学的反动性，另一方面又仔细地寻找鲁迅个人主义同尼采“超人”哲学之间本质的不同，指出区别包括：鲁迅的进化论同尼采的“人种论”不同；鲁迅的“重理性”和尼采的“轻理性”的不同；鲁迅的个人和集体利益的统一与尼采的利己主义精神的鲜明对照。② 此后，以何典为代表的这种观点一直占着上风。周扬在《精神界之战士》（1941）中指出：“鲁迅初期思想中的个性主义，虽然从西方资产阶级反动期的哲学吸取了营养，却完全不是那种病态的萎民族的人类之尊严的辩护。这是真正的人权主义，深广的人道主义，民族自尊心的高尚的表现。”③ 胡绳在《鲁迅思想发展的道路》（1948）中认为鲁迅在唯心论与个人主义的思想基础上片面地提出发扬个性，加强主观力量的主张，客观上具有革命意义。④

新时期关于鲁迅个人主义的研究出现新气象。1979年陆耀东《试谈鲁迅评尼采》一文中说鲁迅对尼采赞许多于批判的，但陆耀东仍相信尼采思想的本质是反动的。⑤ 1987年王富仁在《从“兴业”到“立人”》中对鲁迅的个人主义思想的研究提出了全新的见解：“以尼采学说为代表的西方主观唯心主义哲学和西方极端个人主义思潮对鲁迅的重要性还不仅仅在于帮助他找到了重视精神文化、重视个性独立的两把改造中国古代文化传统的标尺，还在于使他以此为核心建立起了自己最初

---

① 参见瞿秋白《饿乡纪程》，太白文艺出版社1995年版，第438页。

② 参见何典《向着真实》，上海文艺出版社1982年版，第69—70页。

③ 周扬：《周扬文集》（一），人民文学出版社1984年版，第348页。

④ 参见胡绳《胡绳全集》（第一卷上），人民出版社1998年版，第351页。

⑤ 参见武汉大学中文系现代文学研究室编《论鲁迅前期思想》，天津人民出版社1980年版，第95页。

的文化思想的系统。"[①] 20 世纪 80 年代末汪晖完成了他的博士论文《反抗绝望——鲁迅的精神结构与〈呐喊〉〈彷徨〉研究》（20 世纪 90 年代初出版，后又出第二版，三联书店在 2008 年又出了增订版），作者以悖论的方式探索了鲁迅复杂的精神结构，论证了鲁迅早期在进行自觉的理论建构时的理论来源是西方的个人主义和怀疑主义，并进一步说明鲁迅的个人主义是力量派个人主义。[②] 此后在 20 世纪 90 年代，中国学界逐渐把这个问题发展成讨论鲁迅的人学思想，在承认鲁迅汲取西方个人主义思想的前提下，讨论鲁迅的"立人"思想、个体精神自由及它们对中国的现代化和亚洲社会的意义[③]，其中王得后、林非、钱理群和高远东对这一问题的研究较为突出。钱理群在《与鲁迅相遇》这本书中，他认为鲁迅的思想起点是"立人"，即鲁迅思想的根基是个人的主体独立性，反对任何形式的对个人的奴役，指出"'个'的观念在中国传统文化中是没有的，中国传统文化更强调人对家庭、社会、民族、国家，以及国家的代表'天子'的从属性，因而要求每一个人成为'家之孝子'与'国（天子）之忠臣'或'小民'"[④]。显然，钱理群认为"个"是舶来品。近十年来较重要的鲁迅个人主义研究者是张芸，她在《别求新声于异邦》中有专门的论述，主要区分鲁迅的个人主义与中国传统个人主义的不同，重在说明鲁迅受到施蒂纳和尼采的影响。[⑤] 还有一些这

---

① 王富仁：《从"兴业"到"立人"》，《中国社会科学》1987 年第 2 期。

② 汪晖总结西方个人主义时认为个人主义主要分为权利派和力量派。前者的主要特征是人生来平等，每个人都应尊重任何别人的权利，和法国启蒙主义"天赋人权"的观念和原则是相一致的；后者否认人生来平等，认为每个人都有根据自己力量的大小扩展自己活动范围和满足自己权利的要求。（参见汪晖《反抗绝望：鲁迅及其文学世界》，三联书店 2008 年版，第 56 页）

③ 参见张梦阳《中国鲁迅学通史》（宏观反思卷），广东教育出版社 2001 年版，第 630—643 页。

④ 钱理群：《与鲁迅相遇》，三联书店 2007 年版，第 77 页。

⑤ 参见张芸《别求新声于异邦》，中国社会科学出版社 2004 年版，第 312—129 页。

方面的研究散见于报刊，一些重要的论文是梳理鲁迅留日时期个人观念的。[①]

最早谈论鲁迅与庄子的个人主义问题的是巴人，他写道："从鲁迅先生的思想发展过程来考察，在初期——即在辛亥革命前后——鲁迅先生是个性解放的倡导者；而鲁迅先生的主张个性解放，是承受尼采的部分的哲学思想的。这思想又和他那感受于中国农村社会里潜存着的庄老的哲学，并在他旧学传统中对于庄老哲学的濡染，因而养成的那种爱自由的精神，相融合的。"[②] 看来中国学者很早就试图在鲁迅身上寻找尼采和庄子个人主义的一致性。郭沫若在20世纪40年代写过《鲁迅与庄子》，但主要谈《庄子》对鲁迅语言的影响。[③] 田刚在《〈庄子〉与鲁迅的早期思想》一文认为学界把鲁迅"立人"式的个人主义归结到魏晋人士的影响，没有看到庄子和鲁迅个人主义之间的关系，而鲁迅的个人主义恰恰是继承了老庄和杨朱的个人主义思想，并对鲁迅与老庄个人主义思想进行了区分。[④] 当然还有很多论文谈到这一问题，但基本思路大同小异，上面已经谈到国外也有一些类似的研究成果。

日本有关鲁迅个人主义的研究也很多，一些重要的鲁迅研究专家如丸山升、丸尾常喜和伊藤虎丸都有这方面或者和这方面相关的研究。伊藤的研究很具代表性，他的《鲁迅、创造社与日本文学》[⑤] 和《鲁迅与日本人》[⑥] 涉及鲁迅个人主义的研究，而《鲁迅与日本人》又集中体现了他对鲁迅个人主义的深刻理解，而且伊藤还把这种个人主义运用鲁迅

---

① 比较重要的论文有：梁展的《个人意志的发展与虚无主义的起源》，载《鲁迅研究月刊》2001年第11期，第11—20页；汪卫东的《"个人"、"精神"与"意力"：〈文化偏至论〉中的"个人"观念的梳理》《"寂寞"、"内耀"、"白心""信仰"与"人性"：〈破恶声论〉中的"个人"观念的梳理》，分别载《鲁迅研究月刊》2004年第5期第44—51页、2006年第6期第23—29页。

② 巴人：《论鲁迅的杂文》，上海远东书局1945年版；上海书店出版社1984年影印本，第146页。

③ 郭沫若：《鲁迅与庄子》，载《中苏文艺》1941年4月20日第8卷，第3、4期合刊。

④ 参见田刚《〈庄子〉与鲁迅的早期思想》，载《鲁迅研究月刊》2003年第4期。

⑤ ［日］伊藤虎丸：《鲁迅、创造社与日本文学》，孙猛等译，北京大学出版社2005年版。

⑥ ［日］伊藤虎丸：《鲁迅与日本人》，李冬木译，河北教育出版社2000年版。

全部小说的分析，提出了与个人主义对应的一个概念“个”，使这部著作具有开拓创新的学术意义。伊藤在《鲁迅与日本人》一书中，说明鲁迅怎样在日本获得源于西方的“个”的思想，又如何通过沉潜把早期从日本获得“个”的思想转化成文学性的表达，然后运用“个”的思想来详细分析鲁迅三部小说集中的人物形象，创造性地解析了鲁迅小说关键人物形象的变动。最后，伊藤把这个问题上升到思想史的高度，通过鲁迅的“个”来反思亚洲的民族近代化，并认为“个”与民族主义在内在逻辑上是相通的。伊藤在文学与政治的格局中升华了他的研究成果。

英语世界的有关鲁迅个人主义的研究也有一些重要成果。这里介绍两篇重要的论文：悉尼大学梅贝尔·李的论文《从庄子到尼采：论鲁迅的个人主义》① 和美国学者林毓生的《论鲁迅个人主义的性质与含义——兼论“国民性”问题》。② 前文认为尼采思想在五四前后的中国产生了影响，是因为它肯定了中国传统的个人主义思想尤其是庄子的个人主义思想，并说明鲁迅青年时代在《文化偏至论》中心仪尼采的个人主义，还论证了《野草》和尼采的关系，反驳了把鲁迅晚期与尼采的关系强行拆开的做法。这样就把中国的庄子和尼采的个人主义打通了。林毓生的这篇文章提出了一个问题，在西方人道主义和个人主义是相辅相成的，而在鲁迅1925年5月30日给许广平的一封信中却表达了二者之间的冲突。原信中说的人道主义和个人无治主义（无政府主义），这说明鲁迅的个人主义具有无政府冲动的个人主义，但鲁迅觉得这是不负责任的，所以他在发表时做了文字上的修改，改为个人主义。论文还论述鲁迅在国民性的问题上走到了逻辑的死结，是他最终走向共产党的原因。该文在个人主义论述的问题上给我们的启示是鲁迅的个人主义是复杂的个人主义。

2. 鲁迅与中国传统文化中叛逆性人物之关系的研究

这方面研究成果也较多，主要有以下几个方面：第一，与魏晋名士

---

① Lee, Mabel. *From Chuang-tzu to Nietzsche*: *On the Individualism of Lu Hsun*. Journal of Oriental Society of Australia 17 (1985): 21 - 38.

② 载（香港）《二十一世纪》1992年第8期。

的关系。代表性论文是王瑶的《论鲁迅作品与中国古典文学的关系》[1]和尹康生的《鲁迅与魏晋》[2]。前文首先说明了中国现代文学与古代文学的关系，然后分析鲁迅作品风格特色与魏晋文章的相似，接着分析鲁迅为什么爱好魏晋文章，再详细分析鲁迅小说中的人物形象狂人、魏连殳、吕纬甫与阮籍、嵇康和刘伶的相似，最后说明了鲁迅对古典小说的继承。后文全面总结了鲁迅与魏晋风度、魏晋文章、魏晋古籍和阮籍、嵇康的关系。在论述鲁迅与阮籍、嵇康关系时，作者认为鲁迅继承了嵇康、阮籍的文品与人品，尤其是他们的“放任不羁”“反礼教”的精神特征。1960 年英国的约翰·钦纳里写了一篇很好的论文《西洋文学对鲁迅〈狂人日记〉的影响》，文章简要分析了鲁迅笔下的狂人与先秦楚国狂人接舆、魏晋名士尤其是嵇康的精神关联，把鲁迅的创作和传统文化中的魏晋人士连接起来。[3]

第二，与墨子、大禹关系。高远东的《论鲁迅与墨子的思想联系》是一篇探讨鲁迅与墨子精神关系的重要论文，该文首先考察了近代中国墨学兴起与鲁迅的关系，再分析《铸剑》中人物形象具有的墨学意味，最后通过《非攻》和《理水》的分析阐明鲁迅“中国脊梁”的问题，进而说明鲁迅“立人”理想中关于“人”的设计从西方思想转向中国传统，转向现实的中国革命，仍然是一种在融汇古今中外价值基础上所做的创造性地转化中国传统的积极努力。[4] 高旭东在《文化伟人和文化冲突》中有一小节谈鲁迅与墨子和大禹的关系，他认为鲁迅继承了墨子自苦为极、刚硬僵直的文化精神，同样大禹也具有这样的品格。[5] 日本学者伊藤在《鲁迅与日本人》这本书中详细论证了墨子、大禹在《故事新编》中小说形象，极有见地地指出鲁迅根据“个”的思想对这两个人物形象进行了变异，为我们进一步分析墨子、大禹与中西文化传统

---

① 《文艺报》1956 年 10 月 15 日、30 日第 19、20 期。

② 《鲁迅研究月刊》2000 年第 2 期。

③ Chinnery, J. D. The Influence of Western Literature On Lu Xun's 'Diary of a Madman' Bulletin of the school of Oriental and African Studies vol 23, Part 2 (1960): 309 - 322.

④ 参见高远东《论鲁迅与墨子的思想联系》，载《现代文学研究丛刊》1999 年第 2 期。

⑤ 参见高旭东《文化伟人与文化冲突——鲁迅在中西文化撞击的漩涡中》，河北人民出版社 1994 年版，第 181—186 页。

的关系提供了启示。

第三，与屈原的关系。较早研究这个问题的人是鲁迅的好友许寿裳，他在《亡友鲁迅印象记》中写过《屈原和鲁迅》，从鲁迅的作品和学术研究中找出许多屈原影响的例子，并特别说明鲁迅与《离骚》的关系，论析了鲁迅最喜欢离骚诗句，以此说明鲁迅为求理想上下求索的精神。[①] 林非和高旭东也对这个问题发表了自己的见解，林非在《鲁迅与中国文化》一书中认为鲁迅很看重屈原的“放言无惮”精神，并把它与西方浪漫主义联系起来[②]，但没有展开论述。高旭东撰写论文《论鲁迅与屈原的深层精神联系》辨析了屈原的异端色彩和帮忙的特征，指出鲁迅继承了屈原异端的一面，而批判了他帮忙的一面。[③]

第四，与否定现实之鬼的关系。最早涉及这个问题的可能是王瑶，他在《〈故事新编〉散论》中提到鲁迅创作这部小说集受到绍兴地方戏尤其是目连戏的影响，还特别提到了无常和女吊，但他并未具体论析这些否定现实之鬼与小说人物的关系。[④] 日本学者丸尾常喜的著作《“人”与“鬼”的纠葛——鲁迅小说论析》是鲁迅小说（主要是《呐喊》和《彷徨》中的小说）与鬼之关系研究的集大成著作，书中有地方专门谈到鲁迅笔下的“鬼”分为否定现实之“鬼”和延续现实之“鬼”。[⑤] 2008 年陕西师范大学闫丽君的硕士论文《论鲁迅作品的“鬼”意象及其精神世界》，该文第三章‘鲁迅作品的鬼世界’论证了鲁迅作品中无常和女吊的叛逆性，指出无常是鲁迅早期的“真人”之象，而女吊则是鲁迅晚年复仇战士之影。此外，还有一些专著和学术期刊论文也涉及鲁迅与中国传统文化中的叛逆人物之关系的研究，限于篇幅，此不评述。

3. 鲁迅小说的系统研究

鲁迅小说研究很早就开始了，但鲁迅小说的系统研究却是从 1935

---

① 参见许寿裳《鲁迅传》，国际文化出版公司 2010 年版，第 7—10 页。

② 参见林非《鲁迅与中国文化》，学苑出版社 2001 年版，第 46—48 页。

③ 参见高旭东《论鲁迅与屈原的深层精神联系》，载《鲁迅研究月刊》2004 年第 6 期。

④ 参见王瑶《鲁迅作品论集》，人民文学出版社 1984 年版，第 196—200 页。

⑤ 参见［日］丸尾常喜《“人”与“鬼”的纠葛——鲁迅小说论析》，秦弓译，人民文学出版社 2006 年版，第 186—188 页。

年李长之的《鲁迅批判》开始的。因当时鲁迅的《故事新编》（1936年1月出版）尚未出版，李长之就着重分析了《呐喊》和《彷徨》两部小说集，而且是重点分析了25篇小说中的8篇，这是第一次系统性地研究鲁迅小说。1956年王瑶发表论文《论鲁迅的作品与中国古典文学的历史联系》，试图把鲁迅三部小说集统一起来，这可能是国内第一次把三部小说作为整体，用一条线进行贯穿，但是分析《故事新编》仅仅讨论它与历史文献的关系，并没有如讨论《呐喊》和《彷徨》那样深入到作品内部理清人物形象与古代文学的深层联系，看来当时学界对《故事新编》的认识还是初期的，所以20世纪80年代初王瑶就专门写了《〈故事新编〉散论》，对这部小说集的艺术成就进行了肯定。1982年严家炎在《文学评论》第5期上发表了《鲁迅小说的历史地位》，认为中国现代小说在鲁迅这里成熟，肯定了鲁迅小说的文学史地位。还出现了一些专著，如吴中杰与高云合著的《论鲁迅的小说创作》（上海文艺出版社1978年版）、陈鸣树的《鲁迅小说论稿》（上海文艺出版社1981年版）、李希凡的《〈呐喊〉〈彷徨〉的思想与艺术》（上海文艺出版社1984年版）、邵伯周的《〈呐喊〉〈彷徨〉的艺术特色探索》（四川人民出版社1982年版）、范伯群和曾华鹏的《鲁迅小说新论》（人民文学出版社1986年版）、王富仁的《中国反封建思想革命的一面镜子——〈呐喊〉〈彷徨〉综论》（北京师范大学出版社1986年版）、冯光廉的《鲁迅小说研究》（天津人民出版社1989年版）和汪晖的《反抗绝望——鲁迅精神结构与〈呐喊〉〈彷徨〉研究》（上海人民出版社1991年版）。这些著作的共同特征是重点分析鲁迅的两部小说集《呐喊》与《彷徨》，对《故事新编》的研究则相对较少。这一时期鲁迅小说的思想研究成为主导方向，也表明鲁迅小说研究范式有转向的必要。

远在美国的帕特里克·哈南于1974年发表《鲁迅小说的技巧》①，正是中国学界应该学习的研究典范。该文在鲁迅与果戈理、显克微支、安特莱夫、夏目漱石的关系中来分析鲁迅小说创作的艺术技巧，也就是

---

① 见［美］帕特里克·哈南《鲁迅小说的技巧》，张隆溪译，收乐黛云主编《国外鲁迅研究论集》，北京大学出版社1981年版，第293—333页。

通过鲁迅小说的文本细读，来寻找这些外国作家艺术技巧对鲁迅的影响，分析相当细致入微。这篇文章运用了新批评的文本细读方法，通过鲁迅作品与外国作品之间的细读，找到影响的痕迹。王家平这样评价："这篇在70年代中期发表的论文开启了美国鲁迅研究的形式分析传统，标志了欧美鲁迅研究学者已经逐步摆脱意识形态化的冷战思维，进入对鲁迅作品的艺术本体研究的境界。"①

针对鲁迅小说研究的过度思想化的问题，国内著名鲁迅研究专家王富仁在20世纪90年代进行卓有成效的文本细读研究，先后于1994年、2000年在《鲁迅研究月刊》第11期和第3、4期多刊发表《〈狂人日记〉细读》与《鲁迅小说的叙事艺术》两篇论文。这种鲁迅小说研究的转向也催生了系统性成果的出现，1999年作家出版社出版了叶世祥的《鲁迅小说的形式意义》，这本专著从文学艺术层面对鲁迅三部小说集进行研究，对鲁迅小说研究的转向性具有重要意义。郑家建的《历史向自由的诗意敞开》（上海三联书店2005年版）和曹禧修的《鲁迅小说诗学结构引论》（中国社会科学出版社2010年版）延续了的文本细读的方法，坚持用文学形式的理论进行静态分析，但不太注重系统化的动态研究。从这里可看出鲁迅小说的系统化的动态的文学形式研究还有很大空间。

4. 跨文化研究

20世纪80年代末，由于中国掀起了文化热，鲁迅与中西文化的关系研究也成为热点，在1986年到1988年间空前繁荣，李春林总结："回顾1986—1988.6. 期间鲁迅与外国文化比较研究成果，以总体比较研究最丰，这是与前一时期有所不同的情况。"②

进入90年代，中国比较文学在阐发研究的基础上逐渐形成自己的学科研究范型——跨文化，这一点很好地反映在鲁迅比较文学研究上，因而成果也很多，除很多论文以外，有三本著作集中体现了研究的深入：浙江鲁迅研究学会编的《鲁迅与中外文化》（浙江文艺出版社1991

---

① 王家平：《鲁迅域外百年传播史》，北京大学出版社2009年版，第184页。

② 李春林：《鲁迅与外国文化总体比较研究概述1986—1988.6》，《鲁迅研究月刊》1989年第4期，第35页。

年版）、彭定安主编的《鲁迅：在中日文化交流的坐标上》（春风文艺出版社 1994 年版）和高旭东撰写的《文化伟人与文化冲突——鲁迅在中西文化撞击的漩涡中》（河北人民出版社 1994 年版）。但这些研究对鲁迅文学文本的分析做得不好，事实材料也不大充足，多是思想的相似性比较，立论不太稳妥。近十年的跨文化鲁迅研究的重要成果是刘青汉的《跨文化鲁迅论略》（人民出版社 2008 年版）和张福贵的《“活着”的鲁迅：鲁迅文化选择的当代意义》（社会科学文献出版社 2010 年版）。前著首先分析了人类的三种文化资源：野蛮史、文明史和心灵史，把中国文化也纳入这样一野蛮史、文明史和心灵史的演化轨迹中，可是这种演化轨迹更加适合西方文化或者基督教文化，中国的历史在封建社会很长一段时间是循环式的，其文化发展模式和西方并不一样，所以作者有对话意识但没有在两种异质文化的时空中来仔细辨别鲁迅文化接受的背景。《“活着”的鲁迅——鲁迅文化选择的当代意义》一书在时间的纵轴中看取中国文化，认为中国文化发生了三次转型，随后提出“两个世界”观点，说明鲁迅在那个时代所进行的文化选择。但该书是在古今转化的视域中论述这个问题，中西横向对话论证不足。把刘青汉和张福贵这两本书的优点结合起来，既重中西也重古今，寻求鲁迅作品中的中国传统与西方文化一致性和统一性，这将是推动鲁迅跨文化研究的基本方向。

日本鲁迅跨文化研究的代表人物是增田涉、竹内好和藤井省三。在《鲁迅的印象》中，增田涉既讨论古今，又讨论中外，并把李贺和尼采、杜甫和海涅的精神气质贯通起来，说明他们和鲁迅精神的相通性。[①] 竹内好的比较文学研究主要集中在《鲁迅杂记》（世界评论社 1949 年版）一书中，他认为鲁迅接受西方文学文化是“抵抗”的态度，以鲁迅和日本一些作家接受西方文学文化的立场进行比较，最终目的是在认可鲁迅的文化姿态中批判日本的近代化道路。以西方作家为媒介，初步阐析鲁迅与日本作家的关系，使得跨文化研究具有多边性。藤井省三有三部代表性著作：《俄罗斯之影——夏目漱石与鲁迅》（平凡社 1985 年版）、《鲁迅：〈故乡〉的风景》（平凡社 1986 年版）和《爱罗

① ［日］增田涉：《鲁迅的印象》，钟敬文译，湖南人民出版社 1980 年版。

先珂的都市故事——二十年代的东京·上海·北京》（みすず書房 1989 年版）。王家平在总结藤井省三的研究时说有两个方面值得注意：首先，藤井省三的研究属于思想史和社会史的范畴。他实际上是在实证的基础上很好地运用了传统的社会历史学研究方法，从而克服了庸俗社会学的弊病；第二，他对比较文学研究方法自如运用。最值得注意的是他把鲁迅和俄罗斯文学、东欧文学的关系，与鲁迅和日本文学的关系整合在一起，使中日文学的单向或者双向研究变成三角形的多向性研究。[①] 从以上的简单梳理中看出日本的鲁迅跨文化研究很注重多边文化交流，藤井还试图克服日本鲁迅研究文学与政治对应的格局，矫正研究的强烈民族诉求，实现真正文学性的多边交流。

二、先行研究的问题

1. 主要问题

鲁迅整个小说的人物形象与西方个人主义和中国传统文化中叛逆性人物之关系在已有的研究中处于矛盾和分离的状态，以下是对这个问题的分析。

中国关于鲁迅个人主义的研究有这些特点：20 世纪 80 年代前学者们大都认为尼采的个人主义是反动的思想，因而在探讨鲁迅的个人主义时就集中讨论鲁迅个人主义与西方近代个人主义的关系和差异；自王富仁那篇论文发表后，学界开始摒弃了西方个人主义哲学反动性的认识，逐步把握到鲁迅的精神结构中始终有个人主义的一维，到 20 世纪 90 年代发展成对鲁迅人学思想的研究，并把这个问题推到思想史的意义上。但中国的关于鲁迅个人主义的研究存在三个问题：一是把文学的研究赋予过多的思想性，哲学化倾向很明显；二是没有系统地把鲁迅个人主义精神所对应的人物形象放在一个发展变化的链条上来考察，比如在文本细读基础上考察鲁迅“个”在他三部小说集中的发展变异；三是对鲁迅个人主义的研究更多地关注横向的中西关系，而不太注意纵向的古今关系，并把它们并置在一个双向交流的研究模式中。

日本的伊藤解决了中国学界关于鲁迅个人主义研究的第二个问题。

---

① 王家平：《鲁迅域外百年传播史》，北京大学出版社 2009 年版，第 290—291 页。

他在《鲁迅与日本人》的第四节论证了鲁迅三部小说集中具有“个”思想的人物形象的演化轨迹，在文本细读的基础上通过“个”把鲁迅三部小说集贯通起来，把这一问题推向了一个新的研究阶段。国内学界在传播和运用伊藤的研究成果时，也出了不少成果，并指出了一些问题。2008 吉林大学宋杨的博士论文《论伊藤虎丸的鲁迅研究》是目前为止中国学界关于伊藤鲁迅研究的较全面的成果，文章总结了孙玉石、孙郁、雷世文、殷国明和张新颖对伊藤虎丸观点的理解和运用。自 21 世纪以来国内学者杨立青、吴晓东和高远东对伊藤虎丸的研究进行了研究。上文提到的钱理群在对鲁迅“立人”思想论证时，明显继承了伊藤的思路，而且也认为“个”是鲁迅从西方得来的。值得注意的是中国学者张典在《从阿 Q 看鲁迅精神的复杂性》中指出伊藤把鲁迅的个人主义看成真正的源于西方的个人主义，并对传统进行了激烈的否定，这一方面背离了鲁迅个人主义的实际；另一方面也可看出伊藤对鲁迅的个人主义理解不准确。[①] 伊藤的鲁迅研究存在的问题前面在界定“个”的定义时有所论及，但在此处还要再一次强调说明：

第一，伊藤“个”的概念无法统摄鲁迅的小说人物形象的实际。伊藤的“个”是人作为“个”的自觉，人的这种自觉可以使人“从一切既成的思想和意识形态当中独立出来，才能创造新事物，才能承受苦难、诱惑甚至是死亡和拷问的折磨，获得属于自身的‘自由’”。他认为鲁迅是看取了欧洲近代文艺的这个“神髓”，“是中国四千年的传统文化所不具备的关于人的新型原理”。[②] 由此可看出，伊藤认为鲁迅汲取了欧洲近代个人主义的精髓，是西方真正的个人主义。在伊藤对鲁迅三部小说集进行分析时，他认为鲁迅笔下的狂人、女娲、墨子、大禹等形象是西化的“个”，这就与他们身上所体现出来的中国传统的“个”相矛盾，所以伊藤无法真正实现概念与人物形象间的逻辑统摄，而且还否认了中国传统文化中的存在“个”的思想，这正是张典所说的那个

① 参见宋杨《论伊藤虎丸的鲁迅研究》，博士学位论文，吉林大学，2008 年，第 8—11 页。

② ［日］伊藤虎丸：《鲁迅与日本人——亚洲的近代与“个”的思想》，李冬木译，河北教育出版社 2000 年版，第 182 页。

问题。

第二，伊藤用“个”的思想贯通鲁迅三部小说集中的人物形象没有最终完成。《鲁迅与日本人》第四部分对《呐喊》的人物形象分析最为详细，《故事新编》则主要分析了大禹和墨子，对《彷徨》仅仅限于出版、写作背景和整体特色的分析，没有具体人物形象的解读，这为后来者的研究留下了空隙，但并未引起学界注意。同时伊藤的分析具有明显的政治思想诉求，分析鲁迅小说集的人物形象是为了完成对亚洲近代化道路的反思，依然把鲁迅研究的归宿放在政治与文学的对应中，这可能增加了政治上利用鲁迅的资源，并存在理论上的危险性。

第三，伊藤对鲁迅小说人物形象的研究没有完全贯彻跨文化的视角。他只用源于西方近代文化的“个”来贯穿鲁迅小说集的人物形象，忽视了中国传统文化中叛逆人物这个维度，没有考察中国传统文化中的“个”和西方的“个”的双向流动等复杂的问题。伊藤研究的不足在英语国家有关鲁迅个人主义研究中得到一定程度的校正，但研究大都局限在思想领域，没有走进鲁迅全部小说文本中去。

2. 次要问题

第一，学界尤其是中国学界对鲁迅与中国传统文化中叛逆人物之关系的研究所涉及的范围较广泛，有些论述也相当深透，但问题在于没有打通中国传统文化中的叛逆人物与西方个人主义的关系，所以研究大都停在国别视野的范围内，而且结合小说的系统性文本细读研究较少。这样就使研究局限在古今这个维度，没有把中西这个维度纳入进来，制约了对鲁迅小说丰富性的发掘。

第二，鲁迅小说的系统研究经20世纪90年代由思想向文本细读转向后，仍然有很大空间。叶世祥、郑家建和曹禧修的著作是用文学形式的理论静态解读鲁迅小说，对于小说艺术形象的动态考察还有发展空间。

第三，跨文化研究在中西文学思想的相似性上比较多，缺乏在此基础上运用文本细读和实证研究的古今贯通，因而不能揭示鲁迅小说的多元文化要素的有机融合。

三、解决方案

据现有的鲁迅研究成果来看，并没有一部研究著作系统地解决学界关于个人主义的“个”在鲁迅整个小说中所呈现的问题，所以本书试图解决这个问题。总体思路是沿着伊藤的道路以鲁迅三部小说集为研究对象，用中西古今的视野把中国传统文化中的叛逆人物和西方个人主义的“个”贯通起来，进而分析这些中西文化之“个”怎样在鲁迅的三部小说集中演变。具体分三个方面：

第一，重新阐释“个”的概念，为分析鲁迅小说中中西文化之“个”的动态关系找到科学的理论基础。伊藤的“个”是一个西化的概念，据伊藤的界定，“个”虽然摆脱了个人主义的消极意义，但是它依然是西方的神髓，无法把鲁迅小说中中国的叛逆形象统摄进去。通过重新界定“个”，一是能够把握鲁迅的根本精神；二是能够解决伊藤理论和人物形象之间的矛盾，并形成中西古今的文化视野。

第二，回归鲁迅的文学文本及其体现的精神结构，重在艺术层面分析中西之“个”在鲁迅三部小说集中的整合和流变，尤其要加强对伊藤没有足够关注的《彷徨》的解读，使鲁迅早年获得的中西之“个”在这三部小说集中的流变路线图清晰地呈现出来。

第三，通过分析中西文化之“个”在鲁迅小说中的流变，对鲁迅的文化身份问题进行反思，同时对政治与文学对应格局的鲁迅研究进行清理，从而在学术上警惕“个”与专制的联姻。

第一章　鲁迅与中西文化之“个”的事实相遇

鲁迅小说所具有的“个”精神是鲁迅的基本精神，这种精神不是鲁迅创作小说时的心血来潮，而是他在少年生活和留学生涯以及现实历练中沉淀下来的，因而要考察鲁迅小说集中寄寓了“个”精神的人物形象之演变，就必然要寻找它的事实依据及文化源头。鲁迅战斗而批判的一生，他的起点在哪里？《狂人日记》发表前鲁迅就受到这些具有“个”气质的人物的浸染，这种浸染随着他生活的变化由中国走向日本然后又回到中国。在这一过程中，鲁迅完成了与中西文化之“个”的事实相遇。

第一节　鲁迅与中国传统之“个”的事实接触

鲁迅与中国传统文化的关系研究是一个取得了很多成就的领域，学界也注意到鲁迅在接触传统文化时存在的主观偏好，这也就是李欧梵为什么要用“大传统”和“小传统”的理论[①]分析鲁迅的原因。鲁迅直到南京求学之前，并没有旗帜鲜明地表达自己对主流的儒家文化的极端厌

---

① “大传统”和“小传统”的理论是1956年芝加哥大学人类学家芮斐德（Robert Refeild）在《乡民社会与文化：一位人类学家对文明之研究》（*Peasant Society and Culture*：*An Anthropological Approach to Civilization*）一书中提出。在他看来，“大传统”指的是上层的士绅文化，多半是思想家和哲学家深省反思所产生的精英文化（Refined Culture）；“小传统”则是指一般社会的大众文化，尤其是指乡民、俗民所代表的文化。中国学者一般认为中国的上层士绅文化或者精英文化是芮斐德所说的“大传统”；而下层的民间文化和底层文化则是芮斐德所说的“小传统”。笔者认为，中国的“小传统”不仅包括下层的民间文化还包括非圣的文化，因为这两种文化对主流文化有修补和校正作用。

恶，但是他却明显表现出对“小传统”的痴迷，他对传统儒家非难的小说和稗官野史以及对那种求实的具有叛逆性的人物和书籍表现出特有的青睐。周作人在他的回忆文章中多次提到这一点。[①] 正因为如此，鲁迅便与中国传统文化的“个”具有广泛的事实性接触。这里主要从他与神话传说中的英雄、大禹墨子、浙东的非圣先贤、魏晋名士及具有叛逆的鬼怪之关联这五个方面入手，对鲁迅与传统文化中的“个”的事实接触进行梳理。时间基本限定在《狂人日记》发表之前，这样做不是否认鲁迅在发表白话小说后与中国古代文化中的“个”的事实接触，而是试图比较清楚地说明鲁迅接受西方之“个”的先在视域。

一、鲁迅与中国神话传说中的英雄

鲁迅对中国的神话传说给予了很高评价，他留学日本所做的五篇论文中，直接谈到神话传说的就有《人之历史》《科学史教篇》《文化偏至论》和《破恶声论》。分别引述如下：

> 盖古之哲士宗徒，无不目人为灵长，超迈群生，故纵疑官品起原，亦彷徨于神话之歧途，诠释率神閟而不可思议。如中国古说，谓盘古辟地，女娲死而遗骸为天地，则上下未形，人类已现，冥昭瞢暗，安所措足乎？屈灵均谓鳌载山抃，何以安之，衷怀疑而词见也。西国创造之谭，摩西最古，其《创世纪》开篇，即云帝以七日作天地万有，抟埴成男，析其肋为女。（《人之历史》）[②]

> 世有哂神话为迷信，斥古教为谫陋者，胥自迷之徒耳，足悯谏也。盖凡论往古人文，加之轩轾，必取他种人与是相当之时劫，相度其所能至而较量之，决论之出，斯近正耳。惟张皇近世学说，无不本之古人，一切新声，胥为绍述，则意之所执，与蔑古亦相同。盖神思一端，虽古之胜今，非无前例，而学则构思验实，必与时代

① 参见周作人《鲁迅的青年时代》，河北教育出版社2002年版，第42、50、51页。

② 《鲁迅全集》第1卷，第9页。

之进而俱升，古所未知，后无可愧，且亦无庸讳也。（《科学史教篇》）①

间尝论之：昔者帝轩辕氏之戡蚩尤而定居于华土也，典章文物，于以权舆，有苗裔之繁衍于兹，则更改张皇，益臻美大。（《文化偏至论》）②

夫人在两间，若知识混沌，思虑简陋，斯无论已；倘其不安物质之生活，则自必有形上之需求。故吠陁之民，见夫凄风烈雨，黑云如盘，奔电时作，则以为因陁罗与敌斗，为之栗然生虔敬念。希伯来之民，大观天然，怀不思议，则神来之事与接神之术兴，后之宗教，即以萌孽。虽中国志士谓之迷，而吾则谓此乃向上之民，欲离是有限相对之现世，以趣无限绝对之至上者也。人心必有所冯依，非信无以立，宗教之作，不可已矣。顾吾中国，则夙以普崇万物为文化本根，敬天礼地，实与法式，发育张大，整然不紊。（《破恶声论》）③

上面很烦琐地引述了关于鲁迅早期论文中有关神话的描述和看法，意在说明神话传说作为人类文明的曙光在留日时期已经引起了鲁迅的理性思考。从这些话语中能看到鲁迅对神话的肯定，他认为我们在评价神话时应该有历史的眼光，而不能以今非古，还特别推崇神话传说所具有的原始生命力，鲁迅从中看到神话具有真诚淳朴的一面，要破“恶声”，提倡“心声”和“神思”。其实，《摩罗诗力说》正是以这种“心声”“神思”看待“摩罗诗人”的，因而神话传说中的英雄人物从内在逻辑上被鲁迅纳入“个”的范畴。

鲁迅与中国神话英雄的事实接触主要集中在留学前和留学归国到《狂人日记》发表这段时间。留学前在绍兴生活的这段时间有两个途径

① 《鲁迅全集》第1卷，第26页。

② 同上书，第45页。

③ 《鲁迅全集》第8卷，第29页。

让鲁迅接触中国的神话英雄：一是通过文化古迹。绍兴有大禹陵，流传着很多有关大禹的神话传说，因为大禹和墨子思想关系紧密，所以在后面把他放到墨子一起来说；二是通过书本。鲁迅在私塾上学的时候就接触到了中国最重要的神话书籍——《山海经》。《朝花夕拾》中专门记叙这件事，说自己最早是从叔祖周玉田那里知道了有很多奇怪图画的《山海经》，鲁迅很想得到这本书，后来保姆长妈妈知道了就给他弄来了一本，[①] 周作人说他在1893（癸巳）年前就有了阿长给她买的那本木刻绘图的《山海经》[②]，以此推断鲁迅得到长妈妈的书当是7岁到13岁之间，后来鲁迅把这个质量不好的书弄丢了，自己又买了一本石印的，可见鲁迅对这本书很看重。《山海经》为先秦古籍，是一部富于神话传说的最古老的地理书，主要记述古代地理、物产、神话、巫术、宗教等，也包括古史、医药、民俗、民族等方面的内容。《山海经》还记载了一些奇怪的事件，对这些事件至今仍然存在较大的争论。神话是这本书最具有文学色彩的部分，最有代表性的神话传说故事有：夸父逐日（《海外北经》），后羿战凿齿（《海外南经》），女娲之肠（《大荒西经》），精卫填海、鲧禹治水（《海内经》），西王母（《西山经》《海内南经》《大荒西经》），共工与刑天之战（《海外西经》）和皇帝与蚩尤之战（《大荒北经》）等。鲁迅在私塾所读的“四书五经”也有一些神话传说，比如《尚书》中的大禹神话。鲁迅曾经在写给增田涉的一封信中说：“但是出处忘记了，因为是取材于幼时读过的书，我想也许是在《吴越春秋》或《越绝书》里面。”[③] 他给增田涉说自己《铸剑》的取材来源，透露幼时读过《越绝书》和《吴越春秋》的事实，这就是说眉间尺的故事源于这两部书。

1909年鲁迅归国到1918年《狂人日记》的发表，这十年间鲁迅所做的一个重要工作就是整理乡帮文献，辑校、辑录和辑佚古书。对神话传说的学术性研究集中在这一时期。在整理《会稽郡故书杂集》时，鲁迅参阅过《史记》《越绝书》和《吴越春秋》等多种史书。他在辑录

① 参见《鲁迅全集》第2卷，第254页。

② 参见周作人《鲁迅的故家》，河北教育出版社2002年版，第104页。

③ 《鲁迅全集》第14卷，第386页。

《范子计然》所作的序中说："又《吴越春秋》及《越绝》并作计倪。此则倪，研及然，声皆相近，实一人耳。案本书言计然以越王鸟喙，不可同利，未尝仕越。而《越绝》记计倪官卑年少，其居在后，《吴越春秋》又在八大夫之列，出处画然不同。意计然，计倪自为两人，未可以音近合之。"① 前人说这两本书中的计然、计倪，实则一人，鲁迅指出他们实际上不是同一人，可见他对二书的熟悉。这两本书里有很多神话传说，眉间尺的故事就源于《吴越春秋》，鲁迅虽说他儿时就读过，但通过整理古籍会进一步加深他对书中人物故事的印象。最集中地涉及中国神话中的英雄人物是鲁迅这个时段对中国古代小说史的系统研究。为了研究和撰写中国古代小说史，鲁迅做了大量的资料准备工作，其所搜集的小说史资料共有四种：属汉魏六朝小说的有《古小说钩沈》和《小说备校》，属唐宋传奇的有《唐宋传奇集》，属小说史料的有《小说旧闻钞》。其中与神话最为密切的是《古小说钩沈》和《小说备校》。"古小说钩沈共收周青史子至隋侯白旌异记等散佚小说三十六种，大约在1909年至1911年间辑成。三闲集·鲁迅译著书目曾予著录：'《古小说钩沈三十六卷（辑周至隋散佚小说。未印。）》'在1938年出版的《鲁迅全集》中，此书根据稿本标点，编入第八卷。"② 廖诗中在他的博士论文中认为，《古小说钩沈》所辑佚亡小说中，唯《青史子》一种系周人所作，属先秦时代作品，但遗憾的是其中所辑的三条佚文，均非神话。《古小说钩沈》所辑佚亡小说中，属于志怪类或神话因素较浓厚的，有三十种。其中，特别提到了出自题作魏曹丕撰的《列异传》中的眉间尺的传说。③ 其实这个故事在刚提到的《吴越春秋》也有记载，可能是鲁迅最早接触这个故事的文本，同时在《搜神记》《太平御览》中也有记述，从后来《中国小说史略》中的研究来看，这些资料都曾被鲁迅所参阅。"小说备校共收神异经等七种。原稿抄在'绍兴府中学堂试卷'纸上，当系鲁迅1910年下季至1911年上季在绍兴府中学堂任

---

① 《鲁迅全集》第10卷，第29页。

② 鲁迅辑录：《鲁迅辑录古籍丛编·说明》第1卷，人民文学出版社1999年版，第1页。（原文为繁体竖排，引用时改为简体横排，下引此书相同，不另作说明。）

③ 参见廖诗中《探归民族"新生"的活源——论鲁迅与先秦文化的深层关系》，博士学位论文，福建师范大学2004年，第64—65页。

教时所录。这些书现在尚有传本，但唐人著作及类书所引，字句多与今传本不同，鲁迅因从北堂书钞、初学记及酉阳杂俎三书所引采录异文，以备校订。”[①]《小说备校》所采异文，多为古代神话，计有汉东方朔所撰的《神异经》《十洲记》，汉郭宪所撰的《洞冥记》，晋干宝所撰的《搜神记》，晋陶潜所撰的《搜神后记》，晋王嘉所撰的《拾遗记》，宋刘敬叔所撰的《异苑》。除以上所说的这些文献外，据《中国小说史略》可知鲁迅还从《列子》《春秋》《史记》《淮南子》《穆天子传》《艺文类聚》等书中获得神话传说材料。成书于1923年的《中国小说史略》，其实鲁迅早就开始了收集、整理。《小说备校》《古小说钩沉》《小说旧闻钞》和《唐宋传奇集》是《中国小说史略》最终印行的前期准备。那么和小说有关的一些文献资料当然不可能被轻易舍去，而神话传说又是我国重要的古小说。鲁迅自己在《中国小说史略》的《题记》中说：“回忆讲小说史时，距今已垂十载，即印此梗概，亦已在七年之前矣。”[②] 此《题记》写于1930年，那就是说在1920年就有了这本书的初步想法，1923年印了概略。后又说“斯业久废，昔之所作，已如烟云，故仅能于第十四十五及二十一篇，稍施改定，余则以别无新意，大率仍为旧文”[③]。第十四、十五篇是关于元明讲史的小说，第二十一篇则是关于明之拟宋人的小说和后来选本，所以综合这两段文字可看出鲁迅在《中国小说史略》中引述的上面那些关于神话传说的文献可能在辑录《小说备校》和辑佚《古小说钩沉》时就详细阅读过了。上述提及的《山海经》并无女娲补天、后羿射日、嫦娥奔月的神话，所以这些神话传说是鲁迅在其他文献中读到的，在《中国小说史略》中给我们提供了这些信息。此书第二章“神话与传说”分别从《艺文类聚》《列子》《淮南子》《穆天子传》《天问》摘录了盘古开天辟地、女娲补天、后羿射日、嫦娥奔月、周公西王母和鲧禹的神话。这些仅仅是主要的文献，以鲁迅所辑校和辑录古书总量来看，他涉猎的有关神话传说类

---

① 鲁迅辑录：《鲁迅辑录古籍丛编·说明》第1卷，人民文学出版社1999年版，第2页。

② 《鲁迅全集》第9卷，第3页。

③ 同上。

的书籍远远不止这些。自鲁迅回国到《狂人日记》的发表，鲁迅通过学术研究，在事实上更加深入地接触了中国神话传说中的英雄人物，这些人物主要有女娲、后羿、嫦娥、共工、大禹、西王母、眉间尺，他们的主体精神被鲁迅看成人类的原初生命力，得到了鲁迅的肯定。这些人物后来被融入鲁迅的小说中。

二、鲁迅与禹、墨

1. 鲁迅与大禹

鲁迅于1912年写了《〈越铎〉出世辞》一文，开篇即说："于越故称无敌于天下，海岳精液，善生俊异，后先络驿，展其殊才；其民复存大禹卓苦勤劳之风，同勾践坚确慷慨之志，力作治生，绰然足以自理。"① 该文作为发刊词是倡导人们应该继承先辈留给于越（越国）的"无敌天下"的胆魄、卓苦勤劳的精神和坚定慷慨的志向，积极响应辛亥革命变革（原文佛教用语"转轮"）的趋势。特别指出大禹卓苦勤劳的精神风貌存续于于越民众之中，这事实上说明鲁迅从小就浸润在这种精神之中，鲁迅作为绍兴的子民与大禹及其精神有着事实上的诸多接触。

夏禹东巡、大会诸侯于会稽和死后葬于此地，在《史记·夏本纪》《越绝书·越绝外传记地传》《墨子·节葬下》《国语·鲁语下》都有记载。苏轼曾诗曰："此方定是神仙宅，禹亦东来隐会稽。"（《宿建封寺晓登尽善亭望韶石三首》）会稽因大禹而得名，也因大禹的诸多事迹而成为华夏文明的重要源头。大禹事迹遍布会稽之地，会稽有许多关于大禹的文化古迹，最出名的是会稽山的大禹陵。鲁迅明确地记录自己游历大禹陵的文章见于《辛亥游录》(刊载于《越社丛刊》第一集，署名其弟周乔峰，其实是鲁迅自己所做。②)，第一句即说："三月十八日，晴。出稽山门可六七里，至于禹祠。"③ 此外，1910年春，鲁迅在绍兴中学堂任教时，带学生去禹陵远足，在禹王殿前石阶上留有照片。周建人也

---

① 《鲁迅全集》第8卷，第41页。

② 参见《鲁迅全集》第18卷，第9—10页。

③ 《鲁迅全集》第8卷，第45页。

提到鲁迅和他、王鹤招一起去过禹陵。[①] 鲁迅自己有两篇文章可从侧面证明鲁迅多次去过这个地方。一篇是写于 1917 年的《会稽禹庙窆石考》[②]，其考证体现了纸上所记与实物相互参证的方法。据徐斯年研究，鲁迅比前人多考证出 5.5 个字，辨异 10 字，还很有说服力的说明了窆石就是碣石（竖着的刻有字的石柱）。[③] 鲁迅之所以认为这是碣石，依据在于考察了古代石刻的形制，并与大禹庙的实物相参证，因而徐斯年说鲁迅“综合琅邪台刻石、泰山无字石（以上秦碣）、裴岑纪功刻石（汉碣）、禅国山刻石（三国孙氏碣）等秦汉三国实物，其制皆‘在方园之间，上小下大’，‘刻辞则环刻于其四面’。禹庙窆石的形制、刻辞的时代，与以上实物皆有一致之处。可见鲁迅的论断，正是以科学之光，扫清了数百年来笼罩于‘窆石’之上的迷雾，揭示出了它的本来面目”[④]。这说明鲁迅对大禹陵里面的那个窆石进行充分的实物考证，周建人回忆他和鲁迅、王鹤招一起去禹陵那一次就说到鲁迅仔细查看了窆石上的字，宋志坚猜测就是这一次鲁迅萌生了考证窆石的意图。[⑤] 如果对窆石没有仔细观察，就不可能进行这样科学的推论，可见鲁迅去过多次。在《〈会稽郡故书杂集〉序言》中鲁迅又说：“中经游涉，又闻明哲之论，以为夸饰乡土，非大雅所尚，谢承虞预且以是为讥于世。俯仰之间，遂辍其业。十年已后，归于会稽，禹勾践之遗迹故在。士女敖嬉，睥睨而过，殆将无所眷念，曾何夸饰之云，而土风不加美。是故叙述名德，著其贤能，记注陵泉，传其典实，使后人穆然有思古之情，古作者之用心至矣！”[⑥] 该句中“中经游涉”是指鲁迅 1898 年去南京求学和 1902 年去日本留学，1909 年归会稽（绍兴）已是“十年已后”，“禹勾践之遗迹故在”说明他又曾去拜谒了大禹陵和越王城旧迹，也看到去那里游玩的人已不太关注它们的存在了，他很害怕人们忘却了这些

---

① 参见周建人《鲁迅故家的败落》，湖南人民出版社 1984 年版，第 297 页。

② 参见《鲁迅全集》第 8 卷，第 65—66 页。

③ 参见徐斯年《读鲁迅〈会稽禹庙窆石考〉》，载《辽宁师范大学学报》（社科版）1979 年第 2 期。

④ 同上。

⑤ 参见宋志坚《鲁迅根脉》，福建教育出版社 2008 年版，第 8 页。

⑥ 参见《鲁迅全集》第 10 卷，第 35 页。

旧迹留给后辈的“名德”，所以他要辑录《会稽郡故书杂集》。

因为大禹陵在绍兴，使鲁迅少年时代有很多机会与它接触，这自然会对他精神产生影响，同时他的书斋生活也为他提供了接触大禹的机会。鲁迅7岁时入私塾，跟随叔祖周玉田读的启蒙书叫《鉴略》。[①]《鉴略》最早系明人李廷机所编，以五言诗句韵文的形式，按时代顺序将我国上自远古传说下至元明的社会历史，进行了简单扼要的总述和概括，这是一部专述我国社会政治历史发展的蒙学读物，所以又称为《五字鉴》。《五字鉴》分为三皇纪、五帝纪、陶唐纪、有虞氏纪、夏后氏纪、商纪、周纪、春秋纪、战国纪、秦纪、西汉纪、东汉纪、三国纪、西晋纪、东晋纪、南朝宋纪、南朝梁纪、隋纪、唐纪、下唐纪、五代梁纪、五代唐纪、五代晋纪、五代汉纪、五代周纪、宋纪、南宋纪、元纪、明纪等29个部分。夏后氏纪里面讲到大禹时说：“禹王登国畿，身度规矩制。一馈十起身，慰劳人间事。出外见罪人，下车问而泣。仪狄始作酒，岁乃疏仪狄。采金铸九鼎，流传享上帝。告命于涂山，万国诸侯至。因济茂州江，黄龙负舟戏。禹仰告于天，龙俯首低逝。南巡至会稽，殂落辞凡世。在位廿七春，寿年一百岁。”[②] 但是鲁迅读的这个《鉴略》不是明人李廷机的《五字鉴》，而是清朝人王仕云据《五字鉴》改写的《四字鉴略》[③]，这个版本保持了《五字鉴》的基本内容，关于大禹的那个部分是这样的：“夏禹俭勤，绩昭治水。嗣舜登位，建寅绝旨。铸鼎象物，拜善泣囚。一馈十起，典则贻后。”[④] 鲁迅的父亲周伯宜亲自督查他读这本启蒙读物《四字鉴略》[⑤]，《五猖会》中鲁迅说过这件事情，并且说他只记得前四句了[⑥]，那是因为他父亲不让他去看五猖

---

① 鲁迅在《五猖会》《随便翻翻》等文中说过，周作人《鲁迅的青年时代》和曹聚仁《鲁迅年谱》也有记载。

② （明）李廷机编，邓启铜、陈作明点校：《鉴略》，东南大学出版社2010年版，第18—19页。

③ 参见单演义《新发现的鲁迅启蒙读物——绍兴刻本〈新镌四字鉴略〉》，载《鲁迅研究月刊》1989年第2期。

④ （清）王仕云编撰：《四字鉴略》，收李少林主编《中国传统蒙学全书》，中国书店2007年版，第247—248页。

⑤ 参见林非、刘再复《鲁迅传》，福建教育出版社2010年版，第8—9页。

⑥ 《鲁迅全集》第2卷，第271页。

会，所以措辞有些激烈，其实他背得很熟。

另一本使鲁迅年少时有机会了解大禹的书是《山海经》，此书有很多地方记录了大禹的行踪，有鲧禹治水的描述：“洪水滔天。鲧窃帝之息壤以堙洪水，不待帝命。帝令祝融杀鲧于羽郊。鲧复生禹。帝乃命禹卒布土以定九州。”[①] 鲁迅在这里看到的是神话的大禹和大禹治水，况且他对这本书又是那么喜欢，插图本也能加深孩子对人物的印象。1892年鲁迅入三味书屋，读书至1897年，主要学习内容是“四书五经”，鲁迅说他不喜欢这些正儿八经的内容，但事实上他读书刻苦认真，深得寿镜吾先生赞赏，因而这些所学内容鲁迅是很熟的，据他后来很多文章对传统文化的批评也可看出。最集中记载大禹的是《尚书》，《大禹谟》和《禹贡》是直接讲述大禹的文章，《大禹谟》记载大禹与伯益、皋陶、舜帝讨论政事，以及大禹受禅位，开拓疆域的经过；《禹贡》则是讲述大禹治水，划分九州的事情，并记载了九州的地理情况。[②]《尚书》中还有十几篇记载了大禹的事迹和言论。《诗经》有6处提到大禹，《小雅》中《信南山》提到一次；《大雅》中《文王有声》和《韩奕》各提一次；《颂》中有《鲁颂·閟宫》《商颂·长发》和《商颂·殷武》各一次，据日本学者研究，在《雅》中禹是整治大地神性人物，而在《颂》中则演变成历史上的王了。[③]《论语》中有《泰伯第八》和《尧曰第二十》等篇什谈及大禹，《孟子》中的《滕文公上》和《告子下》也多记录和赞美大禹的言论，只不过它们没有《尚书》集中罢了。《越绝书》和《吴越春秋》也是鲁迅了解大禹事迹的重要文字材料，这两部书中记载大禹的事情很多而且很详细，集中表现在《越绝书》中的《吴内传》《地传》和《吴越春秋》中的《越王无余外传》中。据研究这两本书记载的大禹的事迹都是源于先秦以来的资料，但比那时详细多了，尤其是《吴越春秋》，黄震云认为：“《吴越春秋》是先秦以来最详尽的关于大禹治水的资料，有禹的信誓旦旦、忧思劳力，有关于

---

① 方韬译注：《山海经·海内经》，中华书局2009年版，第281页。

② 参见（清）阮元校刻《十三经注疏·尚书正义》（清嘉庆刊本第1册），中华书局2009年版，第282—289、307—327页。

③ 参见［日］大野圭介著《论〈诗经〉的禹》，载中国诗经学会编《诗经研究丛刊》第3卷，学苑出版社2002年版，第246—251页。

《黄帝中经历》的传说，有禹得神书而明通水之理，有禹娶涂山氏的传说，有禹哀被缚人的仁慈，有最终治水成功的盛状。”① 像“禹禅会稽”“禹疏了溪”“禹会会稽”“禹娶会稽”“禹葬会稽”都在书中有记载。翻阅《吴越春秋》，的确发现记载比《尚书》和《越绝书》都详细，而且还很具文学色彩。鲁迅自己在《中国小说史略》中的评价更能说明问题：“他如汉前之《燕丹子》，汉杨雄之《蜀王本纪》，赵晔之《吴越春秋》，袁康，吴平之《越绝书》等，虽本史实，并含异闻。”② 这样一本史书更加具有可读性，鲁迅于这之中获得大禹的印象可能就会更深刻一些，况且他能于浩瀚的史籍中作出这样的比较，那说明他读得很熟。后面鲁迅还谈到屈原的《天问》，并且引用了《天问》关于大禹的内容，可见《天问》也是鲁迅了解大禹事迹的重要文献。

鲁迅少年时代还有一个接触大禹的机会是会稽的民间传说。会稽关于大禹的民间传说特别多。常见的“九斧至尊”说大禹，禹功与夏历的传说、禹余粮、鸟田方、功过分明话赑屃、大禹和女娇、三过家门而不入。“九斧至尊”说大禹是说大禹用斧头治水以及勘定江山之事，斧头成为他执掌国家的象征，说“斧”和“五”音近，所以实际上就是“九五至尊”。禹功与夏历的传说是说夏禹的十一世孙创立夏历的故事。禹余粮讲大禹治水其妻女娇给她送馒头，大禹变成一头似牛非牛的怪物在疏通水道，女娇因害怕跌倒，馒头就滚落山下，大禹吃了剩下的四个，没有让女娇再去捡那些丢了的馒头，后来它们就变成了石头，今天在了溪山上还能见到很多状似馒头的石头，这就是所谓的“石馒头”。鸟田方说得更有意思，说是禹曾经种了一块田，鸟儿们被禹为民治水累死所感动，于是在禹死后就年年帮助农民除杂草和害虫，所以这块田里的庄稼长得特别好。功过分明话赑屃中的赑屃原是一个似龟样的凶猛的水中怪物，每年洪水泛滥就乘机吃被水冲走的童男童女，大禹知道后就带领当地民众在有一年洪水到来之时捉住了他，大家都说要处死他，赑屃就求情说它可以帮忙治水，大禹就没有处死它，后来赑屃的确为治水

---

① 黄震云：《〈越绝书〉〈吴越春秋〉大禹治水神话比较》，载《黄冈师范学院学报》2006年第4期。

② 《鲁迅全集》第9卷，第23页。

立下了汗马功劳，最后累死，就托歌颂大禹治水功绩的石碑，今天在大禹陵还可见到。大禹和女娇就是大禹受化为老汉的老子的劝说在涂山取勤劳能干的女娇为妻的故事。三过家门而不入大家都很熟了。还有许多地理名胜都和大禹有关，比如新昌县的南岩山、渡王山、顾东山、东峁山、穿岩都有和大禹相关的传说。“禹疏了溪”的传说也很有名，说大禹改“湮”为“导”，勤勉得“三过家门而不入”，通过疏通的办法终于治水成功，这个成功的地点在了溪。了溪即今天的嵊州禹溪，是李白所说的那个剡溪的一个景点——“剡溪九曲”之一，在今天曹娥江的上游。[①] 这些神话传说在绍兴当地流传很广，鲁迅可能会经常听到这些故事，使他从民间传说中接触到了大禹及其事迹。

禹陵、禹庙、禹祠、窆石等遗迹与关于大禹的书和民间传说使鲁迅有多种渠道接触大禹及其事迹，这个熏陶直接催生了鲁迅写作《会稽禹庙窆石考》，晚年又写了和大禹有关的小说《理水》。大禹的“卓苦勤劳之风”与坚强意志及敢于突破祖宗成法的精神，通过这些事实的接触从少年时期就植入到鲁迅的内心。

2. 鲁迅与墨子

鲁迅与墨子的精神联系在学界谈得较多，但对于二者事实上的相遇整理得却不很充分，因而谈论鲁迅在其文学创作中对墨子的接受可能会存在一些偏差，故有必要对一些事实进行再现。大体来说，鲁迅与墨子的相遇主要是通过四个途径完成的。

一是和当时墨学复兴的背景和家学渊源有关。鲁迅出生于晚清，当时秦汉以后衰亡的墨学骤然兴起，朴学大师王念孙、王引之父子和俞樾等开始研究毕本墨子，都有自己的治墨学的札记，孙诒让觉得他们的研究不系统，所以“覃思十年之功，考校文字，征引文献，训诂名物，兼采王俞等十余家之说，撰墨子闲诂十卷及目录、附录、后语凡四卷，初以活字印行，至宣统二年刊布定本”[②]。梁启超高度评价了孙氏的工作，

---

① 参见吴传来、黄蔡龙、鲍世济主编《越中传说》，台海出版社2003年版，第1—25页。

② （清）孙诒让撰、孙启治点校：《墨子间诂·前言》，中华书局2001年版，第4页。

认为现代墨学的复活由这本书导出。① 梁启超本人和胡适等人的墨子研究也都受惠于孙诒让。在晚清治墨学的人中，俞樾（1821—1907）和孙诒让（1948—1908）都是浙江人。俞樾德清人，于清道光三十年（1850）中进士，曾任翰林院编修。后放任河南学政，被御史曹登庸劾奏“试题割裂经义”，因而罢官。遂移居苏州，潜心学术达40余载。治学以经学为主，旁及诸子学、史学、训诂学，乃至戏曲、诗词、小说、书法等，可谓博大精深。海内及日本、朝鲜等国向他求学者甚众，尊之为朴学大师。咸丰十年（1860）后，因战乱返德清，再辗转绍兴、上虞、宁波、上海等地。孙诒让，瑞安人，清末经学家，被誉为有清三百年朴学之殿。同治六年（1867）举人，多次会试不中。官刑部主事，旋归不复出，专攻学术，精研古学四十年，融通旧说，校注古籍，著书三十余种。他的《墨子间诂》是注墨的权威之作。《四库全书简明目录批注》二十卷，《四部别录》二卷，则是目录版本学的专著。鲁迅的祖父周福清（1838—1904）于同治十年（1871）中进士、点翰林，步入仕途，1888 年授为内阁中书。1893 年后回绍兴，直到去世。周福清比俞樾小，比孙诒让大，他们都是浙江人，俞樾在苏州讲学多年，又辗转到过绍兴，孙诒让回乡治学 40 年，又都是科举中人，周福清不可能不知晓这两位老乡的墨学研究，而且周福清个性狷介，和墨学的异端性不谋而合，这使他接受墨学成为水到渠成的事。从鲁迅的家学渊源来说，当时他也能因祖父而感受到晚晴学术的氛围，而墨学作为新近中兴的学问也许最初就是通过这条途径进入鲁迅的视野。高远东曾在文章中谈到近代墨学的复兴是鲁迅接受墨学的时代背景，他说：“鲁迅生长和生活在这样的时代，绍兴又被视为夏禹遗泽之地，自然能酝酿对于墨子的好感。”②

二是墨子及其精神通过对于越地方文化的影响与鲁迅发生事实性接触。其一，墨子虽不是会稽人，也未曾到过会稽，但他创立的“墨学”却是当时与儒家并驾齐驱的“显学”。《韩非子·显学》中说：“世之显

① 参见梁启超《中国近三百年学术史》，东方出版社 1996 年版，第 255 页。

② 高远东：《现代如何“拿来”》，复旦大学出版社 2009 年版，第 26 页。

学，儒、墨也。儒之所至，孔丘也。墨之所至，墨翟也。”① 作为“显学”自然是指墨子的思想和儒家一样广泛流布；其二，在《墨子·鲁问》中说：“子墨子游公尚过于越。公尚过说越王。越王大说，谓公尚过曰：先生苟能使子墨子于越而教寡人，请裂故吴之地方五百里，以封子墨子。公尚过许诺。遂为公尚过束车五十乘，以迎子墨子于鲁，曰，吾以夫子之道说越王，越王大说，谓过曰：苟能使墨子至于越而教寡人，请裂故吴之地方五百里以封子。”② 越王非常喜欢墨子之学，想以裂故吴（据王焕镳辑注古人之言，说当时吴国已亡入越，故曰“故吴”）五百里地分封墨子。这为墨学在越国的流传提供了政治保障，这一点在一个封建专制国家是不可小看的。还有学者从春秋争霸吴越手工业异常发达的经济基础上分析了墨学在浙东传播的可能。③ 其三，会稽有接受墨学的文化条件。《墨子》中阐明了自己承继大禹的精神，《尚贤》三篇是劝当时的王公大人要学习尧舜禹的美德，因为这是尚贤为政之本，举贤能，不任人唯亲，上可利天，中可利鬼，下可利人。④ 从这之中可以看出墨子把大禹作为为政的贤人，推崇大禹尚贤的精神。在《节用》三篇、《节葬》三篇中也多次提及尧舜禹节俭和行劳天下的精神品质。“禹东教于九夷，道死，葬会稽之山，衣衾三领，桐棺三寸，葛以缄之。”⑤ 禹作为君王亲临九夷施以教化，结果在路途上就死了，死了按说要实行君王之葬，然大禹非常简单的就葬在了会稽之山。这说明大禹躬行天下，勤俭节约，这种精神得到墨子的高度赞扬。《庄子·天下篇》中说：“墨子虽能独任，奈天下何！离于天下，其去王也远矣。墨子称道曰：‘昔者禹之湮洪水，决江河而通四夷九州也，名山三百，支川三千，小者无数。禹亲自操橐耜而九杂天下之川，腓无胈，胫无毛，沐甚雨，栉疾风，置万国。禹，大圣也，而行劳天下也如此。’

① （清）王先慎撰、钟哲点校：《新编诸子集成·韩非子集解》，中华书局 1998 年版，第 456 页。

② 王焕镳撰：《墨子集诂》下册，上海古籍出版社 2005 年版，第 1150—1151 页。（原文为繁体竖排，引用时改为简体横排，下引相同，不另作说明。）

③ 参见顾琅川《周氏兄弟和浙东文化》，人民出版社 2008 年版，第 53—54 页。

④ 参见王焕镳撰《墨子集诂》上册，上海古籍出版社 2005 年版，第 122—218 页。

⑤ 王焕镳撰：《墨子集诂·节葬下》上册，上海古籍出版社 2005 年版，第 610—611 页。

使后世之墨者多以裘褐为衣，以跂蹻为服，日夜不休，以自苦为极，曰：‘不能如此，非禹之道也，不足为墨。’”[①] 在《天下篇》中庄子其实是批评墨家苦己苦人，反天下心，并论证了这种思想的根源是来自于大禹的行劳天下、自苦为极，这说明大禹精神和墨学思想上的逻辑关联。《论语·泰伯》说：“禹，吾无间然矣！菲饮食，而致孝乎鬼神；恶衣服，而致美乎黻冕；卑宫室，而尽力乎沟洫。禹，吾无间然矣！”[②] 孔子认为大禹很完美，具有自苦为极严格要求自己的精神，也间接说明了墨子的思想和大禹的相似性。台湾国学大师南怀瑾在解说这段文字时说：“墨子这套思想的渊源，是远溯自夏禹的文化。”[③] 鲁迅自己也论证了墨子与夏禹的精神关系，他说：“墨子亦鲁人，名翟，盖后于孔子百三四十年（约威烈王一至十年生），而尚夏道，兼爱尚同，非古之礼乐，亦非儒。”[④] 会稽作为一个大禹精神广泛流播的地方接受墨学有文化根脉，禹墨精神便连成一体在会稽世代相传。鲁迅生于会稽之地，并于此地生活近二十载，从小耳濡目染当地的民风民俗，禹墨遗风自在这民风民俗之中。如绍兴当地孩子出生时要尝五味，第一是醋；第二是盐；第三是黄连；第四是钩藤；第五是糖。[⑤] 李城希研究认为，这一仪式具有四个方面的重要意义：阻断了出生即享受来自于母亲的幸福的直接性，意味着人生幸福只能在饱受忧患后才能体验；体验的自然物化，使人对生活的艰辛有所准备；仪式直指现实人生复杂体验，使新生命能够清楚他未来的生存体验，传达生命的深沉的悲哀；是传统文化苦难意识的表现。[⑥] 这段阐发引人深思。这种民俗仪式最核心的地方就是赋予人生以现实质感，亲身体验，而尝五味及其所尝五味的次序则象征人生的复杂性和苦难遭遇，最终表达的是苦尽甘来。在中国其他的地方似乎

---

① （清）王先谦、刘武撰，沈啸寰点校：《庄子集解·内篇补正》，中华书局 2008 年版，第 289—290 页。

② （清）阮元校刻：《十三经注疏·论语注疏·泰伯》第 5 册，中华书局 2009 年版，第 5403—5404 页。

③ 南怀瑾：《论语别裁》，复旦大学出版社 1990 年版，第 422 页。

④ 《鲁迅全集》第 9 卷，第 374—375 页。

⑤ 参见王冶秋《民元前的鲁迅》，峨眉出版社 1947 年版，第 4 页。

⑥ 参见李城希《鲁迅与中国传统文化》，云南人民出版社 2006 年版，第 25—26 页。

不多见，这和大禹躬行天下、墨子自苦为极的文化传统有着深刻的精神相似性，也和勾践隐忍报仇雪耻的逻辑相仿，看来绍兴人已经把这种精神熔铸在人的生老病死和日常生活中。

三是鲁迅接触了很多有关墨子的书籍。鲁迅在 16 岁之前读完了四书五经，而且读得很熟。在这些基本的古代文化典籍中，多有记载墨子言行和思想的地方。《孟子》中《滕文公》上、下两篇都讲到墨子，而鲁迅早在 1891 年就从他的叔祖周子京学习《孟子》，这位叔祖学问不好，他不久就转学于寿镜吾了。周作人回忆鲁迅 16 岁之前于四书五经之外又加学了《尔雅》和《仪礼》，这是一般人不能够的。在古代传统的取士时代，四书五经学不好，背不熟，不会贪图另外一些书目，况且鲁迅的父亲对他要求严格，加学三经只能说明鲁迅提前完成了四书五经的学习。来具体看看《孟子》中的这两篇文章所谈到的墨子。在《滕文公上》谈到墨子的“兼爱”和“贵兼”，接着在《滕文公下》中说道：“圣王不作，诸侯放恣，处士横议，杨朱墨翟之言盈天下，天下之言，不归杨则归墨。杨氏为我，是无君也；墨氏兼爱，是无父也。无父无君。是禽兽也。公明仪曰：‘庖有肥肉，厩有肥马，民有饥色，野有饿莩，此率兽而食人也。’杨墨之道不息，孔子之道不着，是邪说诬民，充塞仁义也。仁义充塞，则率兽食人，人将相食。吾为此惧。闲先圣之道，距杨墨，放淫辞，邪说者，不得作，作于其心，害于其事，作于其事，害于其政，圣人复起，不易吾言矣。”[①] 这段来自《滕文公下》的文字可是孟子一书中批评墨家最激烈的文字，把墨子说成禽兽，认为他的理论是歪理邪说。周作人回忆鲁迅不爱孔孟，喜欢正宗之外的杂书[②]，但被孟子骂得体无完肤的墨子从鲁迅当时的心理结构上说是容易被接受的。后来从日本回国后于 1917 重阅了《墨经正文》[③]，并写了重

---

① （清）阮元校刻：《十三经注疏·孟子注疏·滕文公章句下》第 5 册，中华书局 2009 年版，第 5903—5904 页。

② 参见周作人《鲁迅的青年时代》，河北教育出版社 2002 年版，第 42 页。

③ 《墨经正文》是鲁迅对清人邓云昭《墨经正文集义》之简称，就是《墨子》中的《墨经》，一般认为是墨子的传人所写，包括《经上》《经下》《经说上》《经说下》《大取》和《小取》，是墨子逻辑学和自然科学的代表性作品。学界认为这部分在墨学的传抄过程中错伪最多。

阅后记，其实他在1915年就得到了清朝邓云昭的《墨经正文集义》，并从那时就开始了阅读，发现这个版本“重行更定之文，虽不尽确，而用心甚至，以备省览”①。鲁迅重阅并录，虽然和当时《墨经》散佚错讹严重的学术背景有关，但“以备省览”也说明了他对《墨子》的偏爱。还有上面提到的清儒俞樾，他的书也是接触墨子的一个途径。《鲁迅全集》中8次提到俞樾②，涉及的书籍基本都出自俞樾的《春在堂全书》（在《中国小说史略》还特别提到这本书），这说明鲁迅非常熟悉此书，而这本书中就收有《墨子平议》（三卷）。鲁迅在《趋时与复古》中提到孙诒让：“清末，治朴学的不止太炎先生一个人，而他的声名，远在孙诒让之上者，其实是为了他提倡种族革命，趋时，而且还‘造反’。”③ 鲁迅通过章太炎与孙诒让的比较来肯定章太炎，说明鲁迅熟悉孙诒让。这位孙诒让是晚清著名的墨子研究专家，著有《墨子间诂》，鲁迅对《墨经正文》做过更定重录的工作，可能参考可孙怡让的《墨子间诂》。

四是通过章太炎而与墨学产生事实性接触。众所周知，鲁迅日本留学后期和章太炎过从甚密，直接听过章太炎讲《说文解字》。后来章太炎关进监狱，鲁迅还探望过，其思想受章太炎的影响于后来鲁迅自己的著述中可以看出，至于文风所受的影响鲁迅在《坟》的题记里是直接承认的，“又喜欢做怪句子和写古字，这是受了当时的《民报》的影响”④，该条的注释说这里受《民报》的影响，其实就是受章太炎的影响。⑤ 章太炎师从晚清朴学大师俞樾，关注经、子之学，这子学当然就包括墨子了。高远东认为章太炎是尊颜元的，而又据侯外庐的思想史说明颜氏的学术在骨子里是墨家的思想，从而认为章太炎“用宗教发起信心”，“国粹激起种性”多有墨家色彩，而鲁迅早年留日师从章太炎建构起来的“立人”到“立国”的文化建国方略也鲜明地隐伏着一条近

① 《鲁迅全集》第8卷，第91页。

② 参见《鲁迅全集》第18卷，第157页。

③ 《鲁迅全集》第5卷，第565页。

④ 《鲁迅全集》第1卷，第3页。

⑤ 同上书，第5页。

乎墨学的脉络。[1] 从鲁迅自己后来写的两篇关于章太炎的文章来看，他的确对章太炎不屈不挠、自苦为极的革命斗争精神给予了高度评价：“考其生平，以大勋章作扇坠，临总统府之门，大诟袁世凯的包藏祸心者，并世无第二人；七被追捕，三入牢狱，而革命之志，终不屈挠者，并世亦无第二人：这才是先哲的精神，后生的楷范。”[2] 墨子的这种异端性在章太炎身上得到了很好的诠释，这正是鲁迅极力所提倡的。这样说来，高远东认为鲁迅接受墨学的主要途径来自章太炎是有道理的。

三、鲁迅与会稽非圣先贤

此处先要说明一个地理名词——会稽。会稽是绍兴的旧称，其所辖区域在不同的时代都有变化。秦时始置会稽郡，包括江苏、浙江及皖南一部，西汉则包括浙闽全部，东汉至三国，辖境缩小。会稽郡称越州始于隋，经唐至北宋。宋高宗绍兴元年（1131）改越州为绍兴府，元改为路，明清复为府，至晚清，绍兴府还包括山阴、会稽、嵊县、新昌、上虞、余姚、诸暨、萧山八县。这里所说的鲁迅与会稽非圣先贤的会稽和今天绍兴的辖境是不同的，从鲁迅整理的故书来看，它的范围明显大于今之绍兴辖境，所涉及的历史时代比较久远，所以会稽在此处是鲁迅所看取的地域概念，是以绍兴为轴心辐射到周边地方的一个地理方位。也有人用浙东非圣先贤的概念，但“浙东”这个概念是明清的一个产物，主要来自浙东学派，和鲁迅自己看到的会稽还是有点不同。

鲁迅与会稽先贤的事实接触从儿时就已经开始，“鲁迅就更加喜爱搜集绘图的书，从家里原有的两三箱破烂书中见到《尔雅音图》《百美新咏》《越先贤像传》和《剑侠传图》等”[3]，这是描述鲁迅10岁时的事情，但真正事实性的全面接触，契机在于他整理《会稽故书杂集》。1914年12月鲁迅在《绍兴教育杂志》第二期发表了署名周作人的一篇文章《〈会稽郡故书杂集〉序》[4]，1915年6月该书全部刊刻问世，其

---

① 参见高远东《现代如何“拿来”》，复旦大学出版社2009年版，第26页。

② 《鲁迅全集》第6卷，第567页。

③ 鲁迅博物馆鲁迅研究室编：《鲁迅年谱》（一），人民文学出版社1984年版，第20页。

④ 参见《鲁迅全集》第19卷，第36页。

实整理会稽郡故书早在1897年接触《二酉堂丛书》就开始了，前后跨度达18年之久。[①] 鲁迅花了这么长时间倾注于会稽的故书，其目的在这篇序言中有说明，就是为“叙述名德，著其贤能”。《会稽故书杂集》辑校的“故书”计有8种：谢承《会稽先贤传》、虞预《会稽典录》、钟离岫《会稽后贤传记》、贺氏《会稽先贤像赞》、朱育《会稽土地记》、贺循《会稽记》、孔灵符《会稽记》和夏侯曾先《会稽地志》。前四种记载古代会稽的人物事迹，后四种记载古代会稽的山川地理、名胜传说。鲁迅辑校这8种书，搜集征引了很多古代文献，据人统计定稿所引文献近70种之多，类别上还增加了金石著作。[②] 这么长时间的大量的阅读和辑录整理古代文献，使鲁迅全面而深入地了解了会稽的古代先贤，他辑录的这些书所及人物就是例证，谢承《会稽先贤传》，收录记载严遵、董昆、陈业、阚泽等8人事迹的佚文9则；虞预《会稽典录》收录记载范蠡、严光、谢承、朱育等72人事迹和会稽地理的佚文共112则；钟离岫《会稽后贤传记》收录记载孔愉、孔群、孔坦等5人事迹的佚文5则；贺氏《会稽先贤像赞》收录记载董昆、綦母俊事迹的佚文各一则。这些先贤仅为定稿后的情况，实际上鲁迅在记录过程应该看到更多。

还有一则事例更能说明鲁迅对故乡先贤的了解之多，李慈铭（李铭伯）的《越中先贤祠目序例》是鲁迅曾经关注的一本书。鲁迅在1912年的日记中有两次提到，一次是5月5日说许铭伯赠给他的《越中先贤祠目》，第二次是12月24日提到他给周作人寄去的书目，其中有一本是《越中先贤祠目序例》。[③] 开始笔者以为这是两本不同的书，但在后面所开北行以后书帐中说到《越中先贤祠目序例》是李铭伯赠予的[④]，而在第一则日记后面明确说明《越中先贤祠目》从许铭伯先生那里得到的，那就说明这两本书是同一本书，只不过鲁迅在第一则日记中少写了两个字。这本书的“‘祠目’以西汉西域都护郑吉为首，直到晚清为

---

① 参见李亮《鲁迅与〈会稽郡故书杂集〉》，载《鲁迅研究月刊》2006年第1期。

② 同上。

③ 参见《鲁迅全集》第15卷，第1、31、37页。

④ 参见《鲁迅全集》第15卷，第37页。

止，‘溯君子六千人’”[①]。鲁迅辑校这些散佚的故书还有基于学术角度的考虑，因而李亮在讨论这个问题时说：“在《会稽郡故书杂集》中其实也包含有不少封建迷信与礼教思想，另外还有一些极为零散甚至看不出具体意义来的只言片语，对此二者鲁迅无一略去，其用意显然不仅仅是为了激励后人，而更在于存留旧籍，这正是一种实事求是、一丝不苟的学者态度。”[②] 基于学术的考虑是鲁迅的主要目的也是有说服力的，同时从鲁迅学术性的辑校中也能看出他的价值选择。这种价值选择一是指对儒圣的鉴别吸收；二是对非圣先贤的认可。鲁迅对非圣先贤似乎更有亲和力，从鲁迅后来对待一些事情所持有的激进态度就能说明。1911年鲁迅致信许寿裳说：“近读史数册，见会稽往往出奇士，今何不然？甚可悼叹！”[③] 这正是鲁迅集中精力辑校《会稽郡故书杂集》的时间，他看到的先贤中的“奇士”大抵是非圣之类的人物。周作人注解了鲁迅的说法：“他不看孔孟而看佛老，可是并不去附和道家者流，而佩服非圣无法的嵇康，也不相信禅宗，却岔开去涉猎《弘明集》，结果觉得有道理的还是范缜的《神灭论》，这从王充脱出，自然也更说得好，差不多在‘中国文化遗产’中已经找着了唯物论的祖宗了。”[④] 会稽有禹墨遗风，特殊的地域文化孕育了较多的非圣先贤，鲁迅记录的这些人中就不乏例证，如范蠡、严光、孔愉、孔群、孔坦等就多与统治势力采取不合作的态度，孔愉、孔群、孔坦据史书记载个性狷介，直言不讳，刚正不阿。鲁迅没有直接表明他对这些人的偏爱，但毫无疑问这些人都是继承禹墨遗风的会稽非圣先贤，他们的事迹因鲁迅长期的古籍辑校工作被他所熟悉。

除上面这些鲁迅接触的非圣先贤外，鲁迅与勾践、王充、嵇康、徐文长的事实接触在这里要特别提出来。但又因为宋志坚在《鲁迅根脉》一书中对鲁迅与勾践、王充、嵇康、徐文长的事实接触有比较详细的说明，而鲁迅与章太炎的事实接触也多有人谈及，所以在此只是厘出鲁迅

---

① 宋志坚：《鲁迅根脉·序言》，福建教育出版社2008年版，第5页。

② 李亮：《鲁迅与〈会稽郡故书杂集〉》，载《鲁迅研究月刊》2006年第1期。

③ 许寿裳：《鲁迅传》，国际文化出版公司2010年版，第186页。

④ 周作人：《鲁迅的青年时代》，河北教育出版社2002年版，第42页。

与这些人事实接触的主要路径，并以这个路径为主干围绕主要事迹以及谈得不够详细和未触及的地方进行梳理。鲁迅接触这些人一般通过这些途径来完成：一是通过历史文化遗迹的接触；二是通过书本；三是民间传说；四是直接交往（和章太炎与周福清就属于这种情况）。

勾践表面上看不像是非圣先贤，但是勾践却是一个隐忍复仇的化身，隐忍复仇是反抗别人的奴役和压迫，具有直接的现实针对性和反抗性；而非圣是在精神上反抗圣贤的言论对自己思想的钳制，所以二者本质上相似。鲁迅的出生地绍兴有许多和勾践有关的历史遗迹。名闻天下的兰亭因勾践曾经种兰于此而得名。绍兴南10公里处的南池村，据《嘉泰会稽志》中说是当年养鱼给勾践吃的鱼池所在地。还有东独山勾践的墓冢。勾践复国的遗迹集中在绍兴府山即卧龙山上，这里有规模宏大楼宇轩昂的越王台，越王殿两边墙上有四幅勾践复国的大型壁画，府山还有和勾践有关的文种墓。① 鲁迅在《会稽郡故书杂集》的序言里提到过的“禹勾践之遗迹故在”。他小时读过的《越绝书》和《吴越春秋》也有很多关于勾践的记载，还有整理辑校《会稽郡故书杂集》也使他多有机会接触勾践的史实。绍兴当地也多关于勾践的民间传说，最有名的莫过于“卧薪尝胆”了，这是一个全中国人都知晓的历史故事，更不用说在绍兴当地的流传了。“蕺菜”的传说也和勾践有关，是讲当年越国饥馑勾践和老百姓一起找野草充饥，最后找到满山遍野的“蕺菜”，这“蕺菜”就是“鱼腥草”，因“饥菜”而得名“蕺菜”。绍兴的茶馆很兴盛，据说它是帮助越国打败吴国的“功臣”，越王勾践被囚禁回到越国后，吴王不信他，就暗中派人监视，越王为麻痹吴王，叫老百姓悠闲地喝茶，于是茶馆就兴盛了，这吴王还真被麻痹了，放松了警惕，为越王打败吴王创造了机会。还有“勾践蒸谷还债”，这是说勾践的借吴国稻谷度过荒年，后收稻谷后蒸熟再还给吴王，使吴国那年颗粒无收，勾践乘机败吴。② 这些和日常生活有关的勾践之传说，鲁迅小时候更容易于普通老百姓口中听到。

---

① 参见宋志坚《鲁迅根脉》上卷，福建教育出版社2008年版，第21—24页。

② 参见吴传来、黄蔡龙、鲍世济主编《越中传说》，台海出版社2003年版，第26—31页。

王充不像勾践在行动上反抗奴役和报仇雪耻，而是在思想上与当时的社会为敌。鲁迅在文学作品中直接写到王充的仅有一次，是死前不久于《女吊》中说到的，他说“看王充的《论衡》，知道汉朝鬼的颜色是红的”①。在整理鲁迅与王充的事实接触时宋志坚说过：“其一，鲁迅早年校辑虞预《会稽典录》，遇到‘上虞孟英三世死义’，即引王充的《论衡·齐世篇》所云为之作注，可见他对《论衡》之熟悉；其二，鲁迅为许寿裳的长子许世瑛开的书单，共计 12 种书中就有王充的《论衡》，可见他对《论衡》之推崇。”② 这段话在他后来出版的《鲁迅根脉》中有更多的阐释，还提到鲁迅在辑录谢承《后汉书》时对王充一条的注释，更具体地说明了鲁迅对王充的熟悉。不过，宋志坚却没有提到上面引述周作人的那段话，周作人在《鲁迅的青年时代》中很明确地说鲁迅喜欢王充。王充，会稽上虞人，在东汉时期是一个的的确确的异端，他问孔、刺孟和非韩，还极力反对当时非常盛行的迷信，大胆倡导唯物主义思想。鲁迅自己没有说过他汲取了王充的这些非圣思想，但从以上的事实，他的性格、心理特征及留给我们的文章是不能否定鲁迅与王充存在内在关联的。宋志坚认为在反对迷信、非圣和文风上鲁迅与王充存在相似性。③

嵇康可说是王充的精神苗裔。根据鲁迅自己的著述和后人的研究，嵇康是和鲁迅联系最紧密的一位会稽古代的非圣先贤了。嵇康，三国时魏国人，籍贯有争议，但无非安徽谯郡铚（今安徽亳州市涡阳县）人和会稽上虞人两说，鲁迅显然是把他看作会稽的先贤。嵇康因吕安案牵连被司马昭杀害于公元 262 年，《晋书》为其立传，他的代表性著作是被鲁迅反复校辑的《嵇康集》（清代又称《嵇中散集》）。《嵇康集》中的内容历梁至宋，多有散佚。宋之后仅存 10 卷，一些著名的作品如《与山巨源绝交书》《养生论》《声无哀乐论》《释私论》《管蔡论》《明胆论》《难自然好学论》《难宅无吉凶摄生论》《太师箴》和《家诫》等都收录其中。嵇康非圣在思想上主要表现在“非汤、武而薄周、孔”

① 《鲁迅全集》第 6 卷，第 642 页。

② 宋志坚：《鲁迅眼里没有偶像》，载《人民日报》2006 年 10 月 17 日，第 15 版。

③ 参见宋志坚《鲁迅根脉》上卷，福建教育出版社 2008 年版，第 55—62 页。

(出自《与山巨源绝交书》)，在行动上表现在拒绝与统治阶级合作，这是他遭杀身之祸的重要原因，鲁迅在《魏晋风度及文章与药及酒之关系》中也谈到。鲁迅与嵇康的事实性接触是通过阅读及辑校书籍来完成的，据宋志坚的梳理可看出他在1913—1924年的日记中有22次提到辑校这本书[①]，也就是说平均每年有两次翻阅有关嵇康的著作。事实上鲁迅直到1931年还在辑录《嵇康集》。[②] 从这些情况来看，鲁迅一生基本上都在和《嵇康集》打交道。他辑校《嵇康集》用力甚深，写的有关辑校的序言及相关文章就有：《〈嵇康集〉逸文考》《〈嵇康集〉著录考》《〈嵇康集〉序》和《〈嵇康集〉考》。鲁迅与嵇康的事实接触已成共识，并在学界多有论及，此不多述。

会稽之地，经禹墨而勾践王充而嵇康，已是具有非圣的浓厚精神传统了，这个精神传统大概就是陈西滢所说的"绍兴师爷"的精神吧，不过这里并不具有贬义。周作人总结这种精神在文艺里的风格表现时这样说："近来三百年的文艺界里可以看出两种潮流，虽然别处也有，总是以浙江为最明显，我们姑且称作飘逸和深刻。第一种如名士清谈，庄谐杂出，或清丽，或幽玄，或奔放，不必定含妙理而自觉可喜。第二种如老吏断狱，下笔辛辣，其特色不在词华，在其着眼的洞彻与措语的犀利。"[③] 他在后面紧接着就提到徐文长（徐渭），在周作人的眼中显然徐文长就是一位浓缩会稽的这种精神的人物，不过他没有用"非圣精神"这个名词。徐文长出生于明代的一个官宦之家，却如鲁迅那样堕入困顿，多次娶妻，婚姻极度不幸；多次科举，没有一次成功。一生坎坷的徐文长，不拘礼法，率性而为。徐文长个性突出，叛逆性强，但他对做官始终都有所期待，做过闽浙总督胡宗宪的幕僚，后胡宗宪遇害，徐文长精神失常，把他的妻子杀死，坐牢7年，出狱后在穷愁潦倒中度过了余生。宋志坚在把鲁迅和徐渭进行比较时说："他们都不拘流俗，不拘礼法，因而以狂以傲以怪示世，使原本坎坷的人生更为坎坷，却也因此使他们的思想不受流俗和礼法的束缚，使他们的作品开风气之先，又使

---

① 参见宋志坚《鲁迅根脉》上卷，福建教育出版社2008年版，第128—130页。

② 参见《鲁迅全集》第16卷，第277页。

③ 周作人：《周人散文全集》第3卷，广西师范大学出版社2009年版，第102页。

他们的文字具有一种扫除污秽的力量。”[①] 这是从精神上剖析鲁迅和徐文长的联系。鲁迅在日记中 7 次提到徐文长及其相关的书画，1912 年 5 月 8 日购得《徐青藤水墨画卷》一册，并于当年 11 月 24 日寄给周作人《徐青藤水墨花卉卷》。[②] 1924—1925 年的日记 5 次提到新潮社李小峰赠给他的《徐文长故事》。[③] 绍兴当地的确有很多关于徐文长的民间故事，都是讲徐文长的聪明才智的，比如有个故事是这样的：说徐文长在街上遇见卖缸的，问一斤卖几文。卖缸的见他外行，答说“百文一斤”。徐文长叫他扛着，跟了他走了许多路，到得家里，他进去拿出铁锤和秤来，说“我只要秤二斤就够了”。卖缸的只好又扛了回去。[④] 鲁迅从小生长在这个地方，对徐文长的这些油滑的笑话多有耳濡目染。鲁迅杂文中直接说到的徐文长，能证明他所受的濡染及他对徐氏的态度。这段文字他是用来批评当时林语堂提倡幽默的事：“‘幽默’一倾于讽刺，失了它的本领且不说，最可怕的是有些人又要来‘讽刺’，来陷害了，倘若堕于‘说笑话’，则寿命是可以较为长远，流年也大致顺利的，但愈堕愈近于国货，终将成为洋式徐文长。”[⑤] 所引的《从幽默到正经》这篇文章上面还有另一篇是《从讽刺到幽默》，看来鲁迅当时是连续写了两篇文章来谈这个问题，很显然他认为中国不存在所谓西方的幽默，提倡幽默在中国只能是流于“说笑话”，就像徐文长一样，而且徐文长经过这样一幽默就改装成了洋式的了，鲁迅明显是把徐文长的这些故事看成“说笑话”，多有油滑的成分。这说明他熟悉有关徐文长的民间故事，大可见到他绍兴儿时生活的影子。

章太炎和周福清是与鲁迅有直接交往的非圣者。1902 年，“鲁迅初到东京时，正值章太炎等积极筹备借明朝崇祯皇帝缢死煤山的忌日（四月二十六日）举行‘支那亡国二百四十二年的纪念会’的活动，他们号召推翻反动的清政府。这股反清的革命潮流和这位前辈的革命精神对

---

① 宋志坚：《鲁迅根脉》上卷，福建教育出版社 2008 年版，第 235 页。

② 参见《鲁迅全集》第 15 卷，第 37、31 页。

③ 同上书，第 531、569、583、594 页。

④ 参见周作人《周人散文全集》第 3 卷，广西师范大学出版社 2009 年版，第 441 页。

⑤ 《鲁迅全集》第 5 卷，第 48 页。

鲁迅影响很大”[1]。1903 年章太炎因“苏报案”被捕入狱，在社会上引起了极大反响，鲁迅因这件事而对章太炎印象更加深刻，他的回忆就是明证：“我的知道中国有太炎先生，并非因为他的经学和小学，是为了他驳斥康有为和作邹容的《革命军》序，竟被监禁于上海的西牢。那时留学日本的浙籍学生，正办杂志《浙江潮》，其中即载有先生狱中所作诗，却并不难懂。这使我感动，也至今并没有忘记。”[2] 这段文字中说的驳斥康有为和为邹容作序就是苏报案的根由，章太炎狱中所做的诗让鲁迅终身不忘。1906 年章太炎出狱，东抵日本，担任同盟会机关刊物《民报》主笔。此时，鲁迅正从仙台回到东京，预备出版杂志《新生》，真正想从实践中通过文艺来拯救国人，因此他很关注由颇具革命精神的章太炎主笔的《民报》[3]，还于 1908 年去听章太炎讲解《说文解字》，这是鲁迅与章太炎的首次见面。周作人回忆这个事是很详细的，他写道：“往民报社听讲《说文》，是一九〇八至九年的事。太炎在东京一面主持《民报》，一面办国学讲习会，借神田的大成中学讲堂定期讲学，在留学界很有影响。鲁迅与许寿裳与龚未生谈起，想听章太炎讲书，怕大班太杂沓，未生去对太炎说了，请他可否星期日午前在民报社另开一班，他便答应了。伍舍[4]方面去了四人，未生和钱夏，朱希祖，朱宗莱都是原来在大成的，也跑来参加，一总是八个听讲的人，民报社在小石川区新小川町，一间八席的房子，当中放一张矮桌子，先生坐在一面，学生围坐着三面听，用的书是《说文解字》，一个字一个字地讲下去，有的沿用旧学，有的发挥新义，鲁迅曾借未生的笔记抄录，其第一卷的抄本至今尚存。”[5] 陈方竞于《对鲁迅与章太炎联系及其“五四”意义的再认识》一文中说“1908 年，鲁迅提议，他与许寿裳、周作人、钱钧甫、龚未生、钱玄同、朱宗莱、朱希祖等八人请正在办‘国学讲习会’的章太炎为他们在‘民报社’讲学，拜师授业，坐而论道，历时

---

① 鲁迅博物馆鲁迅研究室编：《鲁迅年谱》（一），人民文学出版社 1984 年版，第 98 页。

② 《鲁迅全集》第 6 卷，第 565 页。

③ 参见《鲁迅全集》第 6 卷，第 566 页。

④ 五人租住夏目漱石故居的一处房子，故称伍舍。见鲁迅博物馆鲁迅研究室编《鲁迅年谱》（一），人民文学出版社 1984 年版，第 203 页。

⑤ 周作人：《鲁迅的故家》，河北教育出版社 2002 年版，第 283 页。

半年之久。”[1] 这段文字的事实大体上是没有问题的，但是作者却特别在前面加了一句“鲁迅提议”，接着例举了八人，大概有点言过其实。周作人直接说过“在伍舍时由龚未生发起，往小石川到民报社请章太炎先生讲《说文》”[2]，周作人的回忆似乎更准确一些，许寿裳也只说他和鲁迅极愿往听，具体的组织工作是托龚未生完成的。[3] 鲁迅对去章太炎处学习一事很认真，他抄录了笔记并保存下来。1908 年章太炎曾托龚未生请鲁迅与周作人代为翻译《吠檀多哲学》和《印度宗教史》，也说明章太炎对鲁迅的信任。[4] 章太炎 1911 年回国，1913 年宋教仁被刺后，他于是年 8 月 14 日到北京，以袁世凯的大勋章为扇坠，亲临总统府前大骂袁世凯包藏祸心，其时他早已被人监视，最终被囚禁龙泉寺，后转钱粮胡同，直到 1916 年 6 月 6 日袁世凯死后才被释放。这期间，鲁迅多次到钱粮胡同探望章太炎，在他的日记当中 6 次提到章太炎，直接说到去章太炎寓所的有 4 次（1914 年 8 月 22 日，1915 年 1 月 31 日、2 月 14 日、5 月 29 日）。[5] 1936 年 6 月 14 日章太炎去世，鲁迅后来写了纪念文章《关于太炎先生二三事》回忆了他的一生，前面引述的那段文字就说明在鲁迅与章太炎的交往中，鲁迅更看重的主要是他“非圣”的革命精神，而不是他的学问。许寿裳的回忆能证明：“鲁迅默然不服，退而和我说：先生诠释文学，范围过于宽泛，把有句读的和无句读的悉数归于文学。其实文字和文学固当有分别的，《江赋》《海赋》之类，辞虽博奥，而其文学价值就很难说。这可见鲁迅治学‘爱吾师尤爱真理’的态度！”[6] 林辰在《鲁迅事迹考》中也说过这一点[7]，鲁迅自己后来反对整理国故，就是一个间接的说明。

鲁迅祖父周福清（介孚公）也是一位非圣的典型，他主张鲁迅先读

---

① 陈方竞：《陈方竞自选集》，汕头大学出版社 2005 年版，第 296—297 页。

② 周作人：《鲁迅的故家》，河北教育出版社 2002 年版，第 281 页。

③ 参见许寿裳《鲁迅传》，国际文化出版公司 2010 年版，第 23—26 页。

④ 参见鲍昌、邱文治《鲁迅年谱》（上），天津人民出版社 1979 年版，第 62 页。

⑤ 参见《鲁迅全集》第 15 卷，第 99—188 页。

⑥ 许寿裳：《鲁迅传》，国际文化出版公司 2010 年版，第 26 页。

⑦ 参见林辰《鲁迅事迹考》，人民文学出版社 1981 年版，第 18 页。

史书[①]，就与传统家学发蒙读《三字经》《千字文》《千家诗》和《百家姓》的路数大不一样。周建人说："祖父是封建家庭的家长，但是和别的同时代的家长相比，他比较民主些。那时一般的读书方法是叫小孩子念四书五经，依次念下去。他却主张小孩子先念一点历史，以便使他们对历史有一个简单的概念。"[②] 周福清于同治十年（1871）就中了进士，但做官很不顺，素来言语无忌，十分尖刻，行为也无所忌惮，有些愤世嫉俗，是个个性很强的人，做七品知县被两江总督沈葆桢以"办事颟顸"名义参掉，又宦海沉浮近十年才被实授为内阁中书。1893 年科场舞弊案中，苏州府查办，知府王仁堪想要含糊其事，说犯人有神经病。"可是介孚公本人却不答应，公堂上振振有词，说他并不是神经病，历陈某科某人，都通过关节中了举人，这并不算什么事，他不过是照样的来一下罢了。"[③] 这位介孚公喜欢骂人，什么都看不起，晚年的怒骂，自呆皇帝（清光绪帝）昏太后（西太后慈禧）起，直骂到子侄辈。他在江西知县任上被参劾，也因为他看不起不是科甲出身的巡抚，结果顶不过被革职了。[④] 周作人在他的回忆性文章中多有其祖父脾气不好的记叙，但《鲁迅全集》中仅两次提到周福清[⑤]，一处是 1933 年 6 月 26 日写给王志之一封信，更正他把鲁迅的祖父翰林当成翰林院大学士的错误，另一处是 1912 年 9 月 21 日日记中记载季市搜清殿试策，看到了他祖父的试卷。现存有鲁迅对他祖父著述的手抄本《恒训》[⑥]，也能从侧面略知他对祖父的态度。1904 年鲁迅的祖父去世，因他远在日本留学，未回家参加葬礼，后来未见到鲁迅的回忆文章，他也没有对自己的祖父进行评价，但周福清的非圣精神对鲁迅有影响，朱正指出了这一点："正如大家都看见的，至少介孚公的那种不畏权贵的态度，在鲁迅身上

① 参见鲁迅博物馆鲁迅研究室编《鲁迅年谱》（一），人民文学出版社 1984 年版，第 13 页。

② 周建人：《鲁迅幼年的学习和生活》，见《我心中的鲁迅》，湖南人民出版社 1979 年版，第 2 页。

③ 周作人：《鲁迅的青年时代》，河北教育出版社 2002 年版，第 12 页。

④ 参见周作人《鲁迅的青年时代》，河北教育出版社 2002 年版，第 11 页。

⑤ 参见《鲁迅全集》第 18 卷，第 148 页。

⑥ 参见鲁迅博物馆鲁迅研究室编《鲁迅年谱》（一），人民文学出版社 1984 年版，第 5 页。

就有着明显的影响。”①

四、鲁迅与魏晋名士

魏晋是中国历史上一个特别复杂的时期，几乎在各个方面都展现出新的方向。汉魏之际的动乱，不仅摧毁了旧有的王朝统治，而且也催生了新的权力中心。同时，士民的传统信仰与生活信念也受到很大冲击，新的社会现实召唤着新的思想，关键是在阶级成分的变动中出现了人的觉醒。汉末士族的统治因为缺少新鲜的血液而日趋没落，曹魏政权要获得这场政治斗争的胜利，它就必须打破原来的官员任用制度，启用中下层士人，所以以身份和道德来评价人才的标准退出历史舞台，随之就出现了曹操“唯才是举”的新标准。这样的用人标准自然就会把很多出身寒门的士人引进权力中心，据统计在曹操执政的 24 年中，士族在统治阶级中占 29%，小姓占 14.5%，寒素占 56.5%。② 这样，新型政权集团中的来自中下层的士人，在价值观念、思想方法以及为人处事上就会突破传统的束缚。孔融、娄圭和许攸这些人或恃才傲物，或矜功自伐，和传统所崇尚的渊默沉静的作风大相径庭，曹操都能把他们纳入麾下，兼容并用。魏齐王曹芳即位后，大将军曹爽辅政，任用何晏、邓飏、丁谧、李胜等人。从《三国志》中的记载我们能够看到，这些人都有自己独特的行事风格，不固守传统，也就是说当时很多人按传统来说都有越礼的行为，但是他们在当时的这种政权更替中得到了相当程度的宽容。童强就说：“孔融‘寄物缻中’之论，蒋济‘洛中市买’之譬，何晏之好色，阮籍之越礼，皆不忌讳布在人口，载入典籍。士人普遍相信，显贵与名声主要得自于他们在战乱中生存下来并跻身上流的才智，而不是传统的德行。”③ 在这样的政治和社会背景下，一些中下层杰出之士进入统治阶级，就形成了新的精英阶层，这些人又通过他们的影响在社会上形成较为普遍的文化追求，从而在整体上推进思想学术和文化艺术的迅速发展。这就是魏晋名士产生的基本社会背景，不过不同

---

① 朱正：《鲁迅回忆录正误》，人民文学出版社 1986 年版，第 11 页。

② 参见童强《嵇康评传》，南京大学出版社 2006 年版，第 16 页。

③ 童强：《嵇康评传》，南京大学出版社 2006 年版，第 21 页。

的阶段具体情况是不一样的。建安名士充盈着积极向上的精神风貌，正始名士多哲学玄思，竹林名士蔑视礼法、越名教而任自然。

东晋时袁宏作《名士传》，把自曹魏以来的名士分为三个时期。可惜《名士传》现已亡佚，《世说新语·文学》有“袁彦伯（宏）作《名士传》成。”的记录，刘孝标注说：

> 宏以夏侯太初（玄）、何平叔（宴）、王辅嗣（弼）为正始名士。阮嗣宗（籍）、嵇叔夜（康）、山巨源（涛）、向子期（秀）、刘伯伦（伶）、阮仲容（咸），王濬冲（戎）为竹林名士。裴叔则（楷）、乐彦辅（广）、王夷甫（衍）、庾子嵩（）、王安期（承）、阮千里（瞻）、魏叔宝（玠）、谢幼舆（鲲）为中朝名士。①

刘宏是东晋人，他的划分和列举集中于魏和西晋。除这些人之外，比较著名的还有建安七子：孔融、阮瑀、陈琳、王粲、徐幹、应玚、刘桢；琅琊王家的王导；谢家的谢安；曹氏父子：曹操、曹丕、曹植；当然还应该有陶渊明，王羲之、王献之、王凝之父子三人等，由此可见魏晋名士阵容庞大。鲁迅关注魏晋文章和人事众所周知，这些人中很多人他都有研究。《魏晋风度及文章与药及酒之关系》中鲁迅谈到曹氏父子、建安七子、正始名士、竹林七贤和陶潜。他在议论这些人的时候不是泛泛而谈，而是提出了自己的独到见解，可见他研究非常通透，也说明鲁迅自日本回国后长期辑校古籍，对魏晋名士烂熟于心。通过鲁迅自己在文章中论述以及他的精神倾向，我们认为被鲁迅特别看重的应该是竹林七贤中的嵇康、阮籍和建安七子中的孔融。嵇康前面已经说过，下面主要来梳理一下鲁迅与孔融和阮籍的事实接触。

孔融（153—208）因“孔融让梨”的故事几乎在中国家喻户晓，他在“建安七子”中排名第一。据《鲁迅全集》第 18 卷索引鲁迅在他

---

① 见（南朝）刘义庆著，刘孝标注，余嘉锡笺疏《世说新语笺疏》，中华书局 2007 年版，第 322 页。（原文为繁体竖排，引用时改为简体横排，下引不作说明。括号内名为笔者加，庾子嵩名不知。）

的文中总共有五次提到他。[①] 第一次出现在1919年所写的《我们怎样做父亲》一文中：“路粹引孔融说，‘父之于子，当有何亲？论其本意，实为情欲发耳。子之于母，亦复奚为，譬如寄物瓶中，出则离矣。’（汉末的孔府上，很出过几个有特色的奇人，不像现在这般冷落，这话也许确是北海先生所说；只是攻击他的偏是路粹和曹操，教人发笑罢了。）”[②] 注释说鲁迅在此引述的话出自《后汉书·孔融传》，查范晔《后汉书》确实有这句话，但是有一个字有出入，原文用“缻”，不是用“瓶”，这是不是鲁迅记错了？鲁迅在1913年辑佚完谢承的《后汉书》（共六卷），查他所辑佚的这本书，没有孔融的传记。他在序言中提到辑佚这本书的背景，也参阅了很多其他的书籍，前四卷体例上模仿了范晔的《后汉书》、“后二卷则凡名氏偶见范书或所不载者，并写入之”[③]。这说明有关孔融的事迹的详细记载，鲁迅是从范晔的《后汉书》或者其他文献如《世说新语》这样的书中获得的，但无论怎样鲁迅应该在回国到五四这段时间内很仔细地阅读过这些书了。第二次是1924年7月鲁迅在西北大学讲学所提到的，讲学的内容后编成《中国小说的历史的变迁》，在第二讲“六朝时之志怪和志人”中提到孔融，和祢衡放在一起，因为他们两个都是被曹操设法害死的，进而来说魏晋名士喜清谈的政治原因，也是为说明《世说新语》乃志人小说的标本。[④] 这也印证上面所讲的情况，即鲁迅从《世说新语》中了解孔融。第三次就是鲁迅南下广州，在1927年7月（鲁迅自己误记为9月）所作的演讲《魏晋风度及文章与药及酒之关系》[⑤]，文中有较多着墨说孔融的事情，主要讲孔融反对曹操和曹操杀孔融的原因，这是鲁迅谈孔融最多的文章，看得比较深入，是鲁迅了解孔融比较多的缘故。第四次是1928年12月30日写给陈濬的一封信中提到，说“弟在广州之谈魏晋事，盖实有慨而言。‘志大才疏’，哀北海（孔融，笔者注）终不免也”[⑥]。他给

---

① 参见《鲁迅全集》第18卷，第99页。
② 《鲁迅全集》第1卷，第142页。
③ 《鲁迅全集》第10卷，第6页。
④ 参见《鲁迅全集》第9卷，第319页。
⑤ 参见《鲁迅全集》第3卷，第523—553页。
⑥ 《鲁迅全集》第12卷，第142页。

陈澹所说的广州谈魏晋事，就是上面所涉及广州的那篇演讲。鲁迅在心中吐露了以魏晋事影射时局的真实想法。说孔融志大才疏而不得终，是鲁迅自况。这个记述也是源于范晔《后汉书·孔融传》。最后一次是在1934年所写的一篇《谩骂》的杂文中提到[①]，文中引用了孔融让梨的故事来说明这是环境对儿童的影响，有关孔融让梨的故事出自《世说新语·言语》。从以上五处所讲的情况来看，孔融的确很得鲁迅的欣赏，在鲁迅看来他是一位有个性的人，敢于打破陈腐之气提出新见的人，并且拿孔融自况，鲁迅自己的行为也和孔融相似，他在精神深处认同孔融。

阮籍，陈留尉氏人（今河南尉氏县），是竹林名士的代表人物，与嵇康同为“竹林七贤”的精神领袖。他生于建安十五年（210），卒于魏景元四年（263），他的思想比较复杂，前后也不一样。高晨阳认为正始元年（240）到嘉平元年（249）是阮籍思想变化的关键时期，因为这十年正好是曹氏集团与司马氏集团由暂时的合作走向分裂的时期。与此相应，阮籍的政治态度和生活态度也经历了一个剧烈而痛苦的转化过程。[②] 阮籍的主要著作有《乐论》《通易论》《通老论》《达庄论》《大人先生传》和《咏怀诗》。鲁迅认为阮籍的文章和诗歌都很好[③]，这是他喜欢阮籍的力证。他对阮籍的集中关注我们认为应该发生在回国后的十年间，主要是通过整理古代文献这个途径完成的。我们知道在这十年间，鲁迅辑校了很多古书，仅辑校《会稽郡故书杂集》就涉及70种以上古书，可见他接触的古籍之多。有关阮籍的诸多事迹主要记载在《晋书》《世说新语》和《太平御览》中，这三种书，鲁迅很熟悉。《隋书·经籍志》录有阮籍诗文13卷。唐初以前有19家《晋书》，虞预的《晋书》就是其中之一，而且较早（东晋），为完成虞预之书的辑校，鲁迅一定参考过其他人编写的《晋书》，因为其他人的《晋书》可以提供虞预书的一些信息，也可能收录虞预撰写晋书的条目。《魏晋风度及文章与药及酒之关系》中所谈阮籍的青眼、白眼和“口不臧否人

---

① 参见《鲁迅全集》第5卷，第451页。

② 参见高晨阳《阮籍评传》，南京大学出版社1994年版，第15页。

③ 参见《鲁迅全集》第3卷，第533页。

物”出自唐代房玄龄等人撰写的《晋书·阮籍传》，此文中还引用了《大人先生传》中的原文。《世说新语》被鲁迅看成差不多是魏晋名士的教科书[①]，如此结论乃是他熟悉该书的缘故，这里面也多有记录阮籍的奇闻逸事。《太平御览》也是鲁迅整理古籍的重要参考资料，书中也有阮籍的故事。辑校谢承《后汉书》，鲁迅于序中说：“《隋书》《经籍志》：《后汉书》一百三十卷，无帝纪，吴武陵太守谢承撰。”[②] 那就说明鲁迅很认真地阅读过《隋书·经籍志》，而阮籍13卷诗文乃录于此书中。

除嵇康、阮籍这两位“竹林七贤”的精神领袖外，鲁迅对山涛、刘伶、向秀也比较关注，在广州演讲的那篇文章中都提到过。从中也可知鲁迅是把“竹林七贤”作为一个整体来审视的，他说他们七人差不多都是反礼教的，重点谈到嵇康和阮籍的坏脾气，其实也不是坏，而是不与统治阶级合作，所以他们的整体精神风貌得到鲁迅的肯定。鲁迅后来的小说和杂文颇有魏晋名士的风范，刘半农送给他“魏晋文章，托尼学说”的对联，这名实相符。

五、鲁迅与否定现实的鬼怪

鲁迅与鬼怪的研究在学界很兴盛，但就系统性和创见性而言，当推日本学者丸尾常喜。他在《“人”与“鬼”的纠葛》一书中把中国民俗中的鬼分为“正鬼”和“野鬼”。[③] 从鲁迅的儿时生活及其他后来对鬼的偏爱来看，他很关注“野鬼”，可以这样说作为与“正鬼”相对立的“野鬼”在鲁迅的精神疆域中占据了重要的位置，这是鲁迅偏爱异端从现实延伸到阴间的表现。

鲁迅在7岁的时候师从叔祖周玉田，周玉田教他《鉴略》，课余他看到了《文昌帝君阴骘图说》和《玉历钞传》[④]，这两本书都是清朝流

---

① 参见《鲁迅全集》第9卷，第319页。

② 《鲁迅全集》第10卷，第6页。

③ 参见［日］丸尾常喜《“人”与“鬼”的纠葛》，秦弓译，人民文学出版社2006年版，第9页。

④ 参见鲁迅博物馆鲁迅研究室编《鲁迅年谱》（一），人民文学出版社1984年版，第13页。

传很广的图画书。前书据说是奕䜣所藏，有46幅画，主要劝人积阴功，作品在整体上秩序井然、比例严谨，有一种均衡、协调、澄清、合一、安顿之美。同时，画中所述的内容又多描绘人生惊涛骇浪的因果变幻之境，与画者所用的工整、节奏合一的笔法形成了两个极端的反差，是一个鬼世界的描述。后书是描写地狱各种鬼怪的画图册，鲁迅后来回忆儿时生活时说道："倘使要看个分明，那么，《玉历钞传》上就画着他的像，不过《玉历钞传》也有繁简不同的本子的，倘是繁本，就一定有。"这里的"他"就是"活无常"，又说："《玉历钞传》上还有一种和活无常相对的鬼物，装束也相仿，叫作'死有分'。"[①] 鲁迅在此描述的"活无常"和"死有分"都得益于他读私塾翻看的这本《玉历钞传》。此外，周玉田告诉他有一本插图的《山海经》，于是他就想得到，后来保姆阿长就给他买来一本，他看到上面很多图画很高兴，这上面"画着人面的兽，九头的蛇，三脚的鸟，生着翅膀的人，没有头而以两乳当作眼睛的怪物"[②] 就是鬼怪的造型。

绍兴人把书本上这些鬼怪故事转化到现实生活中，就成为他们特有的祭祀活动、丧葬习俗和民间戏剧。鲁迅说小时候在绍兴城隍庙或东岳庙中的"阴司间"看过很多鬼怪，他对"活无常"和"死有分"记忆深刻，另外还有什么吊死鬼、跌死鬼、虎伤鬼和科场鬼[③]，看来城隍庙或东岳庙是他接触鬼怪的现实场所。绍兴当地的鬼神祭祀源于人们相信灵魂的存在，灵魂在人活着的时候寄寓并支配人的身体，人死后就进入阴间，其实就是灵魂存在的不同场所。祖先祭祀就是阳间的子孙通过物质的东西供奉阴间的鬼魂，所以没有后代，鬼在阴间就过着悲惨的生活，他们就会成为野鬼，在民间中元节时候孤魂野鬼猖狂，就要求不要乱走。鲁迅家的祖先祭祀是相当正规的，作为一个大家族也相当排场。他们有祭祀的祠堂，祠堂里放有历代祖先的牌位，每块牌位上写有男子和他妻子的名字，妾的牌位不能入正堂，只能在"庶母堂"占据一个位置。如果女子未嫁死了，是不能入任何祠堂被供奉的，和不能生孩子

① 《鲁迅全集》第2卷，第277页。
② 同上书，第254页。
③ 同上书，第277—278页。

的女人死了一样会成为孤魂野鬼。倘若女子因死了丈夫多次再嫁，她们死后的灵魂也找不到皈依。周家有祭田，专门靠它的收入供奉祭祀所需费用，还可以以此救济许多寡妇。鲁迅作为致房下兴房的长子深得曾祖母戴氏的宠爱，因为他的出生圆了戴氏四世同堂的梦想，所以鲁迅更正式地参加各种祖先的祭祀活动，这样鬼和灵魂这些概念就植入鲁迅的内心世界。《祝福》中鲁四老爷家的祭祀活动就是鲁迅家祭祀活动的再现，祥林嫂的再嫁就成为死后灵魂游荡找不到皈依的根源。

鲁迅在 16 岁时就死了父亲，他参加了规模宏大的丧葬仪式。在《父亲的病》中鲁迅记载了衍太太教他怎样叫魂：把纸钱和《高王经》烧成灰，用纸包了给他父亲捏在拳头里，然后连声大叫父亲，以叫回离去的灵魂。第二日，鲁迅要带着纸钱去土地庙“报庙”，即孝子背靠柱子站立，两手向后倒抱柱子三次，以给灵魂松绑。土地庙是冥府的派出机关，无常鬼就是在这里把死者的灵魂带到地狱的，所以人死后要到土地庙去“报庙”。同时在家里，也举行“送无常”的仪式，儿孙们穿上孝服，把米筛盛放的酒饭、纸钱、线香、蜡烛、草鞋摆在大门的地上，烧掉纸钱和草鞋，请过路人吃酒饭，这就是“送无常”。“送无常”完后，就是向亲戚朋友报丧和入殓。死后每七天举行诵经拜忏仪式，第一个七天叫“头七”，此后一直持续到“断七”，共四十九天。这种仪式称为“做七”，其实是源于“阎罗十殿”的信仰，死者每七天要进一殿，到第八殿至第十殿时候就分别对应死后百日、一年和三年的祭祀仪式。游历十殿后，死者就投生了。鲁迅的父亲周凤仪“断七”出殡，他的丧葬仪式完全按照这些程式来进行。

绍兴《目连戏》在晚清比较盛行，对民众日常生活影响很大，鲁迅的许多鬼怪的形象都和这个戏曲有关系。丸尾常喜说中国最早记载演《目连戏》的书籍是《东京梦华录》[①]，此书的“中元节”项下，记录了艺人从七夕到七月十五演《目连救母杂剧》，吸引很多观众的盛况。[②]

---

① 参见［日］丸尾常喜《“人”与“鬼”的纠葛》，秦弓译，人民文学出版社 2006 年版，第 22 页。

② 参见（宋）孟元老撰，邓之诚注《东京梦华录注》，中华书局 1982 年版，第 211—212 页。

其实早在唐朝的时候就有了由佛经故事演变兼说兼唱的“目连变”，由于宋朝东京的经济和世俗文化生活很繁荣，“目连戏”常演于“瓦舍勾栏”之中。[①] 这就就是孟元老在《东京梦华录》中记载的这个情形，但可惜的是“目连戏”在宋、元没有留下剧本，直到明万历十一年（1583）郑之珍才根据原民间流传《目连传》演出本删节改编成《目连救母劝善戏文》（三卷），这个本子成为后来尤其是清朝许多地方目连戏的主要文本来源[②]，其故事梗概如下：上卷主要写：“付长者乐善斋僧布施，上帝宝蟠接引登天，刘安人开荤遣儿出去，付罗卜归家谏母团圆。”中卷主要写：“刘氏开荤结业冤，阴司谴责受诸想；观音点化付罗卜，挑经挑母往西天。”下卷主要写：“刘青提阴司受苦，释伽佛法力无边，曹氏女未婚守节，目键连救母升天。”每晚演出一卷，分三晚演完全剧。[③] 其主题是通过鬼怪的威慑力来“劝善惩恶”，而且还把儒家的“忠孝节义”的观念贯穿在这个佛教故事中。[④] 绍兴流行“定型剧目”和“老剧目”两种本子，都受明朝的郑之珍本影响，但也传承了更古老的《目连戏》，内容比郑本繁杂得多，因而有学者认为绍兴目连戏和郑本是一种横向影响关系，它们也许有自己不同的母本。[⑤] 就绍兴目连戏而言，不管哪个剧本都是地地道道的祭神戏和鬼戏，目的是超度祖先灵魂和亡魂，其核心框架是《起殇》《游地府》《男吊》《女吊》和《无常》，而且这《男吊》和《女吊》恐怕是绍兴特有的创造[⑥]；还有很多其他的绍兴地方戏如“大戏”（镇抚给村镇带来灾害的怨鬼的戏）和“庙会戏”（谢神、娱神的戏）大都汲取了《目连戏》的因素。从鲁迅在《五猖会》《社戏》《无常》和《女吊》中描绘的情形来看，他很熟悉当地源于目连戏的主要戏曲。他收藏了3种目连戏版本：郑之珍的《目连救母劝善戏文》、清代种福堂翻印的富春堂刻本《新刻出相

---

① 参见薛若邻《目连戏的思想内涵和民俗特征》，载《文艺研究》1994年第5期。

② 参见［日］田仲一成《中国戏剧史》，布和译，北京大学出版社2011年版，第186页。

③ 参见陆小秋《目连戏四题》，载《文艺研究》1990年第5期。

④ 参见金宁芬《明代戏曲史》，社会科学文献出版社2007年版，第239页。

⑤ 参见徐斯年《绍兴目连戏散论》，载《绍兴文理学院学报》2005年第3期。

⑥ 同上。

言注劝善目连救母行孝戏文》3卷102折和上海马启新书局石印木《秘本目连救母全传》6册（1919），还有一批内有“无常”画像的书籍，自己也曾画过无常像[①]，这些事实都证实了他对目连戏的熟悉。鲁迅还在十余岁时曾经扮过目连戏中“义勇鬼”[②]，这会加强他对目连戏的深入体验。丸尾常喜也进行了总结，认为鲁迅主要熟稔三类演剧：庙会戏、目连戏和大戏，并对它们进行了区分。[③] 其实这三种戏在绍兴当地并没有区分得很明显，大戏和庙会戏有很多地方是以《目连戏》为核心衍生的很具有地方色彩的戏曲形式，完全可以说是《目连戏》的地方化。

从《五猖会》《社戏》《无常》到《女吊》的完成，能够比较清晰地看出鲁迅对绍兴鬼怪文化的接受偏向。《五猖会》其实是写看五猖会之前的事情，作者拿迎神赛会作比并回忆了明人张岱《陶庵梦忆》中的盛况，来衬托五猖会的吸引力。最终这种对美好的事物盼望的心情被父亲扼杀了，具有民间游乐性质的五猖会和父亲之间构成矛盾，表露了鲁迅的偏向，但这篇文章毕竟是三十多年后写的，也并不能完全代表他当时的想法。社戏是绍兴当地春秋两季祭祀社神所演的戏，用以酬神祈福。鲁迅在《社戏》中说了自己于十一二岁时在乡下的外祖母家看戏的情形，那时候是春季，绍兴当地把这个称之为“春赛”（春季演的社戏），所以鲁迅看的社戏就是“春赛”。这篇文章中对社戏的具体内容描绘其实很少，特别说到一个小丑被绑在柱子上被花白胡子用马鞭打是最好的一折，另外还说到铁头老生翻跟头和老旦的唱，他自己想看的一个人蒙了白布两手在头上捧了蛇精和黄布衣跳老虎最终没有出现，除此之外其他很多内容都是描绘要看戏的心情的。这两篇回忆少年时代看戏的文章首先表露了鲁迅对民间戏曲的热爱。和《五猖会》一起被收入《朝花夕拾》的《无常》就鲜明地表达了鲁迅对无常的喜爱，他对无常的描绘真是生动之至。之所以花这些笔墨来塑造可爱的无常，无非是想

---

① 参见刘家思的《绍兴目连戏原型与鲁迅的主体意识》（载《现代文学研究丛刊》2006年第5期）和《论绍兴目连戏对鲁迅审美意识的影响》（载《文学评论》2007年第4期）。

② 参见《鲁迅全集》第6卷，第639页。

③ 参见［日］丸尾常喜《“人”与“鬼”的纠葛》，秦弓译，人民文学出版社2006年版，第26页。

赞扬无常秉公执法的美德。《无常》呼唤正义，《女吊》却是弘扬复仇精神，鲁迅于死前不久做这样的文章，耐人寻味，他说一个都不饶恕，就是活化了女吊的复仇精神。复仇在鲁迅那里就是反抗压迫和奴役，要挣得人间的公平和正义。

到此为止，基本可以看出鲁迅从儿时对关于鬼怪的民俗文化青睐到晚年对女吊的肯定的路径，他看好的是阴间的公平和正义而不是阳间的羼水的公理，他申述的是反抗奴役和压迫的复仇精神，代表这种精神的鬼怪才是鲁迅热衷的，最终的精神指向是入世救困。正如刘家思所言："绍兴目连戏使目连救母原型惩恶扬善和因果报应的思想层面向着克己受难、济贫救世、复仇反抗的意义转换。克己受难、济贫救世与复仇反抗昭示出一种强烈的生命意识与生命追求。正是这样，它能贴近鲁迅的主体心灵，受到欢迎。"①

第二节　鲁迅与西方文化之"个"的事实接触

鲁迅南京求学前的生活经历，初步展现了他的教育背景及心理结构。就教育背景而言，四书五经是他的主要学习内容，但在此之外他对历史书及稗官野史表现了特别的兴趣，而且这种在主流之外寻找学习资源的心理需求逐渐使他把视角转向了对中国文化中异端的关注。鲁迅12岁时家里发生了"科场舞弊案"，几年后他父亲又亡故了。"科场舞弊案"不仅在物质上摧毁了鲁迅的家庭，而且也在心理上摧毁了鲁迅对封建大家族的依恋。他的猎奇心理应该是在这种家庭的变故中被进一步加强，尔后几年的时间内就发展成反抗性心理，从而在一系列屈辱的事件中形成了影响他一生的心理结构。在这种支配他阅读视野的心理结构下，形成了鲁迅对外来文化接受的先在视域。因而，鲁迅去南京和日本后对达尔文、赫胥黎、尼采和摩罗诗人的偏爱，有着他的前理解。换句话说，就是早年生活所铸造的心理结构及其偏离传统主流的知识视野影响了他的选择，是他接受这些外来文化之"个"的潜在规约。

---

① 刘家思：《绍兴目连戏原型与鲁迅的主体意识》，载《现代文学研究丛刊》2006年第5期。

一、鲁迅与进化论的代表人物

大多数研究者把鲁迅对外来文化“个”的接受放在日本留学那段时间，这是不太公允的，其实在南京求学时已经就开启了这个旅程。这就是当时鲁迅通过阅读翻译著作接触的进化论代表人物。

1. 从达尔文到斯宾塞

达尔文（Charles Robert Darwin，1809—1882）是一位改写人类历史的人物，他的思想对整个世界产生了巨大影响。达尔文之所以对人类作出这样重大的贡献，和他异于传统的人生道路是密不可分的。达尔文中学没有毕业，他父亲就把他送进医学院，想让达尔文从事医学，但他无意于医学，就进了农学院，对动植物和旅行表现出浓厚的兴趣。于是，达尔文的父亲认为他不务正业，决心把他送到剑桥大学去学神学，以便将来做一个尊贵的牧师。可是达尔文矢志不移，继续关注他的动植物，对自然史充满了极大的兴趣。1831 年达尔文剑桥毕业，经过朋友的推荐，他以“博物学家”的身份参加了“小猎犬号”（the Beagle）的为期 5 年环球旅行。这次航行真正训练达尔文的思想，使他最终立志以科学的实证精神来揭示自然界的进化规律。① 1859 年达尔文出版了轰动世界的《物种起源》，书中用大量资料证明了所有的生物都不是上帝创造的，而是在遗传、变异、生存斗争和自然选择中，由简单到复杂，由低等到高等，不断发展变化的，而那些改良较少的物种因为不适应自然就灭绝了。他把这一规律用以下的话进行了总结：“生长与生殖，生殖所包含的遗传，由生活条件的间接与直接作用以及用与不用所起的变异，由过度繁殖而引起的生存斗争以及自然选择的后果，使性状趋向分歧而改良较少的类型不免灭亡。”② 1871 年达尔文又公布了《人类的由来及性选择》的报告，他认为“人是从某一种在组织上不那么高度的形态传下来的”③，理智能力和道德情感也是在第一性的本能基础上不断地

① 参见［英］达尔文《达尔文自传》，见《物种起源》，谢蕴贞译，科学出版社 1955 年版，第 377—419 页。

② ［英］达尔文：《物种起源》，谢蕴贞译，科学出版社 1955 年版，第 343 页。

③ ［英］达尔文：《人类的由来》，潘光旦、胡寿文译，商务印书馆 1983 年版，第 919 页。

改进而取得的，这些第一性通过自然选择就已经取得了。人种的不同和单个个体的差异也是因为自然环境、生活习惯及性选择等因素导致的。这一跃进至关重要，它使达尔文的视野从对自然走向对人类的关注，指出人类自较低的生命形式进化而来的证据，展示了动物和人类心理过程相似性的证据，还报告了进化过程中自然选择的证据。这对基督教创造人类之说具有毁灭性打击，从根本上动摇了西方人对世界及自身的认识。

赫胥黎（Thomas Henry Huxley，1825—1895）是达尔文的坚定支持者。1859 年达尔文出版了《物种起源》，随即也给伦敦矿物学院地质学教授赫胥黎寄去一本，赫胥黎认真阅读了这本书，虽然认为书中有些地方还要继续研究和探讨，但他给予了这本书整体性的肯定：将会引起科学思想的深刻革命。在写给达尔文的信中热情地表达了他对达尔文自然选择理论的支持，为捍卫科学，他说他准备接受火刑，并公开宣称自己是达尔文的斗犬。1860 年 6 月 30 日，在英国牛津大学展开了关于进化论的第一回合论战。赫胥黎面对大主教威伯福士对进化论的恶毒攻击，以雄辩的事实和严密的逻辑赢得听众的认可。此后 30 余年一直坚定地站在达尔文的进化论立场上与基督教势力进行了顽强的斗争。难能可贵的是，赫胥黎并没有全盘接受达尔文的进化论，而是推进了进化论。他发表了 150 多篇论文，涉及动物学、古生物学、地质学、人类学和植物学等多个方面的问题，在海洋动物学的研究上尤为卓著。1893 年，赫胥黎应友人之邀，在牛津大学做了《进化论与伦理学》的演讲，讲述了有关演化中宇宙过程的自然力量与伦理过程中的人为力量相互激扬、相互制约、相互依存的根本问题，对于生物发生、生物进化作出了科学的解释，比达尔文的《物种起源》迈进了一大步。

达尔文的《人类的由来及性选择》和赫胥黎的《进化论与伦理学》是社会达尔文主义产生的主要依据。社会达尔文主义是将达尔文进化论中自然选择及其进化伦理的思想应用于人类社会的一种理论，风行于 19 世纪到第二次世界大战这一历史时期。其创始人是英国的赫伯特·斯宾塞（Herbert Spencer，1820—1903），他把达尔文的自然选择和适者生存理论运用于分析社会学尤其是教育和阶级斗争，认为生存斗争是社会发展的基本规律，人类社会和生物有机体很相似。斯宾塞在《社会静力学》中首次反思了人类社会，提出了普遍的进化框架。他认为社会进化是不断个性化（individuation）的过程。在从无差别游牧部落向复杂的文明社会的发展过程中，劳动的不断分化促进了人类社会的进化。斯宾塞这种个性化的社会进化很显然是个人主义的，是后来种族主义和极端个人主义的重要源头。德国的施蒂纳和尼采都从社会达尔文主义中汲取了较多的养分，美国、日本和中国等在现代化的过程中都受到社会达尔文主义的很大影响。

从达尔文到斯宾塞，是进化论由自然向人类社会渗透的一个过程。自然的物竞天择和适者生存被机械地利用在分析人类社会的演进，这的确为观察社会提供了一些难能可贵的视角，但是对弱小民族和社会中的弱势群体的蔑视却是极不人道的。日本自明治维新以来，以加藤弘之为代表的一些学者就深受社会达尔文主义的影响，并与天皇制结合起来，在日本形成影响深远的进化论思潮，最后发展成了具有日本特色的法西斯军国主义。

2. 进化论在中国的传播及鲁迅与进化论的这些代表人物

进化论在中国的传播早在严复以前就开始了。1895 年李善兰译出并介绍哥白尼学说的《谈天》，1873 年华衡芳译出赖尔的《地质学原理》（译名为《地学浅说》），这两部书都具有天体演化和自然进化的思想。终生从事洋务活动的钟天纬先于严复十年左右撰文极简要地介绍了达尔文的“万物强存弱灭”“时有变化”的进化论，并提到“多推论达尔文之理”的社会达尔文主义者斯宾塞。梁启超在读到严译《天演论》手稿以前，已从康有为那里听说过进化论。[①] 但是当时进化论仅止于在中国的精英等极少数人中传播，真正产生影响的是严复译的《天演论》，这个被节译的《天演论》源自赫胥黎的《进化论和伦理学》，严复只译了前半部分，并加有很多按语。严复转达赫胥黎的中心观点是，物竞天择和适者生存是自然规律，这个自然规律同样也适用于人类。这就是后来社会达尔文主义的所持有的基本观点。按这种逻辑，人类社会中的强国和强大的种族就有理由淘汰弱小国家和种族，其反人道的本质

---

① 参见房德邻《严复与西学》，载《北京师范大学学报》（哲学社会科学版）1985 年第 5 期。

很明显。但是严复结合中国当时的国家形势对这种进化论进行了反其道而用之的误读，认为我们如果不强大就会被西方列强所吞噬，这就激起了当时中国人的发愤图强的民族和国家情感。有学者认为严复不翻译他很认可的斯宾塞的著作，而翻译赫胥黎的这部著作，是为了克服斯宾斯“任天而治”思想，赫胥黎的《进化论和伦理学》是任人而治的。[①] 伊藤也认为正是因为这一点严复巧妙地领会了赫胥黎和斯宾塞的区别，他说赫胥黎站在自然界和人类社会的二元对立立场上，在无情的适者生存法则支配下的自然宇宙过程中，只有人才具备特有的伦理过程，人通过克服祖先遗传下来的弱肉强食的兽性，在能动的改造自然的伦理过程中体现了人的特质。[②] 但也有学者认为严复的进化论源于达尔文、赫胥黎、斯宾塞及中国的传统思想，是人定胜天和与天争胜的传统思想与西来的进化论综合改造而形成的。[③] 不管学者们持什么样的观点，严复译此书有强国保种倾向应该是没有争议的。“天演论”在字面上接近中国传统；在思想内容上是一种打破中国治乱世、升平世和太平世循环观的线性历史观，这容易引起当时知识分子的共鸣。严复于《天演论》序言中间接说明了这点[④]，张法认为：“‘天演’是一个与中国思想相贴近而让人一下子就想到中国宇宙论的词汇。至于‘天演’的具有时代新质和内容，则进一步在内容上用三个词组予以明释——物竞天择，生存斗争，优胜劣败。‘天演’一词用一种中国士人最能懂最易明的方式，讲出了新时代的天道。对中国现代性来说，这是一个具有哥白尼革命一样的世界观的巨变。它把中国式的循环论历史变为西方式的直线论历史、一个进化的前进的历史、一个今胜于古的历史。天演论成了中国现代性制度巨变前夜中的一个决裂古今的理论。这个理论一下子就说明了具有道德正义性的大清王朝何以自 1840 年以来一次次的挫败，这个理

---

① 参见房德邻《严复与西学》，载《北京师范大学学报》（哲学社会科学版）1985 年第 5 期。

② 参见［日］伊藤虎丸《鲁迅、创造社与日本文学》，孙猛、徐江、李冬木等译，北京大学出版社 2005 年版，第 74—75 页。

③ 参见李承贵《严复进化思想探微》，载《福建论坛》（文史哲）1997 年第 3 期。

④ 参见［英］赫胥黎《天演论·译〈天演论〉自序》，严复译，商务印书馆 1981 年版，第 viii—x 页。

论极大地暗示了一败再败的中国要由劣变优必须进行器物、制度、思想更新的绝对必要性。”[①] 伊藤进一步佐证：“进化论之所以给中国思想界以极大的影响，首先是因为这种危机感获得了当时知识分子的普遍共鸣。”[②] 正是这些因素，才使得进化论在19世纪末到20世纪初期在中国广泛传播。

鲁迅就是在这样的背景下与进化论相遇的。1898年鲁迅走异路去南京求学，这一年《天演论》出版。他于上课之余，阅读了严复译的《天演论》，达到熟读成诵的地步。在《琐记》中他自己谈过这事[③]，周作人也在《鲁迅的青年时代》中进行了回忆[④]，许寿裳在《鲁迅传》中也进行了描述。[⑤] 在南京时期，鲁迅接触进化论，和当时国内报纸杂志对进化论的宣传有很大关系。胡适在他的《四十自述》中回忆说：“《天演论》出版之后，不上几年便风行全国，竟作了中学生的读物了。读这书的人，很少能了解赫胥黎在科学史和思想史上的贡献。他们能了解的只是那‘优胜劣汰’的公式在国际政治上的意义。在中国屡次战败之后，在庚子辛丑大耻辱之后，这个‘优胜劣败，适者生存’的公式，确是一种当头棒喝，给了无数人一种绝大的刺激。几年之后，这种思想像野火一样燃烧着许多少年人的心和血，天演、物竞、淘汰、天择等术语，都渐渐成了报纸文章的熟语，渐渐成了一班爱国志士的口头禅，还有许多爱用这种名词做自己或儿女的名字。陈炯明不是号竞存吗？我有两个同学，一个叫孙竞存，另一个叫杨天择。我自己的名字也是这种风气底下的纪念品。”[⑥] 这样的宣传氛围，自然也带动了鲁迅对进化论的热情，并且他开始关注国外的这方面的著作。1902年出国前期他回家探亲，就托叔祖带给在南京的周作人一本日本关于进化论的

① 张法：《中国现代性以来思想史上的五大观念》，载《学术月刊》2008年第6期。

② ［日］伊藤虎丸：《鲁迅、创造社与日本文学》，孙猛、徐江、李冬木等译，北京大学出版社2005年版，第75页。

③ 参见《鲁迅全集》第2卷，第305—306页。

④ 参见周作人《鲁迅的青年时代》，河北教育出版社2002年版，第32页。

⑤ 参见许寿裳《鲁迅传》，国际文化出版公司2010年版，第11页。

⑥ 胡适：《四十自述》，中国文联出版公司1993年版，第48—49页。

书，这本书是加藤弘之的《物竞论》。[1] 译者杨荫杭把加藤弘之的原书名《强者之权利之竞争》做了更改，李冬木认为这是延续了严复生存竞争的说法，并且在自然进化的意义上仍然使用“天演”一词来表达，也就是《物竞论》的译者受《天演论》的影响，并且也是受到甲午战争的刺激而寻找救国的武器。杨荫杭翻译《物竞论》实际上强化了严复《天演论》中的思想，把读者导向一个方向。鲁迅的阅读进化论的顺序正好与《天演论》和《物竞论》翻译顺序相一致。[2] 那么也就是说，鲁迅对进化论的理解，其实是沿着严复以“个”争天并以此对抗强权来拯救国家的方向发展的，并且因为阅读了杨荫杭的《物竞论》而得到了进一步加强。严复完成《天演论》的翻译后，对进化论的理解逐渐偏向渐进，失去了激进革命的意味，开始译著《群学肄言》，倡导斯宾塞的社会达尔文主义，即把社会看成生物有机体，个人与社会的关系受天演规律的支配。由此可看出“人”在严复的眼中已经发生变化，丧失了《天演论》中的争天的特点。《群学肄言》出版于1903年，鲁迅其时已去日本留学，但他回国探亲在上海购得此书。[3] 从鲁迅的留日时期的著作中看到，他延续了严复在《天演论》中所阐发的进化论思想，但离严复的《群学肄言》渐趋保守的倾向愈来愈远。

1902年鲁迅留学日本，这段时间前后，进化论在日本非常流行。以1877年美国动物学家莫斯（R. S. Morse）赴东京大学传授进化主义为契机，进化主义风靡日本学术界，“进化这个词好像长了翅膀，飞遍整个日本，留心新知识的人常常开口进化，闭口进化，好像只要谈进化，什么问题都解决了似的”[4]。日本东京帝国大学总理（校长）加藤弘之（1836—1916）于明治七年（1874）著《国体新论》，倡天赋人权说，明治十五年（1882）著《人权新说》，倡进化论的强者权利说，

---

① 参见鲁迅博物馆鲁迅研究室编《鲁迅年谱》（一），人民文学出版社1984年版，第86页。

② 参见李冬木《关于〈物竞论〉》，载《鲁迅研究月刊》2003年第3期。

③ 参见鲁迅博物馆鲁迅研究室编《鲁迅年谱》（一），人民文学出版社1984年版，第110页。

④ 近代日本思想史研究会：《近代日本思想史》第1卷，马采译，商务印书馆1983版，第119页。

“进化论”“生存竞争”“优胜劣败”，这些后来闻名遐迩的词均为其所创。[①] 日文汉译以“进化”为名的著作有：斯宾塞《政治进化论》，译者不详；伊耶陵《权利竞争论》，译者不详；加藤弘之《物竞论》，杨荫杭译，东京译书汇编发行所1901年版；《加藤弘之讲演集》，作新社译，作新社1902年版；加藤弘之《天择百话》，吴建常译，上海广智书局1902年版；加藤弘之《人权新说》，陈尚素译，上海开明书店1903年版；加藤弘之：《道德法律进化之理》，金寿庚译，上海广智书局1903年版；加藤弘之《政教进化论》，杨廷栋译，上海广智书局1911年版；有贺长雄《族制进化论》，译者不详，上海广智书局1902年版；有贺长雄《社会进化论》，麦鼎华译，上海广智书局1903年版；石川千代松《进化新论》，译者不详。[②] 这个长长的译书名单，除了可看出日本进化论对中国的影响外，还充分说明19世纪末20世纪初进化论在日本传播和研究的盛况。鲁迅留学在这样一个文化环境中，会进一步受到进化论的影响。事实上，他正是在这段时间对进化论的进行了多方位的了解和研究的。1903年3月3日鲁迅寄给周作人一本德人伊耶陵著的《权利竞争论》[③]，这本书就是前面列举的汉译日本进化论名著中的一本。在《人之历史》中就能更清楚地看到他对进化论的熟悉和钻研，在这样一篇不长的论述人类产生演化的论文中，他先后谈及达尔文、海克尔、赫胥黎、兰麻克、歌德和华莱士等多位进化论的重要学者。钱理群也指出他在这一时期对进化的关注：“他潜心研究了包括进化论在内的许多西方自然科学与社会科学。”[④]

从事实上看，鲁迅与进化论有诸多接触，所以学界研究鲁迅与进化论的关系就有很多论文[⑤]，他们基本倾向于认为鲁迅是从社会学、哲学

① 冯天瑜：《新语探源》，中华书局2004年版，第311—312页。

② 参见张法《中国现代性以来思想史上的五大观念》，载《学术月刊》2008年第6期。

③ 参见鲁迅博物馆鲁迅研究室编《鲁迅年谱》（一），人民文学出版社1984年版，第102页。

④ 钱理群：《鲁迅与进化论》，载《现代文学研究丛刊》1980年第2期。

⑤ 很有代表性的论文有：叶德浴的《鲁迅与〈天演论〉、进化论》（参见中国社会科学院文学研究所鲁迅研究室编《1913—1983鲁迅研究学术论著资料汇编》第5册，中国文化出版公司1989年版，第313—327页）；钱理群的《鲁迅与进化论》（载《现代文学研究丛刊》1980年第2期）；星婴的《被沉沦吞没的理想》（载《湖南师范大学社会科学学报》1994年第1期）。

和科学思想的角度来接受达尔文进化论，并且指出鲁迅所接受的进化论是被严复改造过的进化论。在这些研究中，钱理群具体分析了鲁迅在不同的生活阶段与进化论的关系，并明确指出鲁迅扬弃了严复的进化论思想，是按照自己的方式理解和接受进化论的。这些学者的观点值得珍视，但鲁迅与进化论的关系研究还有两个地方关注较少：一是对达尔文自然科学本身的接受。很多学者不大关注这一方面，这是以他在日本留学的文章为依据得出的结论，但是鲁迅热衷于植物标本的采集并支持他三弟周建人从事植物学的研究，这明显有进化论的直接影响。由于本书不讨论这个方面，就留作别的文章讨论。二是鲁迅从“个”的角度对达尔文、赫胥黎等进化论的代表人物进行接受。这第二点正是本书要论述的，下面就具体分析一下。

赫胥黎的进化论通过严复的创造性翻译，变成中国强国保种的理论武器。严复在译序中说：“赫胥黎氏此书之旨，本以救斯宾塞任天为治之末流，其中所论，与吾古人有甚合者，且于自强保种之事，反复三致意焉。”[①] 严复说，天演论在中国古代已有发端，但中国古书难读，后人不能延续，士大夫往来于利禄之间，抱残守缺，无独辟之虑，所以要译介像赫胥黎这样有创新的学问来审敌自镜，强国保种。严复非常欣赏赫胥黎独辟之虑，特别推崇他“任人而治”的思想，而“任人而治”就是个体在自然社会面前从被动向主动转变。就当时中国的情势，严复是想激起“个”的自觉，让“个”成为自强保种的基本单位，由是国家能够强大。赫胥黎在严复的翻译中就被塑造成具有异于传统的这样一个“个”的形象。鲁迅对这个“个”是充满异样感情的，他深情地回忆说：“哦！原来世界上竟还有一个赫胥黎坐在书房里那么想，而且想得那么新鲜？一口气读下去，‘物竞’‘天择’也出来了，苏格拉底，柏拉图也出来了，斯多噶也出来了。”[②] 鲁迅把赫胥黎看作一个新鲜的人物，之所以新鲜，完全在于严复翻译的赫胥黎的异端性，这不是针对西方的基督教社会，而是针对中国传统的社会历史。“人”被严复强调性地提出来了，并具有对抗帝国主义、发奋强国的特点。吴汝纶在给严

---

① ［英］赫胥黎：《天演论·吴汝纶序》，严复译，商务印书馆1981年版，第x页。

② 《鲁迅全集》第2卷，第306页。

复《天演论》作序时，也基本是沿着这样的思路来介绍这本书的。他说：“赫胥黎起而尽变故说，以为天下不可独任，要贵以人持天。以人持天，必究极乎天赋之能，使人治日即乎新，而后其国永存，而种族赖以不坠，是之谓与天争胜。而人之争天而胜者，又皆天事之所苞，是故天行人治，同归天演。”① 从历史观上看，“天演”（进化）的总趋势是对中国治乱世、升平世和太平世的循环观的一次巨大冲击。赫胥黎作为与落后的中国相对立的一个形象被严复、鲁迅等知识分子所接受。

在日本，鲁迅继续关注进化论，但却偏重对进化论者的革命性或者人格精神的认同，这也是沿着《天演论》中的思想接受进化论，和严复后来逐渐趋向保守的进化论观点分道扬镳。《人之历史》一书中鲁迅例举了很多进化论的代表人物，他说到达尔文“空前古者也”②。了解了达尔文的生平，就知道达尔文在西方文化史上是一个异端的形象，他的生活道路是异于传统的，他的进化论是对传统基督教的颠覆，不仅引起了科学思想的深刻革命，也为重新观察西方社会提供重要的理论武器。“在《人之历史》中，鲁迅仿佛是有意地要与严复介绍斯宾塞庸俗进化论唱反调，着意介绍了被列宁所充分肯定的黑格尔（鲁迅译为海克尔）的种系发生说，赞扬海克尔‘犹赫青黎然，亦近世达尔文说之讴歌者也，顾亦不笃于旧，多所更张’。这正说明鲁迅最关注的是达尔文学说中的革命内容。”③ 达尔文、赫胥黎、海克尔、歌德这些人及其学说都具有“个”之特性，鲁迅从自然科学的角度来张扬这些“个”。随后在《科学史教篇》和《文化偏至论》中把这种“个”从自然科学延伸到人文领域。他说：“盖科学发现，常受超科学之力，易语以释之，亦可曰非科学的理想之感动，古今知名之士，概如是矣。”④ 为阐释这个观点鲁迅例举了赫胥黎和达尔文，看来他是把这二位进化论的代表人物看成具有超科学之力的人。正是在这个意义上，伊藤才说：“鲁迅的进化论，并不是把人类的历史把握为人作为生物适应环境的过程，而是

---

① ［英］赫胥黎：《天演论·吴汝纶序》，严复译，商务印书馆 1981 年版，第 vi 页。

② 《鲁迅全集》第 1 卷，第 13 页。

③ 钱理群：《鲁迅与进化论》，载《现代文学研究丛刊》1980 年第 2 期，第 160 页。

④ 《鲁迅全集》第 1 卷，第 29 页。

把握为作为‘人格’的人的精神的进化过程。而这种‘伦理的进化’所预想的顶点，就是尼采的超人。”①《文化偏至论》中鲁迅沿着这个思路在人文领域寻找这样的超科学之人，施蒂纳、尼采被他提及。因而，可以说鲁迅对进化论的接受主要是以“个”为基石的，通过“个”进入他们叛逆性的学说，在当时的历史语境下来表达自己革命性的要求，和严复一样通过激起“个”来强国保种。这也能够看出鲁迅在这之前于传统中所获得的那些“个”的因素规约了他的接受视域。比他稍后一点的周作人也读到严复《天演论》和加藤弘之的《物竞论》，但他没有鲁迅这样强烈的个性化的文化趋向，说明他们早年的文化偏好及因此所造就的文化心理结构存在差异。

但是，我们要清楚地看到，“个”此时还没有完全展现出来，直到留学后期在《文化偏至论》《摩罗诗力说》和《破恶声论》中，鲁迅对“个”的张扬才到了显著位置，其标志就是尼采和摩罗诗人在鲁迅视域中的全方位出现。

二、鲁迅与尼采

鲁迅与进化论的接触，与其说给了鲁迅思想的启示，倒不如说给了他个性的张扬。从接受的角度考察，先在视域极其重要，倘若没有鲁迅青少年时代的人生经历和文化熏陶所塑造出来的“前理解”，即使有中国衰亡的外在大背景，他也很可能只是像其他知识分子一样仅仅在进化论的风潮中肤浅地走过去。但鲁迅对进化论的接受是文化认同式的接受，影响了他的思维、思想和文化人格，并进一步加强了他对具有异端性、个性的思想与文化人物的认可。正因为如此，他与尼采的相遇就走上了历史舞台。

鲁迅与尼采的事实接触始于他的日本留学生活，所以先要看看日本当时的尼采传播情况。日本在甲午海战到日俄战争的十年间掀起了尼采传播的第一次高潮。井上哲次郎是第一个把尼采介绍到日本来的，尼采是作为积极奋斗者的形象出现的，接着出现了尼采作为“文明批评家”“极端个人主义”和“无道德及非科学主义”的形象，后来就发展成高

---

① ［日］伊藤虎丸：《鲁迅与日本人》，李冬木译，河北教育出版社2000年版，第32页。

山樗牛“本能主义”尼采形象，此后文坛就转向的自然主义了。伊藤认为：“从‘积极的奋斗的人’到‘本能主义者’，尼采形象的如此演变，反映了当时社会的一系列转变过程：日本被殖民化的危机感开始淡薄，‘乐观情绪’开始高涨，民族主义丧失‘纯情’而变得‘傲慢’，而随着明治体制的巩固，社会矛盾也进一步深化了。”[①] 澳大利亚华裔学者张钊贻认为当时日本尼采的传播通过东京帝国大学打开了大门，主要有四个途径：一是通过拉斐尔·科贝尔（Raphael von Kober，1848—1923）渠道。科贝尔于1893年到日本东京帝国大学任教哲学时，接受了尼采，科贝尔欣赏尼采的文风，但反对他的极端个人主义。二是井上哲次郎渠道。他毕业东京帝国大学哲学系，1884年被派往德国留学，1890年回国任教于东京帝大哲学系。1897年他去法国开会，买了尼采全集带回日本，经常和同事讨论尼采，后来学生便开始以尼采为题写毕业论文。三是卡尔·佛罗楞次（Karl A. Florenz，1865—1939）渠道。他到东京帝大讲德国文学时讲过尼采，培养了登张竹风这位得意门生。四是入沢達吉渠道。他留德学医，1894年回国前带回《查拉斯图拉如是说》，并与井上哲次郎同年留学德国的森鸥外谈过这本书，后来森鸥外帮助生田长江翻译过《查拉斯图拉如是说》。以上四种渠道其中有三条渠道都与后来“美的生活”的论战有关。另外，无名氏的《尼采思想之输入及佛教》（1898）和中岛德藏的《尼采对托尔斯泰主义》两篇文章也大概是通过德文和英语把尼采在俄国的传播情况介绍到日本。《尼采对托尔斯泰主义》可能是当时日本第一篇把尼采哲学和进化论联系起来的文章。[②] 经过以上酝酿，日本的第一次尼采热因“美的生活论争”一触即发。1901年高山樗牛在《帝国文学》上发表了《作为文明批评者的文学家》，把尼采首次引入他的文明批评。高山樗牛在这篇文章中提倡“文化批评”和个人主义，称尼采是19世纪文明的反抗者，又举出托尔斯泰、易卜生、惠特曼、左拉等作家与尼采相提并论，认为个人主义是促进社会的动力。这篇文章发表后的8月，高山樗牛又发表

---

① ［日］伊藤虎丸：《鲁迅与日本人》，李冬木译，河北教育出版社2000年版，第25页。

② 参见［澳］张钊贻《鲁迅：中国“温和”的尼采》，北京大学出版社2011年版，第150—151页。

了《美的生活论》，伊藤所说的“本能主义”就出自该文，文中的核心观点是人生最大的幸福乃本能欲望的满足，但是他又倡导追求理想的特立独行的个人主义。张钊贻认为他的本能主义是含糊矛盾的。[①] 随后引起“美的生活论争”的登张竹风正是利用了高山樗牛的含糊性，把高山樗牛的尼采形象完全解读成“本能主义者”，尼采就成了非道德的个人主义代名词。这以后，日本第一次尼采热就过渡到自然主义上去了。

粗略检视日本的尼采传播，自然会产生这样的问题：日本第一次尼采热究竟接受尼采的什么思想？张钊贻在批评伊藤过多关注平行比较的时候，通过大量的事实论证提出：“明治时代的尼采主要来自德国，前述勃兰兑斯和齐格勒的推介是主要来源。”[②] 丹麦的奥格尔格·勃兰兑斯（George Brandes，1842—1927）在1888年于哥本哈根讲授尼采思想，尼采思想的影响得到扩大。经过他的过滤，“温和”派尼采成了主流[③]，并形成了尼采世界性影响的第一次浪潮。德国的西澳博尔德·齐格勒（Theobald Ziegler）和勃兰兑斯的观点相似，他们都重点介绍了《不合潮流的观察》（今人译作《不合时宜的沉思》）和《查拉斯图拉如是说》两书的主要思想，他们基本把尼采解释成一位崇尚个性和自由、反对文化庸人及物质主义的道德和文化批评家。这种把尼采看作个人主义的代表，是属反对专制追求个性解放的“温和”的尼采那一派的。前面提到日本尼采传播的四个途径把“温和”尼采带到了日本。1901年中岛德藏写了《尼采对托尔斯泰主义》，认为尼采的“超人”是

① 参见［澳］张钊贻《鲁迅：中国“温和”的尼采》，北京大学出版社2011年版，第159页。

② 同上书，第149页。

③ 据克兰·布林顿（Crane Brinton，1898—1968）的研究，在第二次世界大战结束前的尼采追随者，可分为“温和”和“强横”两派。所谓“温和”，指的是那些对当时社会、宗教、道德、文化等持批评态度的文化人，他们不少是作家、艺术家，包括自由主义、女权主义、无政府主义、社会主义等思潮的同情者或追随者，他们尽管倾向不同，但反对各种形式的专制以及追求个性解放等目标则是相近的，并不约而同地从尼采著作中得到启发和支持。而“强横”则是指那些虽然也不满现状，但不顾弱小及弱势社群利益，崇尚暴力，倾向强权及强人专制统治的人们，他们之中也有少数是作家、艺术家、思想家，大多数则是种族主义、反犹太主义、法西斯主义、国家社会主义等的同情者和追随者，他们从尼采著作中找出只言片语，按字面解释来支持他们的观点。

绝对个人主义的化身，而克服尼采强横的一面，就需要托尔斯泰的人道主义来矫正它，这是尼采在俄国被改编的折射。那么，自“美的生活”论战以后，尼采逐渐走向了“本能主义者”，登张竹风把“强横”的尼采赋予到勃兰兑斯和齐格勒的“温和”解释中去了，“温和”的尼采被染上了日本的“本能主义”，尼采也像在德国一样逐渐成了日本军国主义的一个理论旗手。

鲁迅于1902年留学日本，此时是日本第一次尼采流行的时期，有关尼采的“美的生活论争”正在紧锣密鼓地进行，张钊贻推测鲁迅读过有关论战的文章和著作。[①] 许寿裳说他在日本弘文书院读书时期，“已经购了不少的日文书籍，藏在书桌抽屉内，如拜伦的诗、尼采的传、希腊的神话、罗马的神话等等”[②]。据张钊贻考证，这本《尼采传》应是登张竹风收有《弗里德里希·尼采论》中的《尼采与二诗人》。[③] 鲁迅曾经翻译过尼采日本传播者科贝尔的文章，还曾以生田长江翻译的《查拉斯图拉如是说》为底本翻译过这本书，而生田长江得到过与井上哲次郎同时留学德国的森鸥外的帮助，森鸥外自己读过勃兰兑斯收录有尼采论文的《人物与作品》。另外鲁迅还翻译过森鸥外为《查拉斯图拉如是说》所写的序言《沉默之塔》，他喜欢夏目漱石的《我是猫》，而夏目在写这本书之前就读过《查拉斯图拉如是说》，并在书中有关于尼采“超人”的描述，这也可能是鲁迅接触尼采这本书和“超人”观点的一个途径。[④] 周作人回忆说：“这里尼采可以算是一个例外，《察拉图斯忒拉如是说》一册多年保存在他书橱里，到一九二〇年左右，他还把第一篇翻译出来，发表在《新潮》的杂志上面。”[⑤] 上面提到的中岛德藏的那篇文章，把托尔斯泰和尼采结合起来也可能是鲁迅接触尼采的一个来源，因为周氏兄弟经常把“托尼学说”作为话题，刘半农曾经也

① 参见［澳］张钊贻《鲁迅：中国“温和”的尼采》，北京大学出版社2011年版，第145页。

② 许寿裳：《鲁迅传》，国际文化出版公司2010年版，第7页。

③ 参见［澳］张钊贻《鲁迅：中国“温和”的尼采》，北京大学出版社2011年版，第170页。

④ 同上书，第180页。

⑤ 周作人：《鲁迅的故家》，河北教育出版社2002年版，第327页。

用“托尼思想，魏晋文章”来概括鲁迅。张钊贻据章太炎的书籍和李泽厚的有关文章推测，鲁迅在日本还有一个接触尼采的途径是通过章太炎的渠道，并认为章太炎的“超人”观影响了鲁迅的“精神界战士”。[①]

从鲁迅留学的具体时间和他自己所写的著作来看，鲁迅经由日本接受了尼采的观点，并进行了过滤。他到日本的时期，正好是日本“美的生活”的论战最为激烈的时期。1901 年 8 月高山樗牛发表了《美的生活论》，触发了持续三年的论战。登张竹风随即写了《美的生活和尼采》，把尼采的非道德个人主义等同于“本能主义”，这样就把高山樗牛没有说清的非道德“本能主义”与尼采正式联系起来，勃兰兑斯和齐格勒的“温和”尼采在日本就走了样。站在这场论战另一方的代表人物长谷川天溪和坪内逍遥则把尼采看成自私自利、彻底虚无主义和不讲道德的大坏蛋。伊藤在总结这场论战时说：“明治三十四年，包括以樗牛和竹风等人为代表的‘帝大派’和以长谷川天溪以及后来出马的坪内逍遥为代表的‘早稻田文学派’之间所发生的所谓‘美的生活论争’在内，这一年成了名副其实的‘自尼采始，自尼采终’的‘尼采年’。”[②] 鲁迅正是在这样的一个文化氛围中接受尼采的，但鲁迅接受的不是日本“本能主义”的尼采观；而是经过鲁迅自己过滤了的源于欧洲“温和”的尼采观，主要文本是尼采的《查拉斯图拉如是说》和《不合潮流的观察》。前书弘扬的是个人主义的“超人”观；后书则是对德国的庸人学者和历史对生命的压迫进行批评的代表作，这里面蕴含了对物质主义和功利主义的批判。高山樗牛在《作为文明批评者的文学家》就继承了《不合潮流的观察》的主要观点，支持高山樗牛的姉崎嘲风在 1902 年于《太阳》上发表了他写给高山樗牛的信，进一步重申了对物质主义和功利主义的批判，并主张找回自我，他认为日本青年要通过尼采进行精神的改革，但是他没有鼓吹“本能主义”，还强调对尼采接受不要盲目效仿西方。

回过头看鲁迅的《文化偏至论》和《摩罗诗力说》，就会发现鲁迅

---

① 参见［澳］张钊贻《鲁迅：中国“温和”的尼采》，北京大学出版社 2011 年版，第 174 页。

② ［日］伊藤虎丸：《鲁迅与日本人》，李冬木译，河北教育出版社 2000 年版，第 29 页。

看取的正是尼采的文化批评和个人主义观点。《文化偏至论》把欧洲的物质主义和功利主义作为箭靶，指出：“物质也，众数也，十九世纪末叶文明之一面或在兹，而论者不以为当。盖今所成就，无一不绳前时之遗迹，则文明必日有其迁流，又或抗往代之大潮，则文明亦不能不无偏至。诚若为今立计，所当稽求既往，相度方来，掊物质而张灵明，任个人而排众数。”① 鲁迅在此是把物质和众数等同的，偏重物质是既往历史的流行趋势，这种随大流正好是过去文化的偏至之处，所以他要“掊物质”。如果要校正这种文明的偏至，就必须要“任个人”。这样鲁迅就把“掊物质”和“任个人”放在一个逻辑的序列上了，他说：“今为此篇，非云已尽西方最近思想之全，亦不为中国将来立则，惟疾其已甚，施以抨弹，尤神思新宗之意焉耳。故所述止于二事：曰非物质，曰重个人。”② 并在后面特别论证了他的个人主义，举出施蒂纳、叔本华、克尔凯格尔和易卜生等人来说明这些先觉善斗之士超脱凡庸的品格，把这种品格的集大成者赋予在尼采身上，说尼采是“斯个人主义之至雄杰者矣”，有了这样的人，“意盖谓治任多数，则社会元气，一旦可隳，不若用庸众为牺牲，以冀一二天才之出世，递天才出而社会之活动亦以萌，即所谓超人之说，尝震惊欧洲之思想界者”③。用今天的话说鲁迅写这篇文章，一是抨击平庸从众，其思想和《不合潮流的观察》不谋而合；二是提倡个人主义，其思想和《查拉斯图拉如是说》相合。而且在他看来，救治平庸从众和功利主义的良方就是个人主义或者“超人”。汪卫东认为鲁迅在这篇文章中首先从“个人”入手，说：“鲁迅梳理了‘个人’观念的两条文明史线索，一是随着法国大革命后平等自由观念的普及，人们由觉悟人类的尊严，到意识自我、个性的价值，又因为以往信仰和道德的解体，人们于是转向‘极端之主我’；一是社会民主的平等诉求，把‘个人’仅看成社会的一分子，而无顾‘个人特殊之性’，更有甚者，‘夷峻而不湮卑’，以庸众压抑天才，‘将使文化之纯粹者，精神益趋于固陋’，于是‘物反于极’，极端之个人主义

---

① 《鲁迅全集》第1卷，第47页。

② 同上书，第51页。

③ 同上书，第53页。

开始出现。前一条线索把‘个人’看成是法国大革命平等自由观念的逻辑发展，后者则看成对社会民主之平等的反拨。作为对社会民主‘平等’观念的反拨，鲁迅着重介绍了施蒂纳、叔本华、戈尔恺郭尔、易卜生和尼采的思想。”① 《摩罗诗力说》的题引源于《查拉斯图拉如是说》②，在正文中一段文字说：“尼佉（Fr. Nietzche）不恶野人，谓中有新力，言亦确凿不可移。”③ 另一段文字又说：“尼佉意谓强胜弱故，弱者乃字其所为曰恶，故恶实强之代名；此则以恶为弱之冤谥。故尼佉欲自强，而并颂强者；此则亦欲自强，而力抗强者，好恶至不同，特图强则一而已。”④“野人”在鲁迅的眼中和“超人”大体上是统一的，因为他具有“新力”，这种“新力”也是尼采所说的“强”，强者如尼采是拯救世俗之弊的雄杰者，和本文主旨要提倡的“个”的摩罗诗人也是一致的。从《摩罗诗力说》的行文整体上看，尼采只是一个引子，鲁迅并没有重点论述他，但其基本思路是沿着他所理解的尼采“个”道路，进一步把他所强调的个人精神用欧洲的浪漫主义诗人诠释给国人。以此来看，鲁迅接受的尼采摒弃了高山樗牛的“本能主义”，而着重把反传统中庸和从众的文化批评和个人主义引入自己的文化建构之中。张钊贻的说法有道理，“早期鲁迅的尼采，本质上属于‘温和’的一派，主要以尼采《不合潮流的观察》中的‘反现代性’和文化思想为基础，通过勃兰兑斯和齐格勒的介绍，经过登张竹风等的‘折射’，而传到鲁迅，再经过中国革命思潮的‘折射’而带上革命者的色彩”⑤。这里所说的革命者其实具有鲁迅“个”的色彩，只不过张钊贻没有这样说罢了。

鲁迅接受尼采带有很强的进化论痕迹。首先它是在人类历史的演进的链条上来看尼采的。欧洲社会发展出现了文化偏至，这时就会出现明

---

① 汪卫东：《“个人”“精神”与“意力”：〈文化偏至论〉中“个人”观念的梳理》，载《鲁迅研究月刊》2004 年第 5 期。

② 参见《鲁迅全集》第 1 卷，第 65 页。

③ 《鲁迅全集》第 1 卷，第 66 页。

④ 同上书，第 80 页。

⑤ ［澳］张钊贻：《鲁迅：中国“温和”的尼采》，北京大学出版社 2011 年版，第 175 页。

哲之士，就是鲁迅说的“物反于极，先觉善斗之士出矣：德人斯契纳尔(M. Stirner) 乃先以极端个人主义现于世”①。那么，前面提到达尔文也应该是这种人物，在西方中世纪宗教统治了世界，宗教已成众数。达尔文的进化论正是“排众数”的一个鲜活的事例，他所提出的进化论被鲁迅接受，在《文化偏至论》中进化论就是作为方法论来论证尼采的“文明批评”和个人主义。其次，从尼采所构建的“超人”来看，“超人”是人类的智者，是进化中的优胜者。社会达尔文主义斯宾塞就提倡人类有优等种族和劣等种族、优秀个人和低能个人之分。劣等的、低能的种族与个体应当在竞争中被淘汰。鲁迅在《文化偏至论》有这样的表述，牺牲庸众以翼天才出，庸众在鲁迅眼里有劣等之意，“超人”就有优等之意。鲁迅的出发点和斯宾塞不同，斯宾塞完全是用自然科学的方法解决社会问题，而鲁迅更多的是把科学看成科学精神，他接受达尔文的进化论也有鲜明的科学精神倾向。他是希望有“超人”来推动社会的进步，“超人”在这个意义上具有改革者和先驱者的内蕴。显然鲁迅受严复翻译的《天演论》的影响，把竞争中优胜的人看成中国保种强国的希望，达尔文、赫胥黎、施蒂纳、叔本华、克尔凯郭尔、易卜生和尼采是这样的人组成的序列。

三、鲁迅与摩罗诗人

鲁迅在日本对“个”接受经历了从科学之“个”到文化哲学之“个”的过程，最终走向了文学艺术之“个”。在走向文学艺术之“个”时，集中表现在对“摩罗诗人”的接受和张扬，重要文献依据就是被伊藤所说的剪刀加浆糊而成的《摩罗诗力说》。②

摩罗通作魔罗，梵文 Mara 的音译，源自印度古代的神话传说，说的是欲界第 6 天的主神波旬是魔界之王，时常进行破坏善事的活动，具有道德否定的意思。鲁迅的原话是这样说的：“摩罗之言，假自天竺，

---

① 《鲁迅全集》第 1 卷，第 52 页。

② 参见［日］伊藤虎丸《鲁迅与日本人》，李冬木译，河北教育出版社 2002 年版，第 9 页。

此云天魔，欧人谓之撒但，人本以目裴伦（G·Byron）。”[①] 撒旦是印欧语系 Satan 的音译，最早是古希伯来文，意思是“仇敌”或“图谋反叛者”。后来被希腊文和拉丁文所沿用，现代欧洲语言仍然通用。在《圣经》里面，撒旦是因反抗上帝被打入地狱的群魔之王。撒旦的另一别名是路西弗（Lucifer），恶魔的通称，也有“光明的使者”之意，启明星也叫路西弗。[②] 鲁迅认为基督教中的撒旦和印度佛教中魔罗是一个意思，但是鲁迅在这种迁移的过程中，特别强调了“摩罗”反抗性的一面，并有光明希望之意，这就对原来骚塞（Robert Southey，1774—1843）加之于给拜伦（George Gordon Byron，1788—1824）的恶名“诗歌中恶魔派”反其道而用之。“恶魔诗派”或“摩罗诗派”源自骚塞的辱骂，鲁迅在日本留学时期根据日本所得来的资料就把欧洲这样的浪漫派叫作“摩罗诗派”，于此相应的人就称之为“摩罗诗人”，拜伦则是摩罗诗人的祖宗。鲁迅沿着尼采的“超人”的路线，把目光集聚到这些诗人身上，分别评述了拜伦、雪莱、普希金、莱蒙托夫、密茨凯维支、斯洛伐斯基、克拉辛斯基和裴多菲（鲁迅分别译作裴伦、修黎、普式庚、来尔孟多夫、密克威支、斯洛伐支奇、克拉旬斯基和裴彖飞）等8位“恶魔派”诗人。

鲁迅主要是通过他在日本所获的资料接触这些诗人的。北冈正子在《〈摩罗诗力说〉材源考》中做过很具体的分析，他认为其中第4、第5部分有关拜伦的资料是源自木村鹰太郎的《拜伦——文艺界之大魔王》和拜伦著、木村鹰太郎译的《海盗》。在作品翻译方面，1904—1907年，有拜伦的《巴里西耶》《该隐》《马塞帕》，雪莱的《含羞草》等；第6部分关于雪莱的是源自滨田佳澄的雪莱评传《雪莱》；第7节论述俄国的普希金和莱蒙托夫材料来源种类颇多，普希金部分主要依据八杉贞利的《诗宗普希金》，而当鲁迅不同意该书见解时则根据勃兰兑斯的《俄国印象记》加以批判，莱蒙托夫部分主要依靠克鲁泡特金的《俄国文学的理想与现实》，辅之以升曙梦的《莱蒙托夫之遗墨》《莱蒙托夫》

---

① 《鲁迅全集》第1卷，第68页。

② 参见赵端蕻《鲁迅〈摩罗诗力说〉注释·今译·解说》，天津人民出版社1982年版，第16—17页。

和《俄国印象记》；第8部分有关密茨凯维支、斯洛伐斯基、克拉辛斯基的材料主要源自勃兰兑斯的《波兰》中的“19世纪波兰浪漫主义文学”部分；第9部分有关裴多菲的材料源自利特尔的《匈牙利文学史》。[①] 除此之外，鲁迅自己根据德文也可能看到有关上面提到的这些诗人的相关材料，还有一条途径就是周作人通过英语翻译给鲁迅：“此外又看见出版的广告，见有丹麦的勃阑兑斯的《波兰印象记》在英国出版，也就托丸善书店去订购一册，这书是伦敦的海纳曼所出，与屠介涅夫选集是同一书店印行的。勃阑兑斯大概是犹太系的丹麦人，所以有点离经畔道，同情那些革命的诗人，但这于我们却是很有用的。他有一册《俄国印象记》，在很早以前就有英译了，在东京也很容易得到，这与后出的克鲁泡金的《俄国文学上的理想与现实》，同是讲十九世纪俄国文学的好参考书。至于《波兰印象记》，尤其难得，在后来得着札倍耳的德文《世界文学史》以前，差不多没有讲波兰文学的资料，替《河南》杂志写《摩罗诗力说》的时候，里面讲到波兰诗人，尤其是密克威支和斯洛伐支奇所谓的‘复仇诗人’的事，都是根据《波兰印象记》所说，是由我口译转述的。讲匈牙利的，有一册《匈牙利文学史论》，是澳大利系的匈牙利人赖息所著，也是很有用处，但那是偶然买到，不是这一回所特地去订购的。”[②] 周作人的回忆证实了北冈正子所言及的《摩罗诗力说》的材料来源，周氏兄弟通过合作翻译小说熟悉和获得了许多外国文学的资料，这些材料实际上也成为鲁迅撰写《摩罗诗力说》的资料。

鲁迅在文中提到8位“摩罗诗人”，并把这些“摩罗诗人”放在一篇文章中来论证他们所具有的“摩罗诗力”，这种“摩罗诗力”也就是鲁迅援引尼采的话所要说明的“新泉”和“新力”。为什么需要“新力”呢？因为中国的文化出了问题，它走入了“秋萧”之境，它不撄人心，死气沉沉。具有这种“新力”者，首推摩罗诗宗拜伦，因而他就成为鲁迅论述的重点对象。鲁迅主要通过阐述了拜伦的生平事迹和主

---

① 参见［日］北冈正子《〈摩罗诗力说〉材源考》，何乃英译，北京师范大学出版社1983年版，第1—42页。

② 周作人：《知堂回想录》（上），安徽教育出版社2008年版，第146页。

要著作，弘扬拜伦继承撒旦之力的反抗世俗、追求自由和独立及人道主义的精神。他这样总结自己眼中的拜伦："吾今为案其为作思惟，索诗人一生之内閟，则所遇常抗，所向必动，贵力而尚强，尊己而好战，其战复不如野兽，为独立自由人道也，此已略言之前分矣。故其平生，如狂涛如厉风，举一切伪饰陋习，悉与荡涤，瞻顾前后，素所不知；精神郁勃，莫可制抑，力战而毙，亦必自救其精神；不克厥敌，战则不止。而复率真行诚，无所讳掩，谓世之毁誉褒贬是非善恶，皆缘习俗而非诚，因悉措而不理也。"① 北冈正子在实证《摩罗诗力说》的材料来源时，把鲁迅对拜伦的观点与木村樱太郎的进行了比较：

> 首先，鲁迅着眼于意志力量和复仇精神是反抗压迫之原动力，把《曼弗雷德》《海盗》《该隐》等分别作为表现强大意志力量、复仇精神和对神进行反抗的作品加以介绍。可是，没有从拜伦的快乐主义和女性观中选取任何材料。因此，没有涉及木村提到的《沙达那帕拉斯》和《唐·璜》，关于《海盗》只介绍康拉德惊人的复仇精神，而略去康拉德对妻子美多拉的深深爱慕。关于《曼弗雷德》的介绍，也不以木村的所谓厌世之心为重点。在选择介绍哪些作品方面，鲁迅的意图颇为明确。
>
> 其次，鲁迅也和木村一样高度评价拜伦的反抗精神，但具体内容有重大差异。木村认为暴君和反抗者在哲理上是相同的，但鲁迅却在根据木村文章说的"裴伦既喜拿破仑之毁世界，亦爱华盛顿之争自由"之后，指出："压制反抗，兼以一人矣。虽然，自由在是，人道亦在是。"这里所说的"自由""人道"，不是引用木村的著作。木村由于礼赞强者，蔑视弱者，所以认可"将万物作牺牲"，"将无数苍生作自己欲望之垫脚石"的斗争，与此相反，鲁迅却认为拜伦的反抗是为人道而战斗。②

---

① 《鲁迅全集》第1卷，第84页。

② ［日］北冈正子：《〈摩罗诗力说〉材源考》，何乃英译，北京师范大学出版社1983年版，第3—4页。

从北冈正子的比较中，我们看到了鲁迅接受拜伦的侧重点在于他的率真性情、反抗精神和人道主义，而对拜伦的女性观、快乐主义和厌世之心则不予关注。同时鲁迅也摒弃了木村弱肉强食的自然进化观，而是继承了严复在《天演论》中所倡导的强国保种延伸出来的国际人道意识。阅读拜伦的著作、后来人所写的拜伦传记及研究著作，发现北冈正子所说的是符合事实的。在拜伦的诗歌里塑造了一批“拜伦式英雄”，他们孤傲、狂热、浪漫，却充满了反抗精神。他们内心充满了孤独与苦闷，却又蔑视群小。恰尔德·哈罗德是拜伦诗歌中第一个“拜伦式英雄”。《唐璜》诗中描绘了西班牙贵族子弟唐璜的游历、恋爱及冒险等浪漫故事，揭露了社会中黑暗、丑恶、虚伪的一面，奏响了为自由、幸福和解放而斗争的战歌。《东方叙事诗》之一《海盗》中的主人公康拉德，哲理剧《曼弗雷德》中的主人公曼弗雷德都是高傲、孤独、倔强的叛逆者，他们与罪恶社会势不两立，孤军奋战与命运抗争，追求自由，最后总是以失败而告终，但是他们对压迫者的反抗充满了斗争到底的决心。拜伦的诗也往往流露出孤独、苦闷和彷徨的内心感受，还有愤世嫉俗的暴力意味，鲁迅在接受拜伦时把这些都笼罩在“摩罗诗力”的光环下，鲁迅用严复的强国保种对木村的强者战胜弱者的更替思想进行了改编。

雪莱（Percy Bysshe Shelley，1792—1822）是鲁迅在《摩罗诗力说》接着讴歌的一位摩罗诗人，鲁迅在文中从他的经历讲起，用了富有中国的特色的词汇“狷介”和“狂人”。[①] 正是雪莱不同流俗的一面驱使他写下了《无神论之要》，他被驱逐，从而成为孤立两间（天地）的战士。在反抗世俗这一点上雪莱和拜伦是一个谱系的，但雪莱却有自己不同于拜伦的地方：继承了葛德汶《政治正义论》空想主义成分并对那种高居山顶的理想奋起直追。因为这一点鲁迅在《摩罗诗力说》中第一次把“精神界战士”的说法判给了雪莱，说雪莱是“神思之人，求索而无止期”[②]。从此处看，鲁迅很看重乌托邦所赋予雪莱的上征求索精神，并把这种精神看成打破中国文艺死气沉沉的一剂良药，他的诗歌

---

① 《鲁迅全集》第1卷，第85页。

② 同上书，第87页。

对“人心”形成一种巨大冲击力，这就是鲁迅所说的“撄人心”。北冈正子指出：“通过雪莱诗作和诗观的窗口透视一下鲁迅的诗观时，就会强烈地感受到其核心是从内部鼓舞精神，有力地支持民族生命的想象力。”雪莱是一个精神的斗士，“雪莱不是像拜伦、裴多菲那样为革命斗争献身的诗人。鲁迅从雪莱身上得到的东西，当然不是他的行动留下的轨迹。如《麦布女王》作为工人运动的圣典感化了许多青年人那样，雪莱的诗作中充满启示人类的可能性的不可思议的力量。可以认为它和贯穿着鲁迅生活的‘精神进化论’的战斗姿态具有同等价值”[①]。这就是北冈正子所说的鲁迅接受雪莱的不是他诗歌的外部影响，而是它“撄人心”之力。从雪莱所著的《麦布女王》《伊斯兰起义》和《解放的普罗米修斯》来看，他激烈抨击封建势力和专制统治，还在《解放的普罗米修斯》中对空想社会主义给予肯定，的确如鲁迅所看到的那样：这些诗歌赋予了人们精神的力量和内心的鼓舞。但是在《云》《致云雀》《西风颂》等抒情诗中，通过描写自然景象寄托自己的思想感情，想象丰富、音韵和谐、节奏明快，这些纯文学的东西似乎并未引起鲁迅的特别关注，因为这些东西在中国文化中太习以为常了，它们或许在鲁迅看来正是中国文化堕入“秋萧”的罪魁祸首。看来，鲁迅的确通过滨田佳澄提取了自己所需要的雪莱，把非“摩罗诗力”的那部分还给了雪莱。

普希金（Александр Сергеевич Пушкин，1799—1837）在鲁迅笔下首选是继承了拜伦的反抗精神，他“力抗社会，断望人间，有拜伦式英雄之概，特己不凭神思，渐近真然，与尔时其国青年之性质肖矣”[②]。普希金本身的确受拜伦的影响，皇村中学时期的诗歌《致李锡尼》就出现了反对政治腐败和奴役的诉求，彼得堡时期《自由颂》讴歌自由、“惩罚皇上的恶性”，到《致恰达耶夫》，这种歌颂自由反抗专制的思想走向高潮。[③] 鲁迅在评价诗体小说《叶甫盖尼·奥涅金》就特别说到诗

① ［日］北冈正子：《〈摩罗诗力说〉材源考》，何乃英译，北京师范大学出版社1983年版，第81—82页。

② 《鲁迅全集》第1卷，第90页。

③ 参见张铁夫《普希金的生活与创作》，社会科学出版社2004年版，第30—100页。

歌的前二章表现了普希金这种反抗之精神，而后面的则渐离裴伦，注重文章之妙了。学界已经形成常识，普希金的生活以流放南俄为界，前者近拜伦；后者趋保守。普希金回莫斯科后，多有赞颂沙皇尼古拉一世之诗，还有效忠沙皇的信件。① 1831 年波兰抗击俄国入侵，爆发起义，普希金写了《给俄罗斯之馋谤者》和《波罗金诺纪念日》两首诗，为沙皇侵略行为辩护，大加颂扬俄国之武功，勃兰兑斯在《俄国印象记》中把普希金这种爱国称为兽爱，他这样说：“在意志方面，普希金远远劣于拜伦。对拜伦来说，如何放纵也不能消尽他对自由的如火热诚，这是他的生命，又是把他引向死亡的东西。可是普希金青年时代的自由信仰，当他长大成人时，便被兽性的爱国主义所降服了。”② 经由日本，勃兰兑斯的“兽爱”观也被鲁迅所批判，而普希金的流放之前的反抗专制、追求自由之精神则成为鲁迅赞扬的品质。

在与普希金进行比较分析的过程中，鲁迅认为莱蒙托夫（Михаил Юрьевич Лермонтов，1814—1841）是拜伦的真正继承者，这个观点来自于日本对莱蒙托夫的传播。1832 年莱蒙托夫就写了一首诗《不，我不是拜伦》，在诗中他自比拜伦，看来日本在传播莱蒙托夫的过程中把握到莱蒙托夫的神髓。莱蒙托夫的童年生活的不幸和他生活的黑暗社会使他把追求自由和反对暴政深深植入内心，这和拜伦的生存处境相似，使他容易继承拜伦那种坚决反抗到底的精神。17 岁时的莱蒙托夫就写道：“没有奋争，人生便寂寞难受”，在十二月党人起义失败革命转入低潮后，他写下诗歌：“命运难以一下子使它折服，/它却会奋起向命运进行反抗；/虽然它能成全千万人的幸福，/却发誓要报复难以战胜的命运；/不惜任情作恶：有这样的傲骨，/如不成为神明，那必是个恶人……”③他的这种反抗后来发展成直指沙皇专制，1840 年写下战斗檄文《别了，藏污纳垢的俄罗斯……》。莱蒙托夫还写下了《恶魔》这部代表俄国浪漫主义顶峰之长诗，他把恶魔塑造成因触犯上帝意志而被逐

---

① 参见张铁夫《普希金的生活与创作》，社会科学出版社 2004 年版，第 215—216 页。

② 转引自［日］北冈正子《〈摩罗诗力说〉材源考》，何乃英译，北京师范大学出版社 1983 年版，第 100 页。

③ 转引自顾蕴璞《莱蒙托夫》，华夏出版社 2002 年版，第 38—39 页。

出天国的宗教神话象征性形象，表征上帝是一位剥夺其他一切生灵独立认识真理的专制者，从而借此喻指尼古拉一世禁锢臣民个性发展，当然也是表达诗人自己具有的反专制和强权的恶魔气质。这是鲁迅把莱蒙托夫看成真正继承罗摩诗宗精神的原因。在这一点上，莱蒙托夫和普希金是明显不同的，早在莫斯科大学贵族寄宿中学时期他就写诗尖锐批评普希金反暴政有所动摇。鲁迅对二者做了很好的鉴别："前此二人之于裴伦，同汲其流，而复殊别。普式庚在厌世主义之外形，来尔孟多夫则直在消极之观念。故普式庚终服帝力，入于平和，而来尔孟多夫则奋战力拒，不稍退转。波覃勖迭氏评之曰，来尔孟多夫不能胜来追之运命，而当降伏之际，亦至猛而骄。凡所为诗，无不有强烈弗和与踔厉不平之响者，良以是耳。来尔孟多夫亦甚爱国，顾绝异普式庚，不以武力若何，形其伟大。凡所眷爱，乃在乡村大野，及村人之生活；且推其爱而及高加索土人。"① 鲁迅这段文字很显然是在力推莱蒙托夫的"拜伦式英雄"，而普希金向尼古拉一世的妥协及其兽性爱国却是他所不取的。

鲁迅从《波兰》一书中看到的密茨凯维支（Adam Mickiewicz，1798—1855）和斯洛伐斯基（Julius Slowacki，1809—1849）的形象是"复仇诗人"。从鲁迅对二位"复仇诗人"主要的生平事迹和作品的分析来看，他是沿着"拜伦式英雄"的路线来理解这两位波兰的"摩罗诗人"。他们的使命和解放国民始终连在一起，他们的诗歌表达了要向奴役人民的帝王复仇的精神。勃兰兑斯在《十九世纪波兰浪漫主义文学》中也证明了这一点。② 密茨凯维支的《康拉德·华伦洛德》取材于立陶宛反抗普鲁斯故事，"有英雄以败亡之余，谋复国仇"③。斯洛伐斯基的《死人祭》说到巴棱杀保罗一世，鲁迅写到这里面一位叫加罗珂夫斯奇时的事情时说："吾当迁居植民地，当为其长，尽吾陇亩，为帝植麻，以之成一仓色巨索，织以银丝，俾阿尔洛夫（杀彼得三世者）得之，可缳俄帝颈也。"④ 他总结说到这二位诗人作诗"追怀绝泽"，不

---

① 《鲁迅全集》第1卷，第93页。

② 参见［丹麦］勃兰兑斯《十九世纪波兰浪漫主义文学》，成时译，人民文学出版社1980年版，第79—99页。

③ 同上书，第95页。

④ 同上书，第97页。

忘祖国的忧患，深深感动了波兰人民的心，这就是鲁迅要说的摩罗诗歌“撄人心”之力。

匈牙利的裴多菲（Petöfi Sandor，1823—1849）也是鲁迅看重的一位摩罗诗人。裴多菲敏锐地意识到革命将兴，誓死不为奴隶，写下了《给国王们》，大胆预言全世界的暴君统治即将覆灭。因而他遭受众人之责，于是独研深谷之中。后战争至，他亲赴战场，力战俄国。裴多菲少时喜欢读拜伦和雪莱的诗，从他们那里继承了摩罗诗人之精神。难能可贵的是，他不仅继承这种反抗之精神，还把这种精神变成抗敌的实际行动。由此来看，裴多菲的确是拜伦这位摩罗诗宗真正的苗裔。鲁迅对裴多菲进行了放大性的赞扬，北冈正子的说法就是证明：“舍掉裴多菲以民间民谣为基础，在诗歌中开拓出独特境界的其他侧面，鲁迅笔下的裴多菲仅仅是个民族战士的形象。”①

除了上面提到的“摩罗诗人”外，鲁迅在这篇论文中还提到但丁、尼采和易卜生等具有摩罗精神的人。鲁迅总结这些“摩罗诗人”的共同特点是：“无不刚健不挠，抱诚守真；不取媚于群，以随顺就俗；发为雄声，以起其国人之新生，而大其国于天下。”② 赵端蕻对这段文字是这样翻译的：“他们都具有刚健，不屈不挠的精神，怀抱着真诚的心胸，不去献媚讨好人群，不与世俗旧风同流合污。他们发出雄伟的歌声，促进他们祖国人民的新生，而使他们的国家在世界强盛起来。”③这个翻译在形式上没有按鲁迅的原文进行，原文三分号被两句号代替，逻辑层次发生了一些变异。其实三个分号就是三层意思：第一层讲摩罗诗人是什么人，即具有顽强意志的真性情人，不虚伪，不懦弱；第二层意思是这样的人敢于与大众不同，不谄媚，不讨好凡庸之人，这是讲摩罗诗人与大众的关系；第三层意思是摩罗诗人的能创作撄人心的诗歌，而这种诗歌所具有的“新力”能促进人民新生，并使这些新生之民组成的国家强大起来，这是讲摩罗诗人和国家、民族的关系问题。回过头

① ［日］北冈正子：《〈摩罗诗力说〉材源考》，何乃英译，北京师范大学出版社 1983 年版，第 192 页。

② 《鲁迅全集》第 1 卷，第 101 页。

③ 赵端蕻：《鲁迅〈摩罗诗力说〉注释・今译・解说》，天津人民出版社 1982 年版，第 240 页。

可以看出，“个”是一个积极的人，是具有追求真善美的价值之人，是剔除了沉闷之气的人。这样中国传统文化中的“天行健”精神和感时忧国的叛逆者，如前面提到的鲁迅少年时代在心理上倾慕的那些狷狂之士，就和西方的摩罗诗人合二为一了（在文中鲁迅明显用了这些表征中国传统文化叛逆者的词汇），并在鲁迅笔下成为中华民族新生的脊梁。

鲁迅对摩罗诗人所进行的统摄值得研究。从这些诗人本身的著作来说，他们远远不会这样简单，可鲁迅做了这样简单的处理，直接原因和鲁迅接触的资料有关，但更说明鲁迅在一个民族危亡的时刻，焦急的内心诉求和社会承担的迫切，这证明了鲁迅是以自己的需要来阅读这些诗人的，所以有很多误读和故意的曲解。在此对这些原因做一总结：一是鲁迅所获得资料大都是通过日文翻译和周作人转译的，只有少数通过德文直接获得。这样就在某种程度上遮蔽了鲁迅对原作的全面理解。二是鲁迅面对民族的危机，把文艺看作救国立人的利器，所以关注点就集中在“摩罗诗人”的精神要旨以及他们反抗、复仇的一面。三是鲁迅的先在视域和心理结构使他看重这些摩罗诗人叛逆性的一面。先在视域就是他在16岁之前所看到的中国文化中的狷介和狂人及富有个性的人，这自然容易把这种接受延续到国外这样的人身上。另外鲁迅自祖父下狱之后，家道中落所形成的心理结构也容易使他看到社会的黑暗面进而建立了奋起改进的理想，而这些人正是他走向这一理想的有力支撑。鲁迅从传统文化的阵营里走来，汲取的东西是有偏向的，他对“非主流”的传统及传统中的特立独行的个人更加偏爱，他的生活事实证明了这一点。但是，这个预热期的文化建构使鲁迅还基本停留在一个传统的文化生态中，在此他还没有获得更大的时间和空间视野。在南京求学看到异于传统的自然科学和社会科学时，尤其是读到严复翻译的《天演论》时，鲁迅真正开始了直面中国循环的历史观及个人在社会历史中的价值。民族的危亡是鲁迅接受达尔文及赫胥黎进化论的重要历史背景，他在这个背景下对严复提出的强国保种表现了极大的热情，达尔文、赫胥黎等人也成为他崇拜的偶像，其实这个偶像实质上就是鲁迅后来明确提出的“立国”之“个”，即他所要“立”的人，不过这个“人”还是科学之人。沿着这个思路，鲁迅在《人之历史》《科学史教篇》中进一步阐发了他的对“科学”的看法，他虽然讲的是科学的问题，但其实是说科学赋予人的精神，这种力量是人类进步的动力。由自然科学的重个人走向文化领域的重个人，是鲁迅最为重要的转变。转变当然也具有内在逻辑，这就是“个”的精神，在科学和文化领域都具有。《文化偏至论》是鲁迅在日本时期思想转向的重要文章，在这篇文化哲学论文中，他把人类文明归结为“偏至”发展的历程，西方19世纪的物质主义和功利主义正是偏至的结果，所以他要“掊物质”而“任个人”，“物质”所带来的就是没有新力的“众数”，这样施蒂纳、尼采等个人主义的雄杰就被他所认可。但是鲁迅始终就不把“任个人”看成纯属一己之事，他“任个人”是为了把沙聚之邦变成“人国”。鲁迅最终把视点落在文学上，他在《摩罗诗力说》中把尼采的“超人”赋予了19世纪浪漫主义的歌者，称他们为“摩罗诗人”，所列举的这些摩罗诗人具有上面提到的三个共同特征，鲁迅明显以自己的视角来解读他们。问题是这个视角从何处来？通过以上的梳理可知，鲁迅在分析摩罗诗人时，有中国狷狂之士的影子，实际上他是把二者进行视界的融合，同时摒弃了西方的极端个人主义，然后再把中国感时忧国的传统和“摩罗诗人”的爱国、复国及国家独立与自由连接起来。当然，中华民族危亡的国家形势也是鲁迅进行这样选择的重要原因。但需要指出的是，鲁迅经过留学生活后，他的“个”已经不是传统中那些“个”了，而是具有了新的时间和空间观念。从时间上看，他的“个”是追求理想的“个”，指向的是未来，富有意志力和战斗力，这是从进化论和“摩罗诗人”反抗专制的精神中获得的营养；在空间上看，鲁迅的“个”具有国际性，摩罗诗人的国际人道主义精神已经进入了鲁迅的精神，虽然他那时民族主义还很强烈，但我们不能否认“个”的这种世界性视野，这正是他后来没有狭隘地看待日本侵华的行为。北冈正子已经敏锐地觉察到这一点：“鲁迅不只看到波兰（或匈牙利）和中国都是欧洲或亚洲的被压迫民族，不是还进而把东欧各被压迫民族所创立的文化和思想，与似乎领导世界的西欧所创立的东西作为不同的价值体系吗？这样说来，鲁迅思想的先驱意义也就变得更加清晰。”①

---

① ［日］北冈正子：《〈摩罗诗力说〉材源考》，何乃英译，北京师范大学出版社1983年版，第213页。

第二章 《呐喊》：西方文化之“个”的小说化彰显

钱理群在《十年沉默的鲁迅》一文中，把鲁迅从1908年到1918年这个时间段称为“沉默的十年”，并从鲁迅自身所提供的文本分析他的内心世界：鲁迅通过对自己的反省和批判走向了五四的逻辑；鲁迅回到魏晋和浙东文化中去，使他具有了不同于五四时期其他人的黑暗体验的独特性。[①] 如果从“个”的角度来审视鲁迅的这十年，似乎又有些新的发现。青年时代的鲁迅对非主流的中国文化传统有自主的选择，对中国文化中的稗官野史和独特个性的人物的喜爱鲜明地体现了他的“个”性。这个接受的先在结构影响到鲁迅在南京求学以至日本留学时的文化选择，从达尔文到尼采再到“摩罗诗”人的选择路线，正好是从传统向西方转移的过程。转移的目的也很清晰：鲁迅要借助具有“撄人心”的反抗性的摩罗诗力拯救国人和国家。这是一个很有意思的环形结构，从传统的人文社会知识进入，中间经由科学救国，然后回到文艺救国。鲁迅的选择建立在“个”的根基上，然后在国民（立人）与国家（立国）之间建立了一种对应关系。东京的文艺运动流产是鲁迅回国重新进入古代的远期原因，辛亥革命的失败加剧他的这种情绪体验，使他更加认识到年轻时的美梦是不切实际的。可笔者发现，在回国的十年里鲁迅虽然沉浸在魏晋和浙东的古老传统中，但他又对代表中国文化异端的人物倾注了更多的精力，比如对嵇康和浙东的非圣贤先的过度关注。竹内好认为这是鲁迅文学形成的“骨骼”期。[②] 鲁迅无法摆脱“个”的意识，这个“个”经过这十年压抑性的沉潜后，变得更加凌厉和刚勇，

---

① 参见钱理群《十年沉默的鲁迅》，载《浙江社会科学》2003年第1期。

② 参见竹内好《鲁迅》，李心峰译，浙江文艺出版社1986年版，第46页。

终于借助《新青年》喷涌而出，而且这个“个”的西方色彩非常浓烈。也可以这样说，由达尔文经尼采发展而来的“摩罗诗人”或者“精神界战士”从原来理论的存在变成了更具有流传性和影响力的小说的存在。所以，李长之就说：“自一九一八年至一九二四年，他从三十七岁到四十三岁，是他实践了做‘精神界战士’，开始向封建文化攻击的时期。”[①] 李长之所说的这个时期主要是鲁迅写小说《呐喊》的时期，那么，作为“个”的“精神界战士”又如何挣脱了沉潜期转化成了文学人物形象？

第一节 从文化的“超人”到小说的“狂人”

鲁迅与尼采的相遇有两次高峰。第一次是日本留学初期，正赶上当时尼采在日本的广泛传播；第二次就是五四时期，这段时间鲁迅翻译了尼采的《查拉图斯忒拉如是说》，而且翻译了两次，首次提名为《察罗堵斯德罗绪言》，只译了三节（总共十节），现藏北京图书馆，未标明译著的年月，其实翻译这个序言是在1918年，但具体时间不明确。[②] 1920年8月《新潮》月刊第2卷第5号刊载了鲁迅用白话文翻译的《查拉图斯忒拉的序言》，署名唐俟，把序言全部译出，由此可看出五四时期鲁迅对尼采的这本书相当看重。在鲁迅看来，中国的国民性似乎无可救药，但他决心尝试毁坏这个“铁屋子”，他于是举起反传统的大旗，从文学创作上来完成自己十多年前未曾完成的心愿，他要当“超人”。[③] 鲁迅经由日本中转接受了尼采的思想，其主要思想来源是《查拉图斯忒拉如是说》和《不合时宜的沉思》，但是这两本书对鲁迅的影响显然是不同的。注重于用学术语言的《不合时宜的沉思》影响了鲁迅的文明批评，这在日本留学时期较明显，所写的五篇文章行文方式近似学术。五四时期则受《查拉图斯忒拉如是说》影响较大，小说、杂

---

① 李长之：《鲁迅批判》，北京出版社2009年版，第9页。

② 参见鲁迅博物馆鲁迅研究室编《鲁迅年谱》（一），人民文学出版社1984年版，第384页。

③ 参见孙席珍《鲁迅先生怎样教导我们的》，载《鲁迅诞辰百年纪念集》，湖南人民出版社1981年版，第99—101页。

文和散文都能见到。鲁迅于五四时期由学术化的文明批评转向文学化的批评，正好是尼采这两本书的不同呈现状态的一个体现。具体到小说来看，“超人”和“末人”对五四时期鲁迅的人物形象的塑造影响较大，下面来考察它们怎样在《呐喊》中被文学化的。

一、“超人”的内涵

“超人”是尼采在《查拉图斯忒拉如是说》一书中提出的重要概念，该书序言第三节首次提到“超人”，鲁迅和徐梵澄关于该书序言中第一次提出“超人”的译文分别如下：[1]

> 我教你们超人！人是一件东西，该被超越的，你们为要超越他，可曾做过什么吗？
>
> 一切事物历来都做一点东西胜过自己：然而你们却要做这大潮的退潮，并且与其超过人，倒不如回到禽兽么？
>
> 猴子于人算什么？一场笑话或一件伤心的耻辱罢了。人于超人也正如此：一场笑话或一件伤心的耻辱罢了。
>
> 你们已经走了从虫豸到人的路，在你们里面还有许多份是虫豸。你们做过猴子，到了现在，人还尤其猴子，无论比那一个猴子。
>
> ……
>
> 超人是地的意义。你们的意志说罢：超人须是地的意义。[2]

> 我教你们超人的道理。人是一样应该超过的东西。你们做了什么以超过他呢？
>
> 一切存在者至今皆创造了超过自己的东西。你们愿为这大波流的退潮，宁愿退到禽兽，而不愿超过人吗？

---

① 此处援引鲁迅和徐梵澄的译文，主要为了最终说明鲁迅视域中的“超人”和“末人”。

② ［德］尼采：《查拉图斯忒拉的序言》，鲁迅译，见《鲁迅译文全集》第8卷，福建教育出版社2008年版，第78—79页。

猿猴于人类是什么？可笑的对象或痛苦底羞辱。人于超人亦复如此，可笑的对象或痛苦底羞辱。

你们从爬虫进到人类，你们内里许多地方还是爬虫。有个时期你们是猿猴，但至今人比任何猿猴仍其为猴类。

……

超人是土地的意义。你们的意志说，超人必定是土地的意义！[①]

鲁迅和徐梵澄的译文在实质内容上没有多大出入，只是在语言的风格上鲁迅的译文更加拗口，这正是他主张“硬译”的表现。在第三节中四次提到我教你“超人”，因篇幅前面只引了两次，另外两次是把“超人”比作大海和闪电。这四次谈到的“超人”究竟是什么呢？梁展根据德文理解尼采“超人”，他认为“超人”是以超越于人的类型，是唯一的存在，是非道德的存在，而不是鲁迅从个人主义角度理解的“超人”，因为鲁迅的理解把“超人”和人依然看作一个类型，而德语中的原意却是指“人的‘自我超越’行为所能达到的极致，‘超人”标志着一种高度成功的人类”[②]。梁展通过鲁迅在《文化偏至论》和《摩罗诗力说》的观点，认为鲁迅关于“超人”观点和尼采本人的观点有出入。尼采在描述“超人”时用了很多比喻和象征，所以具有含糊性，但基本还是能看出以下四层意思：“超人”是人之上的一个精神存在，他通过超越人的创造而完成了这个精神的塑造，也可理解为自我的提升；“超人”是回归于大地的，回归大地隐喻尊重生命本身；“超人”是容纳人间污诟所带来的大侮辱的包容性存在；“超人”是冲击传统道德势力的闪电似的光明一现，它狂野，它摧枯拉朽，是冲创意志的体现。徐梵澄说“超人”不是尼采新创，他的这个“超人”各家说法不定，有认为是指个人之小我溶入无限之中，也有认为是进化论意义上的新种类即高等人，徐梵澄自己认为“略同于我国旧时所谓‘异人’，是身、心发展皆为特出的人。”[③] 他进一步解释“超人”生理上具有超常技能和

---

① ［德］尼采：《苏鲁支语录》，徐梵澄译，商务印书馆1992年版，第6页。

② 梁展：《颠覆与生存》，上海锦绣文章出版社2007年版，第144页。

③ ［德］尼采：《苏鲁支语录·缀言》，徐梵澄译，商务印书馆1992年版，第17—18页。

力量，像世界体育明星，在心理上具有超上的道德。徐梵澄的解释可以参考，但就生理方面来说，似乎是有些夸大，这或许就是西方“强横”尼采观的一个理论依据。据尼采自己的陈述，沿着勃兰兑斯的“温和”尼采观来理解“超人”似乎要确切一些，也就是说“超人”就是一个精神性或者文化性的存在，是和上面谈到的这四点有关的一个精神存在体。

《查拉图斯忒拉如是说》中还有一个核心的观念“永远回还”。“永远回还”其实也是和“超人”相关联的。“永远回还”初看起来很像佛教里的术语，似乎是循环的意思。尼采是这样说的：“看啊，我们知道你所教示的：一切事物永远重还，我们也在其内，而且我们永远便已存在，并一切事物。”[①] 徐梵澄把尼采的这个观点理解为“生活过的一切瞬间，皆复转回。我们已是无限如此，将来也会是无限如此”[②]，并说尼采是偏重于将来的。他还把这个“永远回还”理解为自然界的不息更替，说：“进者，若以学说之效果而订其价值，则此说之价值甚大了。生生不息之现相，足以表生命之动性，之恒常，之永久。这是对人生之一大肯定，学说以‘生’为中心，则‘死’不过生之一态。——某些宗教以‘死’为中心，即尼采所斥为‘死的说教者’，则以‘生’为不幸，为‘死’之一态，‘绝对的死’或‘涅槃’乃为永久。——所谓勇猛将‘死’则诸动皆已，无有去来，说不上回还，何况永久！这永久常回，更增加了人的勇气，以克服人生之困苦，一往趋于乐生，这也给英雄主义做了理论上的一大支柱。”[③] 这样就把“永远回还”与“超人”那种不竭的生命律动联系起来，尼采本人的“超人”要创造革新，不是循环。倘若把“永远回还”理解为宗教的轮回，那就背离了尼采的主体思想。尼采的这种生生不息的“超人”或者英雄式的创造，和《易经》中的“天行健，君子以自强不息”精神也相呼应，这或许就是鲁迅认同尼采“超人”的中国传统文化背景。鲁迅对于存在有着超人的迷恋，他关注国民现实的“生”，教他们为现实而“搏斗”，赋予了

---

① ［德］尼采：《苏鲁支语录·缀言》，徐梵澄译，商务印书馆 1992 年版，第 223 页。

② 同上书，第 22 页。

③ 同上书，第 25 页。

人们绵绵不尽的生存斗争力。

二、“超人”的小说演变

“超人”是鲁迅在日本从尼采那里获得的一个批评话语，但是那时鲁迅并没有专门写成文章来介绍和说明，只是在《文化偏至论》和《摩罗诗力说》中间接的运用。从鲁迅的运用中可看出他批评话语的言说逻辑，尼采的“超人”本身就是针对西方基督教传统的，鲁迅借用他来批评欧洲的物质主义和功利主义甚至民主制度，并把这些看成“众数”。这个“众数”和尼采的“末人”是紧密相关的，因为尼采笔下的“末人”就是“众数”的一分子，与此相对应的就是超越这些“众数”的“超人”，他具有独立性和创造性，是与“众数”相对应的“个人”，所以鲁迅就说“掊物质而张灵明，任个人而排众数”。鲁迅培植的“个人”要干什么呢？是要“立人”，然后通过“立人”使“沙聚之邦”转化成“人国”。怎样才能立人？鲁迅又找到了话语的来源，就是浪漫主义文学中的“摩罗诗人”，他认为中国文化“不撄人心”，无法“张灵明”，所以不“立人”，这就要先学习浪漫主义诗人写出“撄人心”的文学作品，才能“立人”，培植成“精神界战士”。尼采的“超人”本身就有“精神界战士”之意，在《战争与战士》是这样说的：“你们应该寻索仇雠，应当战争，为了你们的思想！倘若你们的思想战败，则你们的忠实犹当高呼胜利！”①，这说明鲁迅从“超人”中汲取个人主义思想发展成“精神界战士”的话语，是他学习尼采顺乎逻辑的一件事。不过“精神界战士”已不是完全的精神性战斗了，它加入了很多现实的因素，反抗压迫的实际斗争也是其中重要的一维，这明显是从拜伦、莱蒙托夫、裴多菲、密茨凯维支和斯洛伐斯基身上获得的养料。五四时期，鲁迅对尼采更加偏爱，先前失败的“超人”和“精神界战士”借助文学创作的平台浮出地标，眩目地伫立在文坛上。

《狂人日记》是鲁迅走上文坛的第一篇小说，关于这篇小说谈论的人太多。美国的帕特里克·哈南从纯粹的文学艺术手法上讨论了它和安德列夫的小说《红笑》的关系，并认为小说中的“狂人”是受了《红

---

① ［德］尼采：《苏鲁支语录·缀言》，徐梵澄译，商务印书馆1992年版，第42页。

笑》的影响。[①] 李欧梵则认为鲁迅受尼采的影响更大一些，但是他没有就二者进行详细的文本考察。[②] 李欧梵的观点值得重视。纵然在文学形式上这篇小说的确受到《红笑》和果戈理同名小说的影响，但其思想内蕴却是来自尼采的《查拉图斯忒拉如是说》，而且在艺术形式上也不是和《查拉图斯忒拉如是说》没有关系。

《狂人日记》中的"狂人"是鲁迅从尼采那里获得的"超人"与"精神界战士"的文学变形。鲁迅于 1918 年用文言文翻译了《查拉图斯忒拉如是说》的序言前三节，同年的 5 月鲁迅发表了《狂人日记》，即是说鲁迅这个时候很关注尼采《查拉图斯忒拉如是说》。他在日本时期获得尼采思想经由他十年的沉潜，再一次凸显在他的精神世界里，这绝不是偶然的。中国太黑暗，需要"超人"来引领，来呐喊、来战斗。"超人"赋予了鲁迅站出来的力量，《狂人日记》中的"狂人"就是站立的姿态。先看看它们在艺术形式上的相似之处。

《狂人日记》除文言序言外总共写了十三节，篇幅不长，使用的艺术形式和《查拉图斯忒拉如是说》很相近，格言警句到处都是，如"凡事须得研究，才会明白。""从来如此，便对么?""要晓得将来容不得吃人的人，活在世上。""难见真的人!"和"救救孩子……"[③] 此外，用了很多象征性意象，如"月光""狗眼""陈年流水簿"和"孩子"等。我们对比下面两段文字也许更有说服力：

> 我只有几句话，可是说不出来。大哥，大约当初野蛮的人，都吃过一点人。后来因为心思不同，有的不吃人了，一味要好，便变了人，变了真的人。有的却还吃，——也同虫子一样，有的变鱼鸟猴子，一直变到人。有的不要好，至今还是虫子。这吃人的人比不吃人的人，何等惭愧。怕比虫子的惭愧猴子，还差得很远很远。[④]

---

① 参见［美］帕特里克·哈南《鲁迅的小说技巧》，乐黛云译，收入乐黛云主编《国外鲁迅研究论集》，北京大学出版社 1981 年版，第 305 页。

② 参见［美］李欧梵《铁屋的呐喊》，尹慧珉译，河北教育出版 2000 年版，第 5 页。

③《鲁迅全集》第 1 卷，第 445、451、453、454、455 页。

④《鲁迅全集》第 1 卷，第 452 页。

猴子于人算什么？一场笑话或一件伤心的耻辱罢了。人于超人也正如此：一场笑话或一件伤心的耻辱罢了。

你们已经走了从虫豸到人的路，在你们里面还有许多份是虫豸。你们做过猴子，到了现在，人还尤其猴子，无论比那一个猴子。①

这两段文字都出自鲁迅，前面是他创作的《狂人日记》中的句子，后面是他译《查拉图斯忒拉如是说》序言中的句子，所用词语和思路是何其相似，“虫子”“猴子”在这两段文字中都出现了，还有了近义的表道德判断的“惭愧”和“耻辱”。“吃人的人”大概代表因袭传统的大众势力，“不吃人的人”则大概是指“狂人”吧。《查拉图斯忒拉如是说》把哲理性（理性）和文学性（感性）很好地熔铸在一起。《狂人日记》也使用了这样的手法，读者读起来就像是读哲理诗一样，不太像一篇纯粹叙事的小说。从现代主义角度看，这可能是中国现代文学的第一篇意识流小说，“狂人”的思想跳跃性很强。《狂人日记》的整体结构很完整，“狂人”是通过精神的游历远离现实，然后又回到现实，这构成一个回环结构。查拉图斯忒拉的“堕落”也是游历，他的方向是从自我走向大众和现实，然后又回归自我。在结构形式上，《狂人日记》和《查拉图斯忒拉如是说》也有颇多相似。

《狂人日记》的这些手法，可能是鲁迅借用《查拉图斯忒拉如是说》的表现。鲁迅自已在《〈中国新文学大系〉小说二集序》中承认过②，日本的丸尾常喜在《“难见真的人”再考》中也谈到这一点③。鲁迅使先前认可的“超人”在中国的文化背景下获得文学性的表达。那么这些“超人”精神内容又是怎样在《狂人日记》中呈现的呢？首先在序言中就把“狂人”悬置起来，这是一个现实之外的故事。“狂人”曾经跑到疯狂的世界里去了，留下了自己的日记，现在他好了，已

---

① ［德］尼采：《查拉图斯忒拉的序言》，鲁迅译，《鲁迅译文全集》第8卷，福建教育出版社2008年版，第78页。

② 参见《鲁迅全集》第6卷，第246页。

③ 参见［日］丸尾常喜《“人”与“鬼”的纠葛》，秦弓译，人民文学出版社2006年版，第259—260页。

经通过“赴某地候补”的方式回到现实中。鲁迅通过这样的悬置，其实是把“狂人”与整个现实社会或者庸众世界对立起来，这样“狂人”就获得了“超人”的合法性和艺术性。回到现实不是鲁迅要强调的，他要着重表达“狂人”留下的日记。日记是让他站出来抨击封建家族制度和礼教，他在异样的世界里终于通过研究明白：“我翻开历史一查，这历史没有年代，歪歪斜斜的每页上都写着‘仁义道德’几个字。我横竖睡不着，仔细看了半夜，才从字缝里看出字来，满本都写着两个字是‘吃人’！”① 这是“狂人”向中国封建传统发起的总攻，他的否定精神自然与尼采“重估一切价值”和“上帝死了”有异曲同工之妙。“狂人”明白，他踢翻“古旧先生的账簿”，所以他随时都有被吃的危险，而且吃他的人不分男女老少地结成同盟，从外面到家里，包括赵贵翁家的狗也露出凶恶的眼光。这正是“狂人”自己的说法：“我晓得他们的方法，直捷杀了，是不肯定的，而且也不敢，怕有祸祟。所以他们大家连络，布满了罗网，逼我自戕。”② 查拉图斯忒拉在城市里看人走索，结果从事危险职业的走索人坠地身亡，他背着死尸遇到小丑对他说：“这儿恨你的人太多。正人君子皆恨你，以你为他们的藐视者，仇敌；正教的信士也恨你，以你为群众的危险人物。碰巧大家在笑你，这是你的运气。真的，你说话好像丑脚一样。刚刚和这死狗在一块，也是你的运气；这么辱没自己，今天你便救了你自己的命。但离开这城市吧——不然我明天便在你身上跳过，也是活人跳过死人了。”③ 查拉图斯忒拉不走，就会被别人弄死，公众对他恨之入骨。“狂人”也一样，那些以为他狂的人结成同盟，像一个巨大的罗网慢慢罩过来，逼他自戕。“超人”要教人们超越的道理，要让人们创造，变成超越人有限性存在的精神性个体。“狂人”教他们反抗“吃人”的道理，要觉醒，要具有主体意识。

《狂人日记》中的“救救孩子”和尼采的“永远回还”也存在相似点。尼采的“永远回还”说偏重于未来，尼采把“超人”精神的三种

① 《鲁迅全集》第1卷，第447页。

② 同上书，第449页。

③ ［德］尼采：《苏鲁支语录》，徐梵澄译，商务印书馆1992年版，第14页。

变化分别比喻成骆驼、狮子和婴孩，他说：

坚强底负重底精神，涵藏着诚敬，则有许多严重底负担，其坚强有望于重者，至重者。

他在此将寻其最后底主子：与之为仇，仇其最后底上帝，与大天龙争胜负。

婴孩乃天真，遗忘，一种新兴，一种游戏，一个自转底圆轮，一发端底运动，一神圣底肯定。①

精神如何变成骆驼，骆驼如何变化为狮子，狮子怎样终于变成婴孩。骆驼是坚韧精神之象征。狮子则是通过与代表旧的习惯势力的应然之道德的决战或者向他复仇，来创造主体的自由精神及新价值。婴孩则是代表精神中的天真、遗忘，一种新兴、一种游戏、一个自转的圆轮、一发端的运动、一神圣的肯定。这个比喻很神奇，也是回还的，忍辱负重，与代表庞大的势力进行斗争，然后回到婴孩的新兴，又开始一个新的里程，所以徐梵澄的理解尼采的“永远回还”是指向未来的。尼采对婴孩的肯定代表对未来的肯定，《狂人日记》也是偏重于未来的，最后一节两行字：

没有吃过人的孩子，或许还有？
救救孩子……②

鲁迅把希望寄托于未来是受进化论的影响，但也和尼采对婴孩的肯定相对应。尼采的婴孩和鲁迅的孩子都是新的开始，李欧梵一语道破：“在这里，‘救救孩子’的呼声是一位中国进化论者对未来一代应当更好些的‘寓意’的祈求。这是用尼采神灵显现式的形式揭示出来的，

---

① ［德］尼采：《苏鲁支语录》，徐梵澄译，商务印书馆 1992 年版，第 19、20、21 页。
② 《鲁迅全集》第 1 卷，第 454—455 页。

意思是：更高的人类将会在地球上出现，但在他们到来之前，现在的有远见的思想家只能像查拉图斯特拉那样地受苦，他是个孤独的预言者，他那‘疯’的警告对那些还没有变成真人的人们来说，是听而不闻的，等于落到聋子的耳朵里。”① 尼采在山峰之间奔走，具有无比的伟岸和冲创意识，并不见他的消极，然而鲁迅的结尾虽然发出了救救孩子的呼声，但“狂人”毕竟“赴某地候补去了”，孩子什么时候能长大呢？拯救孩子的“狂人”不是又堕入旧营垒去了吗？他怎能担负起拯救孩子的重任？悲观在这里也是初露端倪，并不像尼采那样意气风发。这印证鲁迅自己的说法：“但后起的《狂人日记》意在暴露家族制度和礼教的弊害，却比果戈里的忧愤深广，也不如尼采的超人的渺茫。”② 他在此处说超人的渺茫大概是太远离实际了，而《狂人日记》中“狂人”却蕴含着源于现实的深刻悲愤和沉郁的内心体验。

“狂人”另一个渊源是中国传统文化中狷狂之士，不过不如“超人”明显。“超人”是很有力度的，正适合中国五四时期冲决罗网的时代精神，所以中国传统中的“狂人”就成为鲁迅这篇小说的暗流。鲁迅早在日本留学时期就用“狷介”和“狂人”来形容过“摩罗诗人”。他说到雪莱时就说：“修黎生三十年而死，其三十年悉奇迹也，而亦即无韵之诗。时既艰危，性复狷介，世不彼爱，而彼亦不爱世，人不容彼，而彼亦不容人，客意太利之南方，终以壮龄而夭死，谓一生即悲剧之实现，盖非夸也。修黎者，以千七百九十二年生于英之名门，姿态端丽，夙好静思；比入中学，大为学友暨校师所不喜，虐遇不可堪。诗人之心，乃早萌反抗之朕兆；后作说部，以所得值飨其友八人，负狂人之名而去。”③《论语》是这样阐释“狂狷”的：“不得中行而与之，必也狂狷乎！狂者进取，狷者有所不为也。”④ 孔子这里讲了狂人和狷介两种人，所谓“狂人”就是意志高远，傲岸自大，敢作敢为，勇于进取；而“狷介之士”则是耿直拘谨，洁身自好，安分守己，不求作，但绝

① ［美］李欧梵：《铁屋的呐喊》，尹慧珉译，河北教育出版社 2002 年版，第 50 页。

② 《鲁迅全集》第 6 卷，第 247 页。

③ 《鲁迅全集》第 1 卷，第 85 页。

④ （清）阮元校刻：《十三经注疏》第五册，中华书局 2009 年版，第 5449 页。

不肯同流合污。这两种人是孔子说的性格处于两端的人，楚人接舆，魏晋嵇康、阮籍，近世章太炎和周福清都是。孔子所阐述的“狂人”的确和尼采所说的“超人”有些相似，因而此等性格之人就并非西方独有。鲁迅于此借用了中国的这个词汇，也是这些人对他潜移默化而至西方同类人身上的表现。《狂人日记》中的“狂人”不但延续了“摩罗诗人”所具有的“精神界战士”的品格，也承接了中国“狂者”的不与世俗合流的傲骨和绝世独立。“狂人”被鲁迅通过艺术的手法悬置在现实之外，“狂人”看他之外的每个人都是吃人者，很不顺眼，这是对中国整个封建社会的一次怀疑，具有重估一切的特点。“狂人”的清醒又和屈原“举世皆浊我独清”的描述很相近。事实上鲁迅也确实受到屈原的很大影响，这一点许寿裳早就说过。[①]《狂人日记》中的“狂人”和中国古代的狂狷之士具有相似点，不同的是中国古代的“狂狷之士”从不把封建礼教和制度看成吃人的罪魁祸首，他们基本是潜伏在传统文化的内部，进行一种维护他们自身道德和人格品质的斗争，所以不完全具有现代公民的独立意识和人权意识。鲁迅则把“超人”“摩罗诗人”这些西来的“个”与中国传统的“狂狷之士”相融合，使“狂人”获得了现代化的意义。

“超人”和“精神界战士”的另一转化形式是先驱者。先驱者最突出的特点是革命，他把在思想上获得的认识运用于实践，为打倒传统，推翻帝制抛头颅、洒热血。“狂人”通过仔细研究，明白中国历史是吃人的历史，他的思想在此获得现代化的提升，但是他仅止于思想的认识，而且最终被浩瀚的传统势力拽回去了。走出思想的藩篱，去革命，效果如何呢？这就是由“狂人”演化而来的夏瑜。

《药》发表于1919年5月《新青年》的第六卷第五号上，从时间上看，是《呐喊》中鲁迅完成的第三篇小说，中间还有《孔乙己》。《孔乙己》发表的时间只比《药》早一个月，也就是说从《狂人日记》到《孔乙己》和《药》的发表之间刚好一年时间。鲁迅在这一年时间里除了写这三篇小说外，还写下了《我之节烈观》(1918)、《我们现在怎样做父亲》(1919)及十六篇杂感，这些文章几乎都是对传统文化所

① 参见许寿裳《鲁迅传》，国际文化出版公司2010年版，第7—10页。

发的感慨，而且特别强调和提倡“超人”和“精神界战士”的做法。在《随感录三十八》中鲁迅批评中国向来是“合群的自大”而没有“个人的自大”，鲁迅认为“‘个人的自大’，就是独异，是对庸众宣战”[①]，这显然是尼采的“超人”和“精神界战士”的做法。在《随感录四十六》中又特别赞赏了达尔文、易卜生、托尔斯泰、尼采等人，最后在引述了《查拉图斯忒拉如是说》第二卷中的一段话后呼吁：“这样，才是创作者。——我辈即使才力不及，不能创作，也该当学习；即使所崇拜的仍然是新偶像，也总比中国陈旧的好。与其崇拜孔丘关羽，还不如崇拜达尔文易卜生；与其牺牲于瘟将军五道神，还不如牺牲于Apollo。”[②] 前文发表于1918年11月，后面这篇文章发表于1919年2月。这期间正是鲁迅创作《孔乙己》和《药》的时间。鲁迅在这些杂文里是用“超人”和“精神界战士”来批评和审视中国的庸众，这些庸众不仅有传统的知识分子，也有普通的老百姓。《药》中“先驱者”并没有成为正面的小说形象，小说很大篇幅是描述作为庸众的华老栓买药的过程，革命先驱者夏瑜被杀的过程只是通过庸众的口间接的表现出来，所以在分析这篇小说时常常把这个过程作为暗线。不过，这条暗线直接把他与《狂人日记》串联起来。《药》中有文字谈“疯”的问题：

“你要晓得红眼睛阿义是去盘盘底细的，他却和他攀谈了。他说：这大清的天下是我们大家的。你想：这是人话么？红眼睛原知道他家里只有一个老娘，可是没有料到他竟会那么穷，榨不出一点油水，已经气破肚皮了。他还要老虎头上搔痒，便给他两个嘴巴！”

“义哥是一手好拳棒，这两下，一定够他受用了。”壁角的驼背忽然高兴起来。

“他这贱骨头打不怕，还要说可怜可怜哩。”

花白胡子的人说，“打了这种东西，有什么可怜呢？”

康大叔显出看他不上的样子，冷笑着说，“你没有听清我的话；看他神气，是说阿义可怜哩！”

---

① 《鲁迅全集》第1卷，第327页。

② 同上书，第349页。

听着的人的眼光，忽然有些板滞；话也停顿了。小栓已经吃完饭，吃得满身流汗，头上都冒出蒸气来。

“阿义可怜——疯话，简直是发了疯了。”花白胡子恍然大悟似的说。

“发了疯了。”二十多岁的人也恍然大悟似的说。

店里的坐客，便又现出活气，谈笑起来。小栓也趁着热闹，拼命咳嗽；康大叔走上前，拍他肩膀说：

“包好！小栓——你不要这么咳。包好！”

“疯了。”驼背五少爷点着头说。①

夏瑜被关进监狱后，劝牢头造反。红眼睛阿义去盘问夏瑜，夏瑜又劝说红眼睛阿义革命。红眼睛阿义只想从夏瑜那里得到经济利益，可没想到他这样穷，结果夏瑜就遭到毒打。这里面出现双重错位：革命者或者启蒙者与被革命者或者被启蒙者的错位；想得到利益和没有可得的利益之间的错位。这个错位，一是揭示封建帮凶们的凶残和奴隶根性；二是揭示先驱者的超前性。此后的对话中，康大叔转述红眼睛阿义对革命者或者先驱者夏瑜的暴行后，一帮人都麻木得很，似乎夏瑜就是他们的敌人。庸众的这些行为是无意识的助纣为虐，正好说明民众被奴役得不知反抗。从对话的语境中可看出，庸众还站在革命者的对立面认为夏瑜疯了，可见先驱者和整个民众之间隔膜很深，连最能接受新事物的二十几岁的年轻人也认为夏瑜是疯子。这样，民众从事实上就把先驱者给悬置起来，先驱者对于民众则变成一个滑稽的存在。我们于是从悬置的上空看到“狂人”的身影，他不可能被奴化的大众所理解和同情，更无法被封建帮凶所认可。从这个角度讲，《药》是继续在言说《狂人日记》中的“狂人”的生存境遇，而且变得更糟糕。《狂人日记》中的“狂人”没有把他的清醒继续到底，《药》中夏瑜继续沿着“狂人”的路在走，从行动上不与封建势力妥协，结果他就被杀了。这个被杀其实也可理解为夏瑜被庸众给吃了。文中有明确的文字暗示：

① 《鲁迅全集》第1卷，第469页。

老栓又吃一惊，睁眼看时，几个人从他面前过去了。一个还回头看他，样子不甚分明，但很像久饿的人见了食物一般，眼里闪出一种攫取的光。老栓看看灯笼，已经熄了。按一按衣袋，硬硬的还在。仰起头两面一望，只见许多古怪的人，三三两两，鬼似的在那里徘徊；定睛再看，却也看不出什么别的奇怪。

小栓撮起这黑东西，看了一会，似乎拿着自己的性命一般，心里说不出的奇怪。十分小心的拗开了，焦皮里面窜出一道白气，白气散了，是两半个白面的馒头。——不多工夫，已经全在肚里了，却全忘了什么味；面前只剩下一张空盘。他的旁边，一面立着他的父亲，一面立着他的母亲，两人的眼光，都仿佛要在他身里注进什么又要取出什么似的；便禁不住心跳起来，按着胸膛，又是一阵咳嗽。①

第一段文字描写华老栓后半夜去买人血馒头，看到夏瑜行刑前的一伙人露出饥饿的神色，暗示刽子手准备“吃”夏瑜了，是通过华老栓的视角刻画他在人血馒头可治痨病的迷信面前具有的心理恐惧。这次“吃”的暗示是对应小栓最终吃人血馒头，所以就自然出现了后面所描写的那段文字。小栓不仅仅是一般的病人，他的病象征中华民族的病态，那是不觉醒的病态。先驱者本是来挽救他的，他却茫然不知，最后还吃下了用先驱者血蘸过的馒头。真是如《狂人日记》中已经说过的连孩子都在吃人了，他们本身不知道吃人，都是他们娘老子教唆的，这是一种文化因袭势力的必然结果。如果说刽子手的吃人是因为阶级的对立尚可理解，那么华老栓和小栓的吃人真是让人震惊。他们穷（被子打补丁，开茶馆挣了点钱却被刽子手们盘剥去了）而奴颜婢膝地生活着，却不知道自己穷以及奴颜婢膝的真正原因，现在有人来解救他们时，他们却反过来吃了解救他们的人。这种“吃人”的逻辑是《狂人日记》的进一步发展。

《狂人日记》中的狂人发展到《药》中的革命者，是一次进化论式

① 《鲁迅全集》第1卷，第464、466页。

推进。“狂人”是清醒的认识者，思想的启蒙者，这个思想并没有走向实践，只是停留在认识与认识被扑灭的阶段。而夏瑜却是从思想走向了实际行动，他是现实中秋瑾和徐锡麟的化身。徐锡麟行刺恩铭，逮住被挖心，心被清军士兵炒着吃了。秋瑾坚决革命，最后被杀。小说中虽没有描写革命的具体行动，却暗示了革命者从事实际革命的行动：直到死还在劝说牢头造反并向红眼睛阿义宣讲革命的道理。这个变化体现了鲁迅日本时期思想的回返，在《摩罗诗力说》中，鲁迅极力赞扬参加希腊革命活动的拜伦，把他称之为摩罗诗宗，此后又细述了继承摩罗诗宗拜伦这种革命精神的莱蒙托夫和裴多菲。我们知道中国知识分子是不很具有行动精神的，孟子讲杀身成仁，但历代知识分子少有践行者，即使有几个也被机巧圆滑的中国人放在精神的一隅，当面临革命的紧要关头时，大多数人的选择是保全自己。鲁迅正是看到中国这个缺点，力主摩罗精神，希望给中国人的生命输入变革的血液。《药》中夏瑜通过实际的革命活动而成为一个杀身成仁的先驱者，正是富有实际战斗精神的“摩罗诗人”再次浮现。同时我们也能找到夏瑜身上的中国人物的影子，夏瑜的谐音夏禹。大禹正是鲁迅少年时候接触的一个传说中帝王，他自苦为极，行劳天下，通过治水体现了他的实干精神。鲁迅在后来把他说成是中国的脊梁，这不是突发奇想，而是鲁迅自小濡染大禹精神的最终体现。在这里我们通过鲁迅给他的小说主人公命名似乎可见一斑，当然鲁迅没有说过夏瑜就是夏禹的影射，但我们是可以这样联想的。宋志坚在谈到鲁迅与大禹的关系时也曾说过一段很有意思的话：“‘夏’与‘秋’相对，‘瑜’与‘瑾’相对，鲁迅以夏瑜暗喻秋瑾，非常通情达理。然而，‘瑜’不也正是‘禹’的谐音么？我不敢妄测鲁迅将《药》中的革命家定名为夏瑜，也是因为这是‘夏禹’的谐音，却不可完全排斥他用‘夏瑜’之时也曾想到过夏禹。”①

《摩罗诗力说》用论说的方法呈现革命者的精神，《药》则用文学艺术的手法极富张力地展现革命者的精神。具体来说，就是通过细节的描述形成对比式的反讽。文章一开始就把读者带到一个秋天后半夜乌蓝的夜晚，随后华老栓一家起早贪黑的辛劳而贫病的场面就呈现出来了。

① 宋志坚：《鲁迅根脉》上卷，福建教育出版社 2008 年版，第 9 页。

这个乌蓝的夜晚是一个让人窒息的夜晚，一位革命者在这个夜晚被砍头，另一位贫穷而萎缩的城镇小生意人去买人血馒头治儿子的病，他倾其所有家当去做这样愚昧的事情，也把自己一切的希望都寄托在一个虚无缥缈的迷信中。这样就把革命者和革命者所救的人之间隔离起来，再通过第二、第三节的描述，把不理解革命者的人从华老栓一家扩充到整个社会民众，于是夏瑜就被悬置起来，成为一个完全孤独的人。这就是鲁迅在《随感录三十八》中所说的“独异的个人”对庸众宣战。最后一节还在加大这种对比，鲁迅设计了两片坟区，一条路隔开，左边是死刑犯的坟茔，右边是穷人的丛冢。夏四奶奶和华大妈各自去上坟，祭奠自己心爱的儿子，他们之间有悲痛的沟通，然而却无与夏瑜之间的沟通，就连夏四奶奶自己也不能真正理解儿子。可想而知，启蒙者与被启蒙者之间存在多么大的隔阂。他们像两条平行线在各自的道路上奔走，永远也不可能相交，这给人绝望的感觉。而这种绝望所具有的张力在夏四奶奶的哭诉以及寄托在显灵这样的迷信中达到顶峰，整个气氛特别压抑。这样的艺术化处理，其实是通过细节的描绘来消解革命者实践或者献身的意义，也消解普通百姓生命的意义。革命者和庸众互相否定，他们的存在意义在此受到震撼人心的拷问。这个拷问也使我们看到革命者更重要的使命，同时也思考启蒙者怎样才能与被启蒙者之间进行有效的沟通。庸众的麻木是一个让人很无奈的事，希望在哪里？鲁迅的绝望已经显露出来了，但是那时的主将是不主张消极的，所以他就在夏瑜的坟上添置了一个花环。那么，这是先驱者和庸众之间的理解和沟通吗？从整个文章的氛围中似乎还看不到答案，“救救孩子”在夏瑜被砍头以后又分明响在读者的耳畔。乌鸦凄厉的叫声和直指上天的飞行，把安德列夫的阴冷又一次重置在革命者与庸众之间，整个小说的反讽艺术到此被表现到最高点。然而鲁迅的反讽却不是钱锺书的俯视尘寰，他通过这样的小说细节表达自己沉痛的体验和心灵的寂寞与孤独，他和革命者、庸众有深厚的感情。

三、“狂人”的隐匿

《呐喊》中直接谈论由“狂人”演化而来的先驱者的问题的还有两篇小说：《头发的故事》和《风波》。《头发的故事》极像一篇自传体小说，主人公N先生自述的留学、剪辫和做监学等经历都与鲁迅的经历相似。鲁迅自己是一位思想革命的先行者，把自己的经历投注在N先生身上，是赋予N先生思想先行者的内蕴。故事都从“双十节”这个和革命直接相关的节日开始的，这样就把叙述限定在革命的视域内，在借助辫子的问题批评中国革命的问题。小说中的N先生有狂气，他脾气有些乖张，时常生些闲气，说些不通世故的话，他说：“他们忘却了纪念，纪念也忘却了他们。”① 接着又说了自己看到许多青年革命者辛苦奔走，结果都像秋瑾那样悲惨，有的甚至连尸首都找不到了，可是我们现在这些人却忘记他们了。这是革命者与民众之间的背离，革命者是为了挽救民众，民众却忘记他，这就是“他们忘却了纪念”。当我们忘却了纪念后，我们将必然被纪念忘却，结果必然是继续过辛苦恣睢和毫无人的尊严的生活，这就是“纪念忘却我们”。这里指出一个问题，中国的国民总是肤浅地理解革命，革命就像扬州十日、嘉定屠城那样杀人，也像秋瑾那样被杀，与自己的生活好像没有关系，即使有关系，也仅仅局限在一些皮毛而无关宏旨的问题上。这就是所谓头发的故事，头发是人体不关乎生命的部分，革命于是就在“头发”或者辫子问题上做文章，没有植入问题的深处，让所有人思考人本身的尊严和主体性问题。鲁迅发人深省地感叹：“阿，造物的皮鞭没有到中国的脊梁上时，中国便永远是一样的中国，决不肯自己改变一支毫毛！”② 这是对中国国民性的深刻批判，是作者鲁迅的意思。但这样一位有见地的N先生却得不到小说中另一主人公“我”的认同，“我”在文章中是N先生的对立存在，N先生的言论是“狂人”般的言论，是位“精神界战士”，他向世俗挑战，自然也蕴含了“超人”的精神内核。

整个小说基本是通过独白完成的，“我”只是默默地而且有些不愿听的听者，是为了衬托N先生的不同流俗及对中国民众对待革命的麻木不仁，N先生在这样的对比中才显得超人一等。《头发的故事》据说是写给许钦文的妹妹许羡苏的，的确里面提到一位因剪掉头发而不能进学校的女学生，和许羡苏的经历倒是吻合，但鲁迅在此只是作为一个形象

① 《鲁迅全集》第1卷，第484页。

② 同上书，第488页。

的事例来说明革命仅仅停留在一些非根本性的问题上，恐怕也不宜这样坐实。从小说先驱者革命宣战的主体意蕴来讲，这有点太考据癖，缩减了小说的深度，因而只能提供一个理解的视角。另外值得注意的是，《头发的故事》中直接援引了阿尔志跋绥夫言论："你们将黄金时代的出现豫约给这些人们的子孙了，但有什么给这些人们自己呢?"[①] 这句话出自小说《工人绥惠略夫》第九章，查鲁迅自己的译文是这样的："你们将那黄金时代，豫约给他们的后人，但你们却别有什么给这些人们呢?"[②] 译文和《头发的故事》中的文字有小出入，但基本保持了原状。鲁迅发表《头发的故事》是在 1920 年 10 月，据鲁迅所做《译了〈工人绥惠略夫〉之后》可知在 1921 年 4 月就全部整理译完。[③] 又查鲁迅日记发现其实早在 1920 年 2 月 22 日就译完《工人绥惠略夫》，可知鲁迅译完《工人绥惠略夫》之后才发表了《头发的故事》，《头发的故事》中援引的译文来自鲁迅自己的翻译，只不过做了一些微小的修改，可能是鲁迅为了小说更加明白一些。从这些实事可看出，N 先生有绥惠略夫的影子。鲁迅自己明确地说工人绥惠略夫与尼采的关系："然而绥惠略夫却确乎现出尼采式的强者色彩来。他用力量和意志的全副，终身战争，就是用了炸弹和手枪，反抗而且论灭（Untergehen）。"[④] 鲁迅说绥惠略夫有尼采"超人"的影子，这个"超人"又投射到 N 先生的身上，他和"狂人""革命者"是属于一个精神谱系的。从国外的这些资源中我们发现 N 先生的"超人"之影，但他也有中国文化中愤世嫉俗的东西，N 先生的言论总是格格不入，和鲁迅一直喜欢的嵇康在精神上颇多相似。从第一章事实梳理中，我们能看到鲁迅在这段时间正是辑校《嵇康集》最用力的时候，1913 年写了《〈嵇康集〉跋》，1924 年前又分别写了《〈嵇康集〉逸文考》和《〈嵇康集〉著录考》，由于鲁迅没有署具体时间，学者们只能大概断定写于 1924 年前。宋志坚研究认为："鲁迅在初校完毕之后，从 1915 年 6 月起，又用不同刻本的《嵇康集》

① 《鲁迅全集》第 1 卷，第 488 页。

② ［俄］阿尔志跋绥夫：《工人绥惠略夫》，鲁迅译，收入《鲁迅译文全集》第 1 卷，福建教育出版社 2008 年版，第 186 页。

③ 同上书，第 140 页。

④ 同上书，第 139 页。

（或《嵇中散集》）互校并与初校本比勘。”[①] 又鲁迅日记在1921年2月中旬到3月初有三次提到互校的信息。[②] 这又说明鲁迅创作《头发的故事》前后经常读嵇康的文章。这些事实容易使他的小说创作带上嵇康的影子，况且他又是那样推崇嵇康。甘智钢认为：“小说叙述了‘我’同‘N’先生在‘双十’纪念日的几段对话，‘N’先生借市民纪念‘双十节’之冷淡，大谈与辫子有联系的‘血史’和自己这一代为辫子吃苦受难的经历，表现了嵇康式的愤世嫉俗和阿尔志跋绥夫式的激进。”[③] 除此之外，N先生也有鲁迅老师章太炎的影子。章太炎愤世嫉俗，革命意志坚定，面对袁世凯政府不妥协，态度激进，其实也是延续了嵇康的那种传统精神。况且《头发的故事》中剪辫本身就有章太炎剪辫的原型，章太炎的剪辫是反抗清政府的举动，后来鲁迅写《因太炎先生而想起的二三事》，首先想到的是他老师的剪辫，关于这点王瑶也比较详细地谈到过。[④] 由此也证明N先生受中国传统文化中“个”的影响，也是一个中西合璧的人物形象，只是传统中的“个”隐藏在文本的后面，没有“超人”那么明显。

《风波》和《头发的故事》是同一序列的小说，都是因革命的标志物——辫子而写。不同的是，前者描绘它在农民生活中的反响；后者则是写剪辫之事在知识分子身上的反映。《风波》一开始，就把读者带到农村那种按部就班、了无生机的场景中，太阳收了它通黄的光线，大家照例要在土场上吃晚饭了。九斤老太“一代不如一代”的感叹出场了，接着她的儿媳七斤嫂也在与婆婆的这句口头禅中登上了舞台。七斤这时从镇上回到家中吃晚饭，因为从咸亨酒店知道皇帝坐龙廷而闷闷不乐。七斤进城被人剪了辫子，皇帝要大赦的话，他没有辫子很可能要遭殃。七斤嫂此时就开始咒骂七斤，寄托于皇恩大赦的梦想似乎马上就没了。赵七爷来七斤家是报复七斤，也是想从七斤那儿打听消息。赵七爷作为当地封建传统的总代表，首先关注的是七斤的辫子的问题，把辫子的有

---

① 宋志坚：《鲁迅人脉》（上），福建教育出版社2008年版，第129页。

② 《鲁迅全集》第15卷，第424—426页。

③ 甘智钢：《奠定中国现代文学传统的文化密码》，载《河北学刊》2010年第2期。

④ 参见王瑶《鲁迅作品论集》，人民文学出版社1984年版，第21页。

无这个本来不重要的问题说得和杀头一样重要。这加重了七斤他们一家的紧张气氛，也把一帮乡下的看客置于戏剧的紧张冲突中。七斤嫂把对七斤怨气转移到女儿六斤身上，八一嫂为劝七斤两口子不争吵，和七斤嫂与赵七爷的关系也紧张起来，最后在赵七爷的权威下被制服了。七斤因此继续陷入忧愁之中。小说的最后结局是归于平淡，辫子风波已经过去了，农民又回到按部就班的生活中，革命像是没发生过一样。

小说中的人基本都是封建势力培育下的庸众，赵七爷是封建思想势力的知识代表，九斤老太是农民顽固势力的代表，七斤嫂是他们培育起来的对皇恩的盲从者，而七斤则是一个无主见被迫剪辫的农民家庭支柱。八一嫂似乎有自主判断问题的倾向，但是在农村封建势力的总头子赵七爷的威慑下，就悄无声息退场了。一切复归平静意味着封建传统从外在形式到思想观念上又一次取得了胜利，抵不过“张大帅”（张勋）就是抵不过封建复古势力。从人物出生的重量的逐渐减少来看，恐怕是鲁迅希望封建势力的威风越来越弱吧，可最年轻的六斤一瘸一拐地走着，周作人说这是鲁迅很伤痛地看到裹脚的妙笔[①]，那么由此看来希望有些渺茫。《风波》中的思想战士或者革命者已经隐没在文本的后面去了，积极的人物形象在前面提到的《狂人日记》《药》和《头发的故事》中还有明确的显现，但于此处已找不到直接的文字记述。鲁迅视野的变化，其实已经说明它叙述侧重点的变化，他觉得问题的根本不是有无“精神界战士”的问题，而是民众与先驱者之间的隔膜问题，民众的彻底麻木和不觉醒又一次占据了他的思想世界，因此重在揭示庸众的病苦就自然推上了他的叙事日程。

最后需要说明，从尼采的“超人”演变成的“狂人”再到“革命者”，并不是思想的跃进，而是文学艺术的跃进，因为这些人物形象的思想内蕴在鲁迅创作小说之前已经获得了。伊藤在《鲁迅与日本人》一书中说鲁迅文学主题的萌芽是日本留学时期[②]，但是他可能没有看到这之前的传统文化与鲁迅在日本所获的域外文化的关联。鲁迅用国外小

---

① 参见周作人《鲁迅小说中的人物》，河北教育出版社2002年版，第59—60页。

② 参见［日］伊藤虎丸《鲁迅与日本人·序言》，李冬木译，河北教育出版社2000年版，第13页。

说中所获得的艺术技巧，把自己的成长经历、心理经验和对中国传统及现实的理性认识进行了艺术化的处理，其中最关键的几个艺术方式是象征、反讽和暗喻，从而使鲁迅的小说人物形象特别具有艺术感染力和情感震慑力，是他“撄人心”的艺术追求的实现。

第二节 “超人”视域中的“末人”世界

在《呐喊》中有一部分小说是没有积极人物的，这些人艰难、绝望而麻木地活着，比如阿Q、单四嫂子、孔乙己、陈士诚、方玄绰等。从上面一节的论证中，我们知道《狂人日记》《药》和《头发的故事》都有革命者的影子，伊藤把他们称之为积极的人物形象或者奋斗者的形象，到《风波》虽然也是讲革命的问题，可是改革者形象已经没有直接的文字表述了。鲁迅转换视角的原因其实是问题深入的表现，因为他觉得中国没有“超人”生长的土壤，第一要务是培育生长“超人”的民众，所以揭示民众的病苦引起疗救的希望就成为《呐喊》的重头戏。于是有了一系列描写庸众生活的小说，在这些小说中塑造了刚提的这些鲜活而震撼人心的人物形象。他们是“超人”视野中的“庸众”或者“末人”，鲁迅的目的是生出“超人”“精神界战士”，而这些“末人”正好就是和“超人”对应的存在个体。在小说集《呐喊》中，“末人”有一个成长的过程，这个过程从知识分子孔乙己起到知识分子陈士诚终，中间经由了阿Q这个高峰。为了很好地分析与“超人”对应的庸众，首先需要对“末人”这一概念进行说明。

一、何谓“末人”

在《查拉图斯忒拉如是说》一书中，“末人”是和“超人”对应的一个概念。鲁迅把这个概念翻译成“末人”，徐梵澄翻译为“末后底人”。在该书的序言中首次出现在第五节。鲁迅和徐梵澄关于“末人”的译文的最精要处对照如下：

> 那么我要对他们说最可侮蔑的事：但这便是末人。
>
> 于是查拉图斯忒拉对群众这样说：

到时候了，人自己竖起他的目的。到时候了，人种下他最高希望的萌芽。

你们的土壤还很肥。但你们的土壤也会贫瘠的，至于再不能从他这里长出高大的树。

噢！这时候回来的，人再不能从头上射出他的热望的箭，而且他的弓弦也忘却了发响了！

……

没有牧人，一个羊群！个个要一样，个个是一样：谁有想到别的，是自己要进疯人院去。①

则我将说起最可蔑视者，但那是末后底人。

于是，苏鲁支向群众作如是说：

是时候了，人要树立目标。是时候了，人种植他的最高希望的萌芽。

为此他的土地还够肥沃。但这土地必有一日贫瘠而且荒芜，不能更生出高树。

呜呼！必有一日人不能将遥情之箭射向人类以外，他的弓弦也忘掉了颤鸣！

……

不是牧者与一牧群！凡人皆愿平等，也皆平等。有谁感觉不同的，自愿的进入疯人院。②

就摘引的这两段译文而言，鲁迅似乎比他的学生更加让人明晓“末人”的一些基本特征。最为明显的地方是关于“末人”和牧群的同构。徐梵澄似乎没有明显地让人感到“末人”的群体性，他们仿佛是要追求平等似的，但在这里平等就是指从众，人人一样，没有体现出个体的独特性。从两位译者的言论来看，“牧者”似乎应该是“超人”的代名

① ［德］尼采：《查拉图斯忒拉的序言》，鲁迅译，见《鲁迅译文全集》第8卷，福建教育出版社2008年版，第81—82页。

② ［德］尼采：《苏鲁支语录》，徐梵澄译，商务印书馆1992年版，第10—11页。

词，他是超越于牧群之上的人，不是从众，而是领导大众。作为与“超人”对应的一个概念，理解“末人”也应该表现在以下几方面：“末人”没有目标，不知道提升自己；没有富有生命力的创造激情；因袭传统势力，被传统所辖制；从众，与现有力量妥协，都一个模样，无意识地蔑视和他们不一样的人。梁展根据德文指出，“末人”具有两个方面的内涵：一是指传统文化道德观念塑造的最极端化的“人”的类型；二是指权利意志价值序列上最后的也是最劣的人。[①] 这个概括是比较到位的，但是鲁迅在理解“末人”的时候恐怕是把它与中国文化背景联系在一起的，所以我们看到的翻译中所表达的“末人”和德语中的“末人”可能有些差距。事实上，《呐喊》中许多人物形象正是通过文学的方式实现了“末人”的中国化。

二、“末人”的初步演化：孔乙己和成年闰土

众所周知，《孔乙己》是鲁迅自己最喜欢的小说，陆激对其原因进行了探讨，认为他喜欢自己这篇小说从容不迫的态度和构思的精妙。[②] 因为小说本身和鲁迅自己的偏爱，所以研究和谈论《孔乙己》的文章绵延不绝。今天已经是相当庞大的一个数字了，查 1978—2012 年中国知网所收录的期刊文章有 863 篇在题目中直接提到《孔乙己》。如果是一部长篇小说，那还情有可原，但是这仅仅是一篇不足 3000 字的小说。浏览这些研究文章，有创新的并不多，而且还有一些问题并未说清，比如从整个《呐喊》的艺术手法来看《孔乙己》的位置，还有把《孔乙己》放在中西文化的视野下和五四时期的大背景中来研究都还显得比较欠缺。按照本文的逻辑把《孔乙己》放在中西之“个”的背景中看，也会发现一些不一样的东西。

《孔乙己》写于 1919 年，紧接着《狂人日记》而作。“狂人”到某地候补，可知他是读书人。《狂人日记》是鲁迅向封建礼教和制度发起总攻的纲领，知识分子的觉醒在这里只是昙花一现，最后“狂人”还是回到封建营垒中去了。这说明传统知识分子的觉醒不是一朝一夕的事

---

① 参见梁展《颠覆与生存》，上海锦绣文章出版社 2007 年版，第 155 页。

② 陆激：《鲁迅先生为什么最爱孔乙己》，载《西北师大学报》2008 年第 1 期。

情，他们已经被深深毒害，很可能在旧势力的围攻中退回到原来的状态。知识分子“超人”即“精神界战士”成长的第一块土壤就是教育制度，这个制度培育出来的人所形成的群体直接关系到每个知识分子的成长。“狂人”夭折，和封建教育制度紧密关联，封建教育制度培育的是传统知识分子“末人”。孔乙己是地地道道的在科举路上求取功名之人，他屡考不中，花白的胡子就是老了的象征，对窃书的看法和“回”字几种写法的痴迷，就是对所学知识内容的顽固守候。他无法挣脱它们来寻找自己的生路，这样就在生存与他所学知识内容之间形成极强的张力结构，这个张力越大，孔乙己的生存困境就越大。当达到了一个极点以后，孔乙己就只能靠偷来苟延他的生命，而这又成为被人取笑的“伤疤”。于是，孔乙己从物质到精神都处于极度的困境中，以至趋于绝境而死。孔乙己的死从表面上与咸亨酒店的所有人似乎都无关系，但其实又深度相关。我们知道，孔乙己的死直接源于封建教育制度，教育内容和人生存之间的脱节，导致孔乙己无法生存。孔乙己除了写一手漂亮的毛笔字和背诵孔圣人的语录外，别无什么求生的技能，也就是说他只有一条路可以维系生存：考上秀才、举人进而进士，否则就是死路一条。孔乙己的遭遇正是在于没有捞上半个秀才，堕入民间，倘使民众多有同情，教育引导其自食其力，他也许能活下来，但结果是民间各色人等都以科举取士为价值判断，考上就是爷，考不上就是草芥。这说明旧社会长期的教育制度形成了民间的价值标准，而这个民间的价值标准又反过来成为老百姓砍杀孔乙己的利器，而且是杀人不见血的利器。这个利器就是精神的打击，比物质的更利害。小说中最突出的精神迫害有两处：

孔乙己一到店，所有喝酒的人便都看着他笑，有的叫道“孔乙己，你脸上又添新伤疤了！”他不回答，对柜里说，“温两碗酒，要一碟茴香豆。”便排出九文大钱。他们又故意的高声嚷道，“你一定又偷了人家的东西了！”孔乙己睁大眼睛说，“你怎么这样凭空污人清白……”“什么清白？我前天亲眼见你偷了何家的书，吊着打。”

掌柜仍然同平常一样，笑着对他说，“孔乙己，你又偷东西了！”但他这回不十分分辨，单说了一句“不要取笑”“取笑？要不是偷，怎么会打断腿？”孔乙己低声说道，“跌断，跌，跌……”他的眼色，很像是恳求掌柜，不要再提。①

一是孔乙己出场后有人问他脸上是否又添新伤疤了，还戏谑他怎么连半个秀才都捞不到；二是孔乙己好久没来了，他偷丁举人家的东西被打折了腿后来咸亨酒店喝酒，掌柜直接攻击他又偷了东西了。这两次被取笑都很彻底，直逼孔乙己的痛处，不让他有任何颜面立在众人面前，孔乙己愈反驳愈把自己置入可笑的境地。掌柜那种带着笑的问更是刻毒，把孔乙己赤裸裸地放在更加被动的位置。他本身就被打断了腿，掌柜还这样奚落他，没有一点人世的同情和怜悯，他的心思就只在欠他的几个铜板上。如果说第一次只是造成孔乙己的精神创伤，那么第二次就是让孔乙己在精神上彻底毙命。这整个过程明显是孔乙己被欺辱的过程，最根源的欺辱者是旧教育制度，然后就是这个教育制度塑造的所有人，包括丁举人、酒店掌柜、小伙计、食客和孩子。这是一张严密的网络，孔乙己根本无法挣脱，就连《狂人日记》中对孩子的希望在这里也灭绝了。

从小说设置的情节来看，孔乙己最让人同情的地方是受到这么多人的嘲笑和精神打击，但他最让人悲哀的地方不是这一点，而是他从来没有对自己的当下身份有一个清醒的认识并对这个处境进行分析然后摆脱之。孔乙己沉浸在那些他自己都没搞懂的书中，不仅深信它能够给他带来物质的丰富，还深信它能够让他获得精神的安慰。这就很可怕了，用尼采的话说就是还没找到自己就找到自己的偶像，不过孔乙己的偶像是书本中这些“君子固穷”的内容。我们知道“超人”善于提升自己，通过创造而获得人的价值。与此相对应的“末人”则不能提升自己，固守传统，没有自己的主体性，跟随某种外在盲目地生活着。孔乙己明显就是这样的“末人”，他不能清楚地判断自己的当前处境，更无法挣脱那些酸腐的知识内容，从现实生存上和精神上都无法突破旧教育的紧箍咒，他搞不清自己这样的根本原因，甚至到死的前夕他还在狡辩，真

① 《鲁迅全集》第1卷，第458、460—461页。

是一个无可救药的人。在《社会科学论坛》上登载了一篇叫《孔乙己：真正的中国知识分子形象》的论文，该文提出完全异于传统的看法，认为孔乙己是中国真正的知识分子，他不做奴隶、追求真理、为信仰殉道，还有直面现实的真正勇气。① 应该说论者的努力值得肯定，至于具体观点可以讨论。孔乙己太想做旧教育的奴隶了，他不是追求真理，而被一些虚无缥缈的和人的现实与精神不相关的东西弄得神魂颠倒，这哪里是现代人的追求真理呢？充其量是一种迂腐信仰。孔乙己的殉道是无价值的，因为他的生命没有创造就完结了，不能从他的殉道中获得积极的精神价值。知识分子的社会价值就是通过精神的创造影响社会，孔乙己做到这点了吗？该文作者还引用了西方知识分子的概念来做这篇文章的理论基础，他说："知识分子的真理不是生活和生存的真理而是价值与论证的真理。"②。知识分子首先应该是人，然后才是知识分子，这个看法把知识分子神圣化，而且孔乙己有没有价值和论证的真理是让人怀疑的。鲁迅当年是想把孔乙己塑造成中国真正的知识分子形象吗？鲁迅发表《孔乙己》时写了一段附记："这是一篇很拙的小说，还是去年冬天做成的。那时的意思，单在描写社会上的或一种生活，请读者看看，并没有别的深意。但用活字排印了发表，却已在这时，——便是忽然有人用了小说盛行人身攻击的时候。大抵著者走入暗路，每每能引读者的思想跟他堕落：以为小说是一种泼秽水的器具，里面糟蹋的是谁。这实在是一件极可叹可怜的事。所以我在此声明，免得发生猜度，害了读者的人格。一九一九年三月二十六日记。"③ 这段文字就可以把孔乙己是真正中国的知识分子形象的观点推翻。鲁迅说自己在描写当时社会上生活状态的一种，这一种大概是指知识分子的生活吧，并不在于去用孔乙己去糟蹋谁。接着能看出孔乙己的确不是什么积极的形象，因为鲁迅害怕有人误以为是他向谁泼脏水，那说明鲁迅承认了孔乙己是一个消极人物形象，那么把孔乙己理解成一位积极的人物形象就和鲁迅自己的意思

① 参见王明科、柴平《孔乙己：真正的中国知识分子形象》，载《社会科学论坛》2009年第11期。

② 同上。

③ 《鲁迅全集》第1卷，第461页。

相背离。如果像孔乙己这样的人也是真正的知识分子的话，那么鲁迅是中国的真正的知识分子吗？如果是，鲁迅和孔乙己有什么区别？答案很显然。即使是阐释学赋予了我们阐释的合法性，但也不至于依据点滴的文本信息来进行海阔天空的虚构。在笔者看来，鲁迅就是想塑造一个让人产生深切同情的知识分子“末人”。

孔乙己知识分子“末人”形象是在“超人”视域中形成的，但孔乙己不是地道的尼采的“末人”，而是融入了中国传统文化和鲁迅深厚感情的“末人”。孔乙己的文化源头是被利用的儒家，从他的姓到他的思想所寄寓的知识范畴都和儒家牵连在一起。“他对人说话，总是满口之乎者也，教人半懂不懂的。因为他姓孔，别人便从描红纸上的‘上大人孔乙己’这半懂不懂的话里，替他取一个绰号，叫作孔乙己。”① 这种描红纸是儿童摹写毛笔字的字帖，在明代以前上面印的是“上大人丘乙己”。这里透露出两个信息，一是说明孔乙己和孔丘的关系；二是说孔孟之学已经从孩提时起就全面笼罩了一个读书人。统治阶级利用儒家思想做理论工具，从小就控制孔乙己这样的读书人的思想，把他们锻造成顺民，结果他们就成为一个除了参加科举考试外什么也没有用的人。像孔乙己这样的人即使中举做官，他们也是统治阶级利用的工具，不可能有自己的主体性和自由选择。儒家被统治阶级利用所塑造出的人，就是庸众，和尼采“末人”的特征相似。1919 年 1 月 15 日鲁迅在《新青年》上撰文说：“尼采式的超人，虽然太觉渺茫，但就世界现有的人种的事实看来，却可以确信将来总有尤为高尚尤近圆满的人类出现。”② 这是在写这篇小说之前的言论，鲁迅说尼采的“超人”渺茫，最关键的可能在于“超人”离普通民众太高远，缺少与普通人站在同一战线上的人间情怀。鲁迅在此就不是像“超人”那样俯视孔乙己，而是和孔乙己之间有深切的情感联系。知识分子“末人”的生存境遇也是鲁迅自己曾经体验过的，他参加过科举考试，虽然不是像孔乙己那样，但是他放弃科举走异路，却遭到别人的嘲讽，这种价值评判正是孔乙己周围那些人的看法。孔乙己的这种生活和鲁迅不是隔膜的，所以他对孔乙

---

① 《鲁迅全集》第 1 卷，第 458 页。

② 同上书，第 341 页。

己有深切的情感。这就把孔乙己与鲁迅之间的情感关系建立起来，也是它能引起读者心灵震动的真正原因。

这种生活状态不仅体现在被毒害的知识分子孔乙己身上，也波及城镇家庭手工业者和农民身上。读圣贤书走科举之路是当时中国的一个普遍价值追求，它匡范了包括知识分子、手工业者、农民、女人和男人在内的一切人，他们的行为、思想都逐渐被庸众化和奴化，丧失应有的主体性人格。从《呐喊》的整体构造来说，从知识分子“末人”向手工业者和农民的“末人”的转移，正是鲁迅扩大自己观察和批评视野的表现。《明天》和《故乡》就是处在这个位置上的两篇反映“末人”生活的小说。

《明天》讲述鲁镇咸亨酒店周围的事情。孔乙己死了，可是孔乙己似的“末人”并没有死。单四嫂子就是这样一位城镇家庭女手工业者，她卖馄饨的丈夫死了，寡居而生活无着落，又无土地，只能靠纺棉纱来养活自己和三岁的儿子。故事一开始就把人带到一种沉重而紧张的氛围里去了，一个小生命的存亡悬在读者的视野中。通过咸亨酒店的酒客红鼻子老拱和蓝皮阿五的对话，我们知道一位寡妇的生活。小说从这里开始沉痛地叙述单四嫂子儿子生病、看病到医治无效死亡的过程。单四嫂子作为主人公，是一位生活的被凌辱者。首先坚守妇道，死了丈夫三年未再婚，把所有家庭的责任全部承担起来。这对于一个粗笨女人来说很困难，其实她完全可以再婚，但是在鲁镇这样一颇有古风的地方，是违背传统节烈观的。她迫于舆论压力而不是出于对丈夫的感情才没有再婚，从后面蓝皮阿五把孩子从她两个乳房之间插下去时，她的反应可以知道她是渴望性爱的，但是从他们走路相隔二尺五寸的距离又明显可以看出单四嫂子对舆论的畏惧。其次是两次经济盘剥使单四嫂子变得家徒四壁。去给儿子宝儿看病，中医何小仙昂贵的医疗费让单四嫂子用光了自己纺棉纱挣得的所有积蓄。这何小仙大概是鲁迅隐喻给自己父亲看病的陈廉河，他曾经在文章中把他的名字倒过来写就何廉臣。[①] 还有就是宝儿死后的丧葬费用使单四嫂子卖了仅有的一副耳环和一只银簪，而且陷入债务。从单四嫂子角度看是对儿子的爱，从卖棺材角度看是对单四

---

① 周作人：《知堂回想录》，安徽教育出版社 2008 年版，第 21 页。

嫂子的一次经济剥削。宝儿的死首先使单四嫂子在物质上陷于极度贫困，然后在精神上陷于极度绝望，唯一的希望在她的生活中也消失了。宝儿的死本身也延续了《狂人日记》中讲的“救救孩子”的问题，孩子有吃人的危险也有被吃的危险。《狂人日记》还残存了一些希望，而《明天》这一希望彻底断绝。原因不是礼教吃人，而是中医“吃人”，鲁迅说中医是有意无意的骗子①，它夺走他父亲的命，也要了宝儿的命。何小仙神秘的中医术语正是欺骗人的好手段，而这些手段的背后却存在着巨大的经济盘剥，中医在这里作为传统的一个象征是吃孩子的罪魁祸首，还从经济上逐渐侵吞了单四嫂子。另外要说到咸亨酒店的酒客老拱和蓝皮阿五，这两个人是无业游民，是孔乙己的变形，不同的是孔乙己是读过书的，而他们似乎没有读过书，只是一般的酒客。他们的存在从艺术上衬托了单四嫂子的生活，这两个酒客一直对单四嫂子有性的渴求，一是因为她是寡妇，他们大概是想占便宜；二是这两个酒客本身可能没有家室，有基本的生理需求。从单四嫂子死了丈夫和这两个酒客的性暗示中，可以断定他们作为人最基本的需要无法满足，他们自己也无法主动去争取。在这样一个被传统的纲常伦理困得死一样的鲁镇，他们完全丧失了做人的主动性，只能在那里经受人间的折磨。单四嫂子连看见儿子的梦都不能实现，彻底绝望，她的出路在哪里？两位酒客天天在咸亨酒店喝着酒，唱着呜呜的歌，他们的出路又在哪里？他们自己能够改变自己的生活吗？鲁迅没有回答，但从小说结局来看是否定的。《明天》浸透鲁迅极其伤痛的情感，人物形象和鲁迅本身的身份虽然相去甚远了，可是他分明怀着无比沉痛的心情在书写普通民众的未来生活问题。他们的确像尼采所说的“末人”一样，没有主动性地在一个狭小的世界里辛苦辗转，为着唯一的希望而努力，最后连这个仅存的光亮也给古风之地的鲁镇侵吞了。

《故乡》中的成年闰土是一位受尽兵、匪、官、绅欺压的人。传统的儿孙满堂观念和繁重的苛捐杂税把成年闰土弄得像一个木偶似的，他是被传统的等级意识深深毒害的一个人，一声老爷把具有很好童年纯真情谊的两个人之间的距离拉开。据周作人回忆闰土是鲁迅家请的忙月章

① 参见《鲁迅全集》第1卷，第438页。

福庆的儿子，小名叫阿水。[①] 闰土小时候跟随父亲到鲁迅家，和鲁迅相处得很好。后来闰土长大成人，在海边的沙地上辛苦的劳作，不足以养活他的家庭。当经受各种压迫后，闰土麻木得只能相信神像了。在信神中闰土或可暂时逃避现实的折磨，然而这能解救闰土的处境吗？显然不能，而且只能加重，因为他没有办法独立地操控自己的命运，他的命运被兵、匪、官、绅及封建等级意识严格控制。在这样的罗网中，他只能做一位"最末底的人"。从整个封建统治序列来看，农民是属于最下等的人，他们受的盘剥和控制最多，上层统治阶级一切的重负都转嫁到他们身上。在这样一个艰难的环境中，能活下去就不错了，更遑论有尊严地活着。广大的闰土们什么时候才能有尊严地走出困境呢？小说让读者处在深深地忧虑中。

从"超人"和"精神界战士"的视角来看，孔乙己、单四嫂子和闰土无疑更加值得同情，也值得批判进而拯救。鲁迅在知识分子、妇女和农民身上初步展示了改造国民性任务的艰巨，但是鲁迅觉得还要对他们进行更加全面的展示，《阿Q正传》于是就出现了。

三、男性"末人"的高峰

最集中描绘男性"末人"的当属《阿Q正传》。刘再复说："我自己私下认定，鲁迅的两篇代表作，《狂人日记》写的是尼采的'超人'，《阿Q正传》写的是尼采的'末人'。"[②] 伊藤也曾经说阿Q是吃人社会的英雄人物，他不是称赞阿Q，而是说阿Q集中了"末人"的所有特点。[③]

《阿Q正传》是鲁迅最长的小说，研究得最多、最充分，而且也是在国外影响最大的一篇小说。阿Q在这篇小说中是最彻底的"末人"，没有家室，没有固定的经济收入，没有赖以生存的土地，甚至连姓名都无可考，唯一的身份是一个流动的城乡短工，割麦便割麦，舂米便舂

---

① 参见周作人《鲁迅的青年时代》，河北教育出版社2002年版，第92页。

② 刘再复：《鲁迅论》，中信出版社2011年版，第87页。

③ 参见［日］伊藤虎丸《鲁迅与日本人》，李冬木译，河北教育出版社2000年版，第139页。

米，没有人请他的时候就失业了。这是鲁迅沿着前面提到的孔乙己、单四嫂子和闰土继续讲述“末人”，但阿Q比他们穷得更彻底，是一个真正的游民。阿Q像游荡在城乡之间的一个空气分子，到处乱撞，随机性很强。这就是鲁迅的高明处，通过这样的置放就可以彻底地展现阿Q的物质和精神性存在。为完成这个任务，他把前面提到的那些“末人”几乎都在这篇小说中进行了重现，并把这些人物放在一个典型的社会环境——未庄，以此来衬托阿Q。权势阶层赵太爷、钱太爷及官二代赵太爷的儿子赵茂才和钱太爷的儿子“假洋鬼子”，是《孔乙己》中丁举人和《风波》中的赵七爷的更为集中的再现，“假洋鬼子”在经历上有部分的和N先生相似。与此相对应的被这些权势阶层所压榨的人也更多了，王胡、小D和小尼姑、吴妈及邹七嫂是老拱、蓝皮阿五、单四嫂子的延伸。当然还有未庄一群看客，看阿Q被赵太爷打和被杀。阿Q的“形状”在他与未庄的各种人之间的互动中慢慢饱满起来。

鲁迅在小说中描述了阿Q的这些问题：精神胜利、爱情、生计、革命和被杀。精神胜利法虽然学界讲得很多，一般认为阿Q的精神胜利法包括妄自尊大、讳言自己的缺点、奴才主义、自欺欺人，但是很多学者没有把精神胜利法放在《呐喊》中来看他和这之前的小说是什么关系。阿Q说自己姓赵是想通过依附权贵获得高人一筹的资本，这正是中国传统社会的一个具体的提高自己的策略，讳言自己头上的癞头疮，被别人打了通过把自己比作老子在精神上获得快慰。这和孔乙己有诸多相似，孔乙己的高人一等在于他的读书，而读书的直接结果就是变成丁举人这样的人，而和丁举人类似的赵太爷正是阿Q依附的对象，阿Q的价值标准是和孔乙己及其看客标准一样，这就是古代社会“唯有读书高”的表现，其实质和孔乙己一样。孔乙己偷了别人的东西被嘲笑，他就用书本中的句子来对自己进行精神保护，直到死他都还想这样，只是阿Q和孔乙己所利用的手段不同，阿Q没读过书不会用书里面的话语，但是他会用最民间的话语“儿子打老子”，二者的实质是一样的。遇到强者的时候他把自己比喻成虫豸，向别人求饶，这是阿Q与尼采“末人”最直接的证据。因为这样的语言似乎和阿Q的身份不相符，前面引述尼采的《查拉图斯忒拉如是说》中的句子，无论是鲁迅自己还是他学生徐梵澄的翻译中，都有把“超人”对应的“末人”比喻成虫豸的说法。

反过来，阿Q面对弱者的时候，他又去欺负别人，他一直就瞧不起比自己有更多缺点的王胡，可是和王胡打起来他又打不过，就把失败的情绪转移到比自己更弱的小尼姑身上。阿Q的这个心理和咸亨酒店的小伙计是一样的，面对掌柜对他的刁难，他无可奈何，但对孔乙己他则可以开怀大笑，因为孔乙己比他弱。

在爱情问题上，不仅是展现阿Q的生理困境，更是为了展现节烈观奴役下的女人。阿Q的生理困境无法解决，这和他最底层的社会地位有关。在一个宗法礼教弥漫的未庄，女人不可能选择和他一起生活，即使他有主动追求女人的想法，他也会被人戗杀。别人认为阿Q压根就不应该有女人，他也不配拥有基本的生理需求，他只配给人临时舂米和割麦，就连吴妈这样一个和他地位并不相差很远的人，也觉得阿Q的求婚是对她的最大侮辱。这可能是源于吴妈找到自己依附的权贵赵太爷，所以觉得地位就远远高于阿Q了。阿Q惊心动魄的求婚场面让人明白：男人可以娶很多女人，而女人不许有非分之想，典型的双重道德，赵太爷纳妾就是证明；吴妈的奴仆意识根深蒂固，内化到心灵深处，形成情感依恋，从她对少奶奶反复念叨中可以看出；对阿Q求婚的震惊，其实是吴妈认为阿Q和她有巨大差距的表现，也就是说他们在思想上是错位的，倘若没那么大差距，吴妈就不会这样惊讶。求婚风波后，女人们非常害怕阿Q了，见了他就躲，似乎阿Q是一个见了女人就要淫乱的人，女人被封建节烈观毒害之深可见一斑。但是可笑的是，太爷们要求女人守节，自己却可以三妻四妾，还拿什么女人亡国论给自己的撑腰。这就是鲁迅在《我之节烈观》中所表达的一些内容，也是把《明天》中单四嫂子的问题在此进行深入展现。单四嫂子这样一个粗笨女人，死了丈夫三年，无依无靠，生活艰辛，她完全可以和老拱或者蓝皮阿五组成一个新的家庭，可是碍于封建妇道，她不得不承受来自生理的折磨和孤独的煎熬。最直接的是无法正常地生活下去，使她陷入穷困而绝望的境地，这不是封建礼教对她身心的一次彻头彻尾的盘剥吗？吴妈也是寡妇，和单四嫂子境况差不多，她的选择和单四嫂子几乎一样。这说明，这样的人并不因为鲁迅《我之节烈观》和《明天》的发表有所改变。在中国当时的社会，这个问题仍然还在威胁着妇女，吴妈和邹七嫂还是继续的受害者。

人的生计问题是最基本的问题。阿Q的求婚使他在生计上遭受了灭顶之灾，地保作为调节此事的中间人，先是辱骂阿Q，然后要了他四百文酒钱，没钱就把毡帽抵押给了地保，更要命的是定了五个让阿Q永世不得翻身的条件。这使阿Q被剥皮似的变得一无所有了，连神鬼都成为赵太爷家压榨和欺负阿Q的工具。然而，所盘剥的这些东西对于赵太爷家根本没什么用，但是他们还要这样得理不饶人。按理说，这些东西应该直接赔给吴妈，但实际上都给吴妈的主子了，这说明吴妈的人身在此也一起出卖给赵太爷家了，她是一个名副其实的奴才。因为这样的事情，阿Q便没有人雇用了。管土谷祠的老头子似乎要赶阿Q走，酒店也怕他没有钱不再赊账给他。他打听到是小D抢了他生意，于是就和小D演绎了一场龙虎斗，其实就是两个“末人”之间的斗争。阿Q被逼无奈，去偷了静修庵的萝卜。当小尼姑发现他偷萝卜，报告了老尼姑，老尼姑指证他时，他又使出癞皮的伎俩，表现出孔乙己一样的德性。

阿Q无法在未庄生活了，于是进城演绎他的中兴史，他回到未庄引起了不小的轰动，原因是他在城里举人老爷那里帮忙，做权势的奴才，人们是很钦佩的，并有把阿Q和未庄赵太爷平起平坐地看待的倾向。阿Q还从城里偷了一些女人的衣服，便宜卖给了邹七嫂和赵白眼或赵司晨的母亲，于是很多女人都眼巴巴想从他那里得到城里人的旧衣服。先前女人们害怕他的情形顷刻消失了，女人们再也不怕他求婚了，为了自己的美丽也顾不得那么多了，这是一件极其耐人寻味的事情。这也惊动了赵太爷家的太太，就叫人来请阿Q，阿Q真的就去了，一声老爷，阿Q何等想做奴才的性格表现得淋漓尽致，但是赵太太没有得到自己想要的东西，他们就揭穿了阿Q的偷窃行为，邹七嫂为讨好权势，就把阿Q偷窃的事告诉了别人，而没有说赵秀才准备把阿Q驱逐出未庄的事。阿Q因为这事又遭到了地保的盘剥和未庄人的不齿，他自己也把这个不齿的经历告诉了别人。生计问题最终没有根本解决，阿Q成为一个更地道的流民。原野昌一郎在《中国新兴文学与鲁迅》中的评价：“短篇《孔乙己》中的孔乙己，《风波》中的七斤，《阿Q正传》中的阿Q，无疑都是中国人……特别是我们最关注、最赞许的，是以写实般的准确在我们面前展现出呻吟于最底层的民众的面貌，鲁迅作品的题目几乎全都是这样的民众。他的作品正是展露了占中国民众过半的农村人口的裸体像。"[1] 阿Q的"末人"地位无法改变，他的出路在哪里？

革命或许是他的出路吧？阿Q果真想到了革命，他从传闻中知道了革命的风声后，就做了革命的种种幻想：要报复和他过不去的人，要他想要的一切东西。而实际的革命是，赵秀才和假洋鬼子到尼姑庵砸了一个龙牌和拿走了一个宣德炉。有势力的人摇身一变就充当了革命党，并且去革实力最弱的尼姑庵的命。凑巧的是阿Q也不知不觉地走到尼姑庵，他的潜意识里也想去革比自己势力更弱的人的命。阿Q按说是最具有革命意识的，但是他看不到问题的根本，缺乏认识和辨别力，他最后不明不白地被赵秀才和假洋鬼子这些摇身一变的人剥夺了他的革命权。革命成为一个灵活多变的事情，革命一来就盘辫子，革命一去就解辫子。这里可看出鲁迅对革命问题思考的深入，先前知识分子狂人和先驱者夏瑜的革命传递到普通民众身上就变成了一场闹剧，这说明了革命与普通民众之间存在遥远的距离。以阿Q为代表的民众把革命理解为剪辫的事情，七斤在这里又出现了，他成为映衬未庄普通民众对革命肤浅理解的"先行者"。革命在此就是一个形式上的事情，和《风波》中一样并没有什么改进。N先生的愤激和对国民性的有力控诉并未引起未庄普通民众的注意，革命者夏瑜的鲜血仅仅成为人血馒头的荒唐故事，真革命在未庄再一次被解构地无影无踪。更为荒唐的是，一个没有参加革命的阿Q却因为革命问题被游街杀头，理由是赵家遭抢和他有关。阿Q在这样的荒唐中被抓进监牢，糊里糊涂，见了官就跪，直到最后画圆圈的那一刹那，才搞明白自己可能被杀头。城里的举人老爷成为革命最大的受益者，阿Q的救命声不起任何作用，他被杀就是坏的证据，也成为看客们的期盼，但最后连看客也因为没有听到他的歌唱而感到极其不满。阿Q的一生结束了，"末人"仍旧还是"末人"，中国的庸众还如过去那样存在着。伊藤明确地说阿Q是和"超人"对极的人物[2]，也是

---

① 转引自王晓平《梅红樱粉——日本作家与中国文化》，宁夏人民出版社2002年版，第160页。

② 参见［日］伊藤虎丸《鲁迅与日本人》，李冬木译，河北教育出版社2000年版，第140页。

中国庸众一切品质的附着者，阿Q这样的人从鲁迅那时到今天都还存在着。尼采的“末人”成为鲁迅审视中国国民性的一个话语策略，鲁迅使“末人”附着上中国的气息。

以上通过对阿Q用精神胜利法、生计的困境、恋爱的悲剧和革命的闹剧进行分析，重在全面揭示《阿Q正传》与《呐喊》中其他小说的互文性。这个关系能够使我们看到鲁迅小说人物形象、艺术手法和思想的连贯性。阿Q是鲁迅其他小说男性“末人”品行的集大成者，这一形象是通过精巧的艺术结构完成的。《阿Q正传》是鲁迅分章节发表在《晨报副刊》上的文章，连载时间从1921年12月4日到1922年2月12日，每周和隔周刊登一次。[①] 小说的章与章的独立性相对较强，结构是全新的，把以前所谈的人的精神、生计、恋爱及革命问题通过阿Q这一主线集中展现出来，叙述顺畅，情节极具吸引力，同时多种人物之间的交织又使小说显得丰富多彩，更加衬托了阿Q“末人”地位。通过这个结构，我们也发现《阿Q正传》和鲁迅其他小说还有一个明显的不同：鲁迅似乎站在更远的角度在审视阿Q。他对阿Q的态度表面上比对孔乙己、单四嫂子和七斤等人更加冷静，所以阿Q就增加了很多喜剧的成分。当时的一些人认为鲁迅的阿Q流于滑稽，鲁迅在《俄文译本〈阿Q正传〉序及著者自叙传略》中这样说：“我的小说出版之后，首先收到的是一个青年批评家的谴责；后来，也有以为是病的，也有以为是滑稽的，也有以为是讽刺的；或者还以为冷嘲，至于使我自己也要疑心自己的心里真藏着可怕的冰块。”[②] 在1930年《致王乔南信》中又说：“我的意见，以为《阿Q正传》实无改编剧本及电影的要素，因为一上演台，将只剩了滑稽，而我之作此篇，实不以滑稽或哀怜为目的，其中情景，恐中国此刻的‘明星’是无法表现的。”[③] 鲁迅自己的说法可印证小说并不是为了冷嘲热讽，也不是滑稽和哀怜，只是作者把自己对阿Q的深沉情感及对民族个体的忧虑隐藏得更加深了，在忧愤深广上相比《狂人日记》和《药》，《阿Q正传》又向前推进了一步。

---

① 《鲁迅全集》第1卷，第553页。

② 《鲁迅全集》第7卷，第84页。

③ 《鲁迅全集》第12卷，第245页。

阿Q是一个完全无根的人，他和孔乙己、单四嫂子一样对自己的各方面处境不清楚，他们都在糊里糊涂地坚持着什么放弃着什么，像一个苍蝇一样游荡在“末人”的世界里。从表面上看，鲁迅是用“超人”的视角来看阿Q的，但其实阿Q却蕴含着深厚的传统文化因素。阿Q是在辛亥革命后中国的社会语境中产生的，也就是在一个介乎古代与现代的历史中产生的。阿Q的所作所为自然和鲁迅对中国那时的人及那时与古代相关联的中国人的认识有很大关系。别人评价说鲁迅画出了中国人的灵魂，但鲁迅却说：“要画出这样沉默的国民的魂灵来，在中国实在算一件难事，因为，已经说过，我们究竟还是未经革新的古国的人民，所以也还是各不相通，并且连自己的手也几乎不懂自己的足。我虽然竭力想摸索人们的魂灵，但时时总自憾有些隔膜。在将来，围在高墙里面的一切人众，该会自己觉醒，走出，都来开口的罢，而现在还少见，所以我也只得依了自己的觉察，孤寂地姑且将这些写出，作为在我的眼里所经过的中国的人生。”① 从鲁迅自己的眼中的确可以看到他有摸索国人灵魂的意图，但是他觉得自己尚不具有这样的能耐，因为中国人到底还是未经革新的古国的人民，人与人之间还各不相通，这自然包括鲁迅与其他人之间的不相通。他很自觉地看到这点，是很谦虚的说法。

为什么说阿Q的精神是中国民众灵魂？这需要谈到阿Q精神与中国传统文化的关系问题。阿Q这种精神和老庄哲学有极深的渊源。老庄哲学的重要精神是无为，到后来演化为人的逍遥，把人与自然融为一体，让人在天地合一中泯灭进取心。中国的很多文人是老庄的继承者，主动选择这种逍遥并与自然合一，而这些文人又是中国传统社会的中坚，所以中国古代社会基本上呈现出一个回溯的趋势，因而从整体上看创造力明显不足。阿Q不能通过主体觉醒来提升自己，这和老庄那种在自然中逍遥并合一的旨趣在实质上相似，这是传统的道家文化作用于未庄的消极结果。文行认为，阿Q的蒙昧主义、混沌主义、消极的宿命论思想是源于道家，并且说：“老子面对现实社会的纷争，感到无能为力，转而要求人们‘向内’追求，主张从内在的精神消解它，这是典型的自

① 《鲁迅全集》第7卷，第84页。

欺欺人的精神胜利法。”① 所以阿Q精神很大部分是老庄哲学神髓在现代社会的变种。阿Q精神也和中国的传统儒家文化息息相关，严格地说是被利用的儒家文化。在小说中，鲁迅给我们展现的未庄是一个宗法制极其严密的未庄，三纲五常的卫道士代表是赵太爷、钱太爷及官二代赵茂才和“假洋鬼子”。正是森严的封建等级和妇女节烈观，使阿Q被赵太爷无情地欺辱和盘剥，最终导致他在生理、生计、革命及精神上走向末路。阿Q自己也在这样的封建氛围中学会了封建等级观，并把它践行。他害怕强者，欺负比自己更弱势的人，对通过科学考试而取得功名的人奴颜婢膝，这就是被利用的儒家思想在实际生活中的表现。儒家和道家是中国传统文化的两个支柱，鲁迅之所以努力画出中国人活的灵魂，就在于他通过阿Q这一形象把儒、道两家的消极因素投射了出来。

阿Q与传统文化的关系应该引起我们更深入地思考。从小说实际展现的情形来看，阿Q并不是没有主动性的，他为生计积极奔走、主动求婚、想参与革命和最后的画圆圈都一定程度体现了这一点。是什么原因没有助长阿Q的主体精神进而使他变成一个现代人？是未庄所存在的制度和文化因素。这种制度和文化是塑造“末人”的罪魁祸首。有了这种制度和文化，人就只能做阿Q式的“末人”。鲁迅自己说得更深刻：“据我的意思，中国倘不革命，阿Q便不做，既然革命，就会做的。我的阿Q的运命，也只能如此，人格也恐怕并不是两个。民国元年已经过去，无可追踪了，但此后倘再有改革，我相信还会有阿Q似的革命党出现。我也很愿意如人们所说，我只写出了现在以前的或一时期，但我还恐怕我所看见的并非现代的前身，而是其后，或者竟是二三十年之后。”② 革命在鲁迅看来似乎还远未到来，中国的民众还得继续革命，因为阿Q在这种文化制度下是不具有主动革命意向的，他是革命一来就革命，革命一走就不革命。这样一来，鲁迅在《摩罗诗力说》中提出的“立人”问题就再次形象地凸显出来，其问题的症结首先是使人从这种制度和文化中解放出来。怎样才能解放？那就要更新文化，打破现

---

① 文行：《阿Q精神胜利法是以道家思想为主体的释老思想的反映》，载《文艺理论研究》1980年第2期。

② 《鲁迅全集》第3卷，第397页。

存制度，而人又是承担这一任务的关键因素，因此鲁迅就把焦点放在了现代人的塑造上。阿Q是作为现代人的一个反面引起国民的注意和思考，通过阿Q是教人要像“超人”一样超越现有的存在。

我们人类有动物不具有的品质：那就是超越物质和现实的精神。仔细分析一下，在阿Q的所有活动中，有三次比较突出的人性觉醒：一是革命；二是恋爱；三是最后的画圆圈。革命是要反对压迫，但阿Q最终被未庄权势迫压而不准革命；恋爱是自己权利的争取，但是阿Q仅仅把它理解为睡觉；画圆圈最后意识到自己作为主体的存在（尤其是对自己现状的有所觉醒：他将要被杀），但是也是朦胧的认识。阿Q的言语和行为，从根本上不是自己的选择。比如他去打别人，是因为别人打了他，他也要去打别人，把自己的痛苦转嫁给别人，他就没有想到自卫反击或者是维护自己的权利（现代手段）。在人类超越物质和现实的途径上，阿Q不具有主体性，他体现不了人或者人类的价值维度。这样，属人的超越仅仅处在朦胧的状态，最终没有崛起预示着中国民众主体意识的获得还有一个漫长的过程，这是鲁迅自己已经说过的。阿Q在今天的中国依然存在，鲁迅当年在尼采“超人”的视域下塑造的这位“末人”代表具有深厚的中国文化渊源，不仅是一位通向世界意义的文学形象，更是一位通向未来的人物形象，也是一面让炎黄子孙自己思考解放和独立的镜子。

四、知识分子“末人”的变迁

《端午节》和《白光》是鲁迅在《呐喊》中另外两篇有关知识分子“末人”的小说，但是所描写的知识分子和孔乙己却不太一样。这两篇小说都是写于1922年6月，《白光》发表于1922年7月，《端午节》发表于1922年9月，但鲁迅在编辑小说集时把《端午节》放在了《白光》的前面。从内容来看，《白光》和《孔乙己》离得更近，都和封建的科举考试相关。《孔乙己》是反映孔乙己因科举不中以后而落魄的生活状态，《白光》直接讲述陈士成参加县考后的举动。《端午节》和这两篇小说的主人公完全不同，方玄绰是受过新式教育的知识分子，鲁迅写他在面临生活时的一些想法和做法。从事物演进的逻辑来看，旧知识分子向新知识分子转化在五四时期，肯定是鲁迅思考过的问题。揭露旧知识分子的“末人”生活，是为了建构新知识分子“超人”。但鲁迅观察到的是什么呢？下面按这个逻辑来分析一下这两篇小说。

孙伏园说：“《白光》里文童陈士成县考落选，发精神病，大掘其藏，这人本是族叔祖子京，自称看见白光，知道地下有宝，亦是事实，但他的结局不单是落水而死。”① 此话出自1948年孙伏园所写《〈呐喊〉索隐》，后来周作人于1954年出版了《鲁迅小说里的人物》，也谈到这位陈士成的原型是周子京。不知道两位先生谁是这种索隐的开创者，但无论如何陈士成和鲁迅的叔祖周子京大概是有一些关系的。周作人说陈士成是一位真狂人，但是与礼教吃人的《狂人日记》中的“狂人”不同，他仅仅是鲁迅反映的一个真疯子的故事。② 一般对这篇小说的解读是延续了《孔乙己》的视角，认为鲁迅反映的是封建教育制度吃人的现象。这种视角是有道理的，但对陈士成所蕴含的深层文化与个人之间的关系尚未揭示得更为清楚明了。

故事从陈士成看县考发榜时写起，他的落榜使他产生这样的幻觉：

> 隽了秀才，上省去乡试，一径联捷上去，……绅士们既然千方百计的来攀亲，人们又都像看见神明似的敬畏，深悔先前的轻薄，发昏，……赶走了租住在自己破宅门里的杂姓——那是不劳说赶，自己就搬的，——屋宇全新了，门口是旗竿和扁额，……要清高可以做京官，否则不如谋外放。……③

这是一段很有意思的幻想，由一个个乌黑的圆圈勾勒出来。因为在发榜之日，那些考中排在前面的人往往会画圆圈，这于是就成为飞黄腾达的象征。这陈士成由此便想到了考中后绅士们的攀亲，自己的神气样，还有住上新房，当了京官等。考中科举可扬眉吐气，关键是获得权力，而这个权力的获得会得到别人的吹捧和谄媚，人的价值在陈士成看来就得到实现。那就是说，科举对于老百姓来说是得到权力的唯一途

---

① 孙伏园：《〈呐喊〉索隐》，载《鲁迅研究月刊》2011年第2期。
② 参见周作人《鲁迅小说里的人物》，河北教育出版社2002年版，第159页。
③ 《鲁迅全集》第1卷，第570页。

径，而这权力又是得到其他附着物的关键因素，有了权力就有了地位、势力及物质上的一切东西。权力是当时那个社会的关键词，是人们生活的密码。正因为这样，陈士成才有这些幻想，这和范进中举有些类似，可是不同的是，陈士成只是幻想，他没有范进幸运，虽然考到十六回，短发已经斑白，最终也没有体会到真正中举的兴奋。长期这样的考试，使他在憧憬权力的想象中，变得神经质。现实毕竟打破了他的幻想，他知道自己没有考中，还得回家。但是那些象征官位和权力的黑圆圈老是在他眼前晃悠，并一度超越了现实。陈士成回到清冷的家中，看到青碧的空中一轮寒月散发出清冷的光。在这清冷而万分沮丧的现实面前，陈士成又想起了儿时的童谣。据他祖母给他讲：

> 伊说是曾经听得伊的祖母说，陈氏的祖宗是巨富的，这屋子便是祖基，祖宗埋着无数的银子，有福气的子孙一定会得到的罢，然而至今还没有现。至于处所，那是藏在一个谜语的中间：
>
> “左弯右弯，前走后走，量金量银不论斗。”①

这很符合一个人的心理，当一方面失败后，就在另一方面寻找出口。于是陈士成由官迷开始向财迷演进。他按照祖母所说的儿歌路线图开始在自己的宅子里掘宝，他的希望化成白光在屋子里闪耀。陈士成拿起锄头，撅出二尺多深的坑，最后发现一个死人头骨。陈士成在焦急地盼望中又一次发疯了：

> “这回又完了！”
>
> 他栗然的发了大冷，同时也放了手，下巴骨轻飘飘的回到坑底里不多久，他也就逃到院子里了。他偷看房里面，灯火如此辉煌，下巴骨如此嘲笑，异乎寻常的怕人，便再不敢向那边看。他躲在远处的檐下的阴影里，觉得较为平安了；但在这平安中，忽而耳朵边又听得窃窃的低声说：

① 《鲁迅全集》第1卷，第572页。

“这里没有……到山里去……”①

陈士成没有挖到藏宝，却挖到一个死人头骨，希望变成了死亡，成了他生命终结的暗示。陈士成在惊吓中想到屋外面，于是他走到山里去找金银财宝，最后淹死了。这寻找金银的过程很值得仔细分析，首先讲祖传的财宝，中国传统社会重因袭，财富在这个意义上和科举一样是祖传的。陈士成科举失败，无路可走，他的唯一希望就是找到祖先留下的宝物。这个虚无缥缈的东西，陈士成却信以为真，还为此和科举考试一样发了疯。这是什么原因？其实就是中国传统文化的另一个密码：钱。中国传统社会最直接的密码是官即就是权力的缩影，所以中国社会就是官本位社会，但是在官支配一切的后面，还跟随着另一重要的东西——钱。虽然儒家讲君子重义小人重利，但其实很多官宦对官所产生的经济利益都很痴迷。这种现象到清朝末年已经很严重了，有“三年清知府，十万雪花银”的说法。陈士成之所以由官的幻想到金银财宝的幻想，正是传统社会士人的生存逻辑的展现。权力和金钱就像西方的耶稣一样撑起传统社会中很多人的精神世界，陈士成就是这种人的代表。鲁迅在此也有明确的暗示：

> 陈士成似乎记得白天在街上也曾听得有人说这种话，他不待再听完，已经恍然大悟了。他突然仰面向天，月亮已向西高峰这方面隐去，远想离城三十五里的西高峰正在眼前，朝笏一般黑魆魆的挺立着，周围便放出浩大闪烁的白光来。②

远离城三十五里的西高峰，不仅是陈士成想象的藏宝之地，也是权力的象征，朝笏是官员身份的表征，官就是权力，于是此处权和钱就合二为一了。这两个东西在陈士成身上的合二为一，正是封建社会的两个核心东西在陈士成身上的具体展现，陈士成成为解读封建社会的一个密码式的人物形象。

---

① 《鲁迅全集》第1卷，第574页。

② 同上。

陈士成没有考中，也没有找到藏宝，他只有死。但是他却不想死，因为从他在水里挣命可以知道他还有求生的欲望，这是一个人的本能。但是他终究死了，那就是说在权和钱的威逼下，他不得不死。我们知道，一个社会以权和钱为衡量一切的标准，当具体生活的个人没有这两个东西中的任何一个的时候，他必然被逼迫致死，否则他还怎么办呢?陈士成的确是被权和钱逼疯的。权和钱在这里其实是异化陈士成的两个工具，它们因为被无限扩张，超出了人生命本身的需要程度，所以就构成了对生命的异化。它们成为导向人生命的目标时，人生的其他很多内容就被阉割了，人的多样性和创造性就无法体现出来。虽然权和钱也能激化人的创造力，可是当这两个东西被抬高到崇尚的地步，人就无法按照生命本身的逻辑创造了。用尼采的话说，权和钱就是陈士成的偶像，陈士成在没有找到自己之前，已经找到偶像。这个偶像正是传统因袭势力，它威压着一门心思想当官发财的陈士成成为它的奴仆，他处于想做奴隶而不得的时代，拼命得过了头，所以就发了疯。这个疯比孔乙己更让人害怕和战栗，孔乙己揭露封建社会程度远没有《白光》深邃，在《白光》里鲁迅几乎揭示封建社会异化人的全部密码。把一个官本位的社会和盘托出，让我们看到它对人主体性和创造性的泯灭与屠杀。陈士成是一位找不到自己的人，被权和钱这种习惯的势力所占据，整个物质生活和精神生活都不是自己清醒状态的表现，而是在迷幻中被裹挟着走到了生命的终点。看看尼采的这段话：

> 人民之推许价值，是为了保存自己——始创事物之意义，一种于人类的意义！因此他自称曰“人”，那便是：估定价值者。
>
> 估价便是创造，听呀，你们这班创造者！估价本身，便是一切估定了价值之事物的珍品与宝藏。
>
> 有估定然后有价值：没有估定，存在的果实空虚。听着呀，创造者！
>
> 估价的变更，——这是创造者改变了。要时常毁灭的，倘若谁要成为创造者。
>
> 创造者先是各民族，后起是个人；诚然，个人本身，不过是最新近底创造。

人民曾经挂起善者的标榜。愿意统治的爱，愿意服从的爱，共同制定出这种标榜。

对于群众的兴趣较于自我的兴趣古老，如良心为群众，则恶心为自我。①

尼采在此道出现代人的重要维度是：主体性和创造性，人的价值就在于这两点，估定价值的标准就是创造，如果完全沿袭传统人将不成为人本身，所以作为人应该打破传统因袭势力，才能显示出人的意义和价值来。人民在这里是庸众势力的代表，他们是阻碍创造的，他们是创造着成为和他们一样的“末人”，愿意标榜传统的善和爱，成为他们统治的奴隶。这是不足道的，作为单个人应该发现自我和找到自我。

鲁迅浸润于尼采的思想，他对陈士成的描述，就透露着许多传统社会的“末人”之影。陈士成完全被权和钱支配了，根本没有了独立的人格和自我的创造力，最后就被这两个“虎狼”异化，以至连他的生命也被吞噬。陈士成死了，能够蝶化成新型的知识分子“超人”吗？小说《端午节》中方玄绰似乎想羽化成“人”，我们可以来分析一下鲁迅对这个人物形象究竟又做了怎样的处理。

方玄绰是一位受过新式教育的知识分子，和孔乙己、陈士成不一样，鲁迅似乎有意在小说中思考新式知识分子的出路问题。前面提到的N先生，他作为《头发的故事》的主人公，具有鲁迅式的积极意义，所以“狂人”的迹象就明显。而《端午节》也有着鲁迅自己的面影②，但却是揭示了新知识分子和稀泥的一面。主人公的名字很值得研究，“方”让人想起“方生方死”，“玄”让人想起“玄之又玄，众妙之门”，“绰”让人想起“绰绰有余”，这连在一起大概就是经常神神秘秘，搞不清他要说什么，衡量事物是模糊的标准。果然，方玄绰一出场，就表现出他的最关键特征：总是说“差不多”。这差不多就是泯灭了事物的差异，事情总得有个基本的不同，不能什么都差不多，倘若这样，事物的独特个性怎么能体现出来呢？方玄绰本来有是非之心，但现

① ［德］尼采：《苏鲁支语录》，徐梵澄译，商务印书馆1992年版，第55—56页。

② 周作人在《鲁迅小说里的人物》和林语堂的《〈呐喊〉索隐》都说到这一点。

在他见了老辈威压青年也不愤慨了，见了蛮横的士兵打车夫也不放在心上了，并且他还曾经反思过自己为何成为这样，是不是没有和恶势力斗争的勇气。方玄绰想唤醒自己身上的狂气，可是现在的诸多事情使他消退了狂气，找到一条“泯然众人矣”的逃路，那就是用“差不多”来搪塞自己。他在课堂上发大而空的言论，虽有些不平，但终究是安分的空论。方玄绰只想做一个安分守己的人，不想反抗不平，甚至连自己在衙门做官得不到薪俸，他也不开口索薪。然而生活是实在的，天天要柴米油盐，于是太太就抱怨他了，但这也没有办法，因为方玄绰信奉“差不多”哲学。这“差不多”哲学就是见怪不怪，没有什么心劲和那些所谓的不平进行斗争了。端午节前一天，终于到了生活很艰难的时候了，他太太将一叠账单塞给他，算是生活给他示威。方玄绰此时终于忍不住了，他发狠地说了一段下面的话：

> 哼，我明天不做官了。钱的支票是领来的了，可是索薪大会的代表不发放，先说是没有同去的人都不发，后来又说是要到他们跟前去亲领。他们今天单捏着支票，就变了阎王脸了，我实在怕看见……我钱也不要了，官也不做了，这样无限量的卑屈……①

这事使他太太很愕然，居然又劝他去教育部亲自领薪，他自然是要求会计科送来。至于孩子上学得交学费，方玄绰认为老子办教育得不到钱，儿子念几句书也不能要钱。这个狂气只是方玄绰一时的义愤，不久他又在懊恼中想起了“差不多”。他并没有践行义愤时的诺言，薪俸也没有领到，节骨眼上又不能借钱，其他的生路又都给堵死了，文章不值钱，买彩票又太失知识分子身份。于是，方玄绰去商店赊了一瓶“莲花白”酒，暂时麻痹一下自己，至于明天的端午节就不知道怎么过了。

这个故事有两个问题值得关注：一是生计和知识分子本身的操守的关系问题。新型知识分子是要批判社会的，要体现自己“精神界战士”一维，这是体现新型知识分子价值的维度。可是面对着生计这一基本问题，知识分子也得屈服，吃的都没了，那还有什么批判。方玄绰所面临

---

① 《鲁迅全集》第1卷，第564页。

的就是这样的问题，他为官无法养家，经常靠赊账度日，终于引发了家庭经济危机，和老婆不停地因为这个问题而争吵，所以方玄绰不得不屈服。他无可奈何，只能用“差不多”来平衡自己。二是知识分子犬儒的问题。方玄绰作为新式知识分子，他受过新式教育，知道知识分子的社会职能，而且自己也有这样的倾向，他路见不平的愤慨和反抗的心理都说明了这一点。那就是说，他其实是明白很多社会问题的，也明白知识分子要反抗，但是他没有反抗，最终采取的策略是用“差不多”来麻痹自己的这种清醒。这就是我们今天讲的知识分子的犬儒问题。方玄绰是一位真正的犬儒知识分子，和我们今天许多知识分子的境遇一样。为什么方玄绰会犬儒？直接原因是生存问题，根本原因是制度问题。他只能靠做官及在官办的学校里教书来赚取基本的生活费，而做官又只能按政府的要求来做，当时的政府并不是一个现代的政府，而是一个由封建政府向现代政府转换的过渡政府，而且封建专制的倾向还很明显。生计依附于政府，政府就把控了他的一切，所以方玄绰犬儒的最根本原因是政治制度的问题。他要生活下去，就不得不依托于政府；依托于政府，就无法不犬儒。这个犬儒是新知识分子堕入庸众的表现，它把新知识分子变成“末人”。做了“末人”他们就不能创造了，他们的价值就体现不出来。方玄绰和前面提到孔乙己、陈士成最大的不同就是：孔乙己和陈士成他们自己没主体意识，自己不明白自己的现实处境，生活无比艰难，还愚蠢地坚守那些封建教条，他们的受毒害和封建礼教有直接的因果关系；而方玄绰是一个现代知识分子，他明白问题的症结，可是因为制度的跟不上，他在生计受到威胁的时候，不得不依靠制度保存自己先要活下去。于是方玄绰就用“差不多”的策略，企图通过泯灭事情的是非曲直来寻找自己心灵的出路，这和老庄的哲学紧密相连。这里面有鲁迅的深刻反思，也有对中国社会转型时代新知识分子出路的探索。

方玄绰与孔乙己、陈士成相比，是一次巨大的跃进，但是他们都还是知识分子“末人”，只有形式上的新旧之别。方玄绰通过做一些无甚意义的空头议论消磨自己的时日，在本不愿为官的情况下迫于生计为官，其实对于他没有价值。他做的不是有价值的事情，是生命的一次无价值的消费。我们并不能过度谴责他，他的存在方式正是我们今天许多知识分子的存在方式，但是这种存在方式绝对是需要打破并进而重建的。方玄绰面临的生存困境和价值困境也同样拷问着我们今天的知识分子。

第三节　从反抗强权的“精神界战士”到“真的人”

《呐喊》是一部较“黑暗”的小说集，庸人们的病苦太深，所寄寓的先驱者也显得渺茫。这和五四时期那种积极进取的总步调不太符合，鲁迅自己说过：“至于我的喊声是勇猛或是悲哀，是可憎或是可笑，那倒是不暇顾及的；但既然是呐喊，则当然须听将令的了，所以我往往不恤用了曲笔，在《药》的瑜儿的坟上平空添上一个花环，在《明天》里也不叙单四嫂子竟没有做到看见儿子的梦，因为那时的主将是不主张消极的。至于自己，却也并不愿将自以为苦的寂寞，再来传染给也如我那年青时候似的正做着好梦的青年。”① 这段文字说得很明显，鲁迅自己是很悲观的，但是为了和主将保持步调一致，他不惜在夏瑜的坟上添了一个花环，也不叙述单四嫂子的美梦。鲁迅的倾向很明显，“狂人”赴某地候补，最终会做封建的官员；夏瑜虽然有了一个花环，但终将被人忘却。鲁迅本意就不准备让单四嫂子做看到儿子的梦，只是呐喊的原因，不便这样彻底的消极。正因为考虑到自己的呐喊及其在青年中的影响，鲁迅也写下了一些不是重在揭露病苦的小说。这些小说总计有：《一件小事》《故乡》《兔和猫》《鸭的喜剧》《社戏》和《不周山》。其中《兔和猫》与《鸭的喜剧》表达了反强权的意向，有“精神界战士”的气魄；《一件小事》《故乡》《社戏》和《不周山》则是在打造“真的人”。

一、反强权的“精神界战士”

《兔和猫》与《鸭的喜剧》不太被读者看好，研究者对它们的关注

---

① 《鲁迅全集》第1卷，第441页。

也比不上《呐喊》中的其他小说，也有一些研究者对它们进行了肯定。① 从《呐喊》的整体来看，这两篇小说的确有些与众不同，故事情节简单，散文风格，给人不是小说的感觉。但这两篇小说和反抗强权存在紧密的关系，人物形象继承了“精神界战士”文学化的“狂人”路线，把从“摩罗诗人”那里获得的反抗精神很好的贯通起来。鲁迅通过塑造孔乙己、单四嫂子、成年闰土、陈士成和方玄绰来揭橥封建礼教的弊害，其实还是希望这些人被拯救，拯救他们的人就是“超人”“摩罗诗人”和“精神界战士”，而反抗强权正是“精神界战士”的一个重要特征。《摩罗诗力说》中，拜伦、莱蒙托夫、裴多菲等人都是鲁迅所颂扬的反强权的“精神界战士”。《兔和猫》与《鸭的喜剧》则是这种“精神界战士”文学化的重要成果之一。

鲁迅在 1925 年所写的《杂忆》中有段文字这样说：“当爱罗先珂君在日本未被驱逐之前，我并不知道他的姓名。直到已被放逐，这才看起他的作品来；所以知道那迫辱放逐的情形的，是由于登在《读卖新闻》上的一篇江口涣氏的文字。于是将这译出，还译他的童话，还译他的剧本《桃色的云》。其实，我当时的意思，不过要传播被虐待者的苦痛的呼声和激发国人对于强权者的憎恶和愤怒而已，并不是从什么‘艺术之宫’里伸出手来，拔了海外的奇花瑶草，来移植在华国的艺苑。”② 《鸭的喜剧》专门讲爱罗先珂这位俄国盲诗人，他笃信无政府主义。1921 年爱罗先珂在日本参加“五一”游行，遭受辱骂和毒打，后被迫离开日本辗转来到北京，住在周作人的家里，鲁迅也就与他有了密切的交往，当然也很同情他的遭遇。因为这个机缘，鲁迅开始介绍爱罗先珂的作品，1922 年他译成《桃色的云》，发表于 5 月 15 日到 6 月 25 日的《晨报副镌》，同年的 7 月 5 日他又译完了爱罗先珂的童话《小鸡的悲

---

① 比较重要的论文有：胡德才的《〈兔和猫〉在鲁迅创作中的意义》（《鲁迅研究月刊》2004 年第 2 期，第 40—44 页）；王学谦的《疯狂 · 童年 · 兔和猫——〈呐喊〉〈彷徨〉中的三种自然及其生命隐喻》（《文艺争鸣》2008 年第 9 期，第 87—90 页）；唐达晖、陆耀东的《论〈鸭的喜剧〉》（《武汉大学学报》1983 年第 2 期，第 58—63 页）；刘建的《在小说模式的变形中所显现的孤寂之心——〈鸭的喜剧〉真义探寻》（《北京师范学院学报》1990 年第 1 期，第 46—51 页）

② 《鲁迅全集》第 1 卷，第 236—237 页。

剧》。《兔和猫》发表于1922年10月，《鸭的喜剧》发表于本年12月，两篇小说都是译完爱罗先珂的这些作品以后发表的，而且众所周知《鸭的喜剧》就是对应爱罗先珂《小鸡的悲剧》。爱罗先珂是受迫害者，鲁迅在此著文声援他，并说要激起国人对强权的反抗，所以胡德才在研究这两篇小说时就说："鲁迅因为对生命的无限热爱，对弱小者的深切同情，从而产生了对于残忍者、强权者的无比憎恨和愤怒，并由此明确地发出了为弱小者复仇的反抗之声。"① 这一主题正是鲁迅沿着"精神界战士"的逻辑发展而来。

《兔和猫》中的兔是弱者，猫是强者。三太太买来了兔，首先教训一条叫S的小狗不要有非分之想，表现三太太同情弱者，憎恶强者，后来他家的兔子第一次繁殖后，被黑猫吃了，她于是很憎恨那凌弱的黑猫。后来兔子又生了七个小崽，她就把它们很好地保护起来了，还很细心地照顾那些小兔子，让它们都吃上母乳。"我"是小说中一个旁观者，很憎恶黑猫，最关键的是，"我"发现很多人都忘记了那黑猫吃掉的几个小兔。大家的高兴是忘却强权者曾经的吞噬，有段话就表达了"我"的这种忧虑：

> 但自此之后，我总觉得凄凉。夜半在灯下坐着想，那两条小性命，竟是人不知鬼不觉的早在不知什么时候丧失了，生物史上不着一些痕迹，并S也不叫一声。我于是记起旧事来，先前我住在会馆里，清早起身，只见大槐树下一片散乱的鸽子毛，这明明是膏于鹰吻的了，上午长班来一打扫，便什么都不见，谁知道曾有一个生命断送在这里呢？我又曾路过西四牌楼，看见一匹小狗被马车轧得快死，待回来时，什么也不见了，搬掉了罢，过往行人憧憧的走着，谁知道曾有一个生命断送在这里呢？夏夜，窗外面，常听到苍蝇的悠长的吱吱的叫声，这一定是给蝇虎咬住了，然而我向来无所容心于其间，而别人并且不听到……②

---

① 胡德才：《〈兔和猫〉在鲁迅创作中的意义》，载《鲁迅研究月刊》2004年第2期。

② 《鲁迅全集》第1卷，第580页。

生物界弱小的生命在一晚之间抑或瞬间就被强者吞噬，但绝大多数的人们不曾觉察，弱者的死得不到关注，这就是“我”凄凉的原因。动物界的弱肉强食本是自然规律，但“我”于此处真是很有人道的感慨，看到造物主的造物和毁物的滥，一个弱小的生命就这样被强权势力瞬间毁灭了，这些强权者却在那里逍遥。在当时的国际社会上，中国是弱国，在西方列强面前和这些小兔有什么区别呢？而这些生存在弱国的国民不也是任强权宰割的羔羊？对于内政来说，封建强权势力不也还是继续在迫压底层的老百姓吗？“我”在此处坚决控诉强权和霸权，床下面的剧毒药物氰酸钾就是对抗强权代表黑猫的武器，这标志着“我”的反抗的不容置疑。这里让人想起革命的弱小者，夏瑜被杀了，也是因为他势单力薄。这不仅相对统治势力，也相对民众势力，因为民众和夏瑜有隔膜，无法理解他，还愚昧地拿他的血蘸馒头来治病，夏瑜其实就是小兔似的的弱者。可悲的是，革命的弱者付出了生命的代价，但是活着的人们却忘记了他的鲜血。因而，需要提醒人们注意，要向强者宣战，反抗他们的强权。

《鸭的喜剧》继续了反抗强权和同情弱者的主题。叙事一开始就说到爱罗先珂如在沙漠中一样寂寞的感叹，他是一位被驱逐的寂寞的逃亡者。唐达晖和陆耀东认为：“鲁迅就是抓住了他的‘寂寞’这一点，刻画人物性格，从而曲折地反映出北洋军阀统治下停滞、窒息的社会生活和黑暗、压抑的政治气氛。”① 被强权逼到生存边缘的爱罗先珂在北京的寂寞的天空下，听不到音乐，似乎连蛙鸣都听不见了。但“我”变得很愤然，对爱罗先珂说：

> “蛙鸣是有的！”这叹息，却使我勇猛起来了，于是抗议说，“到夏天，大雨之后，你便能听到许多虾蟆叫，那是都在沟里面的，因为北京到处都有沟。”②

这里的蛙声当然是相对音乐而言，音乐好听，而蛙声聒噪，让人生

---

① 唐达晖、陆耀东：《论鸭的喜剧》，载《武汉大学学报》1983 年第 2 期。

② 《鲁迅全集》第 1 卷，第 584 页。

厌，大概是指北京的险恶的形势和一帮替统治阶级说话的语言打手。但是爱罗先珂却要去养这虾蟆，弄来蝌蚪养在仲密所掘的荷池里。爱罗先珂又主张养小鸭，结果仲密夫人就养了小鸭，不多久小鸭长大了，就把这些蝌蚪给吃了。爱罗先珂听说后，不住地叹气。爱罗先珂有大爱，连聒噪的蛙声也爱了，也正是因为这一点深得鲁迅的赞叹。鲁迅在译爱罗先珂的童话的后记中说过："通观全体，他于政治经济没有兴趣的，也不藏着什么危险思想的气味；他只有着一个幼稚的，然而优美的纯洁的心，人间的疆界也不能限制他的梦幻，所以对于日本常常发出身受一般的非常感愤的言辞来。他这俄国式的大旷野的精神，在日本是不合式的，当然要得到打骂的回赠，但他没有料到，这就足见他只是一个幼稚的然而纯洁的心。"① 鲁迅在该文的最后一段还特别说到他爱爱罗先珂攻击别国的"撒提"（印度的一种把人扔进熊熊烈火中活祭的残酷陋习），他诅咒美而有毒的曼陀罗花。虽然鲁迅赞赏爱罗先珂的纯白之心，但爱罗先珂的泛爱主义似乎引起了他的反思。小说中的"我"同情弱者，反抗强权，可是这不是无原则的反抗和同情，对于强权者及其走狗绝不能施以爱，这就是鲁迅和无政府主义者爱罗先珂的区别。也就是说，反抗强权是无可商量的，爱是有余地的，这样就把《兔和猫》的主题深化了。具有"精神界战士"气质的"我"在这两篇小说中就立起来了。前面我们分析过N先生和方玄绰，这两个人物形象没有最终立起来。N先生有狂人气，他没有听众，所以作者的预设似乎不乐观；方玄绰虽受过新式教育，但他面对生计问题，不得不做官兼做教员维持生计，他最后走向犬儒。只有在这两篇小说中鲁迅的态度才变得明朗，反抗强权的"精神界战士"以决绝的姿态出现。

对弱者的哀叹和对强权者的悲愤，是鲁迅很长一段时间的思想基调。下面是出自不同时期的有关这个问题的几段文字：

> 时间永是流驶，街市依旧太平，有限的几个生命，在中国是不算什么的，至多，不过供无恶意的闲人以饭后的谈资，或者给有恶

① 鲁迅：《〈狭的笼〉译后附记》，见《鲁迅译文全集》第1卷，福建教育出版社2008年版，第554页。

意的闲人作‘流言’的种子。至于此外的深的意义，我总觉得很寥寥，因为这实在不过是徒手的请愿。①

然而革命成功的时候，革命家死掉了，却能每年给生存的大家以热闹，甚而至于欢欣鼓舞。惟独革命家，无论他生或死，都能给大家以幸福。②

前年的今日，我避在客栈里，他们却是走向刑场了；去年的今日，我在炮声中逃在英租界，他们则早已埋在不知那里的地下了；今年的今日，我才坐在旧寓里，人们都睡觉了，连我的女人和孩子。③

第一段出自《纪念刘和珍君》，写于“三一八”惨案后。鲁迅怀着无限的悲痛叙说中国人的善于忘却，是提醒人们不要忘记段祺瑞强权的残暴，要站起来与强权作争斗。第二段出自《黄花节杂感》，是鲁迅南下广州于中山大学所做，他希望人们不要忘记死去的革命者。第三段文字是出自1933年纪念左联五烈士所写的《为了忘却的纪念》。鲁迅觉得自己惮于行动，又看到国人常常忘却革命先烈，这引起了他沉痛的反思，并借此怀念年轻的为革命捐躯的先行者。这些杂文中都有鲁迅“精神界战士”的思想血液，其来源最早可追溯到留学时期所写的《摩罗诗力说》。五四时期登上文坛后，鲁迅首先通过《狂人日记》《药》和《头发的故事》等对这一思想进行了小说化，此后又在《兔和猫》及《鸭的喜剧》中继续表现这一主题，以更加明朗的态度来塑造艺术形象，目的是提醒人们不仅而且还要更彻底地反抗强权。

反抗强权的“精神界战士”在《呐喊》中的形象表达经过了一个过程，从夏瑜比较隐蔽的表达到N先生比较明显的再现，经过方玄绰面对生计而犬儒，最后在《兔和猫》及《鸭的喜剧》中的通过“我”和

① 《鲁迅全集》第3卷，第293页。

② 同上书，第428页。

③ 《鲁迅全集》第4卷，第502页。

爱罗先珂又明朗地彰显出来了。这个过程是鲁迅在黑暗的世界里发出的一线亮光，也是给青年的希望。如果说在此鲁迅给中国的正面希望在于“精神界战士”，那么怎样才能在一个民众麻木的国度里生长出“精神界战士”？鲁迅在《呐喊》中也有自己的解决方案：那就是打造“真的人”。

二、打造“真的人”

《狂人日记》中这样引出“真的人”：“后来因为心思不同，有的不吃人了，一味要好，便变了人，变了真的人。”[①] 这里面“真的人”是相对吃人而言的，不吃人了并一味要好就是“真的人”。那么什么是不吃人了呢？根据这篇小说，吃人是一个象征，指封建礼教，而那些吃人的人就是利用封建礼教的人和被封建礼教毒害的人。“不吃人的人”就是挣脱了封建礼教的束缚，获得了作为人的基本自由，成为一个真实而淳朴的人。由此来看，“真的人”就是不被因袭的道德所束缚，有自己的主体自由，真实、纯洁，不受污染。《狂人日记》第十二节最后一句再一次说道：“有了四千年吃人履历的我，当初虽然不知道，现在明白，难见真的人！”[②] 这是要进一步说明“真的人”就是属于自己的人，不被外在势力所左右，尤其是不被传统势力所左右。中国背负了因袭的重担，很多人不是自己的而是被传统奴役的，所以就看不见“真的人”。日本的增田涉、伊藤虎丸和丸尾常喜都把这里的“难见”解释成“没有脸见”。这个观点由增田涉最早提出，伊藤沿用，丸尾常喜进行了周密的考证。丸尾常喜从词典和古代文献以及白话文的用例中说明，古代的“难见”是“不容易见到”，白话文中的意思更接近“没有脸见到”，因而他认同增田涉的看法，并从《狂人日记》中透露出的耻辱意识角度进一步证明增田涉的说法。然后，他根据鲁迅五四时期撰写的《随感录四十一》把“真的人”解释为“人”“人类”和“世界人”，这里讲

① 《鲁迅全集》第1卷，第452页。
② 同上书，第454页。

的“人类”是指通过改革其生存方式，由“类猿人”变成“人”。[①] 丸尾常喜的解读给我们很多启示，但他的解读又太偏重于字面意义，把“耻”的意识在此做了放大性的处理。“耻”其实是因为封建礼教造就的人有了自我觉醒以后出现的，所以“难见”从中国传统的文化背景来看是见不到觉醒的人。因而，“真的人”则是指在这样的封建礼教下具有主体性的人，是鲁迅根据尼采思想发展出来的“人类”或者世界人，这样的人具有改革和创新精神。这是笔者根据《狂人日记》文本对“真的人”持有的第一个看法。关于“真的人”的第二个意义，要从鲁迅《破恶声论》谈起。这是留日时期写的最后一篇文章，文字古奥，读起来难度很大。这篇文章的中心议题应该是提倡“真的人”，所谓“真的人”是“纯白”之人，他还提出一个大胆的说法：“伪士当去，迷信可存”。“伪士”是指“浇季士夫”，因为他们“精神窒塞，惟肤薄之功利是尚，躯壳虽存，灵觉且失”[②]。也就是说他们这些人被功利所涂抹，只剩下了人的躯壳，真的心灵和对外物的真实看法都没有了，所以鲁迅在文中提出“白心”和“纯白”的说法。田刚认为鲁迅的这两个词汇源自《庄子》，并指出：“庄子是人性自然论者，他反对与自然人性相对立的‘机心’或知识世界，并把这视为人性的异化。因此，在《庄子》一书中，类似‘纯白’‘纯素’‘朴素’之意的词比比皆是，他把得道之人称为‘素士’，其用意也在于此。而在对于自然人性的崇尚和道德拯救的承担这两个方面，鲁迅无疑从《庄子》中得到了潜在而又丰富的启示。”[③] 中国文论中有关这方面的许多说法都是从《庄子》这些思想演变而来的，比如明代李贽的“童心说”。上面这些说法按今天的意思就是指真性情，鲁迅认为真性情是“迷信”之人多具有的品质，他们像孩子一样纯洁，对自己所信仰的事情坚信不疑，相对于这些“士夫”而言，迷信也是可以存在的。鲁迅在此建构的“人”是真性情人、纯粹的人和怀着童稚之心的人，这种人是“内曜

① 参见［日］丸尾常喜《“人”与“鬼”的纠葛》，秦弓译，人民文学出版社2006年版，第251—270页。

② 《鲁迅全集》第8卷，第30页。

③ 田刚：《〈庄子〉与鲁迅早期思想》，载《鲁迅研究月刊》2003年第4期。

者”和“心声者”，“内曜者，破黮暗者也；心声者，离伪诈也。”[1]“恶声”就是“伪诈”之声，所以鲁迅要破恶声。五四时期鲁迅继续了他早年的思想，在翻译爱罗先珂的童话时，就屡屡在译后记中说到纯白之心的问题。上面所引的《〈狭的笼〉译后附记》中就说到诗人幼稚优美而纯洁的心，在《〈池边〉译后附记》中又说：“他不像宣传家，煽动家；他只是梦幻，纯白，而有大心，也为了非他族类的不幸者而叹息。”[2]，这些言论和《破恶声论》中所述并无很大差异，那说明鲁迅在五四时期的这种想法在日本早就有了。从《狂人日记》中所说的“真的人”来看，也有这一层意思，“狂人”看清了封建礼教的弊害，是人本身的觉醒，他破除了内心的“黮暗”，远离了世人的“伪诈”，他就是一个真性情的人，敢于说出自己的真实想法。世人就像看皇帝的新装一样，明明没穿却要说穿了。在这样一个皇帝新装的世界，“狂人”说出了真相，所以他就被人围攻。

“真的人”和“超人”之间的关系[3]在《破恶声论》中也谈到了。在谈到“伪士当去，迷信可存”后，他说出了这样一段话：“至尼佉氏，则刺取达尔文进化之说，掊击景教，别说超人。虽云据科学为根，而宗教与幻想之臭味不脱，则其主张，特为易信仰，而非灭信仰昭然矣。”[4] 鲁迅说尼采受达尔文进化论之影响，攻击基督教，提出别开生面的“超人”学说，并进一步说明尼采不是剿灭信仰，而是建立新的信仰。那么此处所说的“超人”从根底上说是摆脱了基督教仪式、教条和教规的新人种，他首先是“真的人”，然后才能是“超人”。“超人”是“真的人”发展的最高状态，是建立了自我、具有创造性和价值维度的人。尼采在这个高端上，把庸众踩在脚下，那些有纯白之心而又没有“超人”的创造力的人就被尼采摒弃了。鲁迅在《随感录四十

---

① 《鲁迅全集》第8卷，第25页。

② 鲁迅：《〈池边〉译后附记》，见《鲁迅译文全集》第1卷，福建教育出版社2008年版，第557页。

③ 冯光廉认为“超人”在鲁迅小说中大抵只是换了一个“真的人”的名称而已，并且还注释说这两个概念内涵上也存在差异（见《鲁迅小说研究》，天津人民出版社1989年版，第327页），但他没有具体分析它们的关系。

④ 《鲁迅全集》第8卷，第31页。

一》中说“超人”太渺茫恐怕就是针对这一点而言的，他要造出尤近圆满的人类就是不渺茫的“真的人”。尼采对庸众很蔑视，他说：“对于许多人你不应伸手的，只应给之以巴掌：而且我希望你掌上多有钩爪。”① 这里的大多数人基本就是庸众的代名词，由此可见尼采的贵族激进主义立场。这一点鲁迅在五四时期进行了反思，反思的结果就是鲁迅在他的小说中对他笔下的庸众不是尼采贵族式的俯视，而是怀着深切的忧愤和同情来书写他们。孔乙己、单四嫂子，甚至阿Q都浸透了鲁迅的血泪，最值得称赞的是鲁迅在努力地寻找他看到的“真的人”，并且通过小说人物形象的塑造给他们以真切的同情和赞扬。

当鲁迅写《明天》的时候，他忧愤的情感在《呐喊》中似乎走到高潮，随之而来的就向我们展现出饱含人生体验的绝望之感。在《狂人日记》中他发出救救孩子的呼声，这是鲁迅的希望。这希望鲁迅自己说是听将令的结果，他不能完全消极，但是在《明天》中他还是无法克制自己对中国民众的绝望悲愤之感，依然以单四嫂子无法梦见自己的儿子收尾。鲁迅虽然用了曲笔，可他的倾向是明确的，单四嫂子没有光明的未来。从小说的情感节奏来看，鲁迅似乎需要一些温暖人心的小说，否则清一色的黑暗真有点让人透不过气来。《一件小事》就是在这样的情感逻辑中出现的。小说其实很简单，以“我”的视角看到一个人力车夫的善举。人力车夫撞到了一个花白头发、衣服破烂的女人，但车夫及时停住，所以并没使这位女人受到大伤。“我”以为车夫可以溜之大吉，并叫他走，可车夫却没有听“我”的，而是走过去扶着她走进了巡警分驻所。最后巡警告诉“我”，车夫不能拉了，“我”掏出一大把铜元请巡警交给车夫。故事一开始就说了自己一种高高在上的姿态，看不起人，当这件事情发生后，车夫和“我”就产生了强烈的对比，“我”反思自己，拉下架子，对人力车夫产生了认同。这给“我”很大触动，把他从坏脾气中拖出来，对自己一天天看不起人进行了质疑，而且车夫的宽厚、正值和无私使他仰视。冯雪峰在论述这篇小说时，说到人力车夫的行为和品质把“我”从坏脾气拖开，还说到人力车夫对

---

① ［德］尼采：《苏鲁支语录》，徐梵澄译，商务印书馆1992年版，第60页。

“我”道德品质的影响。[①] 这篇小说在《呐喊》里和其他小说不太一样，是赞美劳动人民的，这一反批判国民性的常态，阿Q、孔乙己、华老栓、陈士成，无论是农民还是知识分子，都让人很悲哀，人力车夫却值得赞扬。正像冯雪峰所分析的那样，人力车夫的优秀品质对“我”产生了行动上和道德上的冲击（冯雪峰认为这是自述小说，小说中的“我”就是鲁迅）。

《一件小事》是鲁迅早期思想的延续和变异。第一章说过，鲁迅在17岁之前是在绍兴度过的，在这里学习了中国传统文化，而且据自己和其他很多人回忆，他学得很好。1898年去南京接触了进化论，1902年东渡日本留学，先学医后又从文，这期间了解和学习了很多欧洲的哲学、文艺和文学方面的内容，热衷于尼采的超人哲学和拜伦、雪莱、易卜生、施蒂纳的个人主义，并发展成为他的“精神界战士”。从《文化偏至论》和《摩罗诗力说》中可看出，鲁迅正是用“超人”和“精神界战士”来对抗中国传统中的“不撄人心”的和合文化，以期来觉醒国民的精神，进而拯救民族。早期所学习的传统文化中的个人理想模式“圣贤”和“隐士”被先驱式的“超人”和“旨归在动作”的“精神界战士”所批斗。而且这个思想在1907年《新生》流产后走向了沉寂，经由五四运动，鲁迅出山才对这些前期的思想以文学的样态进行了复苏。狂人、夏瑜等先驱者就和阿Q、孔乙己、华老栓、陈士诚等麻木、愚弱的国民形成对抗性关系，在鲁迅的潜在意识里，先驱者存在文化优势。这里显然有“超人”的影子，而那些充满了劣根性的国民自然在鲁迅的同情中不可能和先驱者站在同一个跑道。这可以说是《呐喊》的主旋律，但鲁迅毕竟是鲁迅，他无法抛开现实和自己曾经在东京作为的先驱者的努力而最后失败留下的阴影。也许你还记得起钱玄同请他出山时那一段铁屋子的对话，鲁迅当时是颇为沮丧的，他害怕警醒了几个熟睡的人，并不能有什么作用。这是对先驱者的质疑。这个质疑很大程度是因为先驱者对应的国民的麻木，他们不可能短时的全体性觉醒。先驱者或者启蒙者自然就在这个预设中高人一等。这就是鲁迅在《一件小事》中要表达的思想，高人一等是“我”的坏脾气——叫我一

① 参见冯雪峰《鲁迅的文学道路》，湖南人民出版社1981年版，第200—205页。

天天看不起人，这其实是鲁迅先驱者失败而产生怀疑的文学式表达。当这个坏脾气在遭遇人力车夫的冲击时，原来被鲁迅所批判的国民在一刹那间回光返照，这个回光正是在怀疑后的突围，突围到哪里去？从小说本身看，是在国民中，也就是鲁迅开始拉近先驱者和国民的距离了。而国民此时身上所具有的那些优秀的道德品质正是封建士大夫所塑造的“圣贤”的优秀品质的一部分，或者说是传统国民的光亮。在这篇小说中，隐约可看出中国传统文化和西方文化的对话。

人力车夫给“我”的冲击力表面上看是道德冲击力，更深一层却是对生命尊重给“我”造成的震撼力。传统的中国是一个暴君治下的国家，人的生命从来得不到应有的尊重，专制政府视民众如草芥。“我”在思想上是中了这样的毒，车夫的行为让“我”戒毒。什么样的人才尊重他人的生命？一个基本的前提是把他人的生命和自己的生命平等地来看，不是像“我”一样看不起人，还有必须是一个纯洁的人，真性情的人，只要这样才具有对生命的热爱和同情。人力车夫是普通的劳动者，他的朴实是他尊重生命的基点。很显然，人力车夫是鲁迅在劳动者中找到的“真的人”，他无矫饰，真实地面对自己和他人的生命，敢于承担责任，不像“浇季士夫”，不以功利是尚，他“灵觉”尚存，良心未泯。鲁迅原来只寄希望于孩子，现在却又意外发现普通劳动者的真善美。从孩子到普通劳动者的过程，是鲁迅对国民希望的确信。可是他无法找到更多这样的人，他的视域下还多是被奴役的国民，他于是又回到了生命的起点——孩童时期，这个时期的纯粹是最有希望的，是最美好的。

《故乡》和《社戏》就是处在这种发展链条上的两篇小说。上面提到《故乡》中的成年闰土是“末人”的农民代表，在这里需要说说少年闰土。闰土的少年在《故乡》中是纯洁、童真的代表。鲁迅通过写景及童趣的展现来表现少年闰土的：

> 这时候，我的脑里忽然闪出一幅神异的图画来：深蓝的天空中挂着一轮金黄的圆月，下面是海边的沙地，都种着一望无际的碧绿的西瓜，其间有一个十一二岁的少年，项带银圈，手捏一柄钢叉，

向一匹猹尽力的刺去，那猹却将身一扭，反从他的胯下逃走了。[1]

深蓝的天空挂着一轮金黄的圆月，鲁迅用了几个特别应该注意的词。“深蓝”给人的是静穆而高贵的感觉，也是自然的颜色；“金黄”是收获的象征，和下面一望无际碧绿的西瓜地形成互释的景象结构；“圆月”当然是美好之意了，中国最传统的意象。通过这样的词汇描述，少年闰土自然淳朴的形象就立起来了。后面又讲到闰土在雪地里帮“我”捕鸟和刺猹，他的聪明伶俐就展现出来了，至于说到走路人摘一个西瓜吃的问题，又表现了乡土人家道德上的纯正。“我”和少年闰土之间的情谊其实就是建立在这样淳朴的自然人性基础之上的，少年的天真烂漫让人们体会到人生的美好，少年闰土是“真的人”，“我”正是和“真的人”建立了美好的友情而在分别时大哭一场。如果作者写到此处就完了，这篇小说也不足以产生巨大的影响，它的艺术张力来自于把少年闰土和成年闰土进行比较，成年闰土的农民“末人”形象把少年闰土的淳朴自然、真实聪明凸显出来。少年闰土是清水流淌，成年闰土是浊流蔓延。一声“老爷”让人感到无比的忧伤和无可奈何，难道曾经的纯正情谊就这样随风而去？一个真实而美好的少年形象就这样灰飞烟灭？我们应该理性地来思考少年闰土的变化，在一个充斥着杨二嫂这样的“末人”世界里，又加上兵、匪、官、绅的逼迫，少年闰土必然走向成年闰土，而完成他农民“末人”的下降。在小说的结尾，鲁迅把这个希望又寄托在“我”的侄儿宏儿和水生之间，比“救救孩子”来得更加温馨和富有人情味，鲁迅激愤进而呐喊的力度在这个地方已经减弱了，他用深情的笔触再一次塑造了宏儿和水生之间的未来时。“深蓝的天空中挂着一轮金黄的圆月”成为童真人性的隐喻，和第一次的出现形成一个回还，这让人想起尼采的“永远回还”，人性的真善美其实在不同的辈分之间也是这样的。当人被异化时，就会出现《狂人日记》中所说的“难见真的人”，只有打破束缚，从儿童的阶段起就保持人的本性，人才可望成为“真的人”。尼采在人的精神由骆驼到狮子再到孩婴的过程，正是一个这样的“永远回还”过程。鲁迅寄希望于孩子很

---

① 《鲁迅全集》第1卷，第502页。

可能是受到尼采这个思想的影响，当然这和李贽“童心说”也相似。

《社戏》在艺术结构上与《故乡》极其相似，是现在的成熟和过去的童年之间的对比结构。这个成年与儿时的对应结构是一种艺术策略，鲁迅要赞扬童年的那种美好和童真的人。“‘我’回忆中的世界是一个儿童的世界，那个世界是美的，成年后的‘我’对都市戏剧的不满就是在儿时这个经验世界基础上形成的。如果没有这样一个经验的世界，没有这样一颗童心做基础，他对这样的都市戏剧是感受不到不满的。他可能同周围那些都市观众同样迷恋于这样的演出。《故乡》的结构是《社戏》结构的转化形式。‘我’在回忆中储存了儿时与闰土的关系，他现在对故乡现实的不满，实际是在儿时感受的基础上发生的。如果没有儿时与闰土的交往，‘我’对闰土也无所谓满与不满了。”① 王富仁认为《故乡》的结构是《社戏》的结构的转化形式。从创作时间的先后来看，《故乡》创作于1921年1月，发表于当年5月，而《社戏》创作于1922年10月，发表于12月，所以应该说《社戏》结构是《故乡》结构的转化形式。《社戏》起源于“我”在北京看戏，两次看戏都很不满意，原因是这里所谓的京戏存在着瞒和骗，自然就把视线转到儿时所看的绍兴地方戏上去了。这说明绍兴戏在“我”心中具有重要的地位，它和官方及京城戏形成了一个有所偏重的两级结构，于是回忆儿时在乡间看戏就成为“我”的自然的情感书写逻辑。和“我”一起玩的乡下小伙伴们大都没有读过书，他们天然纯朴，不受束缚，也没有所谓的那么多长幼尊卑，是源于乡野的“真的人”。在“我”想去看戏而母亲不放心的情况下，以双喜为头的十几个小孩子主动承担保护“我”的任务，摇船去平桥村看戏。鲁迅并没有浓墨书写看戏时情景，而是怀着浓情蜜意书写了回来时在船上煮蚕豆吃的情景。这就是说“我”首先不喜欢“宫戏”或者上层社会的戏，只有那些像绍兴戏一样来自民间的戏才反映了乡野之趣及生存于这样的民间文化之上的人的真性情；再次说明了“我”并不在于看戏，而是在于与性情自然淳朴的乡下孩子之间其乐融融的时刻。这里没有瞒和骗，摇船、赛船、看戏、煮豆，一切都显得那样孩子气，那样天真活泼。这个世界就是一个天然的童真

① 王富仁：《中国文化的守夜人——鲁迅》，人民文学出版社2002年版，第166页。

世界，没有成人的那些钩心斗角和尔虞我诈，“我”于是在这里找到了精神的皈依，这个皈依就是对童真的向往，对“真的人”的渴望。与《故乡》比较，《社戏》的转化在于描述内容的变更，其实质内容并无很大变化，都是对童真世界的怀念，都是通过这个怀念来摈弃被传统习俗力量所异化的人世。小说想通过在这样的两级结构中找到“真的人”，以“真的人”来对视“非真的人”，达到改造人性进而“立人”的目的。

三、“真的人”与“超人”的汇合

《故乡》和《社戏》中的少年闰土和小朋友是“真的人”，然而这“真的人”只能是创造的一个根基。一个人仅仅停留在这个位置上他充其量只是展现了一个让人羡慕的儿童世界，要知道儿童世界必须生长成富有创造力的成人世界。这样的成人世界在中国当时的现实中找不到，鲁迅又要到什么地方去找到一个民族的希望和未来呢？在远古那还没有被人类文明污染的地方，鲁迅发现了中国光明的未来。于是，寄托这个光明未来的人物在《呐喊》中初次出现了，她是女娲。

虽然鲁迅和成仿吾置气把《不周山》抽离了《呐喊》，但《不周山》是属于《呐喊》的。《不周山》对中国远古文化的肯定以及对中西文化因素的整合更加富有文化创造力，从而使鲁迅不至于站在舶来的立场上推行全盘西化的逻辑。鲁迅自己也说过：“那时的意见，是想从古代和现代都采取题材，来做短篇小说，《不周山》便是取了‘女娲炼石补天’的神话，动手试作的第一篇。”① 从鲁迅的言谈中，可看出他创作《不周山》是寻找小说创作的新路径，也是寻找自己继续前行的灯塔。小说一开始，女娲忽然醒来了，她觉得她有什么不足，又觉得有什么太多了。从接下来的叙述中，就知道女娲大概是对自己没有做什么事情感到不足，而又感到自己很无聊。女娲的这种想法被放在一个极其让人感到美而震撼的自然环境中：

> 粉红的天空中，曲曲折折的漂着许多条石绿色的浮云，星便在

① 《鲁迅全集》第2卷，第353页。

那后面忽明忽灭的眨眼。天边的血红的云彩里有一个光芒四射的太阳，如流动的金球包在荒古的熔岩中；那一边，却是一个生铁一般的冷而且白的月亮。然而伊并不理会谁是下去，和谁是上来。[①]

这段文字完全可以和描写少年闰土的那段美景对读，深蓝的天空中，金黄的圆月以及海滩上碧绿的西瓜是人间的纯朴和自然，而此处的景象却是宇宙的宏大美景：主调颜色是红，由粉红的天空和光芒四射的太阳及流动的熔岩这些具体元素构成，就像一幅描述太空油画的底色，然后在这个底色上可以看到绿色的浮云，闪着眼睛的星星，最令人震动的是一个冰冷的白色月亮。这样就把女娲和整个宇宙的存在放在一起，女娲作为宇宙人就高耸在读者面前。女娲的忽然醒来，发出这样的感叹，纯粹是一个宇宙人本能的反映，她只是觉得生命应该做点什么，并没有预设一个什么价值前提和行动的理由，因而在这里她就是一个本能状态的“真的人”。女娲在此是一个宇宙的精灵，她整个身上展现的是自然神性的光辉。她从这肉红色的天地间走向海边，美丽的身段消融在远天，最后是一段纯白。这一下就能让我们想到《破恶声论》中“纯白”的说法，这就更进一步说明鲁迅把女娲看成一个本能中的人。鲁迅自己说受了弗洛伊德的影响[②]，也是一个有力的证据，因为一个纯白之人应该自然本能地展现自己。女娲的本能告诉她应该做点什么，否则生活就百无聊赖。鲁迅根据神话让她造人，这段造人的描写极有意味。女娲先是掬起软泥，捏了几回，便有一个和自己差不多的东西，看到自己一个鲜活的创造物，尤其是第一次看到一群在天地间嬉笑的人，女娲也笑得合不拢嘴。在这里，鲁迅是告诉我们：人本能地创造是快乐的，当人把自己的能量对象化以后，人就自然快乐起来。这正是尼采之所以打破一切旧价值提倡创造的一个终极的原因，同时也能看到人的主体性与自然性的结合。坚持“纯白”是摆脱束缚的前提，这才是“真的人”的基质，当有了这个自然的基质后，人就应该创造，这样他的本能才能够赋予价值和意义。鲁迅在南京留学后因阅读严复翻译的《天演论》

① 《鲁迅全集》第2卷，第357页。
② 同上书，第353页。

而一直受到进化论的影响，但他认同的不是斯宾塞那种人被动于自然的天演论，而是赫胥黎主动于自然的进化论。伊藤说过："严复取斯宾塞，对他来说，进化论是铁一般的客观'公理'，是'自然的必然'，只有去适应它，才是拯救中国之路，而鲁迅的根据在赫胥黎，他认为具有主体性自由的人去抵抗这种'自然的必然'（宇宙过程），从'野兽'走向'人'，克服作为'自然'的自我，正是这样一条道路（伦理化过程）才是中国人应走的'进化'之路。"① 伊藤对严复的进化论把握存在问题，严复首先也是承认赫胥黎的进化论的，而且很强调主体性并把它与强国保种连接起来，只是后来趋向保守才投入斯宾塞的怀抱。鲁迅明显是受到早期严复进化论的影响，并且把这种思想一直延续下来，这一点伊藤的观察很到位。鲁迅在这里塑造的女娲明显就具有进化论的痕迹，是由自然之人走向创造之人，也就是伊藤所说的从"野兽"进化到"人"，这种通过创造的进化之路是鲁迅所希求的。不过女娲的造人也鲜明地体现了鲁迅"真的人"当中寄寓的"超人"性，伊藤也曾经有极富启示的见解："鲁迅在赋予女娲以具有充沛生命力的'爱的女神'性格之后，接着又在'女娲补天'的神话基础上，赋予女娲以'奋斗者'和'孤立战斗的战士'的性格。"② 这里所说的"奋斗者"和"孤立战斗的战士"和"超人"具有同构性，女娲所造的人相对女娲来说就是庸众，尤其是那些被女娲随便弄出的人更庸众，他们呆头呆脑。女娲不仅在形体上顶天立地，而且在创造力上无与伦比，她本能地奋斗，孤独地与天地作战，所以女娲也是一个"超人"的存在，但女娲没有人类文明的污染，具有童心，没有什么功利目的性。

如果说鲁迅在这里就把小说结束了，那么他在《不周山》中更深入地探索人的本性和社会伦理之间的关系将会大打折扣。正因如此，鲁迅将继续展现他所要塑造的"真的人"，这个"真的人"是扶大厦于将倾的人。女娲的重任在于在本能基础上拯救天地的塌陷。天崩地裂是人类最大的灾难，面对这个灾难，女娲勇于挑起重担，在小说中鲁迅明显把

---

① ［日］伊藤虎丸：《鲁迅与终末论》，李冬木译，三联书店2008年版，第28页。

② ［日］伊藤虎丸：《鲁迅与日本人》，李冬木译，河北教育出版社2000年版，第146页。

女娲塑造成具有主动性的一个英雄式存在，这与前面女娲的造人形成对比。天塌地陷后，女娲猛然警醒，看到和感到大地的水流沙石震荡。那些自己创造的小生命或者说庸众已经被文明所腐蚀了。首先是女娲不懂他们文绉绉的语言，看他们在那里寻找灾难的原因和空发牢骚，然后看到他们的无力回天。在大灾难到来之时，小生命无法控制自己的命运，只有呼唤“上真救命”，文明使他们丧失了自己。女娲觉得他们可怜，但她的当务之急又不能多这些儿女情长，她要炼石补天和积芦灰填地。拯救地球和苍生是她义无返顾的责任，是她作为英雄的使命。她竭尽全力投入拯救这场人类的大灾难，而且没有什么帮手，终于用尽了最后一点力气，躺倒在天地之间。这里有一段极美的写景：

> 天边的血红的云彩里有一个光芒四射的太阳，如流动的金球包在荒古的熔岩中；那一边，却是一个生铁一般的冷而且白的月亮。但不知道谁是下去和谁是上来。这时候，伊的以自己用尽了自己一切的躯壳，便在这中间躺倒，而且不再呼吸了。①

鲁迅对于色彩的美学把握无与伦比，和前面引述的那段相互辉映，把一个自然神性的人和英雄的人重合在一起，使女娲不仅获得美学的效应也获得了思想的效果。英雄殒命于日月同辉之中，红色的太阳和阴冷的月亮是那样鲜明，显然这是两个赞美的隐喻。女娲创造的事业像太阳一样光芒四射，而创造力极强的英雄的躺倒又预示着人类的悲壮，就像那弯阴冷的月亮。这第一节和第二节的描写，正是女娲作为本能的人和责任的人的两个维度，但是作为责任的人不应该维护那种虚伪的文明或者僵死的旧教条及传统，应该具有极富生命力的创造基础上的使命感，这种推进式的责任意识是人类价值的展现。重估旧价值，创造新价值，不伪饰生命的本真，不推脱生命的责任，女娲的形象的意义也许就在于此。“真的人”由“纯白”“朴素”发展到自然创造和在此基础上的责任之人。这是鲁迅探索的结果，也是鲁迅为中华民族的个人性存在开出的初步药方。但女娲本身没有责任意识，她本能地展现体现了人的这两

---

① 《鲁迅全集》第2卷，第365页。

个维度，而这一本能又被鲁迅做了性感化和“超人”化的处理，于是女娲又成为一个具有鲜明西方色彩的人物形象，所以伊藤就比较偏颇地说：“鲁迅的女娲形象，和他幼年、少年时代对神话传说的喜爱没有直接关系，而是以此为出发点，凭借后来在日本留学时所经受的欧洲近代的强烈冲击变造出来的。”①

女娲死后的事情值得人类反思，禁军在刀光剑影中抢占阵地，“女娲氏之肠”却也只是为了证明他们是女娲的嫡派，那些道士们传闻的仙山又成了皇帝寻找长生不老的地方。鲁迅隐晦而又明确作出结论，仙山永沉，只剩野蛮岛。这是嘲笑的写法，女娲的创造精神和责任意识为何不能继承下来？而那些无关紧要的嫡庶之争和对虚无缥缈的神仙山的寻找却成了女娲子孙热衷的东西。这不是对人类不务正业的嘲讽吗？这不是对人类逐渐走向歧途的警示吗？

《呐喊》是鲁迅的第一部小说集，也是他早年思想的一次成功的小说化再现，这种再现最鲜明的地方在于打造了具体可感的小说形象。从《狂人日记》到《不周山》，是他思想小说化的一个加强过程。完全可以这样说，《狂人日记》处在思想向小说转化的过渡阶段，因此我们读《狂人日记》明显感到一种思想的力量。留日时期的进化论和“精神界战士”的观点更多地是以思想或者文化批评的形式在“狂人”身上展现，“狂人”的文学形象性还不够鲜明。研究《狂人日记》的人很多，许多人甚至把这本小说阐释得天花乱坠，赋予了它过多的东西，但是对于这种思想性占据主导地位的特征却缺少把握，倒是一位日本鲁迅研究专家丸山升独具慧眼地指出《狂人日记》是“一种观念小说”②。只要我们把《狂人日记》与高峰时期的《阿Q正传》进行比较，这样的特点就彰显出来了。从纯小说的角度上看，“狂人”形象是不够饱满的，原因在于他身上包裹了过多的思想性，而没有把这种思想性进行足够感性细节的转化。孔乙己、华老栓、阿Q、单四嫂子、陈士成的生活质感

---

① ［日］伊藤虎丸：《鲁迅与日本人》，李冬木译，河北教育出版社2000年版，第145页。

② 转引自［日］伊藤虎丸《鲁迅与终末论》，李冬木译，三联书店2008年版，第158页。

明显就比“狂人”强，稍后创作的《一件小事》《兔和猫》及《鸭的喜剧》也感觉小说性不足，这显示出鲁迅在文化批评和小说创作之间的挣扎。但是，《狂人日记》却是《呐喊》的总纲。这篇小说初步塑造了三类人物形象：“狂人”（超人）、吃人的人（庸众）和孩子（真的人）。他们之间的关系也很明确，“狂人”与庸众形成戏剧冲突，“狂人”越清醒，吃人的人就越猖狂，以至最终明了大部分人都是吃人者的“狂人”也被吃掉了，于是希望就寄托在孩子身上，这就是鲁迅救救孩子的呼声。沿着“狂人”的路线，鲁迅相继又打造了夏瑜、N先生等具有“狂人”气的人物形象，但是他们始终没有顶天立地地站起来，夏瑜被砍头，N先生不被“我”关注。他们的消隐明显是因为吃人的人或者庸众过于强大，“狂人”式的人被这股庸众的洪流给卷走了，只是偶尔露出汹涌的水面。鲁迅选择了大幅度描绘庸众，用他自己的话说是暴露病根，引起疗治的希望。鲁迅处在一个居高临下的位置，用近乎“超人”的眼光来看视孔乙己、陈士成、单四嫂子、阿Q等庸众，小说集中一半以上的鲜明形象都是庸众，而且还塑造了庸众的集大成者阿Q，这就决定了《呐喊》批判的基调和解构的策略，但是悲伤和绝望随之而来，满眼望去全是这样的国民，那于战斗在振救国民前线的人来说，希望又在何处？鲁迅用心良苦，他尝试建构希望即找到“真的人”，孩子和童年首先是他关注的对象，所以他对《狂人日记》中孩子、《故乡》中的少年闰土和《社戏》中的儿时玩伴投注了自己的真感情。童真和纯白是一回事，鲁迅试图把这样的东西推进到成人的道德世界里，因而他在《一件小事》又找到另一“真的人”，人力车夫道德的纯粹也是儿童纯净的成人化标志，但是这样的人毕竟太少，过多的赞誉也似乎有道德说教的意味。当现实中的先驱者被吃人者一一吞噬时，那些可爱的孩子又在成人化的过程中被庸众化时，鲁迅就回到了远古，在女娲身上找到了一线希望。女娲是“真的人”超人化的尝试，她富于创造力，是剥离了文明陋习的人类英雄。从整个《呐喊》来看，鲁迅的“超人”形象与民众相对立，与他尝试从民众中寻找的“真的人”也是有距离的，但是在这条道路的发展中，这个距离在逐渐缩小，到女娲形象的出现，超人就与“真的人”相结合了。可是女娲死了，人类的后继者却为一些不相干的事喋喋不休。

无论从《呐喊》主体人物形象，还是与此对应的庸众形象看，鲁迅都有一个明显的参照对象——西方之“个”。在塑造“狂人”、夏瑜、N先生、反抗强权者、“真的人”和“我”的人物形象时，“超人”和“精神界战士”色彩浓烈，这是鲁迅在经过十年沉潜后对西方之“个”的小说化肯定。与这些主体人物形象对应的庸众——孔乙己、单四嫂子、阿Q、陈士成和方玄绰等人物形象，虽然不是鲁迅正面肯定的人物形象，但是鲁迅始终是在“超人”和“真的人”视域下来关照他们，最终指向“立人”的预设还是色彩浓厚的西方之“个”。中国传统之“个”相对来说，在当时鲁迅所处的历史背景中就隐藏在背后了，所以说《呐喊》的人物形象是西方文化之“个”的小说化彰显。经过《呐喊》后，鲁迅还会在小说中对西方之“个”倾注更多感情吗？事实上，随着中国现代历史的进程，鲁迅在现实的逼视下不得不重新思考“超人”式的革命者与自我、家庭和社会之间的复杂关系。这样，鲁迅小说创作就进入了《彷徨》时期。

第三章 《彷徨》：彷徨的中西文化之“个”

如果说《呐喊》是鲁迅“黑暗”的小说集，那么《彷徨》就是他既“黑暗”又表现内心纠结的小说集。《彷徨》紧接着《呐喊》而作，当时的社会政治生活急剧变化，先前因新文化运动结成同盟的文化阵营逐渐解体。鲁迅不知道新的战友在什么地方，内心焦虑，彷徨挣扎，《呐喊》中的“黑暗”意识也得到了进一步深化。他先前的“超人”、精神界战士、先驱者和革命者的有关思想，在现实的重重包围中走到一个更加困惑、迷茫的境地，而此时他小说的中国特色也在加强，关注民众的实际生存状态，人物形象身上明显具有中国特色的“个”。鲁迅在这样的历史背景下，对舶来的“个”产生了深刻的怀疑，同时也不可能真正回到中国传统的“个”上去，于是，中西之“个”就在交织、挣扎中起落，处于一种彷徨的状态。那么，《彷徨》是怎样通过人物形象来展现鲁迅这一思想状况？鲁迅在中西文化中所获得的“个”在《彷徨》中又发生了怎样的演化？

第一节 女性“末人”和“我”

1918 年6月15 日《新青年》开辟了《易卜生专号》，该专号评介了19 世纪后期革新思想的代表之一、挪威剧作家易卜生（Henrik Johan Ibsen，1828—1906）的《娜拉》（又名《玩偶之家》），以此为契机在中国掀起了一场妇女解放的大讨论。“妇女问题”一直是五四以来思想启蒙者关心的问题之一，其实质就是女性的个人解放问题。妇女们承受封建社会最深重的压迫，因而一旦妇女觉醒，则必然会给予封建旧传统、旧思想以重创，《易卜生专号》将妇女解放的问题提到了社会改革的前沿。胡适、鲁迅正是在这样的背景下撰写了《贞操问题》《美国的妇人》和《我之节烈观》等关于妇女问题的文章。《新青年》的这种做法，也影响了后来的《新潮》《少年中国》等杂志，纷纷译介关于妇女问题的文章或是开辟“妇女专号”，就妇女解放、恋爱婚姻自由、离婚、贞操、废娼等有关性道德的问题展开讨论。从这里可以看出，中国妇女的解放问题是五四以来鲁迅一直关注的问题。1923 年 7 月鲁迅受聘女师大，同年 12 月 26 日他应女师大文艺会的邀请作了《娜拉走后怎样》的著名演讲。鲁迅在演讲中不仅关注易卜生有关妇女的个性解放问题，还进一步关注挣脱家庭束缚后妇女遭遇的现实困境。这其实是鲁迅接受的西方之“个”在他创作中的逻辑发展，也是他沿着五四妇女解放的道路进行的深度反思。

此后不久，也就是 1924 年 2 月 7 日，鲁迅便饱含沉郁之情地写下了著名的《祝福》。这篇小说的产生和鲁迅在女师大教恐怕有关系，鲁迅和青年女性的接触促使他沿着五四时期关于女性解放问题继续深入思考。《娜拉走后怎样》是对妇女解放问题的深化，他告诉女师大的青年女性，婚姻自由、妇女解放不仅仅是出走那么简单的问题，尤其在中国这样一个有着极强传统的国家，妇女的觉醒和具有主体性是妇女解放的第一步，走完了这一步，还要思考现实可行性的问题。这个现实可行性面临着双重困难：既要与现实中的封建婚姻传统斗争，又要争取经济独立以维持基本的生存。而中国妇女解放的当务之急是解决第一个问题，然后再思考此后的问题。《祝福》《幸福的家庭》《伤逝》和《离婚》正是沿着这样的思路建构起来的系列小说。《阿 Q 正传》是“超人”视域下男性“末人”的高峰，与此相对应，鲁迅又通过《祝福》塑造了祥林嫂这样一个女性“末人”的典型。在《祝福》中，鲁迅通过新知识分子“我”与祥林嫂的对应结构又一次进行了“超人”和“末人”的对视，但鲁迅的思想和情感也变得更为复杂和纠结。《幸福的家庭》和《伤逝》则是思考妇女挣脱解放后的现实可行性问题，“超人”或者启蒙者主体性向民众的转移已经是一个不得不关注的问题了。尝试解决这个问题的《离婚》最终以失败告终，娜拉的西方之“个”（女性主体性）没有能在爱姑身上站立起来。

一、女性“末人”的集大成

前面探讨过男性“末人”的高端是阿 Q，那么在《彷徨》中鲁迅又塑造了一个女性“末人”的集大成者——祥林嫂。祥林嫂的“末人”形象是通过鲁迅精细的描述和情节构造完成的。

故事从“我”见到祥林嫂震撼人心的容颜开始：

> 我这回在鲁镇所见的人们中，改变之大，可以说无过于她的了：五年前的花白的头发，即今已经全白，全不像四十上下的人；脸上瘦削不堪，黄中带黑，而且消尽了先前悲哀的神色，仿佛是木刻似的；只有那眼珠间或一轮，还可以表示她是一个活物。她一手提着竹篮，内中一个破碗，空的；一手拄着一支比她更长的竹竿，下端开了裂：她分明已经纯乎是一个乞丐了。①

鲁迅的叙事已经很娴熟了，今昔对比之中使读者觉得祥林嫂是个曾经的熟人，所以她的出现并不突兀，而且还因为容颜的对比揪住读者的心。头发花白，脸瘦削不堪，黄中带黑，木刻似的没有表情，只有眼睛间或一轮还表明它是一个活物。麻木而穷愁潦倒。她乞丐模样的装扮，拄着比她长而下端开裂的竹竿，这表明她拖着衰弱的身体走了很长的路。从这段描写中，至少可以获取这些信息：祥林嫂身体很差；祥林嫂极端贫困窘迫；祥林嫂精神状态萎靡。这就是一个处在社会边缘的最弱势个体，是真正社会最底层的人，正是徐梵澄翻译的“末底的人”，虽然和尼采所谓的“末人”不能完全等同，但至少也是“末人”的中国化。祥林嫂以一个最底层人的普通民众形象亮相给读者，深深揪住读者的心，不禁让人思考：她是怎样又是因为什么走到社会或者封建层级关系的最底端？

祥林嫂死了丈夫后，她就成为婆家一个利用的工具，出来做佣人是给她婆婆赚钱，再嫁也是给她小叔子赚彩礼。祥林嫂的被逼再嫁，不是祥林嫂自己能够控制的，她做了决绝的反抗，最后还是承认了事实。嫁

---

① 《鲁迅全集》第 2 卷，第 6 页。

到贺家墺后，不久就生了儿子，男人劳力好，她们一家三口日子过得也可以。可是谁承想，男人后来得了伤寒，儿子又被狼叼走了，祥林嫂于是又成为寡妇，而且是没有一个亲人的寡妇，她大伯乘机收了她的房产。最后只得求卫老婆子再把她介绍给鲁四老爷家做佣人，但是这一次已经不是先前了，她没有原来灵活了，记性也坏，人又没了生气，再加上鲁四老爷嫌她伤风败俗，所以境遇就每况愈下。她唯一的希望就是怀念自己的儿子阿毛，开始讲述这个故事时还能引起周围人的同情，后来讲得多了，都成了大家的笑料，也就是说在精神上的最后一根救命稻草也被人揪掉。柳妈是祥林嫂最后可以结盟的阶级对象，可是柳妈身上渗透着极强的等级和看客意识：

“唉唉，我真傻，”祥林嫂看了天空，叹息着，独语似的说。

“祥林嫂，你又来了。”柳妈不耐烦的看着她的脸，说。“我问你：你额角上的伤疤，不就是那时撞坏的么？”

“唔唔。”她含胡的回答。

“我问你：你那时怎么后来竟依了呢？”

“我么？……”

“你呀。我想：这总是你自己愿意了，不然……”

“阿阿，你不知道他力气多么大呀。”

“我不信。我不信你这么大的力气，真会拗他不过。你后来一定是自己肯了，倒推说他力气大。”

“阿阿，你……你倒自己试试看。”她笑了。

柳妈的打皱的脸也笑起来，使她整缩得像一个核桃；干枯的小眼睛一看祥林嫂的额角，又钉住她的眼。祥林嫂似乎很局促了，立刻敛了笑容，旋转眼光，自去看雪花。

“祥林嫂，你实在不合算。”柳妈诡秘的说。“再一强，或者索性撞一个死，就好了。现在呢，你和你的第二个男人过活不到两年，倒落了一件大罪名。你想，你将来到阴司去，那两个死鬼的男人还要争，你给了谁好呢？阎罗大王只好把你锯开来，分给他们。

我想，这真是……”①

她嘲笑祥林嫂，和《孔乙己》中的咸亨酒店的掌柜嘲笑孔乙己如出一辙，都是以伤疤做文章，柳妈和掌柜是一样的心态。柳妈是个善女人，她的地位比祥林嫂稍高，换句话说，柳妈有精神优势。正是因为这一点优势，她便要用来嘲笑祥林嫂。嘲笑完了，她还去给祥林嫂讲死了可能被阎王锯开分给两个男人的事情。这是在原来精神的打击上再添一重打击，善女人不善，有人就分析说：“是她加重了祥林嫂的精神负担，促使祥林嫂完成了由生到死的转变。是她帮助鲁四老爷实现了祥林嫂生的希望的破灭，死前又带有对在冥冥世界被瓜分尸首的恐惧。”② 祥林嫂因为惧怕，不得不去庙里捐门槛，她卖苦力的钱又一次遭受到神权的剥削。最后因为慑于阎王的分割，精神逐渐不振，终于被鲁四老爷家辞退，就像草芥一样弃之于荒野。祥林嫂首先在封建社会是依附于男人而存在的，当男人死后，她就成了被人任意盘剥的工具；当她作为工具意义丧失后，她就被抛向社会的最边缘，从身体到精神遭受到最无情的流放，因而她是一个地道的具有中国特色的女性“末人”形象，也是鲁迅小说中女性“末人”的集大成者。

祥林嫂作为中国传统文化下最普通的劳动妇女，她只有活着的基本要求，她勤劳能干，凭劳动足以养活自己。她有两次想活下去的挣扎，当她再嫁给贺老六时，撞头表示反抗，但最终屈服。她的反抗也许可以看成是祥林嫂的意识的觉醒，但其实是祥林嫂对封建婚姻道德的一次捍卫，她不清楚自己要什么，只是在一种文化惯性中不自觉地这样去做。捐门槛希望死后不被阎王锯成两截，也是祥林嫂生的欲望，她知道在有形的现实世界里自己被抛向了无尽的荒野，可是她还是希望在无形的地狱世界能保全自己身体，正常地活着。正是这个担心或者隐忧最后击垮了祥林嫂，她在鲁镇人人都祝福的时候，被有形和无形的世界吞噬了。她被吃了，没有一个具体的吃人者，却有一个吃人的“无物之阵”。

---

① 《鲁迅全集》第2卷，第19页。

② 璩存锋、杨洪勋：《卫婆“作伐”善女“不善”》，载《山东师范大学学报》（哲学社会科学版）1995年第6期。

回顾祥林嫂的一生，一切都直接源于她失去了丈夫，换句话说，女人在那个时候如果不能依附于男人，那么她必将被弃于社会的最边缘，最后被夺去生命。单四嫂子也是因为失去了丈夫，经济上无着落，情感上无依靠，从而陷于绝望的边缘，她无法梦见宝儿就是没有希望的绝望，蓝皮阿五们对她的性渴望被婚姻道德之藩篱所阻隔。如果单四嫂子能够和喜欢她的人重新组织家庭，她的宝儿也许不会死，她也不会陷入生活的绝境。单四嫂子没有死去，但结果也可能只有死去。王富仁在比较单四嫂子和祥林嫂时说过这样一段话："《祝福》写的是'不节烈'之苦，《明天》写的'节烈"之苦，是一个守节妇女'精神上的惨苦'。这篇小说中的主要纽带是对封建夫权的揭露，并且都不是有形的夫权，而是转化为观念形态的夫权。祥林嫂因改嫁而难以立足于当时的社会，单四嫂子因不改嫁而沉受着长期的痛苦、慢性的煎熬。"[①] 王富仁显然把这两篇小说放在反封建妇女道德的一个系列来看。同样，《阿Q正传》中的吴妈因为阿Q的求婚吓得魂飞魄散，这不仅仅是表现阿Q的恋爱观问题，更是为了说明普通劳动妇女所受的禁锢之深，男女之事只能做不能说，吴妈的可怜在于充当传统道德伦理的奴仆，并不能自主地判断一个事情的来龙去脉。她只比阿Q好一点点，但是她的反应给人感觉阿Q是癞蛤蟆想吃天鹅肉。与鲁迅在《呐喊》中塑造的一些女性形象相比，祥林嫂在文化、经济和家庭生活等各方面都被逼到社会的边缘，因而借助祥林嫂展现的社会层面和人性层面要深广得多，也就是说鲁迅通过精心安置的叙事过程从多角度多层面把祥林嫂置于社会的最边缘，使它成为鲁迅笔下最彻底的一个女性"末人"形象。

祥林嫂这一女性"末人"相对于"超人"而言，没有主体性，更谈不上富有生命力的创造激情，她所具有的是被动地接受传统，她整个人生让传统的罗网罩住，最终被无情地吃掉。鲁迅通过祥林嫂悲惨的一生，警示女性获得主体性是关键的一步，否则妇女的命运将和祥林嫂一样被无情吞噬。妇女怎样才能获得个性解放和主体性？启蒙者能够帮助他们完成这个任务吗？这就是《祝福》中"我"存在的作用，然而鲁

---

① 王富仁：《中国反封建思想革命的一面镜子》，中国人民大学出版社2010年版，第53页。

迅对“我”进行了深度质疑。

二、“我”的被解构

鲁迅在《阿Q正传》中给我们展现了男性“末人”的形象，也似乎有几次觉醒的兆头，但明显可以看出鲁迅还有轻松的着墨，可是到了描写祥林嫂这一女性“末人”时，传达给我们的却是重如磐石的感觉。这是什么原因呢？关键在于鲁迅对祥林嫂投入了更多的情感，他拉近启蒙者和祥林嫂的关系，并在二者的错位中反思二者的存在，这也是祥林嫂和阿Q的重要区别。《祝福》通过“我”的视角介入，在对话与复调的叙事中提出了这个尖锐和深邃的问题。

小说一开始就设置了一个背景：鲁镇迎来了一年一度的新年祝福，“我”和鲁四老爷登场。鲁迅这样讲述：

> 他是我的本家，比我长一辈，应该称之曰“四叔”，是一个讲理学的老监生。他比先前并没有什么大改变，单是老了些，但也还未留胡子，一见面是寒暄，寒暄之后说我“胖了”，说我“胖了”之后即大骂其新党。但我知道，这并非借题在骂我：因为他所骂的还是康有为。但是，谈话是总不投机的了，于是不多久，我便一个人剩在书房里。①

鲁四老爷是个讲理学的老监生，他大骂新党和发动维新变法的康有为，说明他反对革新，还是和原来一样固守理学的信条。而“我”在此恰恰是读过书的具有新思想的人，这样就把两个有着血缘关系的人对立起来，这是亲情和事理的对立，是新人与旧人的对立。“我”和四叔话不投机，表明“我”作为一个接受新思想的人不被传统所容纳，因而“我”只能孤单地剩在书房，这就是鲁迅早期从尼采和“摩罗诗人”身上所获得独异的人，鲁迅把这个气质附着到“我”身上。紧接着这一段，又描写人们准备祝福的盛况，而且还特别提到四叔的书房布置，从悬挂的对联到置放的书籍，都可以看出这里充满着传统的文化气息，

---

① 《鲁迅全集》第2卷，第5页。

这个气息令“我”窒息。这样就使“我”与传统的人不一样，所以祥林嫂看到了“我”以后才来问“我”一些她认为“我”可以给她解答的问题，而“我”却认为她是来讨钱的。这显然是说明“我”不了解祥林嫂生存状态，“我”与她是错位的，这就是说明“我”和祥林嫂的隔膜。

这是一段可以给人很多想象空间的问话：

“这正好。你是识字的，又是出门人，见识得多。我正要问你一件事—”她那没有精采的眼睛忽然发光了。

我万料不到她却说出这样的话来，诧异的站着。

“就是——”她走近两步，放低了声音，极秘密似的切切的说，“一个人死了之后，究竟有没有魂灵的?”

我很悚然，一见她的眼钉着我的，背上也就遭了芒刺一般，比在学校里遇到不及豫防的临时考，教师又偏是站在身旁的时候，惶急得多了。对于魂灵的有无，我自己是向来毫不介意的；但在此刻，怎样回答她好呢？我在极短期的踌躕中，想，这里的人照例相信鬼，然而她，却疑惑了，——或者不如说希望：希望其有，又希望其无……人何必增添末路的人的苦恼，为她起见，不如说有罢。

“也许有罢，——我想。”我于是吞吞吐吐的说。

“那么，也就有地狱了?”

“啊！地狱?”我很吃惊，只得支梧着，“地狱？——论理，就该也有。——然而也未必，……谁来管这等事……。”

“那么，死掉的一家的人，都能见面的?”

“唉唉，见面不见面呢？……”这时我已知道自己也还是完全一个愚人，什么踌躕，什么计画，都挡不住三句问。我即刻胆怯起来了，便想全翻过先前的话来，“那是，……实在，我说不清……。其实，究竟有没有魂灵，我也说不清。”①

祥林嫂已经像木刻似的，为什么见了“我”眼睛突然放光？其实是

① 《鲁迅全集》第2卷，第7页。

她内心升起了希望，她觉得“我”是读书人（思想的启蒙者），应该知道她不知道的问题。这里至少有两层意思：一是祥林嫂无法自己作出判断，她的理性是丧失的状态，所以只能借助外部的东西来帮她建立希望，也就是找精神支柱，和大多数人找偶像一样；二是鲁迅自己对思想启蒙者和普通民众关系的认识，他之所以这样行文，那是他曾经认为思想启蒙者应该点亮民众，给他们生存的希望。接下来的“我”是不是给祥林嫂以希望呢？她走近两步低声地问关于灵魂有无的问题，说明她很重视这个问题，也相信“我”能够回答。可是没想到，“我”在遭遇这个猝不及防的问题后，措手不及，短暂的踌躇，“我”的态度便改变了。如果按照先前的“我”，也许直接就回答她没有什么灵魂的事情，但是看到自己一直想启蒙的对象这般落魄，又觉得应该给她希望，所以就回答她也许有，但她又追问有无地狱，“我”此时已经完全被她击垮，只能模棱两可地回答她，然后乘机逃走了。这整个问话及回答的过程，就是“我”作为启蒙者与祥林嫂作为被启蒙者的关系问题。“我”经不住三句问，其实是“我”一直在思想的高度上做着启蒙者的美梦，对普通民众到底想什么，生活状态如何并不了解，所以启蒙很大程度上是自说自话。祥林嫂的问话是一个重磅炸弹，它炸醒了“我”高高在上的“超人”优势，开始切实地思考作为思想先驱者与最普通最底层的民众之间的距离问题。“我”看到祥林嫂这样悲惨的现状，开始开启本能的人道情怀。陈国恩在一篇文章中就指出，《祝福》是鲁迅小说启蒙主义主题转变的一个典型事例，他认为“‘我’已经丧失了一个启蒙主义者的精神优势，不再拥有《药》中的夏瑜和《故乡》中的‘我’所拥有那种优势的话语权，而是自身也带着许多疑惑的思考者，而且他的思考没有结果，最终选择的是逃避，……”[①] 陈国恩认为《祝福》是鲁迅启蒙主义观转变的典型，这有一定道理，但是从《呐喊》中的那种明朗的批判态度看，《祝福》倒不是什么启蒙主义转变的问题，而恰恰是《药》和《故乡》等涉及启蒙者与被启蒙者关系问题的一个复杂化或者深化，因为在这两篇文章中已经有了对启蒙者本身的怀疑。

① 陈国恩：《论鲁迅启蒙主义观的转变——从〈祝福〉说起》，载《南京师范大学文学院学报》2007年第4期。

“我”确实是失去精神优势，但关键问题在于“我”开始切实思考祥林嫂的死和“我”的关系。“我”逃回四叔家的那段文字，虽然用“说不清”来给自己精神解脱，但“我”的罪责意识还是很明显。开始是怕她没有希望，不能增加一个末路人的绝望感，这是鲁迅人道主义情怀增加的表现，最终没能回答好祥林嫂问题，使“我”开始反思自己。当听到她死了后又引起了“我”极大的心理波澜，表面上看“我”找到了自己摆脱责任的托词，然事实上祥林嫂悲惨的一生却又在脑海中连成一片。“我”终究不能忘掉祥林嫂，这不正是“我”的罪责意识的一个复杂表现吗？鲁迅的罪责意识在《狂人日记》中就开始了，“狂人”最终清醒地认识到自己也是吃人者，《祝福》中的“我”没有这样强烈的自我意识了，但“我”始终有一个心结，正是这个负疚的心结使“我”把祥林嫂的半生事迹连在一起，形成一个故事，让它来引起人们的思考。这就是“我”和叙事者之间的内在联系了。

“我”在传统的衬托下，似乎有思想启蒙者的优势，但是在面对祥林嫂悲惨的半生事迹时，“我”被活生生地解构。解构什么呢？好像是启蒙者本身，但问题不是这样简单。鲁迅的这个对话或者复调叙事策略，显然不是解构启蒙者本身，而是解构启蒙者的精神优势以及他们的“超人”姿态。在尼采的笔下，“超人”是最瞧不起“末人”的，他彻底蔑视他们，把他们看作虫豸，鲁迅深受这个思想影响。五四时期他对自己从尼采那里获得的“超人”进行反思，《药》则是鲁迅把自己对尼采“超人”的反思形象化到小说中的表现，但那时他的态度很明朗，对中国民众复杂的生存现状也缺少更为深入细致的体验。当经过新文化阵营的解体、家庭的变故以及和女师大青年女学生的深入接触后，他对启蒙者和民众之间的关系的认识就更加具有现实性，所以他的小说表现就更具有人道情怀。因为这些因素的介入，加强了对具有“超人”气的“我”的深刻怀疑，其实就是对“超人”、精神界战士、先驱者和启蒙者的怀疑。《祝福》中的“我”虽在怀疑中被解构，但“我”却是具有主体独立性的，他能判断事物，能明白自己的处境，能反思自己，并能通过思考构建一个完整的故事。这正如哈姆雷特一样，“我”对自己的怀疑是人文精神的彰显，是人作为人具有主体性的表现。鲁迅之所以解构“我”，也可看作鲁迅开始思考“我”的主体性转移问题，作为启蒙者自身具有主体性是毫无疑问的，但是这个主体性如何通过一定的途径在普通民众中间生长起来，这可能才是问题的症结。鲁迅对“我”之态度的暧昧，就是对启蒙者的怀疑和进一步思考。祥林嫂生在一个重重包围的世界，被裹挟着走到生命的尽头，始终未曾自主地做出属于人的判断，所以在与“我”直面时，“我”的精神优势是无意义的。只有“我”的精神优势变成祥林嫂这样的众多人的优势时，“我”才能真正对象化，“我”的价值才能显示出来。

“我”被解构是鲁迅对思想启蒙者的一次更深入的反思。这个反思不仅仅体现在祥林嫂这样的农村妇女身上，更体现在具有思想启蒙者气质的知识女性身上，其实是作者把“我”附着到女性知识分子身上，在现实的困境中更彻底地来解构“我”。《幸福的家庭》和《伤逝》是这个发展链条中的另外两篇小说。

《幸福的家庭》写于1924年2月，据鲁迅自己说早在1923年看到许钦文在《晨报副刊》上写的《理想的伴侣》时，他就有了创作这篇小说的大意。[①] 1923年许钦文写这篇小说是讽刺“我之理想的配偶”这一征文活动，当时在《晨报副刊》和《妇女杂志》等刊物上出现了一些关于爱情婚姻的讨论，有很强的复古倾向。许钦文的这篇小说就是针对这种情况而做，对剑鱼君写杂感批评他的新潮思想所做的回应，以小说的形式来讽刺剑鱼君这样的婚姻复古派。小说中说到的男人的理想伴侣有几个条件：一是会跳舞；二是会唱歌；三是会弹钢琴；四是没什么学问。同时男人的附则是：不准干涉经济权，嫁资全需由男人管理；要么完全新式的女性，要么完全旧式女性；还有一点最要紧的就是婚后三年就需死掉。许钦文在小说中所说的理想伴侣其实就是新瓶装旧酒，钢琴、跳舞这些玩意是旧中国女性不太涉猎的，男人在家庭中是独大，控制经济权利，女人就是他身边的一个花瓶，供他消遣和赏玩。[②] 许钦文的小说是反封建婚姻，尤其要看穿套着现代知识外壳的封建婚姻，从而警示知识男女争取平等。鲁迅看完

---

① 《鲁迅全集》第2卷，第42页。

② 参见许钦文《鼻涕阿二》，见中国现代文学馆编《鼻涕阿二》，华夏出版社2009年版，第33—35页。

了这样一篇讽刺小说，产生共鸣，所以就做了《幸福的家庭》，并写了“拟许钦文”的副标题。鲁迅所要揭示的问题实质和许钦文没有很大的差异，但和许钦文的思考角度完全不同，许钦文是反对复古的封建婚姻，而鲁迅是探讨知识男女在自由恋爱组成家庭后面临的问题，提出了经济或现实生存对知识男女理想婚姻的冲击。

鲁迅通过一位男性作家创作《幸福的家庭》的过程来叙事，从而把主人公放在了小说的小说中，就好像镜子中的镜子一样，能够照出更复杂的影像。男性主人公一出场，便想着撰写一篇文章来维持生活，那说明他们家的生活已经陷入了困顿。当他写下“幸福的家庭”这题目的时候，首先面临的问题是这个家庭放在什么地方，经过思考他发现偌大一个中国到处是兵荒马乱，已经没什么地方可以安放一个幸福的家庭了，幸福家庭的理想就这样进入了讽刺中。但是男主人公还是要做他的美梦，主人和主妇是自由结婚的，他们都受过高等教育，优美高尚，热爱文艺，爱看拜伦的诗，看王尔德的《理想的良人》，生活有情趣，吃喝充满小资情调。男主人公明显不想写俄罗斯小说中的下等人物，主要写新型知识分子，而且要把他们和普通民众区别开来，反抗庸俗的现实，具有思想启蒙者的精神优势。可是男主人公美梦被女主人带到了现实生活中，日常生活中的柴、米、油、盐、酱、醋、茶这些都紧紧地拴住他们夫妇俩的生活，没有柴了要买，还要劈柴，而且还得在购买东西时讨价还价，可气的是自己书架边还得堆白菜。最终男主人公想写的幸福家庭在女儿的哭声中破产，在这个哭声中，男主人公想起了女孩的妈妈。他在哄住女儿的哭声时写道：

> 他忽而觉得，她那可爱的天真的脸，正像五年前她的母亲，通红的嘴唇尤其像，不过缩小了轮廓。那时也是晴朗的冬天，她听得他说决计反抗一切阻碍，为他牺牲的时候，也这样笑眯眯的挂着眼泪对他看。①

小说这样的叙事是拿现实与理想进行对比，理想对于他们是过去

① 《鲁迅全集》第2卷，第41页。

的事情，而现在的婚姻理想或者他所描摹的《幸福的家庭》已被解体，这样就达到反讽的效果。通过这样的艺术手法，我们能够分析出，男主人和女主人曾经是一个整体，他们都是新知识分子，受过高等教育，追求男女平等和婚姻自由，可是曾经挂着眼泪看他的女主人到哪里去了呢？女主人在此被现实生存困境所解构，男主人好像还残存着理想的希望，但最终的结果还是与女主人一样被解构了，只是时间的先后不一样，本质没什么区别。一个在男女婚姻自由面前很决绝的男主人都这样，女主人更不用说了，所以读完这篇小说，觉得鲁迅并不是写男性知识分子的，而是写女性知识分子在对待自身解放的问题时面临更大的阻力。她们要操持家务，面对日常生活这些最基本的东西时，理想、自由和平等更是不堪一击。知识女性相对于祥林嫂这样的农村妇女而言，他们显然具有精神的优势，最关键的是能够对自己的事情作出判断，但是那又怎么样？在中国这样兵荒马乱的社会中，他们首先得生存下去，“幸福家庭”首先要面临活下去的考验。“我”是思想启蒙者，“我”因为知识而拥有了主体的自由，但是在婚姻家庭中这个主体的自由是和一定的历史文化背景相关联的，一个妇女的解放最终敌不过一帮没被解放的妇女，鲁迅在此赋予知识女性的希望被消解。《幸福的家庭》以讽刺的口吻完成，鲁迅在情感上似乎并没有让人感到万分伤悲，那说明他在建造这个小说时，内心世界还有很多明快的东西。而沿着女性知识分子婚姻问题继续对“我”进行深度怀疑时，《伤逝》所展现出的情感冲击力和思想深度就远远超过《幸福的家庭》。

从题材上看，《伤逝》显然是《幸福的家庭》的延续，都是讨论知识分子婚姻家庭问题的，表面上看它们都以男性为主要叙述对象，其实女性知识分子也是这两篇小说的主人公。婚姻问题不可能仅靠单一性别来展现，男女的协奏曲才能最终把问题的实质呈现出来，某种程度上说女性在婚姻小说中的位置更能体现作者对婚姻问题的看法。在人类的家庭演变中，女性在整个历史进程中绝大部分时间处于被动地位，所以女性的解放曾经被恩格斯看成人类社会进步的重要标准。《伤逝》是鲁迅唯一一篇有关爱情而又不仅仅是爱情的小说，因而讨论这篇小说的人就很多。[①] 这也说明《伤逝》是一篇复杂的小说，它以开放的文本结构向读者展示广阔的阐释空间。就《伤逝》所涉及的启蒙者而言，鲁迅把五四时期就对启蒙者有所怀疑的反思精神在这篇小说中展现得淋漓尽致，也就是说附着了启蒙精神的“我”在这篇小说中被最彻底最深刻地解构，并由此思考到一些具有人类普遍意义的问题。

创作《伤逝》的前后这段时间是鲁迅在北京的生活斗争最激烈的一段日子，他积极参与了女师大学潮，据朱正统计，仅 8 月鲁迅 13 次出席女师大校务维持会。[②] 当女师大被教育部解散后，他又积极为女师大寻找临时校舍奔走，9 月 21 日临时的女师大开学了，鲁迅出席开学典礼并讲话。鲁迅因为这个事情得罪了女师大校长杨荫榆和教育总长章士钊，被章士钊解聘。鲁迅不服，于 1925 年 8 月 22 日向平政院控告章士钊滥用职权，1926 年 1 月 17 日鲁迅胜诉，收到教育部的“复职令”。因为在女师大授课和参与学潮的缘故，鲁迅与许广平（当时是“驱杨”的学生领导者之一）的交往频繁，以至在 8 月左右确定了爱情关系。他们的爱情必须要冲破很多世俗和偏见，对鲁迅来说将面临巨大的考验。他在敢爱还是不敢爱、可以爱还是不可以爱之间进行着激烈的争斗，他的争斗就是公领域提倡现代精神和私领域削弱现代精神的搏斗。鲁迅提倡现代女性解放、男女平等和婚姻自由，但是他自己却又不是这些思想的忠实践行者，这必将使鲁迅内心很纠结，而许广平正是把这样的纠结带入白热化的一个关键人物。

《伤逝》中就把鲁迅内心纠结的这种状态表现在对“我”的深度解构之中。小说以第一人称“我”（涓生）的口吻来叙事的，“我”在小说中是地地道道的启蒙者，启蒙的直接对象是子君，启蒙的内容是人的主体性、男女平等、婚姻自由。在会馆的破屋里，“我”对来访的子君谈家庭专制、谈打破旧习惯、谈男女平等、谈易卜生、谈泰戈尔、谈雪莱，而子君总是微笑着点头，交际了半年，严格说是启蒙了半年，子君终于有了主体性，她反对她父亲和叔叔对她和子君交往的干涉，勇敢地

---

① 从中国知网（CNKI）查阅 1979 年到 2012 年 10 月直接在题目上提到《伤逝》的论文有 809 篇。

② 参见朱正《一个人的呐喊》，北京十月文艺出版社 2007 年版，第 164—165 页。

说出：“我是我自己的，他们谁也没有干涉我的权利！”“我”听到这样一句话后，很得意自己启蒙的成功，似乎中国的女性都得救了一样，原文这样描写：

> 这几句话震动了我的灵魂，此后许多天还在耳中发响，而且说不出的狂喜，知道中国女性，并不如厌世家所说那样的无法可施，在不远的将来，便要看见辉煌的曙色的。①

完成了对子君的启蒙后，“我”像电影里那样向子君求婚，子君含羞地应允了“我”，于是“我”找了吉兆胡同的房子和子君同居了，这使得双方都和自己的亲戚朋友关系闹僵。由此可看出，“我”和子君的同居是破习俗的，是超前的。同居开始的日子很幸福，子君开始活泼起来，脸色红润，笑容渐多，小日子有声有色，还养了宠物。好景不长，不久“我”就丢失了工作，经济陷入拮据，不得已靠给《自由之友》撰稿维持生计。“我”和子君都坚定地说这是“开新一条路”，但是这新路毕竟不好走，子君为吃饭问题完全成为一个家庭主妇，似乎把先前知道的一切都忘了。“我”撰稿吃冷饭而且还吃不饱，子君常常还要弄饭去喂狗和油鸡，这使“我”感到自己的位置仅仅只在巴儿狗和油鸡之间。生活的煎熬，使子君脸上露出了凄惨的神色，“我”也为子君的改变而感叹忧伤。终于，在冬天和子君神情的冷中，“我”逃离了。“我”和子君的爱情出了裂痕，“我”启蒙者的路不能继续，“我”准备告诉子君真心话：“我”不满于子君现在的生活，新的希望在于“我”和子君的分离。想到子君分离后可能死，“我”没有勇气说出来。可是“我”还是暗示性地给子君讲往事，提外国文艺，说起易卜生的《娜拉》和《海的女人》。子君在听了“我”的启蒙后，再不如从前那样微笑了，只是顺应沉默，并发觉“我”变心了，“我”也终于在子君的逼问下说出了不爱子君的话。不久子君就知趣地离开了，再不久子君就离开了人世，而“我”在知道了噩耗以后，感到了死的寂静和虚空，忏悔和悲伤灼烧着“我”。

---

① 《鲁迅全集》第2卷，第115页。

“我”和子君的爱情注定要失败，其原因有：第一，违背了生存的常理，爱情首先要活下去，即“人必须生活着，爱才有所附丽”。“我”和子君一开始就存在经济的隐患，他们背离当时社会关系，与父辈和朋友决裂，在自己经济没有着落的时候，不可能有人来帮助，这就使他们不可能度过生活的难关。同居后，子君完全沉浸于生活，忘却了“我”启蒙她的一切，让自己堕入一个生活的俘虏，这是走了一个极端。而“我”又只是一味地想着启蒙开辟一条新的道路，在书本中生活着，不接地气，这是脱离生活，走向了另一个极端。鲁迅在对待“吃”的问题上，有一个基本的立场：反对封建士大夫离开物质的虚无缥缈的文人气，也反思启蒙者不关注“吃”的“超人”气，更反对堕入物质主义的庸俗气。子君和“我”对“吃”的态度处于两个极端，鲁迅借助爱情问题对此作出了反思。第二，“我”存在的矛盾决定的。“我”是一个启蒙者，具有精神优势，从一开始对子君进行启蒙到最后启蒙失败，地位都是不平等的。“我”启蒙的内容是男女平等和婚姻自由，这和事实上“我”与子君的不平等和不自由形成矛盾，这是一厢情愿的努力，所以一定会失败。

《伤逝》不仅仅是告诉我们爱情失败的原因，更是对启蒙者“我”的深刻反思。“我”在这里是指包括涓生、启蒙成功后的子君、《祝福》中的“我”、《幸福的家庭》的男女主人公在内的一类人，他们是鲁迅早年所获的“超人”、摩罗诗人、精神界战士等在《彷徨》中的文学化和中国化，明显具有施蒂纳、尼采的个人主义痕迹，也有易卜生反抗社会和挣脱家庭束缚的娜拉的影子。启蒙者的价值不在于启蒙者自己，而在于他与被启蒙者之间的关系之中。启蒙也不是整体上反封建这样一个概念性的东西，而是和普通民众的日常生活息息相关，它应该具体到生活的每个层面。《伤逝》就是鲁迅探索启蒙在爱情婚姻这个具体问题上的表现，它所展现的问题是对“我”作为启蒙者身份的一次深刻自省和自我批判。人的新生、创造性价值、人道情怀和世俗生活都是人不可分割的组成部分，人的现代化就是承认人的这些多种因素。“我”作为启蒙者的一面性存在就显得很虚空，所谓新的道路是以丧失人道情怀为代价的，“我”因此对子君的死要忏悔和悲伤。如果要一味地追求所谓的新生，就必将走上无爱的道路，因为任何爱情婚姻都是对自由的限制和束缚。鲁迅在小说的结尾做了较为明确的判断：

> 我要向着新的生路跨进第一步去，我要将真实深深地藏在心的创伤中，默默地前行，用遗忘和说谎做我的前导……①

“我”虽然为子君的死忏悔和悲伤，但是“我”还是要向新的生路跨进去。这里展现了人类的一个悖论，如果要新生，就必须变革，要变革就必须打破现有的一切，而现有的一切又总是寄寓在过去的基础上。所以，“过去”就有落后的必须革命的地方，因而新生路的开辟必将伤及现实的存在，要新生的真实在人道的面前就必须隐藏起来，否则就像伤害子君一样，在这样的悖论中“我”只有“用遗忘和说谎做我的前导”。由是便知，这是人类前进的悖论，是普世的悖论，更是每个人实现永恒价值的悖论。鲁迅在《伤逝》中对“我”的反思是非常深刻的，他把“我”的超越性和现实放在一起来质问，形成一个复调和对话的叙事策略。从小说一开始，作者就把现在和回忆交织在一起，并且反复的重奏，使小说在过去与现在的时空交织中推进，从而展现“我”之内心的情感变奏，而情感节奏的起伏多变正好是“我”内心波涛汹涌的征兆。通过这样的叙事技巧，目的在于肢解“我”的存在，具体从物质表层和精神深层来完成。就物质表层而言，没有基本的生活保证必然导致“我”的启蒙爱情观的无所附丽；就精神深层而言，“我”的精神优势本身蕴含的不平等是“我”爱情启蒙的理论逻辑陷阱，它终将自啮，受伤并只能在寂寞空虚中舔自己的伤口，以至“我”开始相信灵魂和地狱的事情。于是，《祝福》中所否定的鬼魂（“我”是不信鬼魂的，但是出于人道的考虑就敷衍祥林嫂）在这里又有了新的看法：

> 我愿意真有所谓鬼魂，真有所谓地狱，那么，即使在孽风怒吼中，我也将寻觅子君，当面说出我的悔恨和悲哀，祈求她的饶恕；否则，地狱的毒焰将围绕我，猛烈地烧尽我的悔恨和悲哀。②

---

① 《鲁迅全集》第2卷，第133页。

② 同上。

因为对“我”进行了精神深层的肢解并带上哀伤的情感基调，《伤逝》中对“我”的解构就比前面的小说更彻底。在小说的行文中迷茫着悲伤的情愫，和《野草》中的情感与逻辑很接近，比如《墓碣文》中就说：

> 有一游魂，化为长蛇，口有毒牙。不以啮人，自啮其身，终以殒颠。
>
> ……
>
> ……决心自食，欲知本味。创痛酷烈，本味何能知？……
>
> ……痛定之后，徐徐食之。然其心已陈旧，本味又何由知？……①

这段文章写于1925年6月，比《伤逝》早写四个多月。“我”在《伤逝》中的精神反思及其深度是不是和这段文字所表现的心境很相近，“我”的启蒙长出了毒蛇，表面是伤害了子君，其实最终是伤害了自己，这就是自啮其身。而这种自啮其身的创痛又是何等酷烈，自食其果，痛定之后，原来所倡导的那些东西又究竟是什么呢？换句话说启蒙又是什么呢？《墓碣文》的阳文和阴文正好是启蒙者的两面性；一方面要进取新生；另一方面又被进取新生所灼伤。

三、“我”向爱姑游移

“超人”般的知识分子，优势和劣势一样明显，在他们具有反思精神和主体性的同时也极容易脱离实际而找不到生活的根基。“我”作为觉醒的知识分子无法代替整个中国普通民众的进步，一个人的进步是孤独的进步，他必然在实际生活中遭受质疑。那么，“我”作为知识分子具有的优势如何向普通民众转移就是鲁迅要思考的一个问题，而且这个问题的尖锐性随着现实的变化在与日俱增，到晚年鲁迅倾向马克思主义其实也是他这种思考的逻辑延伸。

《彷徨》中直接触及这一问题的是《离婚》。主人公爱姑是一个农

---

① 《鲁迅全集》第2卷，第207页。

村年轻妇女，她嫁到施家后，低头进，低头出，而且她的丈夫“小畜生”还打她。爱姑在家庭中没有任何地位，后来“小畜生”居然姘上寡妇。在这样的婚姻状况下，爱姑和施家儿子就进行了长达三年的离婚。故事情节很简单，但鲁迅通过倒叙的手法在一个特定环境里集中展现了爱姑的变化过程。爱姑的父亲庄木三和爱姑在开始很坚决，不同意离婚，还去把施家的灶拆掉了。正因为双方不让步，闹得不可开交，所以在新年的时候施家请来了和知县有交情的权势人物七大人从中调解。小说的叙说从这里开始，设置了两个重要的场景：坐航船和到庞庄施家。庄木三和爱姑一跳上航船，就有精彩的描写：

> 庄木三和他的女儿——爱姑——刚从木莲桥头下航船去，船里面就有许多声音一齐嗡的叫了起来，其中还有几个捏着拳头打拱；同时，船旁的坐板也空出四人的位子来了。庄木三一面招呼，一面就坐，将长烟管倚在船边；爱姑便坐在他左边，将两只钩刀样的脚正对着八三摆成一个“八”字。①

庄木三和爱姑在这一带很受人尊敬，也间接说明他们与施家的斗争赢得了许多乡亲的敬意。让出四个位置说明原来都去四人，现在只有爱姑和他的父亲，这暗示爱姑的这场维权斗争前景堪忧。爱姑的姿势也很有意思，她坐在他父亲的左边，两只钩刀样的脚摆成了“八”字正对着八三。钩刀乃锋利之物，以此物喻脚，且呈八字正对着别人，就是说一个人性格刚烈，不屈服。但是爱姑的八字脚又是谨守妇女之道的标志，坐在父亲的“左”边，就“左”在传统文化中的具有协助之意来看，似乎暗示了她不得不依附于父权和夫权，这表明爱姑在文化根性上的顺从。这种矛盾性格的组合在爱姑说给八三的言辞中表现得更明显：

> “我倒并不贪图回到那边去，八三哥！”爱姑愤愤地昂起头，说，“我是赌气。你想，‘小畜生’姘上小寡妇，就不要我，事情有这么容易的？‘老畜生’只知道帮儿子，也不要我，好容易啊！

---

① 《鲁迅全集》第2卷，第148页。

七大人怎样？难道和知县大老爷换贴，就不说人话了么？他不像慰老爷似的不通，只说是‘走散走散好’。我倒要对他说说我这几年的艰难，且看七大人说说不错！”①

爱姑不是像他父亲所言那样要回到施家，她其实是想争一口气。这口气就是要求施家把她当人看，要给她做女人的正当权利，她没有犯错误不能随便就不要她了，况且错误在小畜生姘上寡妇，施家就更不应该把她撵走。在满船人都沉默的气氛下，八三开始质问，并劝说爱姑息事宁人，当听到七大人也来调和的时候，他惊讶得眼睛睁大了，八三对旧势力的顺从性格与爱姑的反抗性格形成对比。当航船里再一次静寂下来后，只有一位胖子恭敬地指责施家的不对，和爱姑站在一条战线上。爱姑借着胖子大叔的东风，继续表现这种抗争的勇气，说要闹得施家家败人亡，并且指责她父亲庄木三面对赔钱有点眼馋。一位蟹壳脸说出施家送给慰老爷酒席的事情，并且发表了知书识理的人专替别人讲公道话的议论。一方面指责慰老爷，另一方面寄希望于七大人，爱姑也在自己的话中表达这样的倾向。胖子汪得贵下船后，船又继续在寂静中行进，前舱的两个老女人低声哼起佛号。她们看爱姑，努嘴，点头，露出鄙夷的神色，这让人想起《祝福》中的柳妈，她和这两位哼佛号的女人都是善女人，然而善女人不善，她们也是围剿祥林嫂和爱姑的凶手。在一个传统文化包围的环境里，爱姑顶着周围的异样看法，按照自己对事物的是非曲直来表达自己的观点，这就是前面言及的人的主体性在爱姑身上的表现，她能够跨出这一步，已经是很大进步了。进一步说，就是“我”或者说知识分子身上具有的优势开始寻找民众的生长点。随着情节的推进，这个生长点被置放在作者设置的第二个场景。

到了庞庄，从停泊的四只乌篷船来看，庞庄来了贵客。进了慰老爷家，工人搬出年糕汤，爱姑便局促不安起来，认为这样招待周全不怀好意。她心头的信条：知书识理人讲公道话，并用这个来支撑自己的抗争。她和她父亲被带到客厅去见七大人，爱姑发现七大人比慰老爷魁梧，脑壳和脸油光红润，她不明白这样一个长相的人究竟如何，还用猪

① 《鲁迅全集》第 2 卷，第 149 页。

油擦脸对他进行了想象。七大人在鉴赏“屁塞”，爱姑不明白这是什么。[1]“屁塞”用在此处有讽刺意味，本来塞死人屁眼的东西七大人却用来擦脸，七大人、慰老爷还有几个少爷围着看屁塞上的水银浸，他们对考古或者古代的东西很感兴趣，至于爱姑离婚的事情根本不很在意。这就把爱姑心急火燎的紧张感以及和他们决斗的勇气悬置起来。七大人鉴赏屁塞完成后，就问庄木三，你们怎么只来了两个，意思是他和慰老爷早就预料到会来更多人，他们已有所准备，这是向爱姑和她父亲施硬。接下来慰老爷向爱姑和她父亲施软，说软话又抬出七大人给出的所谓公正裁决：加十元，赔九十元，离婚了事。爱姑针锋相对，扬言官司要打到皇帝那里去，并向七大人诉说了她在施家所受的冤屈，希望七大人说公道话，不然就拼命直闹得施家家败人亡。然而七大人的公道话是这样的：

> “那倒并不是拼命的事，”七大人这才慢慢地说了。“年纪青青。一个人总要和气些：‘和气生财’。对不对？我一添就是十块，那简直已经是‘天外道理’了。要不然，公婆说‘走’！就得走。莫说府里，就是上海北京，就是外洋，都这样。你要不信，他就是刚从北京洋学堂里回来的，自己问他去。”[2]

七大人的话也是软硬兼施，并且从根本上断了爱姑反抗的勇气，可见七大人所代表的读书人讲公道话是一个骗局，越是寄希望于他们，他们就越是不讲公道话。爱姑明确地知道自己完全孤立，没了帮手，她唯一的支持者父亲也在受这一伙人摆布，而且又见了加钱，已经很靠不住了。施家老小乘机数落爱姑的不是，把爱姑逼到心里无望的边缘。当七大人烟瘾犯了，一声“来——兮！”，爱姑的心理防线被彻底击溃。这本来是七大人烟瘾犯了后一个生理反应，可是被爱姑看成是对她的威慑，最后说出“我本来是专听七大人吩咐……。”小说在换帖和收钱中

---

① “屁塞”是塞在死人屁眼的东西，一般用汉白玉、黄金和白银做成，为防止真气泄露，以保持尸体不腐。

② 《鲁迅全集》第2卷，第154页。

结束了。

在此有两个地方要深入探讨：一是“我”向爱姑的游移过程；二是“我”最终没有附着在爱姑身上完成她的“立人”。“我”作为被质疑的新型知识分子，从《狂人日记》经过《一件小事》和《头发的故事》到《祝福》，是鲁迅建构的一系列变化的人物形象。《狂人日记》中的“我”就是“狂人”，他虽然是以一个激进的反传统形象出现的，但是最后他却臣服于传统，已经隐含了鲁迅的忧虑。在《一件小事》中，“我”瞧不起普通劳动者，当人力车夫高尚的品德出现在“我”的眼前时，“我”被征服了，人力车夫的道德品质对“我”产生感染，从运行路线上看是普通劳动者的品德向“我”的移动。《头发的故事》中当N先生讲愤世嫉俗的话时，“我”倾听“我”的前辈不通世故的话，这说明“我”和N先生曾是同一营垒的人，“我”不赞他一词，让N先生自说自话，这是鲁迅利用分身术，让“我”和“我”进行对话，从而来质疑“我”作为启蒙者的存在。《祝福》中对“我”的质疑是与一个女性末人祥林嫂共生的，“我”的反思自身就是对祥林嫂人道情怀的表现，“我”和祥林嫂的错位证实了“我”所具有人的主体性和反思精神无法对象化，由是就必将设计“我”的精神优势向普通民众移动的问题，也就是“我”如何在民众身上生长起来。放在爱情婚姻遭遇现实困境的问题上看，“我”在《幸福的家庭》和《伤逝》中得到最彻底的剖析进而被解构。“我”已经没有出路，于是沿着婚姻家庭这个路径，鲁迅塑造了爱姑，她是鲁迅笔下反抗性最强的农村女性形象，和施家大闹了三年，无非是想争得做人而后做女人的权利。鲁迅让“我”向农村年轻妇女的身上移动，这个移动表明鲁迅尝试知识分子和普通民众之间的沟通。从理论上说就是伊藤所说的“要使思想真正与个的自觉结缘并使之主体化，就必须要根植于民族（当然，是否亦应可称作民众、庶民或民俗）的心底深处，就必须要在庶民当中‘触及灵魂’”①。从“我”与民众的移动关系看，《离婚》和《一件小事》正好相反，前者是启蒙的路线；后者是民粹的路线。但是有一个细节要引起关注，爱姑不是单四嫂子也不是祥林嫂，而是一个性格直爽、淳朴的农村年轻妇

① ［日］伊藤虎丸：《鲁迅与终末论》，李冬木译，三联书店2008年版，第222页。

女，这和《一件小事》中淳朴的人力车夫又相似，这是前面谈及的“真的人”的底色。看来鲁迅的希望在于启蒙知识分子与“真的人”之间的联姻，他内心的造人路线明显袭用了尼采的进化伦理，他想改造旧的中国国民，把中国土生土长的“纯白”之人培育成吸收外来的“超人”“摩罗诗人”的优点的新型的尤近圆满的人。

鲁迅的这个造人计划在现实中还有很长的路要走，他通过《离婚》的结局进行了清楚的回答。爱姑最终没有完成“立人”，也就是没有成为一个具有主体性的现代自由人，有两个原因：一是她本身对文化权威的顺从性所导致；二是传统对她的围剿。爱姑一出场，就蕴藏了根性上的隐患。她认同八三所说的知书识理的人最讲公道这个信条，把希望寄托在七大人这样的封建文人身上，表明爱姑具有文化奴性，这是环境的熏陶，不是爱姑能够挣脱的。尽管相对周围的人来看，爱姑是“纯白”之人，但她的根性还是受到污染，这正是鲁迅要彻底打倒传统文化糟粕的一个佐证。爱姑进行了三年的人权斗争，起先还有父亲兄弟的帮助，也得到周围群众的一些道义支持，但是最终孤立无援，臣服于女人被奴役的传统世界。她无法成为一个精神独立之人，也无法自主地来决定自己的命运，她最终还是成为庸众式的农村女性。

爱姑的失败和鲁迅自己当时的婚姻状况也很有关系。鲁迅和朱安的婚姻是名义上的，创作《离婚》是1925年11月份的事情，此时鲁迅与许广平坠入爱河，鲁迅很纠结自己有无爱的权利，直到他说出“我可以爱”时，这之间有多少内心的挣扎。鲁迅在承认了许广平和他的关系时，他是不是想过和朱安离婚？又是不是想过赔朱安一些钱了却这样一段包办婚姻？朱安作为一个受害的女性是不是引起了鲁迅的同情，进而让他思考到女性在婚姻中的人权问题？

第二节 “真的人”视域下的“伪士”

爱姑纯净质朴的反抗没有胜利，但这一点正体现出鲁迅对中国民众的希望，鲁迅在此明显延续了《呐喊》中寻找“真的人”的努力，也就是想通过把“我”的因素注入到爱姑身上，让爱姑成为一个现代独立自主的人。爱姑的失败可以提供给读者这样的思考：中国普通民众成长为“圆满”之人，必须从根基上是“真的人”，爱姑之所以不能站立起来，一个根本的原因是她本性受到了传统士大夫文化糟粕的统辖，她无法站在这之外进行完全独立的思考和行动。这说明中国的社会依然还是传统士大夫文化糟粕统辖的社会，那么就还要继续批判这样的文化糟粕及其培育的人，在鲁迅看来这可能是打造“真的人”的一个基础性工作。具体在小说中，就是在“超人”及“真的人”的视域下来揭露“伪士”，从反面说明培养具有主体性的“个”的重要性。这种创作在《呐喊》中已有端倪，但是却没有在单篇小说中把他们作为主要形象来处理，这可能和鲁迅当时思考的方向和深度有关。到了创作《彷徨》的时候，鲁迅明显注意到这个问题，于是就通过《肥皂》《高老夫子》和《兄弟》来表现自己的观察。

“伪士”是鲁迅留学日本时在《破恶声论》中谈及的一个概念，用以批评那些鼓吹西方力倡破除迷信的人，是针对“纯白”之人而言的，而“纯白”之人就是前面说的“真的人”。伊藤不同意“伪士”是对启蒙主义的批判，他认为：“这并非鲁迅在批判‘启蒙主义’本身，而是他在湮没中国社会的‘志士’和‘爱国者’们的言说——喧嚣不已的‘恶声’泛滥中看到了‘整体性的丧失’并对此表达愤怒。”[①] 伊藤在这里所说的“整体性的丧失”是根本性的丧失，也就是现代人的缺失，因而“伪士”就是指假志士、卫道士和道统论者，和“真的人”相反。

据《破恶声论》的内容，“伪士”至少应该涉及以下两方面：一是指“伪诈者”，“诈”就是用语言欺骗，不说真话，也就是鲁迅说的“恶声”之人。《破恶声论》中直接提到“伪士”时说：“伪士当去，迷信可存，今日之急也。”[②] 鲁迅把“伪士”和“迷信”放在一起是有原因的，因为他认为“迷信”之人是真诚地在信仰，发自内心，所以他们是“心声”之人，而“伪诈者”是“不能白心”，“神气恶浊，每感人而令人病”。[③]“伪诈者”是为满足一己私欲而造美名，他们精神窒塞，为功利而说假话，即“惟为稻粱折腰”。鲁迅从人类演变的角度说

---

① ［日］伊藤虎丸：《鲁迅与终末论》，李冬木译，三联书店 2008 年版，第 288 页。

② 《鲁迅全集》第 8 卷，第 30 页。

③ 同上书，第 29 页。

出了“伪诈者”的真相：“人类顾由昉，乃在微生，自虫蛆虎豹猿狖以至今日，古性伏中，时复显露，于是有嗜杀戮侵略之事，夺土地子女玉帛以厌野心；而间恤人言，则造作诸美名以自盖，历时既久，入人者深，众遂不知所由来，性偕习而俱变，虽哲人硕士，染秽恶焉。”① 这里的“哲人硕士”在中国就是指士大夫，他们是传统的知识分子。二是没有自己独立主见的人，他们被习惯势力或者群体势力所辖制，奴性十足。鲁迅是这样说的：“寻其立意，虽都无条贯主的，而皆灭人之自我，使之浑然不敢自别异，泯于大群，如掩诸色以晦黑，假不随驸，乃以大群为鞭箠，攻击迫拶，俾之靡骋。”② 这样的“伪士”和奴隶性相联系，他们假类之名，丧失独立性和反抗性。当外敌入侵，“久匍伏于强暴之足下，则旧性失，同情漓，灵台之中，满以势利，因迷谬亡识而为此与！故总度今日佳兵之士，自屈于强暴久，因渐成奴子之性，忘本来而崇侵略者最下；人云亦云，不持自见者上也。”③ 从这段论述看来，鲁迅在留日时期，也是在外敌入侵的语境下来反对“伪士”的。就《破恶声论》给“伪士”的基本界定而言，赵太爷、假洋鬼子及攫取辛亥革命果实的那批人都是“伪士”，这也是鲁迅在日本留学时期对“伪士”理性认识的文学化。《肥皂》《高老夫子》和《兄弟》其实是延续了《呐喊》在这方面的文学化道路，是鲁迅进一步表达对“伪士”的批判。

一、“伪士”的原欲

在《中国新文学大系·小说集（二）》中鲁迅说：“此后虽然脱离了外国作家的影响，技巧稍为圆熟，刻画也稍加深切，如《肥皂》，《离婚》等，但一面也减少了热情，不为读者们所注意了。”④ 鲁迅自己肯定了《肥皂》和《离婚》，从上下文语境看，他是针对《呐喊》中《狂人日记》和《药》而言的，但日本的竹内好在《鲁迅》中却认为

① 《鲁迅全集》第8卷，第33页。

② 同上书，第28页。

③ 同上书，第35—36页。

④ 《鲁迅全集》第6卷，第247页。

《肥皂》是鲁迅失败的小说,[①] 中国的李长之在《鲁迅批判》中也指出它的毛病在于故意陈列复古派的罪过。[②] 这些相反的看法没有终止对鲁迅《肥皂》的肯定性评价，学界普遍认为《肥皂》的主题是揭露伪君子四铭的幽暗心理和淫欲冲动。此处不再重复已有的论点，而是从鲁迅早年所论述的“伪士”的内涵来分析《肥皂》是怎样在“真的人”的视域下曲折展现“伪士”的原欲。

《肥皂》故事情节很简单，其线性结构是四铭买肥皂回家——为什么买肥皂——四铭太太拒绝用肥皂——四铭太太最后用肥皂。情节冲突从外部来看，主要集中在四铭与他的子女、太太和他的同道之间，其中和他太太的冲突最为激烈；从内部心理来看，是四铭自己伪善的言语和内心真实想法之间的冲突。通过这些内、外部的冲突，鲁迅把“伪士”四铭的原欲很好地呈现在读者面前。故事从一个安静的傍晚开始，四铭太太正在和她八岁的女儿糊纸锭，这时听见四铭的布鞋声响。四铭太太尽管知道丈夫回来了，但没有做出特别的反应，当四铭拿出自己上街买的葵绿色肥皂时，立刻就惊动了她。她女儿要去拿肥皂，也被她推开了，这说明肥皂在她看来是一个奢侈品，并且在看了后发出最终的感叹“唉唉，这实在是好肥皂。”四铭也回答她“你以后就用这个”。接着四铭的行为就具有性暗示：

> 她看见他嘴里这么说，眼光却射在她的脖子上，便觉得颧骨以下的脸上似乎有些热。她有时自己偶然摸到脖子上，尤其是耳朵后，指面上总感着些粗糙，本来早就知道是积年的老泥，但向来倒也并不很介意。现在在他的注视之下，对着这葵绿异香的洋肥皂，可不禁脸上有些发热了，而且这热又不绝的蔓延开去，即刻一径到耳根。她于是就决定晚饭后要用这肥皂来拚命的洗一洗。[③]

四铭是性欲的发送者，四铭太太是性欲的接受者。但是却有一个疑

---

① 参见［日］竹内好《鲁迅》，李心峰译，浙江文艺出版社1986年版，第88页。

② 参见李长之《鲁迅批判》，北京出版社2009年版，第99页。

③ 《鲁迅全集》第2卷，第46页。

问，为什么四铭突然有这样的性欲冲动？这正是四铭的心理深层的东西，往后看读者就逐渐明了。四铭找他的儿子问别人骂他的英语之意，他去买肥皂要剥开纸看，如他儿子一样的学生用英语骂他是“old fool”（老傻瓜）。四铭听不懂，结果他儿子也没搞清这是什么意思，于是四铭就拿他的儿女们撒气，说不要女子读书，又说社会道德败坏，中国将亡。这样就引出了和道德相关的一位年轻女乞丐，因为讨钱给她祖母被四铭称赞为孝女。问题不在于女乞丐是不是孝女，而在于两个光棍面对讨钱的年轻女乞丐所开的性玩笑：“阿发，你不要看得这货色脏。你只要去买两块肥皂来，咯支咯支遍身洗一洗，好得很哩！”① 于是四铭买肥皂就有了由来。四铭买肥皂是因为性欲驱使，他的老婆不像女乞丐一样脏，可的确也不干净，他太太的脏和女乞丐的脏是一样的，或者说这是影响性欲的。温如敏在分析这个问题时就认为：“在‘性幻想’中，女乞丐身上的“脏”，是一种阻隔，这‘脏’与诸如身份、家庭、道德等条件的限制一样，都对四铭的欲念宣泄起着障碍作用，那么可用以洗去脏物的‘肥皂’，也就代表了消除‘性幻想’障碍的一种反抑制的力量。这是‘肥皂’一个方面的象征含义。”② 但是，四铭为什么在看到女乞丐之前没有想着给她太太买肥皂呢？或许是四铭太太年老已经逗不起他的性欲了，正是这位十八九岁的女乞丐经两个光棍这样一说就激发了他的性欲，他想把自己对女乞丐的性欲想象转化到自己的老婆身上，他对女乞丐的道德赞扬其实是对女乞丐的色欲的曲折表达。四铭买肥皂的原始动机在此时已完全呈现出来，四铭太太终于读懂了，所以她用最形而下的问话来反击四铭，在他标榜的孝女面前，他批评别人不给一文钱，但他自己也没有给，这说明他的道德说教是假的，他的本意是用道德掩盖他的淫欲心理。这让四铭太太看穿，因此不用他的肥皂，和他置气，反问他，就是通过最实际的一些家庭生活细节解构了四铭宏大的道统论。这说明四铭太太看穿了四铭是一个伪君子。在这个家庭中，四铭在道统上居于主导地位，而在情色等形而下方面四铭太太具有主导地位，也就是说他们各自具有自己的权力话语，但是四铭所具有的权力话

---

① 《鲁迅全集》第2卷，第50页。

② 温儒敏：《〈肥皂〉的精神分析解读》，载《鲁迅研究动态》1989年第2期。

语经过四铭太太的质问以及后来他女儿和何道统的嘲笑，在小说中就变得很虚空。这让人想起《红楼梦》中的贾珍，他和他儿媳秦可卿之间的苟且之事被丫鬟看见，秦可卿因害怕而病死，死后贾珍极尽铺张之能事，还说了一大堆这个儿媳的能干，伤痛欲绝，其实贾珍真正的原因是舍不得秦可卿在肉欲上给他带来的欢愉，这正是贾珍色欲的一个伪饰。在这一点上鲁迅笔下的四铭和贾珍是一样的，他们都是伪君子和假道统，四铭给自己的儿子取名“学程”就是学习程朱理学，可见四铭把程朱理学视为道统。贾珍和四铭是不同的人，但他们所蕴含的实质内容相同，贾珍付出了行动，而且严重违背纲常伦理，和儿媳私通，要遭受严厉的道德谴责，但是为了掩饰这一点，贾珍就装出很道德君子的模样，通过夸奖儿媳表达哀伤来证明他是符合道德要求的。四铭没有对女乞丐实施性行为，但他的心理动机以及因自己心理动机造成的道德危机感和贾珍一样，他采取的维护自己的手段也和贾珍很类似，搬出社会道德风尚这些宏大的东西来掩饰自己的不合道德的淫欲。

根据弗洛伊德的精神分析理论，一个人的原欲是无法泯灭的，它无时无刻不在寻找表现的通道。文明却恰恰相反，是通过一些社会法则（当然包括道德法则）来抑制人的原欲。弗洛伊德的这个看法的确揭示了人在动物学意义上的本质，但人不能像动物一样。为处理这个矛盾，所以人就通过曲折的方式表露自己的原欲，比较高级的就是通过创造性活动，比如像艺术创作。四铭对女乞丐的性幻想就是他原欲的表现，他在家庭伦理的制约下，在自己所秉持的文化信仰面前，他对自己的原欲进行了扭曲的表达。因为从四铭买肥皂的事情来看，他首先是对女乞丐表现性幻想，但又无法像两个光棍那样直接说出来，这是第一重压抑；接着通过买肥皂来寻找这个压抑的通道，结果又遭到女学生的嘲笑，这是第二重压抑。经过这双重压抑后，四铭回到家，就要继续寻找通道，他的身份和文化承担又不允许他把原欲直接表露出来，无奈之下，只有把压抑的怨气撒在孩子身上，而且是以极其扭曲的方式表达出来的。孩子查不到四铭被人骂的英语，是四铭自己听不懂英语用中文发音导致的，但是他却把错误算在弱势的孩子头上，并且因这一点事由大讲不让孩子上新式学堂，从而引出新文化导致道德沦丧，鼓吹要向孝女学习。四铭心态在那个时刻是很扭曲的，因心理扭曲而乱了方寸，所以说话的逻辑极不严密，于是，四铭太太仅用生活常识性的话语就戳穿了四铭的卫道士面孔。这一点正是鲁迅看到的中国理学文化所塑造的士大夫，这样的士大夫是名副其实的“伪士”，他们假借美名来满足自己的淫欲，他们所坚守的道德也多是畸形的。在《我之节烈观》中，鲁迅分析了自宋朝以来“业儒”的歪理，然后这样总结：“只有自己不顾别人的民情，又是女应守节男子却可以多妻的社会，造出如此畸形道德，而且日渐精密苛酷，本也好不足怪。…… 他的精神，也同他的体质一样，成了畸形。所以对于这畸形道德，实在无甚意见。”① 四铭坚守的道德信条就是这样的，他的精神就是理学塑造出来的怪胎。鲁迅对四铭的刻画或许有自己的影子，他虽与朱安结婚，但直到和许广平同居前一直过着无性生活，他和朱安的悲剧是传统的婚姻文化造成的，也可以说是所谓孝道酿成的。鲁迅母亲所奉行的婚姻理念及他自己对母亲的顺从，使他无法决绝地反抗这段旧婚姻，同时朱安作为一个旧式女子对男性依附的事实也不可能不引起鲁迅的深入思考。这背后其实就是虚空的道德坚守，他对鲁迅的实际生命是一种非人道的摧残，因而鲁迅在传统和现代的分裂状态下存在着，内心的紧张可见一斑。从这个角度讲，鲁迅也不见得是完全否定四铭的存在，他应该是怀着一种极端复杂的心态来打造四铭这一形象的。

鲁迅本身是一个传统与现代的矛盾存在，这一点也投射到他的许多小说人物形象身上。就四铭而言，应该是“真的人”与“伪士”在原欲这一层面的对视。前面的探讨知道了作为“伪士”的四铭是假道德之美名来掩盖自己的性幻想，那么鲁迅显然是期望有与四铭相对应的人存在，这个人就应该是“真的人”。在《破恶声论》中“真的人”是“纯白”之人，该是没受过所谓传统糟粕污染的人。从鲁迅在《呐喊》中寄希望的“真的人”如人力车夫、少年闰土、儿时的小伙伴和女娲来看，人力车夫是道德的纯粹，少年闰土和儿时的玩伴是“赤子”，女娲是在纯净之人的基础上成长起来的具有原始创造力的“真的人”。女娲在鲁迅的笔下不仅仅是一个创造人类的英雄，更是一个具有原始生命力的性感存在，他的创造欲是生命原欲的再现，这正是弗洛伊德所讲的

① 《鲁迅全集》第1卷，第127页。

生命的升华问题，鲁迅自己承认受到弗洛伊德的影响。通过这样的对视，就暗含了鲁迅所希望的“真的人”在对待原欲时的存在面相：应该像女娲那样——原欲是自然呈现的状态，而不是经过理学伪饰的四铭那样——假道德之美名行淫欲之实。这个对视，表现了鲁迅反思传统理学文化的努力，也暗示了鲁迅汲取西方文化之“个”的视野。众所周知，鲁迅在日本留学时期提出“立人”的观点，他所立之人的素材之一源于西方，也就是说他所寄希望的“真的人”本身就是中西文化的产儿。他认可真性情之人，而这种真性情之人和他所大加赞颂的“摩罗诗人”之间存在因果关系。他讲中国古代有这样的“心声”（真性情）之人，但是一代不如一代，而西方正好在近代有浪漫主义诗人，他们“我手写我心”，于是中国具有神思的古民和西方浪漫主义诗人就找到了通道，就原欲一面而言，真性情之人又和弗洛伊德的人是相通的，因为真性情实质上是正视人的原欲。四铭那样的不能直面自己原欲的“伪士”就是在这样的“真的人”视域下存在的。正视原欲是现代人的重要维度。

四铭走向现代人或者“真的人”在小说中有暗示。具体有两个地方应该把握：第一，四铭太太形而下的盘诘暗示独立主体性的现代人首先要正视生存。生存对于人来说，是第一位的，包括人日常的吃喝拉撒和基本的情欲。女乞丐无法解决生存问题，所以在此基础上的其他的人的基本需要也就无法完成。光棍对她的淫欲在她来说是个奢侈品，四铭对她的“性幻想”是在假道德的幌子下完成的。四铭其实一点都不关注她的生存，当四铭太太问给她钱没有，四铭实际上的没给，这就揭穿了他的谎言。女乞丐首先面临生存的问题，性和道德是光棍和四铭强加给她的，对女乞丐的活着而言，它们是虚空的。通过这样的处理正好证明四铭存在的荒谬，同时也证明女乞丐和四铭太太存在的真实。第二，四铭在中西的文化纠缠中作出了转向现代人的调整。肥皂相对于中国传统是一个现代或者西方的象征，它被四铭买回家，不仅是实现他性幻想的工具，更是一个事实上承认现代工业制品的问题。四铭的“伪士”生活在四铭太太的拷问下暴露出来，他不再进行又一轮的道德伪饰，这表明他自己也逐渐承认事实，进而承认自己对女乞丐的淫欲。四铭太太开始是因为他不承认而拒绝用肥皂，当他在事实面前逐渐承认后，她就用了肥皂，四铭于是借助这个现代工业制品完成了他的性消费。也就是说四铭客观上承认了西方的现代工业品，它或许是四铭转向主体性现代人的一个象征，因而朱崇科就说：“小说中的四铭对肥皂的强调恰恰也折射出其物质性的一面，然而作为一个中体西用的虚假拥护者，他讨厌新事物的现代性，却在本能的促发上仍然需要借助不断发展的‘西’来实现，鲁迅在此指出了其固守国粹不学无术的虚妄。”① 揭示固守国粹的虚妄鲁迅并没有在此打住，他将在《高老夫子》中继续进行，不过新国粹派已经披上了西方的外衣。

二、“伪士”的表面西化

《高老夫子》和鲁迅在女师大的任职有关联。小说是讲一位叫高尔础的人，被一所女校聘为历史教员第一次上课的诸种行为和心理变化。聘书是这样写的：

> 今敦请
> 尔础高老夫子为本校历史教员每周授课四
> 小时每小时敬送修金大洋三角正按时
> 间计算此约
> 贤良女学校校长何万淑贞敛衽谨订
> 中华民国十三年夏历菊月吉旦 立

以这个聘书为蓝本来回顾一下鲁迅在女师大的聘任经过。鲁迅在1923年7月被聘为女师大讲师，当时的校长是他的好朋友许寿裳。1924年许寿裳被解职，随后杨荫榆就被任命为新校长，这个聘书的时间是1924年9月，正好是杨荫榆上台后的时间段。署名贤良女学校也和北京女子师范大学相对应，校长何万淑贞有杨荫榆的影子，因为杨荫榆在女师大提倡像家庭一样来治理学校，要求学生听话，安稳读书，不得过问政治，这就是“贤良”的用意，与淑贞相对应。从这个聘书的内容来看，完全用古代的行文方式书写，没有标点，用语透露出古代的

---

① 朱崇科：《“肥皂”隐喻的潜行与破解》，载《文艺争鸣》2008年第6期。

气息。20 世纪 80 年代曾华鹏和范伯群就指出："鲁迅在作品里，首先通过一张大红纸的聘书巧妙地透露出其中的消息。由于高老夫子写了一篇《论中华国民皆有整理国史之义务》的'脍炙人口的名文'，鼓吹整理国故，贤良女学校就发来聘书，'敦请'他去担任'每周授课四小时每小时敬送修金大洋三角正'的历史教员；高老夫子还扬扬得意地说：'何太太一定要请我，辞不掉'。这里可以看到这所女学校对社会上出现的整理国故的复古思潮的态度。聘书上的落款是'校长何万淑贞敛衽谨订'，女校长竟然还得把丈夫的姓冠在自己姓名的前面，而且又继续使用早该废弃的'敛衽'等套语，年代虽然写着'中华民国十三年'，但日期却又署上已经被废去的'夏历菊月吉旦'，这一切都使读者闻到一股陈腐的复古气息。"① 这种状况是当时杨荫榆聘请封建腐儒为学校教员的一个侧面表现。反封建复古在这段时间也正是鲁迅最关注的问题之一，《华盖集》里有很多关于反对复古的文章，特别揭穿那些打着复古的旗号而"党同伐异"的"伪士"的真面目，他说："我今年开手作杂感时，就碰了两个大钉子：一是为了《咬文嚼字》，二是为了《青年必读书》。署名和匿名的豪杰之士的骂信，收了一大捆，至今还塞在书架下。此后又突然遇见一些所谓学者，文人，正人，君子等等，据说都是讲公话，谈公理，而且深不以'党同伐异'为然的。"② 鲁迅在女师大看到杨荫榆聘请这样的八股腐儒，自然很不痛快，就引起他对这一问题的进一步思考。他也可能把这种思考写进小说，"当时正在迅速发展中的'女师大风潮'，以及鲁迅在这一事件中的见闻和感受，都为他的这些认识提供了丰富生动的现实根据"③。

小说中的高尔础不是纯粹的中国腐儒，而是戴了西洋面具的"伪士"。看看高尔础的外包装，当贤良女校聘他为历史教员后，他第一次上课时对自己的穿着打扮做了一番修饰，然后出门：

---

① 曾华鹏、范伯群：《论〈高老夫子〉》，载《扬州师范学院学报》（哲学社会科学版）1984 年第 2 期。

② 《鲁迅全集》第 3 卷，第 4 页。

③ 曾华鹏、范伯群：《论〈高老夫子〉》，载《扬州师范学院学报》（哲学社会科学版）1984 年第 2 期。

> 他一面说，一面恨恨地向《了凡纲鉴》看了一眼，拿起教科书，装在新皮包里，又很小心地戴上新帽子，便和黄三出了门。他一出门，就放开了脚步，像木匠牵着的钻子似的，肩膀一扇一扇地直走，不多久，黄三便连他的影子也望不见了。①

高尔础这身着装很有西洋气，戴的新帽子，提的新皮包，只是走路实在不雅观，像木匠的钻子似的。本来和小混混兼好朋友黄三一道出门的，结果高尔础很快就把黄三甩掉了，好像自己被聘为历史教员就真的是高人一等，从此以后不想再与黄三这样的混混为伍。更为新派的表现是高尔础到了贤良女校后，把新印的名片交给了驼背门房，这像一个地道的现代人。在文化上，这个原名叫高干亭的人骤慕俄国文豪高尔基之人，表示他的敬仰，所以更名高尔础，这是他留心新学问新文艺的结果，他甚至对黄三攻击学堂的言论也不认同。由这些表现可看出高尔础是很新的，他的新不仅仅是穿着打扮，还表现在文化要求上，所以很具有迷惑性，就连贤良女校的教务长也认为他倾向于新派。可是，当高尔础上课到下课的所有活动结束后，一个伪饰的新派人物就活灵活现地出现在我们面前。上课前高尔础有两个事情放心不下，一是眉棱上的伤疤，他怕女学生看见，原来他去女校上课是希望女学生看得起他；二是他对所讲的内容没有把握，他只熟悉《三国演义》中的故事，对东晋的兴亡知之甚少。在此明显说明，高尔础只知道历史以外的小说，讲课是学术，要讲史实，可是他只知道小说《三国演义》中的故事，连东晋的故事知道得也很少，这就让他很没底气。两个放心不下的事情正是高尔础的马脚。一周以前高尔础和他的老朋友黄三还一起打牌，看戏，喝酒，跟女人，等收到女校聘书后，他就摇身一变，要与好朋友黄三划清界限，也要与这些流氓习气划清界限，哪知他的潜意识里还是忘不了对女人的渴求。当他上完课后，因为失败而原形毕露，先前认同女校的看法也抛在脑后，随后就大骂女校不知要闹成什么样子，还恬不知耻地说自己是正经人，犯不着和这些女学生酱在一起。其实真实的原因是高尔础在课堂上听到女学生吃吃地笑，他疑心是笑他的伤疤，所以就很记

① 《鲁迅全集》第2卷，第79页。

恨女学生，这就像阿Q怕别人笑他癞头一样，高尔础从心里不敢正视自己的身体缺点。攻击女校及女学生，是释放他的压抑。最后就决定不在女校去任教了，结果又操起旧业，和他的狐朋狗友们开始搓麻将，高尔础又变成了高干亭，照样打牌，看戏、喝酒、跟女人。至于高尔础倾向西来的文化也是假的，他戴上了新文化的帽子，然而写的是《论中华国民皆有整理国史之义务》，这篇文章得到万瑶圃这样的腐儒的称赞，所以在复古思潮盛行的时候，高尔础一时得势。相对于万瑶圃而言，高尔础是一个四不像，他新文化不到家，传统文化根底不深，混迹于新旧之间。由是也可说高尔础就是一个投机分子，他在新文化推行时，就关注新文艺，还更改自己的名字，以便和新文化套近乎；当复古思潮盛行时，他就写《论中华国民皆有整理国史之义务》，又站在旧势力一边。这样他就在中西文化的夹缝中伪饰地存在着。

万瑶圃的存在也是看视高尔础的一个不可或缺的视角。高尔础去贤良女校上课，由教务长万瑶圃接待。这位万瑶圃是个十足的国粹派人物，满身的腐儒气，一出场就是虚伪做作的繁文缛节。待高尔础坐定他就说了这段话：

> "阿呀！础翁的大作，是的，那个……。是的，那——'中国国粹义务论'，真真要言不烦，百读不厌！实在是少年人们的座右铭，座右铭座右铭！兄弟也颇喜欢文学，可是，玩玩而已，怎么比得上础翁。"他重行拱一拱手，低声说，"我们的盛德乩坛天天请仙，兄弟也常常去唱和。础翁也可以光降光降罢。那乩仙，就是蕊珠仙子，从她的语气上看来，似乎是一位谪降红尘的花神。她最爱和名人唱和，也很赞成新党，像础翁这样的学者，她一定大加青眼的。哈哈哈哈！"①

万瑶圃的这段话说明贤良女校已被腐儒们统领，透露出一股陈腐气，连看门的老头也被这样的气氛熏染。万瑶圃一见高尔础就提到那篇为复古摇旗呐喊的文章，而且还大加赞扬，接着又说自己乩坛请仙唱和

---

① 《鲁迅全集》第2卷，第80页。

的事情，也想把高尔础拉到复古阵营里去。但是有意思的是，高尔础并不买他的账，一心只想着自己的“东晋之兴亡”和他额角的瘢痕。那么是不是说高尔础本来对复古就只是做戏而已？他的心理需求是要去得到女学生的认可，他写所谓的整理国粹的文章也只是沽名钓誉的手段而已，并非自己真的像万瑶圃那样沉浸于古文化中。以此来看，高尔础实在是一个做戏的虚无党，在实际内容上看，比万瑶圃还不如。高尔础身上的“花花草草”只是用来装饰的，他内心的根本欲求还是打牌、看戏、喝酒和跟女人。高尔础一时的抽身而出就像今天中国很多人出洋镀金一样，因而万瑶圃的出现就是为了更进一步衬托高尔础这样一个中西文化夹缝中的“伪士”形象。

用鲁迅“真的人”来审视高尔础，可看出他也是假造美名以厌其心、其欲。对女人的色欲可能是他去贤良女校任教的重要动力，他很注意自己眉棱上的伤疤，是想在女校得到女学生对他身体的认可，他对得到女人芳心的第一步很是在意，但是当他的朋友黄三指出他想看女学生的心理时，他却摆出一副很正派的样子。他关注新文化也是假象，因为当复古思潮盛行他就倒向了万瑶圃这些人的那一边，他写整理国故的文章其实是沽名钓誉，掩盖他混混的人生本质。鲁迅在《破恶声论》中提出“伪士”，是批评那些迷信西方大肆鼓吹破除迷信的志士，其实他们是被西方的强权所折服，面对强权，他们匍匐在地。中国的朴素民众信迷信，但他们的心是真诚的，这样的“心声”是“真的人”的心声，而这些迷信西方的人却是“诈伪者”，是假造美名以厌其功利之心，即就是披了西方的美丽之皮。高尔础也是披了西洋之皮的“伪士”，正和《破恶声论》中所说的情形类似。留日时期的这个认识在此处仍然被鲁迅所保留，这非鲁迅恋旧，而是他看到的20世纪20年代复古主义与西方文化激烈碰撞时很多人的存活方式，鲁迅认为他们是涂抹了西方油彩的“伪士”，他就把这样的人通过形象的手段表现出来。在写完《高老夫子》后两个月，他在一篇杂文中说：“谁说中国人不善于改变呢？每一新的事物进来，起初虽然排斥，但看到有些可靠，就自然会改变。不过并非将自己变得合于新事物，乃是将新事物变得合于自己而已。”①

① 《鲁迅全集》第3卷，第109页。

瞿秋白在《〈鲁迅杂感选集〉序言》中也指出这一点，他说：“的确，旧的卫道士渐渐的没落了，于是需要在这些僵尸的血管里，注射一些‘欧化’的西洋故国和牛津剑桥哥伦比亚的学究主义，再加上一些洋场流氓的把戏，然后僵尸可以暂时‘复活’，或者所留恋几年‘死尸的生命’。这些欧化绅士和洋场市侩，后来就和‘革命军人’结合了新的帮口，于是僵尸统治变成了戏子统治。”① 瞿秋白的这段评论正是针对鲁迅 1924—1925 年创作的杂文而言的，而此时也是鲁迅创作《彷徨》的时期。瞿秋白把鲁迅对那个时期中国社会中的这类人的描述进行了精妙绝伦的说明，而高尔础也正是在这里所说的“戏子”，而且是一个万分贴切的中西文化夹缝中生长出来的“伪士”型的戏子。同时，瞿秋白还指出，“伪士”在中国近现代社会的变迁，在清末是卫道士，辛亥革命后他们又变成“革命党”，随着新文化的引进，这些卫道士们又摇身成了欧化的戏子。这是对中国近代社会“伪士”变迁的概括，瞿秋白把握了这一点，鲁迅也把握了这一点，而且他还通过文学创作深刻地表现了这一点。尽管社会在进步，可是从根性上说，中国人在鲁迅的眼中仍然处在伊藤所说的“整体性的丧失”中，就是说中国的固有文化身上依然还长着毒瘤。“伪士”虽然披上了西方的外衣，但还是缺乏现代人的独立性和自主性，故而革新固有文化，打造具有独立性和自主性的“真的人”还是一个艰巨的任务。这是鲁迅看重尼采“超人”和西方浪漫主义诗人的现实逻辑，他批评这些“伪士”就是希望中国有“撄人心”的“摩罗诗人”。

三、“伪士”的兄弟情谊

周作人曾经谈到《伤逝》这篇文章是用男女之情影射兄弟之情的，有文章反驳这种说法②，说《伤逝》写兄弟情谊的确有些突兀，但也不是完全捕风捉影，因 1925 年 10 月 2 日周作人刚好在《京报副刊》上发表了他翻译的一篇诗歌《伤逝》。《京报副刊》是周氏兄弟都喜欢读的

---

① 瞿秋白：《饿乡纪程》，太白文艺出版社 1995 年版，第 444 页。

② 谢世洋：《是“兄弟情”之哀还是“国民性”之哀?》，载《南昌大学学报》2003 年第 2 期。

刊物之一，鲁迅读了周作人这篇译作后引起了兄弟情思合情合理，所以也做一篇同名小说来回应，但主题是不是兄弟情谊就不一定了，但这至少是兄弟之思产生的一个影子。在创作《伤逝》后的11天，鲁迅创作了《兄弟》，这可能正是鲁迅因《伤逝》而产生的兄弟之情的一个继续，而且直接把现实的经历做了艺术的处理。周作人明确地说：“收在《彷徨》里面的一篇《兄弟》，是写我在一九一七年初次出疹子的事情，虽然小说可是诗的成分并不多，主要的全是事实，乃是一九二五年十一月三日所作，追写八年前的往事的。”[①] 研究者们一般认为《兄弟》怀念“兄弟怡怡”之情，影射周氏兄弟失和。这个观点有道理，但透过小说的细节，《兄弟》倒更像是戳穿传统兄弟道德的虚伪性和违背人性，所以《兄弟》实际上还是在反思传统文化塑造的“伪士”。

《兄弟》通过构建两个对比完成对传统“伪士”的反思：第一个是秦益堂儿子们的关系与张沛君兄弟关系对比；第二个是张沛君在其弟病前与病后的心理对比。先来看第一个对比。秦益堂的儿子老三、老五之间关系紧张，为钱财大打出手，从堂屋一直打到门口，秦益堂怎么也拦不住他们。这里面有两层关系，一是兄弟关系；二是父子关系。这两层关系在秦益堂家都出了问题，子不听父命，这违背了父为子纲，兄弟之间大打出手违背了兄友弟恭。面对钱财的问题，父子兄弟关系紧张，传统的家庭伦理关系在此一并瓦解。张沛君兄弟关系刚好与秦益堂家相反，张沛君说自家兄弟之间不必这样斤斤计较，彼此都一样，将钱财不放在心上，兄弟之间没有一点自私自利的心思，真的可谓“兄弟怡怡”，是传统文化培育起来的兄弟关系，也是家庭道德的楷模。小说把这几个人物放在公益局办公室里，通过他们之间的聊家常，就一下把秦益堂家和张沛君家的兄弟关系推人读者面前，形成了鲜明的对比。然后写张沛君的行动，通过张沛君的弟弟张靖甫出疹子来表现。张沛君和汪月生聊到张靖甫的病，张沛君突然想起报上讲到时症的流行，这引起了张沛君的注意，于是就去阅报室查，知道了这个时症叫猩红热，他便疑心自己的兄弟得了这个病。随后很着急，仿佛大难临头似的，就赶紧请假张罗给他弟弟请医生，先是请中医去家里看了，中医说是红斑痧，就

① 周作人：《知堂回想录》，安徽教育出版社2008年版，第293页。

是西医所说的猩红热，这样就加重了张沛君的心理负荷。晚间又请来了西医，结果诊断是出疹子（鲁迅在此又讽刺中医的无用）。张沛君在整个求医给他弟弟看病的过程中，悉心照料他弟弟，从行动上表现了他对兄弟照顾周到，像父母一样。这就更加突出了他们兄弟与秦益堂家兄弟关系的对比，前者可说成中国传统社会的道德至上；后者可说成商业社会的物质利益第一，正好是两个极端。

但这只是《兄弟》呈现给读者的表象世界，也是研究者们常说的是为了突出“兄弟怡怡”的世界，可是通过第二个对比后就发现兄弟关系并非如此。病前张沛君说兄弟之间不必把钱财放在心上，而且被别人认为他们兄弟间没有丝毫自私自利。当张沛君认为其弟得了不治之症——猩红热并且中医又确认了后，他有这样的心理活动：

> 他在等待的厌倦里，身心的紧张慢慢地弛缓下来了，至于不再去留心那些汽笛。但凌乱的思绪，却又乘机而起；他仿佛知道靖甫生的一定是猩红热，而且是不可救的。那么，家计怎么支持呢，靠自己一个？虽然住在小城里，可是百物也昂贵起来了……。自己的三个孩子，他的两个，养活尚且难，还能进学校去读书么？只给一两个读书呢，那自然是自己的康儿最聪明，——然而大家一定要批评，说是薄待了兄弟的孩子……。
>
> 后事怎么办呢，连买棺木的款子也不够，怎么能够运回家，只好暂时寄顿在义庄里……①

这段心理活动真是出乎读者意料，原来兄弟怡怡的关系在此也开始变得怪异。张沛君仿佛知道自己的兄弟一定是得了猩红热，而且不可救。他为什么想到弟弟不可救？又为什么想到薄待兄弟的孩子？这种自私或者小算计不正和他前面的说法相悖吗？王利说：“靖甫最好死掉，才是沛君潜意识中的真实想法。本来生活的负担、经济的压力就已经使他很难承担起一个家族的生计问题，内心深处已经萌生要摆脱重负的念

① 《鲁迅全集》第2卷，第140页。

头，只不过强大的道德律令仍在起着作用。”[①] 张沛君的真实想法，其实是人的个性的觉醒，当有了“个”的概念后，属于私人的各种物质和精神需求就被激活了。秦益堂家兄弟之间的关系其实就是张沛君个性觉醒的预热，后面张沛君的行为和心理就证明了他认可了追求个人私利。当那位西医诊断完后，他完全可以放下心来，从心理上也不大可能再产生张靖甫死了和他的儿子被虐待的梦境。但是，小说的叙述中却出现了：

> ——靖甫也正是这样地躺着，但却是一个死尸。他忙着收敛，独自背了一口棺材，从大门外一径背到堂屋里去。地方仿佛是在家里，看见许多熟识的人们在旁边交口赞颂……
>
> ——他命令康儿和两个弟妹进学校去了；却还有两个孩子哭嚷着要跟去。他已经被哭嚷的声音缠得发烦，但同时也觉得自己有了最高的威权和极大的力。他看见自己的手掌比平常大了三四倍，铁铸似的，向荷生的脸上一掌批过去……[②]

这是张沛君潜意识的流露。尽管他知道自己的兄弟不可能死，但还是希望自己的兄弟死去，而且他兄弟死了以后，他独自背棺材又得到大家的交口称赞，这是想得到美名。其实，张靖甫死后，张沛君就可以获得最高权威，来保证张沛君的私利得到实现。由此一个兄弟怡怡美名掩盖下的“伪士”就浮出水面，到结尾最终坐实了张沛君的“伪士”形象。汪月生说到秦益堂家兄弟之关系时，又赞扬张沛君兄弟之关系，但是这一次张沛君却没有自夸，而是不开口，这不开口即意味着他的认同。同时结尾收到一份公文，公文上说希望公益局去掩埋东郊的一具无名男尸，这是印证张沛君的心理：他还是希望他兄弟死去。

这第二个对比才是《兄弟》这篇小说要揭示的深层内涵。小说意在把中国传统文化在兄弟情谊上虚伪的一面展现出来，这种“兄弟怡怡”只是兄弟关系的表象世界，它是违背人性的。人性从本质上说是自私

---

① 王利：《“兄弟怡怡”？一个幻觉》，载《名作欣赏》2008年第12期。

② 《鲁迅全集》第2卷，第143页。

的，尊重一个人正当的个人利益正是对人本身的正视，而中国传统文化很多时候却不承认这个基本事实，所以当张沛君的基本欲求被压抑到一定程度的时候，在潜意识里就自然呈现出来了。由此可推断，“真的人”应该是尊重个人基本欲求的人，这才是现代人的基本前提。张沛君长期以来承担着繁重的家庭责任，牺牲了自己的正当合理的个人欲求。他不是一个“真的人”，只能是一个“伪士”，即一方面想要“兄弟怡怡”，另一方面却又期望满足自己的私人要求。从某种程度上说，他甚至还不如秦益堂家的兄弟关系，虽然他们为钱财大打出手，但至少他们是真心的，不像张沛君那样表面被人交口称赞，而内心深处却希望自己的兄弟死掉。

《肥皂》《高老夫子》和《兄弟》属于描写“伪士”的系列小说，各自表现的侧重点不同。《肥皂》展现“伪士”（卫道士）的原欲；《高老夫子》描摹“伪士”的欧化，即卫道士在中西文化的夹缝中的存在状态；《兄弟》则是专门表现在个人意识觉醒状态下“伪士”的兄弟情谊。这三篇小说都存在一个潜在的参照对象——“真的人”，它是鲁迅审视“伪士”显微镜，通过塑造这些人物形象，目的恐怕还是在于解构这类中国传统文化糟粕造就的“伪士”，从而希望具有主体性和真性情的“真的人”的出现。这也是鲁迅在现实中继续观察到的中国国民像。虽然在《祝福》《幸福的家庭》和《伤逝》中具有“狂人”气质的“我”被逐渐解构，但鲁迅始终无法在“伪士”充盈的现实世界忘却“狂人”给他的希望和力量。“狂人”应该在行动上对“伪士”的世界作出应有的回应，因此，《彷徨》中又出现了比较明显的具有西方之“个”色彩的小说，这就是《在酒楼上》《长明灯》《示众》和《孤独者》。

第三节　“狂人”的炼狱和回还

《在酒楼上》《长明灯》《示众》展示了鲁迅又一次对“狂人”、革命者、先驱者的怀念、肯定和怀疑。这三篇小说构成了一个逻辑序列，它们与《呐喊》中的《狂人日记》《药》等所表达的内容直接呼应，是鲁迅主体思想的一个很好延续。同时从这三篇小说中也可以看出鲁迅内心的变化和挣扎，而这个变化和挣扎正是鲁迅所获的西方之“个”在小说中的深度演变。

一、“狂人”的炼狱

写完《祝福》（1924 年 2 月 7 日）的第九天，鲁迅完成了《在酒楼上》（1924 年 2 月 16 日）这篇小说，这个时间间隔很近。读完《在酒楼上》，我们是不是感觉鲁迅还没有从《祝福》所塑造的情感氛围里走出来？伤感、怀旧、凄怆和犹疑不定依然侵吞着读者。这种感觉是源于吕纬甫和“我”的近似。在《祝福》中“我”作为一个被解构的新型知识分子，面临的最大困境是“我”和祥林嫂之间的错位。祥林嫂是鲁镇最普通的劳动妇女，她所面临的问题是不能存活下去。她死了，“我”虽然通过外在的逃离把自己和她的死拉开距离，但精神深层的难题于“我”挥之不去。“我”的逃离是“我”不能在鲁镇活下去的问题，可鲁镇却是中国社会的一个缩影，换句话说，中国到处都是鲁镇，“我”又能逃到哪里去？“我”还将面临生存的考验。这样说来，《在酒楼上》中的吕纬甫是不是《祝福》中“我”的延续和放大？

《在酒楼上》是鲁迅《彷徨》中最重要的小说之一，钱理群在《新高考》2012 年第 3 期上写了一篇题为《“最富鲁迅气氛”的小说——读〈在酒楼上〉、〈孤独者〉、〈伤逝〉》的文章，文中说：“1956 年，时在香港办报的曹聚仁到北京访问周作人，一见面就谈起鲁迅的小说。曹聚仁告诉周作人，他最喜欢《在酒楼上》；周作人表示欣然同意，他说：我也认为《在酒楼上》写得最好，这是一篇‘最富鲁迅气氛’的小说。”正像这段话中透露的周作人对鲁迅《在酒楼上》的评价一样，这篇小说因为它在鲁迅小说中的地位而得到不断的研究。最为普遍的看法是把这篇小说放在五四反封建、辛亥革命失败的背景下来看，认为主人公曾经高扬改革的斗志，但经过辛亥革命后，他变得颓唐。梁伟峰指出《在酒楼上》根本没有透露过这样的信息。[①] 研究者们把小说坐实在历史或者作者经历上能够为我们提供一些启示，但不能过度“索隐”。鲁迅的这篇小说之所以地位突出，原因在于它为读者提供了一个开放的世

① 参见梁伟锋《〈在酒楼上〉新解》，载《鲁迅研究月刊》1999 年第 4 期，第 35 页。

界，不能用铁板钉钉的方法来解读。从鲁迅思想的逻辑演变过程来看，和《祝福》所要表现的深层精神问题是相联系的。《在酒楼上》通过“我”、吕纬甫和作者之间关系的构建，表现了“个”的挣扎状态。“个”在五四时期的启蒙姿态，在与中国民众和社会现实相碰撞的过程中遭到前所未有的质疑，所以就把这个质疑置放在吕纬甫和“我”对应的叙事结构中，这种结构正好表现对“个”的肯定、否定和犹疑不定。

小说故事情节极为简单，讲“我”回故乡遇到老同学兼老朋友吕纬甫的故事。主人公吕纬甫原来是个“狂人”一样的人，敢到城隍庙去拔神像的胡子，整天议论中国改革的事情，不仅有思想还有行动，是一位真正的革命者和先驱者，体现了“革命人”的主体性。现在的吕纬甫回乡却是为了做两件自己不愿意的事情：为死去的弟弟迁葬和送剪绒花给阿顺（他此时的正式工作是教人读经书）。这个对比很明显，小说首先通过外貌描写就暗示了吕纬甫的变化。问题不在于这个外在的对比，而在于很伤感地道出吕纬甫自己明白这个变化。此处摘录吕纬甫的三段话来进行说明：

> “我在少年时，看见蜂子或蝇子停在一个地方，给什么来一吓，即刻飞去了，但是飞了一个小圈子，便又回来停在原地点，便以为这实在很可笑，也可怜。可不料现在我自己也飞回来了，不过绕了一点小圈子。又不料你也回来了。你不能飞得更远些么？”①

> “——阿阿，你这样的看我，你怪我何以和先前太不相同了么？是的，我也还记得我们同到城隍庙里去拔掉神像的胡子的时候，连日议论些改革中国的方法以至于打起来的时候。但我现在就是这样了，敷敷衍衍，模模胡胡。我有时自己也想到，倘若先前的朋友看见我，怕会不认我做朋友了。——然而我现在就是这样。”②

① 《鲁迅全集》第2卷，第27页。

② 同上书，第29页。

“自然。你还以为教的是ABCD么？我先是两个学生，一个读《诗经》，一个读《孟子》。新近又添了一个，女的，读《女儿经》。连算学也不教，不是我不教，他们不要教。”①

第一段文字是“我”和吕纬甫见面后的一段话，透露了吕纬甫以前信仰坚定，而且嘲笑别人因循守旧，另外还说明了吕纬甫和“我”之间的同质性。吕纬甫认为，他和“我”的回乡都是绕圈子，但是他还是希望“我”飞得更远，不要在原地打圈子。“我”回答说：“大约也不外乎绕点小圈子吧？”也就是说“我”没有直接否定吕纬甫的看法，吕纬甫和“我”都存在这样的认识。第二段文字是吕纬甫向“我”讲述了迁葬的事情后的感慨，吕纬甫认为自己做这样的事情和当初“狂人”式行为有天壤之别，说出来肯定会遭到“我”的轻蔑，所以就干脆把他认为“我”想说的话说出来，而且还对自己的过去和现在进行了比较，这样“我”便处于失语的状态，而吕纬甫就继续讲述他的第二个无聊的事情——送剪绒花。这个故事讲完后，就顺带说出了他在太原教学生学经书，终于激起了“我”的问话，而吕纬甫的回答就是前面引述的第三段文字。吕纬甫显然知晓“我”还对他存在希望，但事实上他只能模模糊糊地活着，而无法像“我”希望的那样。通过这三段文字的解析，可看出吕纬甫自始至终对自己的变化都很清楚明白，也知道自己的行为没有意义，他并未在精神深处丧失人对自身的反思性，那说明他在潜意识里还是一个有主体性的人，但是他因为外在压力而做这些无聊的事，在实际效果上他不是主体性的人，所以吕纬甫的“个”性在现实的层面上就缺失了。这个缺失不是丧失殆尽，而是体现了“个”在精神深处的争斗，他潜意识里还认同“个”性的张扬，可在现实面前他又做了妥协。这是他怀疑和否定“个”性的表现，结尾他在说到将来的时候就证实了这一点：“你看我们那时豫想的事可有一件如意？我现在什么也不知道，连明天怎样也不知道，连后一分……”②

“我”是小说中第一个出场的人物，在伤感和懒散的氛围中走进读

① 《鲁迅全集》第2卷，第33页。

② 同上书，第34页。

者的视野，南雪和北雪对比所营造的自然环境充满了个人生存境遇的隐喻：

> 觉得北方固不是我的旧乡，但南来又只能算一个客子，无论那边的干雪怎样纷飞，这里的柔雪又怎样的依恋，于我都没有什么关系了。我略带些哀愁，然而很舒服的呷一口酒。①

“我”找不到归属感，北方不是旧乡，南来又是客子，北方的干雪、南方的柔雪都和“我”没有关系。“我”从北地向东南的行走，不仅是地理上的穿越，更是精神的漂泊无依。“我”从北到南都找不到精神的家园，像是一个“多余人”。在酒楼上，“我”遇到昔日的好友吕纬甫，发现他颓唐而且被传统所收编。当吕纬甫的两个故事讲完后，“我”感到奇异，实在料不到他竟然去教经书。最后“我”在伤感中和吕纬甫分手。小说结尾写道：

> 我们一同走出店门，他所住的旅馆和我的方向正相反，就在门口分别了。我独自向着自己的旅馆走，寒风和雪片扑在脸上，倒觉得很爽快。见天色已是黄昏，和屋宇和街道都织在密雪的纯白而不定的罗网里。②

这又是一段充满隐喻的文字，所寄寓的旅馆不同是指两个人的归宿不同，归宿影射皈依，和信仰有关系；皈依和信仰不同，道路就不同，所以二人就在门口分手，各自向相反的方向走了。“我”不走吕纬甫现在走的路，那是对吕纬甫颓唐和回到传统的否定，但是要走到什么地方去呢？“我”回到自己的旅馆，是“我”回归了信仰，这信仰像吕纬甫所遭遇的一样要经受风雪的袭击，但是“我”在袭击后没有变得颓唐，而是爽快。这爽快就如同南方的雪那样纯白，可这纯白却在不定的罗网里，一个坚守信仰的人也必定处在这样的罗网里，那是逃不走的。由此

---

① 《鲁迅全集》第2卷，第25页。

② 同上书，第34页。

来看，“我”对“个”精神进行了肯定，但“我”从吕纬甫的遭遇中认识到坚守信仰的难度。综合吕纬甫和“我”的形象，后面就出现了作者鲁迅的思想，其实就是他对“狂人”式的“个”精神的态度，他有肯定，有否定，更有犹疑不定。

那么，这种态度的深层原因是什么？从鲁迅所处的时代背景看，应该是他或者说如他一样的知识分子存在的艰难所导致，这就是所谓的存在的炼狱。《在酒楼上》所谈理想破灭的问题应该引起关注，而谈现实对一个具有“个”性人的束缚更应该引起关注。因为任何人首先要生存，而生存就必然要和自己所寄寓的社会道德、文化、经济状况和人发生联系。对于具有“个”性的人来说，他的生存比普通人更难，他要解决信仰和存在的冲突，所以便要经受存在的炼狱。吕纬甫和“我”的遭遇有以下三个方面：道德存在之炼狱；经济存在之炼狱；人际存在之炼狱。

吕纬甫回乡完成的两件事都和传统的孝道有关，给死去的小兄弟迁葬和给阿顺送剪绒花都是为母亲还愿。迁葬发现小兄弟烂得什么也没有了，但他还是按照母亲的要求完成了这件事；送剪绒花给阿顺，结果阿顺死了，可他也把这个花送给了阿顺的妹妹，而且编好谎言骗他母亲。总之这两件事都是吕纬甫为尽孝道而做。这不是吕纬甫所能逃遁的，他生在一个传统的社会里，不可能割断和母亲的血缘关系，即使明知母亲的做法没有意义，他也不能反对。鲁迅自己就是例子，他本身倡导自由恋爱，但母亲给他娶了他根本不喜欢的朱安，他还得很长时间和她生活在一起，遭受身体和精神的折磨。在现实的层面上，鲁迅和吕纬甫一样遭受道德的夹击，内心向往新道德，生活中屈从旧道德，整个人是一种撕裂的状态，这就是道德的炼狱。吕纬甫在经受道德的炼狱后又回到了地狱，鲁迅虽然后来在情感上丢掉了他母亲送给他的礼物（朱安），可在现实中还是承认了，所以他一生几乎都和传统的道德纠缠不清，也痛苦不堪，应该说鲁迅一生都没走出道德的炼狱。

吕纬甫面临的最大考验是活下去，他如果继续沿着“狂人”的路走下去，在复古思潮盛行的社会他连饭都找不着吃的，小说中就直接表现了吕纬甫经济的拮据。本身早就应该回乡给死去的弟弟迁葬，但没有钱，没有工夫，所以就耽误到现在。原来吕纬甫很慷慨的，可现在他无法慷慨了，刚给小兄弟迁葬，又去给阿顺买剪绒花，兜里没钱了，于是在一石居吃完饭，堂倌来结账时，他也就任凭“我”来付账，“我”借此也问他能否维持生计，他的回答是勉强能敷衍。综合这种种情况，吕纬甫生活很艰难，这还是他向传统妥协后的经济状况，倘若他不妥协，情况会更糟。于是信仰和活下去就尖锐对立起来，吕纬甫在生活的面前不得不低头，这当是他经受经济的炼狱后的无奈选择。周作人说过这个吕纬甫的原型有点像鲁迅的好朋友范爱农。[①] 这位范爱农性格倔强，很有些“狂人”气，因工作问题他曾经多次向鲁迅求援[②]，可鲁迅当时也没有能力帮助他。范爱农最后溺死，他的死和找不到生活依靠有直接关联。吕纬甫的变化也可能是鲁迅对范爱农死的反思，不可直接解读为否定吕纬甫，鲁迅对吕纬甫有基本的人道情感。任何人在面临生活的直接威逼时都有求生的本能。如果像伯夷和叔齐那样去坚守，那就是守传统的死道，鲁迅后来在小说《采薇》中直接批判了这一点。在经济存在的炼狱面前，鲁迅的态度是生存第一位，他于创作《在酒楼上》的一年后在《忽然想到》（1925 年 4 月 18 日）中说过：“我们目下的当务之急，是：一要生存，二要温饱，三要发展。苟有阻碍这前途者，无论是古是今，是人是鬼，是《三坟》《五典》，百宋千元，天球河图，金人玉佛，祖传丸散，秘制膏丹，全都踏倒他。”[③] 没有生存什么都无所附丽，《伤逝》也讲过这个问题。

吕纬甫还面临一个重大的生存困境：先前的朋友和他分道扬镳，他最后成为一个孤家寡人，独自孤独地生活着。吕纬甫自己知道变化后，先前的朋友不认他做朋友了，“我”最后和他分手，乃是朋友之间因所走道路不同而疏远的见证。“我”其实也和吕纬甫一样，从北到南找不到皈依，原来的很多朋友相继星散了，特别是曾经因革命而结成的朋友，现在各奔东西，“我”只有在漂泊中孤单地行走。“我”是因坚守信仰而孤独，吕纬甫是因放弃信仰而孤独。无论是吕纬甫还是“我”，都要直面这样的人际关系。鲁迅本人的孤独感众所周知，在小说中和

---

① 参见周作人《鲁迅小说中的人物》，河北教育出版社 2002 年版，第 203 页。

② 参见《鲁迅全集》第 2 卷，第 321—328 页。

③ 《鲁迅全集》第 3 卷，第 47 页。

“我”的孤独感近似。正常人的生活是需要朋友的，没有朋友对人的身心是摧残。1920 年左右五四新青年阵营解散，鲁迅说有的退隐，有的高升，而他独自在沙漠中行走，“我”在人际关系上的孤单正是他的这种孤独感的再现。一般人能忍受一段时间没有朋友，但很难忍受长时间地被孤立和攻击，而鲁迅几乎一生都处在内外交困的人际关系中，这就是他的人际存在炼狱。吕纬甫和“我”则是鲁迅这样的人际关系炼狱的一个重要侧面。

据以上分析，《在酒楼上》中的吕纬甫和“我”经受了道德存在、经济存在和人际存在的炼狱。这些方面是人存在的基本前提，当社会现实逼近鲁迅时，他必然要考量“我”与一般民众和具体生活之间的关系，这个考量的结果是悲伤的，他无法完全否定吕纬甫的存在，也无法完全肯定“我”的存在，鲁迅从自身中分裂出一个吕纬甫和“我”，然后让他们来展现历史的逻辑与现实的逻辑的矛盾，从而他思想的复杂性就凸显出来了。同时在这个考量中推进了对西方之“个”的再认识，西方之“个”也表现出向中国传统之“个”转化的倾向。这个中国传统之“个”的原型可能要追溯到阮籍。

《晋书·阮籍》中说：“籍本有济世志，属魏晋之际，天下多故，名士少有全者，籍由是不与世事，遂酣饮为常。”[①]“本有济世志”乃针对阮籍晚年酣饮，装醉卖傻，以保全自己生命而言的。阮籍的思想不像嵇康那样单纯和刚硬，所以鲁迅说他能够在政治争斗中免死，那么这一点也正是阮籍思想复杂性的表现。高晨阳在《阮籍评传》中说丁冠之明确认为，阮籍思想在明帝（曹叡）末年（239）倾向于儒家，正始十年间（240—249）致力于儒道结合，正始之后推崇庄子。[②]而阮籍思想发生变化的关键时期则在正始十年间，也就是阮籍 31—40 岁这段时间。在政治上，此时间段正是曹氏集团和司马氏集团由暂时的合作走向分裂的时期，政治局势由相对稳定走向动荡不安。据唐本《晋书》阮籍本传和《文选》李善注引藏荣绪《晋书》记载，大概在 242 年，阮籍第

---

① （唐）房玄龄等撰：《晋书》（五传），中华书局 1974 年版，第 1360 页（原为繁体竖排，引用写成简体横排，下引同，不另作说明）。

② 参见高晨阳《阮籍评传》，南京大学出版社 1994 年版，第 48 页。

一次被蒋济征辟，他本不想就职，无奈最后出仕，但不久就告病辞归。《晋书·阮籍传》中说阮籍“复为尚书郎，少时，又以病免。”[①] 这是他的第二次出仕，据推测应在247年左右，这一年司马懿与曹爽之间的关系公开破裂。在政治斗争的漩涡面前，阮籍深感忧虑，采取回避退隐的态度。病免尚书郎后，阮籍又受曹爽征辟，但又以病辞。正始十年(249)，司马氏发动“典午之变”，给曹氏集团以沉重打击，但并没有就此罢休，而是对曹氏集团的人进行了血腥屠杀。这种险恶的政治环境使士人遍感危机，很多人都采取了退隐规避的政治态度和生活态度。随之，一股借助清谈形式来回避政治风险的风气就盛行起来，这就是“竹林七贤”产生的政治背景。曹爽被诛后，阮籍曾被司马懿招为从事郎中。司马懿死后，阮籍又复为司马师的从事郎中。“竹林七贤”在山阳的“竹林之游”大概发生于齐王曹芳执政的这段时间——嘉平年间(249—254)。嘉平六年，即正元元年（254），司马师为笼络人心，封阮籍为关内侯，徙官散骑常侍。司马昭任大将军后（255），阮籍请求到东平任职，司马昭应允，不过十余日即回。一年左右，阮籍请求作步兵校尉，步兵校尉属中央政府官员，但是不像散骑常侍那样与皇帝关系亲密，虽然是武职，但不领兵权，在政治上不会给司马氏带来压力。阮籍在步兵校尉上任职七八年之久，终死没有升迁。从阮籍的主要任职可以看出，他先后隶属曹氏集团和司马氏集团，在这样一个政治瞬息万变的时代，弄得不好就会掉脑袋，孔融、钟会、嵇康都是活生生的例子。阮籍是一位有独立追求的人，他对这两个政治集团都存在不满，但是他又不像嵇康那样公开反对，所以精神上很痛苦。研究者这一段文字就很能说明问题：

> 阮籍并不是一个毫无政见，是非不分的糊涂士人。他作为一个正直的知识分子，无疑对司马氏的专断横暴和阴谋篡权行为是不满的；但或许与性格上的软弱有关，他又无勇气表示公开反抗，因而在与司马氏的关系上表现为一种若即若离、敷衍游戏的政治态度。另一方面，由于曹氏王室是“正统”所在，再加上父辈与魏室的臣

---

① （唐）房玄龄等撰：《晋书》（五传），中华书局1974年版，第1360页。

属关系（阮籍之父阮瑀曾在曹操手下为官，笔者注），阮籍很可能对之抱有某种同情的态度。但曹氏集团的腐败、无能，又不能不引起阮籍的失望，因此，阮籍并没公开站在曹氏集团一边而成为它的殉葬者。①

阮籍存在于曹氏集团和司马氏集团的政治夹缝中，早期济世之志的理想逐渐破灭，在正始后期试图通过“竹林之游”走出一条超脱政治与世事的道路，但现实的强力和生命存在的压力又使他无法置身政治之外。因此，阮籍晚年思想徘徊、彷徨、犹豫不决，内心世界处于极端复杂或者说撕裂的状态中。

吕纬甫并不像有些研究者说的那样是一个完全颓唐消沉的人物形象，他很复杂，表面上看比较消沉，但其实内心有清楚的价值判断，只不过因为生存的炼狱使他无法在行动上践行他的价值观。这和阮籍少有济世志颇相似，是什么原因把他变成现在这样消极颓唐？从小说中提供的线索可以认为是现实存在的道德炼狱、经济炼狱和人际炼狱导致的结果，而这也是阮籍所面临的问题。阮籍思想从倾向道家发展到儒道结合再到老庄，必然存在思想的纠葛与争斗。固守传统还是超越传统，这于阮籍是一个思想斗争的问题，虽然它后来“越名教任自然”，《晋书·阮籍》也记载他反礼法，很有些叛逆的迹象，但他的骨子里还是认同礼教，他不赞同自己的儿子也和他一样就是明证。② 从阮籍自己所从属的政治集团来看，也存在这样的道德困境，他先是隶属曹魏政权，后又被司马氏征辟，这就是贰臣的问题，在传统的儒家看来就违背道德。阮籍生活于一个政治动荡的年代，生命朝不保夕，时刻面临着杀头的危机，为了能存活下去，他不得不出仕为官，显然也面临着生存的困境。在人际关系上，阮籍如果交友不慎，或者不圆滑，也会面临杀头的危险，嵇康得罪钟会就是一个例子。综合以上种种，可知阮籍同样有吕纬甫所面

① 高晨阳：《阮籍评传》，南京大学出版社 1994 年版，第 30 页。

② 参见（南朝）刘义庆著，刘孝标注，余嘉锡笺疏《世说新语笺疏》，中华书局 2007 年版，第 863 页。原文这样说的：“阮浑长成，风气韵度似父，亦欲作达。步兵曰：‘仲容已预之，卿不得复尔。’”

临的存在炼狱，只不过阮籍所处历史环境比小说中的吕纬甫更加复杂。吕纬甫的消沉和退避也与阮籍很相似，因为现实的原因不得志，又不得不生存下去，所以就做自己不想做的事情，心情抑郁，彷徨苦闷。中国传统文化培养的“个”，要么“愤世嫉俗”，要么“消极避世”，嵇康属于前者，阮籍大概接近后者。吕纬甫就是属于传统文化中类似阮籍这样的人，他原来是很激进的，也有改革社会的志向，但是因为生存的诸种问题，就放弃了原来的理想，和生活妥协了，但他内心不是一个无价值判断的人。

鲁迅在塑造这一人物形象时，显然浸透他思想的血液。“我”从鲁迅身上分裂出来，不是仅仅为了否定吕纬甫，而是为了深刻地思考吕纬甫的存在。从存在论角度看，吕纬甫作出这样的选择也是人的正常之举，他本身就表明了人类存在的通常方式，人都有求生的本能，像嵇康这样的人毕竟是少数，所以不能否定阮籍和吕纬甫身上所具有的个性。鲁迅在观察人的存在时，这个时候已经不是一个很单一的视野了，片面地追求所谓西方那种具有绝对意义的个人主义和人本身的实际存在相脱节，而中国文化中提供的像阮籍这样的“个”之文化资源，正可以补充鲁迅从西方所获得的“个”之资源的单向性。因而，在此就表明鲁迅小说中西方之“个”在生存的炼狱里向中国传统之“个”转化的倾向。

二、“狂人”的重现和变异

如果按照《在酒楼上》的主体思想逻辑，不大可能出现《长明灯》这样的塑造肯定性主人公的小说，可是当时鲁迅面临的复杂形势是必须要考虑的因素。应该说最重要的原因是复古文化的兴盛促使鲁迅又一次态度决绝地反抗传统文化的糟粕。因而，鲁迅的反传统思想在逻辑上又会明显的反弹，而建构一位如同五四时期“狂人”一样的小说人物形象可能会产生。《长明灯》乃是这样一篇小说，而且这位“狂人”更加具有坚定性。

20 世纪 20 年代复古思潮泛起，是《长明灯》的产生大背景。这篇小说写于 1925 年 2 月 28 日（鲁迅误记为 3 月 1 日），这段时间正是鲁迅与复古派斗争的激烈时期。1924 年章士钊的《甲寅》周刊复刊，提倡文言文，反对白话文。以胡适、陈西滢为首的“现代评论派”，也倡导“整理国故”。1925 年《京报副刊》做了“青年必读书”的调查，发现青年人读的大多是中国古籍。在鲁迅看来，五四新文化的方向出现历史倒退。这种情况引起了鲁迅的极大关注，他在 1925 年 2 月 21 日应《京报副刊》的征求写作了《青年必读书》。在文章中他说：“看中国书时，总觉得就沉静下去，与实人生离开；读外国书——除了印度——时，往往就与人生接触，想做点事。”① 这是一篇使鲁迅最遭人诟病的文章。论者往往不注意当时说话的语境，用时人的看法妄加评说，忽略鲁迅说这个话的时代大背景。这个话针对当时的复古而言，鲁迅很惧怕青年人被传统糟粕毒害，所以措辞就如此极端。

应该说这股复古思潮又一次深刻刺痛鲁迅，使他在这个问题上深化了五四时期对传统的认识，并且做了更具文学化的处理。《长明灯》应该是这个逻辑中出现的。罗华认为，正是五四运动到 20 世纪 20 年代中期传统文化不断重复的困境促使鲁迅反思，从而在反思的节点中产生类似于《狂人日记》的《长明灯》。② 《长明灯》中塑造了鲁迅的第二个“狂人”，他是个疯子，而且疯了两次，相对于《狂人日记》来说，他是再一次出现。之所以这样说，是因为《长明灯》在内在主旨上并没发生根本的变化。小说把“狂人”放在吉光屯这样一个村子里，让他因为要熄灭“长明灯”而与四爷为代表的从上到下的传统势力形成戏剧性冲突。“长明灯”很显然是一个象征，它是梁武帝时就被点燃的一盏代表传统文化的标志物，可谓历史悠久。“长明灯”燃着可以为吉光屯除瘟去灾，是吉光屯的保护神灯，以四爷为代表的老式人物对这一点深信不疑。“狂人”现在要吹灭“长明灯”，就是要毁掉吉光屯的保护神，四爷式的各色人等当然就非常紧张，于是他们便起来阻止“狂人”的大逆不道，目的是捍卫吉光屯千百年来的传统。从思想内容来看，《长明灯》中“狂人”就是反传统，对庸众宣战，这和《狂人日记》中的“狂人”是同质的。他身上照样有着“超人”、摩罗诗人、精神界战

---

① 《鲁迅全集》第 3 卷，第 12 页。

② 参见罗华《文化重复困境中的反思——在〈狂人日记〉到〈长明灯〉之间》，载《文学评论》2007 年第 4 期。

士的血统，更有中国式“狂人”的根脉。如果从细节上来看，小说中说他没了亲人，只有一个伯父，就是小说中传统势力的总头子四爷，而他本人又不认同四爷，那说明“狂人”在血缘关系上与传统几乎断裂了，这是他作出叛逆之行为的重要条件。两篇小说中的两位狂人的都以失败而告终，《狂人日记》是身体康复后回归传统；《长明灯》第一次发狂也是以身体的康复而告终，这是延续了前者的结构模式；第二次被关进了燃着的长明灯的庙里，是四爷们通过外力让“狂人”失败。对这个结局可以做进一步分析，“狂人”和大家很不同，是超越庸众而言的“超人”，但这个“超人”最后又是被庸众打败。《狂人日记》中的“狂人”康复后赴某地候补去了，《长明灯》中的“狂人”被关进放置长明灯的庙里，也就是说他被反抗的对象从肉体上禁锢了，是启蒙者被启蒙者所戕害。以此来说明反传统的艰巨，所以说在思想理路上《长明灯》依然延续了《狂人日记》。

更值得关注的是《长明灯》中狂人的变异，主要有下面四点：第一，两位“狂人”反传统的具体内容不同。五四文学在某种程度上说是思想和政治的工具，它们承担了启蒙的任务，《狂人日记》就产生在这样的背景下。鲁迅在钱玄同的再三劝说下出山，写了这样一篇小说，目的是为新文化摇旗呐喊，鼓吹反传统、反封建，就具体内容而言，主要是揭露传统的“仁义道德”吃人的本质，也可解读为家族制度和礼教吃人，所针对的是儒家文化传统。有人认为《狂人日记》的反儒家主要针对礼教而言，而《长明灯》的反儒家则是针对宗法家族制度，这是很具体的辨析了。同时又认为，两位“狂人”所反对的具体内容明显的区别在于：《狂人日记》反对儒家文化，而《长明灯》则是反对佛家文化。[①] 捷克著名的汉学家马利安·高利克·伯拉第斯拉瓦也说：“鲁迅笔下的狂人只是一个坚定反抗儒家思想和佛教思想的象征，一个不含什么个性因素的批判者。”[②] 据小说后的注释，长明灯又叫无尽灯，

① 参见陈绪石《重论启蒙视野下的〈长明灯〉》，载《鲁迅研究月刊》2007 年第 11 期，第 71—75 页。

② ［斯洛伐克］马利安·高利克·伯拉第斯拉瓦：《鲁迅的长明灯与 V. M. 迦尔洵红花两部短篇小说的文学比较观》，丁松译，载《鲁迅研究月刊》1993 年第 5 期，第 39 页。

佛教供灯，置于佛像前，昼夜长明不熄，《长明灯》的确透露了中国佛家文化传统的信息[①]，小说正文还专门提到梁武帝这位笃信佛教的皇帝。灰五婶讲的那段文字说明了“狂人”反传统的内容很丰富：

> 他那时也还年青哩；他的老子也就有些疯的。听说：有一天他的祖父带他进社庙去，教他拜社老爷，瘟将军，王灵官老爷，他就害怕了，硬不拜，跑了出来，从此便有些怪。后来就像现在一样，一见人总和他们商量吹熄正殿上的长明灯。他说熄了便再不会有蝗虫和病痛，真是像一件天大的正事似的。大约那是邪祟附了体，怕见正路神道了。[②]

文字中所说的社老爷是土地神，瘟将军是掌管瘟疫的神，王灵官则是主管纠察的天将，这些人都和道教有关。由此来看，这“狂人”不仅反儒家宗法家长制和佛教的迷信，还反对道教的迷信。吉光屯的社庙浓缩了中国各种文化，这个浓缩不在于他们所代表的传统儒释道文化，而在于这种文化的结合体成为维系卫道士的有力工具。“狂人”的反抗针对作为工具意义上的这种文化结合体，是更为完整的中国传统文化，所以这两篇小说中的主人公反传统的具体内容是不同的。

第二，《长明灯》中的“狂人”是行动的“狂人”；而《狂人日记》中的“狂人”则是思想的“狂人”。《狂人日记》中的“狂人”思想出了问题，大家以为他疯了，他看别人觉得他们都是吃人的人，仅限于主体的认识，并没有在这种认识的指导下去行动，进而来反抗吃人者；但《长明灯》中的狂人明显不同，他发疯后，要去吹灭代表传统文化的长明灯，结果遭到的阻止，被关进庙里。来看两篇小说中经典的两段话：

> 凡事总须研究，才会明白。古来时常吃人，我也还记得，可是不甚清楚。我翻开历史一查，这历史没有年代，歪歪斜斜的每叶上

---

① 参见《鲁迅全集》第2卷，第69页。

② 《鲁迅全集》第2卷，第60页。

都写着“仁义道德”几个字。我横竖睡不着，仔细看了半夜，才从字缝里看出字来，满本都写着两个字是“吃人”！①

“我叫老黑开门，”他低声，温和地说。“就因为那一盏灯必须吹熄。你看，三头六臂的蓝脸，三只眼睛，长帽，半个的头，牛头和猪牙齿，都应该吹熄……吹熄。吹熄，我们就不会有蝗虫，不会有猪嘴瘟……”②

前段文字先是说理，然后再说明“狂人”通过研究搞清楚了中国传统的仁义道德“吃人”，而且历史满本都写着这两个字，这是最终获得认识的一个过程，而且仅限于主体认识，没有让这个认识对现实产生具体行动力。而第二段文字体现了由思想到行动的过程，“狂人”认识到蝗虫和猪嘴瘟是长明灯导致的，这是认识，形成了思想，但是这个“狂人”没有停留在思想的层面上，而是走到社庙里，让社庙看门的老黑开门，他要吹灭长明灯，这样就把思想的认识转化成行动了。因而，罗华总结说：“从《狂人日记》到《长明灯》，不仅表述了个体知识分子从中心到边缘的位移，同时也是从‘思想’到‘行动’的转化，亦即鲁迅对个体知识者的‘知’与‘行’的重新审察和重大调整，不仅追求思想的自由，更强调主体的动作、实践的意义。”③

第三，《长明灯》中的“狂人”体现了细节的叙事性；而《狂人日记》中的“狂人”则体现了宏大的思想性。《狂人日记》是向整个传统主流文化挑战的檄文，认为中国的历史满本都写着“吃人”二字，显然是一篇具有宏大叙事的小说，而且小说在行文中处处体现了思想化的倾向，前面引述的那段文字就是明证。《长明灯》放在一个具有代表性的中国村落——吉光屯中进行叙事，人物活动的场景和细节极其生活化，并不像《狂人日记》向我们展示的那样充满了思想的论战性。

---

① 《鲁迅全集》第1卷，第447页。

② 《鲁迅全集》第2卷，第62页。

③ 罗华：《文化重复困境中的反思——在〈狂人日记〉到〈长明灯〉之间》，载《文学评论》2007年第4期。

第四，《长明灯》中的“狂人”经过第一次发狂到第二次发狂变得坚定不移。前面援引灰五婶的那段文字是说“狂人”第一次发疯，不肯拜神，还要吹灭长明灯，这让全屯人很紧张，“狂人”的父亲又不肯将他锁起来，于是弄得全屯人动了公愤，最后是灰五婶的丈夫用棉被围住长明灯骗他说灯已经吹熄了。这样“狂人”才康复了。这段叙述告诉读者，“狂人”相信灯灭了才好的，倘若灯燃着，他是不会好的。这就为第二次灭灯的行动打下了伏笔，结果他真的在看了赛会后不几天，就要上庙里去灭灯。赛会在第一章有所涉及，鲁迅于《社戏》中也提到，它的原型和绍兴当地的迎神赛会有关。从小说的前后看，“狂人”第一次发狂是因为他祖父带他进社庙拜神引起的，而这一次也许还是因为看到赛会上的拜神而让他记起了祖父领他在社庙里的拜神情形，所以又发了疯。那就说明，“狂人”具有思想上的一致性，他反抗拜神不是心血来潮，而是一直以来的思想，而且他要把这个思想变成实际行动，结尾虽然把“狂人”关进庙里，他并没屈服，他看到孩子们唱儿歌时，还在大声说放火烧掉长明灯。除非灯被灭掉，否则他就要坚持到底。同时，肉体的监禁也再一次表明问题并没得到真正的解决。“狂人”除非被关到他死，一旦放出来，他还是要灭灯的，这就把“狂人”的终极价值体现出来了。这点和《狂人日记》中的“狂人”大相径庭，他最终康复，赴某地候补去了，结局被传统官场所收买，他不具有反抗“仁义道德”的坚定性，只是疯了的暂时特点。除此之外，《长明灯》中的“狂人”并不是孤家寡人，他的父亲不想锁他的，从而暗示“狂人”正是走异路出来的人，他具有叛逆的家庭背景，他父亲和他一样是思想和行动着的“人民公敌”，他出生于一个“革命”家庭，这和《狂人日记》中的“狂人”孤家寡人式的反抗也有些区别。

对二位“狂人”具体差别的论证是为更清楚地说明“狂人”的变异。前面说到这个人物形象是鲁迅早期所获得的“超人”、摩罗诗人、精神界战士等在鲁迅小说中文学化的再现，当“狂人”形象发展到《长明灯》这个阶段，它的变异更是值得进一步分析。从反抗传统的思想内容看，相对于《狂人日记》而言，已经把内容扩充到中国文化精神的各种主要元素，即儒释道所结合的整体，而且深入地表达了他的坚决性。这是“超人”在中国化的进一步展现，因为在尼采的笔下，这个“超人”是反对欧洲传统文明的形象，鲁迅把他移植到中国语境中，就要反中国的传统文化，而且要进行总清算，否则尼采“超人”的彻底颠覆性和坚决性就体现不出来。同时，鲁迅从“摩罗诗人”身上所看到的“立意在反抗，旨归在动作”的精神也更为鲜明地体现在《长明灯》中的狂人身上。“超人”“精神界战士”和“摩罗诗人”早在《摩罗诗力说》中就有中国化的倾向，在这篇文章中鲁迅把“摩罗诗人”雪莱比喻为中国的“狂人”。这种跨文化的移植在《狂人日记》和《长明灯》中就更加明显了，他通过把“狂人”置放在中国的文化语境中，在感性形式上和普通国民所认识的“狂人”连接起来，但精神内质却涵养了西方“个”的文化元素。当然这个“狂人”也有前面我们提到的章太炎的影子，章太炎本身就是一个中国的近世狂人。王瑶也曾指出：“关于‘章太炎先生他们’的一代，我觉得《狂人日记》中的狂人和《长明灯》中的疯子的构思和人物刻画，是属于这一类的。那都是早期社会改革者的形象，是初步觉醒起来的进步知识分子的挣扎和斗争面貌的描绘。在清朝末年，孙中山和章太炎都是曾被某些人叫作‘疯子’的，这在革命者的鲁迅的思想中是不能不引起深刻的感触的。”[1] 按照鲁迅的认识逻辑来看，他此时已经认识到了“超人”的渺茫，对由“超人”“摩罗诗人”和“精神界战士”演化而来的革命者和先驱者等文学形象已经有所怀疑，但是他为何还要在《长明灯》再一次给“狂人”以肯定？应该说，这和复古主义思潮盛行有关，复古使鲁迅又一次看到中国传统文化的循环所带来的困境，他要摆脱这个困境，就必须重铸“狂人”形象，并且要更加深入全面地表现中国传统文化的阴暗面。传统的消极面不可能轻易退出历史舞台，而是以一个整体性的存在来阻碍中国人和社会的进步，所以“狂人”就变得更加坚定，早期所获得西方文化之“个”经过前面的怀疑，又挣扎着站起来了。

三、“狂人”审视下的群像

当《长明灯》中的“狂人”以坚定的“个”形象站立起来的时候，

---

① 王瑶：《鲁迅作品论集》，人民文学出版社1984年版，第19页。

鲁迅同时也在进一步思考与“个”相对应的中国民众。民众的麻木是鲁迅留学以来一直关注的问题，在五四时期通过《呐喊》这部小说集进行了充分的文学表现。用尼采的话说，这些麻木的中国民众是“末人”或者“庸众”。在《阿Q正传》中鲁迅塑造了典型的男性“末人”阿Q，而《祝福》中又给读者展现了一个女性“末人”的集大成者祥林嫂，他们作为“末人”是其他民众看和嘲弄的对象。从小说的技巧上看，鲁迅在这两篇小说中把“末人”附着到典型人物身上，同时，在其他小说中他还把“末人”以群像的形式展现出来，比如《孔乙己》里有许多看视孔乙己的人，但是鲁迅把他们仅仅作为小说的次要人物或社会环境展示出来，不像《示众》整篇小说没有一个中心人物，描写的是群像。从这个意义上说，《彷徨》中的《示众》是一篇与众不同的小说，他应该引起研究者的注意。事实上，最近二十年来这篇小说已经得到很好的阐发，研究者们从思想到产生原因、小说叙事技巧等方面都给了《示众》足够的笔墨。[①] 这些研究给我们提供了很好的观察《示众》的视角，结合鲁迅“立人”的思想，亦可看出鲁迅对无主体性的人的进一步思考，也是这里要说的无“个”的群像。

《示众》是一篇极短的小说，大约3000字，但在这样小的篇幅中却涉及18个人物，他们是买馒头的胖孩子、面黄肌瘦的巡警、穿蓝布大衫罩白背心的犯人、秃头的老头子、红鼻子胖大汉、抱着孩子的老妈子、小学生、很阔背脊的人、工人似的粗人、携洋伞的长子、张着大嘴像死鲈鱼的瘦子、黑手拿着馒头的人、猫脸的人、弥勒佛似的胖脸人、车夫、戴硬草帽的学生、满头油汗粘着灰土的椭圆脸、坐人力车的坐客。这些人没有姓名，全靠外部特征来区分，他们就是日常生活中所看

---

① 近年来中国研究《示众》的代表性论文：钱理群在2003年北京大学出版社出版的《鲁迅作品十五讲》中就认为《示众》是20世纪中国艺术水平最高的两篇短篇小说之一（第39页）；曹禧修的《〈示众〉：独异的杰作》（载《北方论丛》2005年第6期，第34—37页）认为《示众》是20世纪完全陌生化的一篇小说，具有独异性和杰出性，给读者留下了反思的巨大空间；还有从叙事学角度分析的研究论文，如谭君强撰写的《从鲁迅小说〈示众〉看叙事中的“展示”及效果》（载《名作欣赏》2007年第4期，第43—47页）；也有从产生动因的角度分析的论文，如涂怡宁、叶向党的《析鲁迅小说〈示众〉的写作动因》（载《重庆交通大学学报》2009年第2期，第91—94页）和程致中的《〈示众〉的文学渊源和艺术创造》（载《鲁迅研究月刊》1994年第10期，第31—34页）。

到的人的群体。因为看到一个巡警带着一个犯人示众，所以他们就争先恐后地去看，这样就会因拥挤而发生摩擦，最高潮的是那个横阔的胖大汉打了那个买馒头的胖小孩一个耳光。自始至终不知道犯人姓甚名谁，也不知道他究竟犯了什么罪，那就是说这些看客们自始至终都不明白究竟发生了什么事情，仅仅知道的是巡警押了一个犯人来示众，他们则是百无聊赖地在一个挥汗如雨的天气里围在一起去看一个他们不明白的事情，而且还里三层、外三层地挤来挤去。这些人有男有女，有大有小，是社会中最底层的各式各样的普通民众的聚集，代表最底层的社会阶层，这个阶层应该称之为"末人"阶层。作为民众的"末人"阶层最重要的特征是同一性，没有自己独立看问题分析问题的主体性。鲁迅所描写的18个人物中，只有一个工人式的粗人有搞清问题的冲动：

> "他，犯了什么事啦？……"
>
> 大家都愕然看时，是一个工人似的粗人，正在低声下气地请教那秃头老头子。
>
> 秃头不作声，单是睁起了眼睛看定他。他被看得顺下眼光去，过一会再看时，秃头还是睁起了眼睛看定他，而且别的人也似乎都睁了眼睛看定他。他于是仿佛自己就犯了罪似的局促起来，终至于慢慢退后，溜出去了。一个挟洋伞的长子就来补了缺；秃头也旋转脸去再看白背心。①

这个工人式的粗人向秃头的提问，说明他想搞清问题，这正是一个人主体性的表现，但他的问话没有得到秃头的回答，反而被秃头睁眼死死盯住，最后不得不逃之夭夭。这个行为明显具有威慑性，言下之意，这是一个很无聊的问题，没有必要知道，大家只是看看而已，犯人犯什么罪，和其他人有什么关系。问话被悬置，其实是说明秃头不知道也不必要知道，进而说明看客们都不知道也不必要知道。工人式的粗人的主体性萌动在这个极小的细节里被强奸了，说明试图觉醒的人最终被未觉醒的人所吞没。此后，大家都成为一个不明不白的看客，最后一哄而

① 《鲁迅全集》第2卷，第72页。

散。这种从众的行为没有任何意义和价值，就是无聊人的一次生命的无意义耗散。鲁迅的这种叙事策略和结构策略令人惊讶，很自然地把一个极其普通的日常生活场景带到一种整体性和普遍性的反思中，也就是伊藤所说的中国国民的“整体性丧失”。这种“整体性丧失”和人的独立自主相对应，也是鲁迅自“幻灯片事件”以来又一次把这个问题提出来，并表达了他整体性的失望感。个性的丧失对于中国国民来说，不是个别现象，而是整体缺失，鲁迅在20世纪20年代中期对这一问题又做了进一步反思。

《示众》作为无“个”的群像，是在“狂人”的视域下完成的，而且和《长明灯》存在着紧密的逻辑关系。鲁迅写作《长明灯》是1925年2月28日，20天后即3月18日他创作了《示众》。很多研究者或许没有注意到这一点，这至少说明鲁迅在思维上有前后的继承性。据两篇小说的实际内容看，鲁迅的思维逻辑正好体现出来。《长明灯》是坚挺“个”，而《示众》则展示无“个”的群像，这正是一个问题的两个方面。中国国民因为“整体性丧失”，所以要“立人”，“立人”的目标是塑造具有“个”精神的国民，否则中国还是没有希望。这种“整体性丧失”让鲁迅非常焦虑，他把自己的焦虑文学化为小说，从整体上进一步惊醒“立人”的必要性，进而呼唤主体性人的产生。从逻辑上看，鲁迅显然是对“个”这个正面问题的反面思考，因而可说《示众》中的群像是《长明灯》中“狂人”观照下的产物。就产生的渊源而言，这些群像也首先和尼采的“末人”与庸众有关，再次和“超人”“精神界战士”“摩罗诗人”也有关，同时和鲁迅在20世纪20年代所关注的外国小说也有关。

早在1994年，程致中就于《鲁迅研究月刊》上撰文指出《示众》和《工人绥惠略夫》的相似，通过细节比较认为《示众》的文学渊源是这篇小说中第十三章的一个“示众”片段。作者的论述很具有启示意义，也有客观依据。程致中在文章中除了说到相似性外，还详细分析了鲁迅的独特贡献，认为他在选材上比阿尔志跋绥夫更具有典型性和普遍性，在主题上不是阿氏的歼灭群众的复仇而是拯救不幸的民众，在细节描写上更加摇曳多姿和富有独创性。看完这篇《〈示众〉的文学渊源和艺术创造》，以为还有两个方面的问题没有引起注意：第一，《工人绥惠略夫》中的示众片段是喧嚣的、论辩的、说教的（文中已指出），而鲁迅的《示众》基本是无声的（未指出）。为什么会如此？无声有两种情况，知道太多而无声，一点不知而无声。《示众》中的人是一点不知而无声，这就是中国普通民众最麻木的表征，就像成年闰土被兵、匪、官、绅逼得像木偶似的。中国的老大国民已经毫无主体性了，不是一个真正意义上的独立之人。阿氏的笔下这么多人在说教、论辩，比中国的国民还有救。以此来推断，鲁迅明显是忧愤深广，面对这个群体的无声，他比阿氏更沮丧，这说明“个”的觉醒对中国民众而言多么重要。

第二，仅《示众》还不足以与《工人绥惠略夫》构成互文性相似。如果把《长明灯》和《示众》放在一起，就可以更清楚地看到它们与《工人绥惠略夫》构成的对应关系。《工人绥惠略夫》塑造了一位先觉者绥惠略夫被追捕，最后被逼无奈而实行了向社会复仇。整个故事就是讲先觉个人与社会群众之间的尖锐冲突，进一步展示 1905 年俄国革命失败后社会的黑暗和人民群众的不觉悟。[①] 工人绥惠略夫是个先觉者，具有“个”性，尽管阿氏只承认自己受到施蒂纳的影响而不承认受到尼采的影响，鲁迅还是在译后序中说：“然而绥惠略夫却确乎显出尼采式的强者的色彩来。他用了力量和意志的全副，终身战争，就是用了炸弹和手枪，反抗而且沦灭（Untergehen）。”[②] 那么就是说，绥惠略夫很有“超人”的气质，这正好是鲁迅从西方所获得“个”，也是《长明灯》里“狂人”的特点，“狂人”变得如此坚定，和以往鲁迅笔下的最终被收服的“狂人”具有本质区别，这不是更加接近绥惠略夫吗？《长明灯》也是一个先觉者和庸众（包括民众和传统文化的维护者）尖锐对立的故事，普通群众是作为表现“狂人”而设置的，没有作为重点进行描写，所以紧接着《长明灯》，鲁迅就创作了《示众》专门来描写一群无主体性的国民，把社会群众与《长明灯》中“狂人”又尖锐地对立起来，形成文本间的戏剧效果。这两篇小说一起和鲁迅翻译的《工

---

① 参见［俄］阿尔志跋绥夫《工人绥惠略夫》，收入《鲁迅译文全集》第 1 卷，鲁迅译，福建教育出版社 2008 年版，第 132—214 页。

② 同上书，第 139 页。

人绥惠略夫》就构成了对应关系，也使我们看到鲁迅这两篇小说“个”和“末人”的文学渊源，其实鲁迅翻译这样的小说也是他主体思想使然，因为他接受了尼采的“超人”思想，以此又汲取了“摩罗诗人”的精神，进而形成了他的“精神界战士”，就会自然把反映“个”抗争的小说纳入他的阅读和绍介视野中来，而对《工人绥惠略夫》的肯定正是他思想逻辑演变过程中的一个具体环节。

第四节 西方之“个”与魏晋名士的交织

《长明灯》对舶来之“个”的态度比较肯定，而《祝福》《在酒楼上》《伤逝》对这个“个”却充盈着深刻的反思和怀疑，这令我们想起西来之“个”水土不服的问题。事实上，也是因鲁迅拉近与中国现实和普通民众的关系而出现的一个必然现象。知识分子从西洋舶来了“个”的精神在开始的时候高踞天空，所以改变民众的最初愿望必将落空，那么就需要思考它向普通民众的移植问题，《离婚》中的爱姑就是鲁迅所作的尝试，但还是失败了。鲁迅一直在想办法从内在精神上把一个奴隶的国民变成一个现代的公民，他所借助的资源比较明显地始于西方，但随着他对中国现实了解的深入，他又明白仅仅有西来的“个”将会水土不服，故而他又去寻找“真的人”。这样的人中西文化中都有。在《文化偏至论》和《摩罗诗力说》中，他认为中国文化的源头和民间文化是干净纯洁的，从那里发出了类似“摩罗诗人”的“心声”，于是他就把中国本土的“真的人”与“摩罗诗人”的“撄人心”沟通起来。《呐喊》中的《一件小事》《故乡》《社戏》和《不周山》都是这种思想小说化的很好表现，其中《不周山》又是处在“真的人”发展的高端，而且它把中西文化之“个”结合得较好，体现了中西之“个”的艺术交融。《彷徨》中的《孤独者》也是一篇这样的小说，鲁迅把魏晋名士和西方之“个”融会贯通，从而塑造了中国现代小说人物形象的典范——魏连殳和“我”。

一、《孤独者》的产生

《孤独者》写于 1925 年 10 月 17 日，相隔四天后鲁迅又创作《伤逝》，这段时间也正好是《野草》创作停笔的时间。翻看《野草》所署的创作时间，1925 年 7 月 12 日鲁迅写了《死后》，紧接着的下一篇文章是《这样的战士》，写于 1925 年 12 月 14 日，中间这五个月时间鲁迅没有延续野草的写作。《野草》停笔期间，鲁迅创作了《彷徨》中的四篇小说，即《孤独者》《伤逝》《兄弟》（1925 年 11 月 3 日）和《离婚》（1925 年 11 月 6 日）。紧接着《孤独者》前面那篇小说是《高老夫子》，写于 1925 年 5 月 1 日，中间也相隔五个月的时间。也就是说从 7 月到 10 月，鲁迅没有写《野草》中的散文诗和《彷徨》中的小说，只写了一些杂感（从《华盖集》中可以看到）。那么，1925 年 10 月 17 日前三个月究竟发生了什么事情？这就是《孤独者》产生的具体背景。第一个要提的事情就是女师大学潮。从 7 月到 10 月这三个月，女师大学潮到了白热化阶段。鲁迅和学生们要应对各种突发事件，鲁迅日记这段时间多有赴女师大或女师大维持会的记录，其中 8、9 月的日记最多这样的记录①，所以从客观上看是没有更多的时间创作。鲁迅支持学潮，章士钊解聘了他的职位。这个事情我们看到进步知识分子所面临的威胁。从鲁迅的作品中能充分感到他对此深有体会。第二个要注意的是鲁迅的婚姻爱情问题。许广平和鲁迅的关系确定后，从表面上看对鲁迅是好事，其实却加重了鲁迅的精神负担。鲁迅和许广平的关系如果公布，鲁迅将遭受到道德攻击。鲁迅最终接受了这段师生恋，但并不意味着他可以放下心里的重负。第三个要提到鲁迅的病。1925 年 9 月，鲁迅的肺结核复发，鲁迅日记从 9 月到 12 月共有 17 次“往山本医院诊”的记载②，平均一个月 4 次去医院，最多的是 10 月份，共 6 次，那说明 10 月份鲁迅病情最严重。一般来说人生病也容易产生孤独感，况且鲁迅这病在当时是不治之症，这对鲁迅心情的影响可以预料。所以，鲁迅在此时写《孤独者》这样的文章也就有了现实依据。

这些现实背景是《孤独者》感性细节的直接来源，比如魏连殳的患肺病和咯血就直接和鲁迅自己的病有关。同时，孤独的情感基调也是源于这个时间鲁迅的真实感受：政府的反动给他带来了政治压力；爱情给

---

① 参见《鲁迅全集》第 15 卷，第 575—584 页。

② 同上书，第 581—597 页。

他带来了道德压力；病魔给他带来了生命压力。这些力量合起来围剿鲁迅，使他产生深刻的孤独感，进而想把自己包裹起来，独自舔舐伤口。鲁迅可能觉得这是写给自己的小说，不便公开，所以在《彷徨》出版之前没有发表这篇小说，余放成从鲁迅当时所处的现实对这个问题进行过详细分析。① 这种现实带来的孤独感表面上看是鲁迅对现实的敏锐觉察，但是何以鲁迅有这样的觉察？这只能从鲁迅自身寻找原因，其中一个重要原因就是鲁迅的文化精神偏好。我们知道，鲁迅对中西文化中的异端性元素非常关注，无论是绍兴生活阶段还是外出求学，都表现了这一点。鲁迅 1887 年入私塾后，不太喜欢传统的授课内容，对神话、绣像小说和稗官野史比较关注。同时大禹、墨子、王充、勾践和徐文长这些绍兴的极具个性的先贤也植入鲁迅的内心世界。南京求学接受了达尔文的进化论，沿着进化论的思路又认可了施蒂纳和尼采的个人主义，此后又高度肯定了具有极强个人主义特点的摩罗诗人。1909 年回国后他又沉入古代，在整理乡帮文献和小说史的过程中加深了对中国传统异端文化的体验，其中对魏晋名士和一直受到排挤的传统小说特别关注，而在关注魏晋名士的时候又对孔融、嵇康和阮籍等人投入了更深厚的情感。《孤独者》产生的时候是鲁迅在北京生活最艰难的时期，现实所赋予他的孤独感及人生体验很容易把鲁迅与他所接受的这些中西文化之“个”连接起来，因为孤独、孤傲是中西文化之“个”的基本特征。这些现实因素的注入加深了鲁迅对中西文化之“个”的认同、修正和反思，从而它们便共时地以矛盾激越的状态深刻表征着他的精神世界。

二、《孤独者》中的西方之“个”

“狂人”作为“个”的文学化表现在《狂人日记》中还有凌厉之气，他和超人、摩罗诗人、精神界战士之间的相似度还很大。可是走到《孤独者》的时候，他们已经逐渐退引到文本的精神深处了，但这并不是说鲁迅从西方文化中所获得的“个”消失了。只要做细心的文本考察，依然能够理出西方之“个”的文学化痕迹。

---

① 参见余放成《鲁迅为何不发表〈孤独者〉和〈伤逝〉》，载《黄石理工学院学报》（人文社会科学版）2011 年第 6 期。

小说中无论是魏连殳还是“我”都有西方之“个”的影子。魏连殳一出场就很异样，他矛盾地存在着：学的生物却教历史，平素不理人却又爱管别人闲事，讲破坏家庭又极爱他的祖母。学生物学表明魏连殳接受了西方的教育，但又去教历史，这就是在事业上与传统形成的对抗；平素不理人是违背儒家之礼的，但他却是真正地关心别人，这是与虚伪的礼节相对抗；破坏家庭明显是反抗传统家庭对人的束缚，可是他又依恋自己的祖母，极尽孝道，这是他在家庭观念上的矛盾。所以，魏连殳在寒石山就被别人看成一个外国人。出场的这个交代，就为读者呈现了一个具有“个”性的人。从思想内蕴上看，他反传统。从小说技巧上看，为读者设置一个悬念，形成了认识魏连殳的期待视野。在他祖母死后，族人认为他是“新党”，不讲道理，也不会同意他们的丧葬仪式，所以之间会有一场争斗。虽然最终没有争斗，但却透露了魏连殳对待传统的战斗姿态。在S城教书，大家也认为他是“新党”，他写文章发些没有顾忌的议论，于是小报上就有匿名人攻击他，他不久就被校长辞退了。这是反对传统而被传统势力所清算，结果是没了工作，和吕纬甫一样将要遭受生存的炼狱。从这些外部表现看，魏连殳继承了“狂人”的个性，即超人、摩罗诗人和精神界战士的基本品格——反传统。同时，魏连殳具有西方基督教博爱精神所塑造的人格特征，他爱帮助别人，后来我们知道她对他祖母的爱也不是血缘关系的爱。他祖母死后他像狼一样的嗥哭，他自己的解释是：

> 可是我那时不知怎的，将她的一生缩在眼前了，亲手造成孤独，又放在嘴里去咀嚼的人的一生。而且觉得这样的人还很多哩。这些人们，就使我要痛哭，但大半也还是因为我那时太过于感情用事……。①

这个解释是对他祖母作茧自缚的哀伤。在魏连殳看来，他祖母是一个自己让自己陷入孤独的人，她的整个生命都是自己酿造的苦酒，而且像他祖母这样的人还是那样多，他不是仅仅为他祖母哭泣，而是为所有

---

①《鲁迅全集》第2卷，第100页。

像他祖母一样的人哭泣，这里包括他自己。由此可知，魏连殳的爱是一种基督教式博爱，不是中国传统中以血缘为中心的伦理之爱。因而，魏连殳出场时关于破坏家庭的悖论在这里得到合理的解释，他祖母和他没有血缘关系，他的爱不是像大家看到的那种传统家庭孝道。在五四时期，鲁迅在《我们现在怎样做父亲》中就讲道：“中国觉醒的人，为想随顺长者解放幼者，便需一面清结旧账，一面开辟新路。”① 随顺长者，就是尽孝道，解放幼者就是再不能像长辈那样对子女有绝对的权威。与此相对应，清算旧账就是打破父辈对子女绝对的权威，只是对子女尽义务，同时子女也不要因为孝道而做无谓的牺牲。这样的父子关系就是每个人人格独立的关系，不再是宗法伦理关系。魏连殳对祖母的关系从实质上看，就不是过去的宗法伦理关系，他很憎恨这样的关系，他讨厌族人在他祖母死后对他的老家房屋的觊觎。魏连殳践行的人格精神是西方近代个人主义的，挣脱家庭束缚，具有基督教式的博爱。拜伦支持并参加希腊的独立战争，莱蒙托夫声援异民族的反专制，都是基督教博爱精神的放大。他们所透露的人格精神正是鲁迅早年在日本所认可的，魏连殳在这一点上延续了鲁迅早年的这种思想。反抗传统的“个”和爱别人在“摩罗诗人”身上也统一在一起。小说中把上面这些细节通过“狼”这样一个意象又集中起来，用象征性的手法表达了深刻的思想内涵。“狼，作为一种文化象征物，与驯化了的狗形成二元对立。狼喻指着反叛的精神，但在一种重秩序、教化，将温顺的狗作为仁义象征的中国社会中，反叛的狼是受到敌视的。所谓‘受伤的狼’便喻指着一种反叛的精神在中国社会中被视为异类、被攻击、被驱逐而伤痕累累的必然命运。魏连殳便是这样一只狼，一头闯入了一个只需要驯服的狗而视狼为异类的环境中，孤独、挣扎、嗥叫、绝望，直至死亡。”② 这个解说把握到《孤独者》的深层思想，也从侧面证明了孤独者和鲁迅早年从西方获得的“个”精神之间的血缘关系。

小说中的“我”也是一个具有“个”性的人，他在山阳教书，也写文章，结果和魏连殳的遭遇一样，被传统势力所攻击，连推荐魏连殳

---

① 《鲁迅全集》第1卷，第145页。

② 薛毅、钱理群：《〈孤独者〉细读》，载《鲁迅研究月刊》1994年第7期。

就职的事也成了他呼朋引类的证据，于是不得不躲进屋里，只是上课出门。虽有躲避，但当他看到魏连殳写给他做了杜师长顾问的信后，还是很不舒服。这段描写就反映了他的基本态度：

> 这虽然并不使我"倒抽一口冷气"，但草草一看之后，又细看了一遍，却总有些不舒服，而同时可又夹杂些快意和高兴；又想，他的生计总算已经不成问题，我的担子也可以放下了，虽然在我这一面始终不过是无法可想。忽而又想写一封信回答他，但又觉得没有话说，于是这意思也立即消失了。①

"我"矛盾的心态并不表明"我"对魏连殳行为的认可，"有些不舒服"还是不舒服，最终没有回信的关键原因不是没话说，而是心理不认同魏连殳的做法而又同情他的现实处境，所以就不能说。这表明"我"的基本立场是反对的。后面"我"又看到魏连殳在《学理周报》上的旧式文章，"我"觉得魏连殳渐渐变得模糊，那是"我"觉得魏连殳已经和自己不同路了，也就是"我"将要继续坚守自己的反传统立场，结果"我"便收不到这个报纸了，流言开始对"我"进行攻击。到第二年放暑假，"我"不得不离开山阳。通过这些描绘，"我"绝对是一个反抗传统，坚持自己道路的人，还是西来的"个"在"我"身上的表现。不同的是，魏连殳在传统的逼拶下无可奈何地臣服于传统，而"我"却坚守了"个"性。这是鲁迅通过分身术使问题在对话中得到更深刻的展现。小说结尾魏连殳通过与世沉浮来表达他的不满，这是从精神上向社会复仇。而"我"在送敛完毕，走在清冷的石板路上，表明"我"将孤傲地坚守自己的路，前方是什么似乎不重要，重要的是面对这样的现实需要焕发勇气。这就是由尼采"超人"演化而来的"强者的孤独"，也是易卜生所说的世界上最强有力的人就是孤独的人。② 读到此，我们发现鲁迅此时表达具有"个"性的反抗精神，比以前的小说更加文学化了。之所以有这样的跃进，和鲁迅从西方文学作品

① 《鲁迅全集》第2卷，第104—105页。

② 参见《鲁迅全集》第1卷，第349页。

中获得技术养料有极大关系。

高旭东在一篇文章中讲到魏连殳反抗传统的“强力”受到拜伦《海盗》的影响。[①] 魏连殳起先为人处事都具有反抗传统的特征，不与传统调和的态度很坚决，但他最后因生存不得不消极反抗，从内在思想上看，他还是反抗的，可形式前后有别。这样看来，魏连殳并不像“我”那样具有“强力”的美学特点。魏连殳是复杂的人物形象，康拉德是比较单纯的人物形象，因此康拉德倒和“我”更像一些，也与此前鲁迅塑造的“狂人”更加相似。魏连殳从积极反抗到消极复仇，程致中指出是受到《工人绥惠略夫》的影响。[②] 鲁迅 1920 年翻译了阿尔志跋绥夫这篇小说，他就是把工人绥惠略夫作为一个尼采式强者来看的，可以说这是他接受西方之“个”的一个重要环节。魏连殳作为一个个人主义者已经不是“超人”式的个人主义者，他和吕纬甫一样要面临存在的炼狱，他单纯的反抗本身就否定了人是一定社会环境下的产物这一历史规律。但是社会的进步又不能没有这样的改革者，因而魏连殳做出了悖论式的反抗，就是精神性复仇。这在实质上与绥惠略夫所走的道路相似，不过，鲁迅并不赞同绥惠略夫开枪胡乱射击，因而魏连殳的反抗仅仅是通过与世沉浮的方式进行。

三、《孤独者》中的中国传统之“个”

小说中首先给我们提供了进入中国传统文化的地理信息，即就是“我”所教书的地点——山阳。一提到这个名字，凡是了解中国传统文化的人就会想到“竹林七贤”的集聚地也是山阳。山阳即河内郡山阳县（今河南焦作市东南），是魏晋时期“竹林七贤”主要的活动空间。这个地名至少承载了两个方面内容，一是“竹林七贤”；二是“竹林七贤”生存的社会背景。

---

① 参见高旭东《拜伦的〈海盗〉与鲁迅的〈孤独者〉和〈铸剑〉》，载《湖北大学学报》（哲学社会科学版）1985 年第 6 期。

② 参见程致中《〈孤独者〉与〈工人绥惠略夫〉比较论》，载《中国文学研究》1989 年第 3 期。

“竹林七贤”据陈寅恪认为是后人的杜撰[①]，后学王晓毅又在《“竹林七贤”考》中驳斥了陈的观点。[②]不管“竹林七贤”称谓是否真实，但作为魏晋时期一个具有特殊意义的士人群体是无可争议的。“竹林七贤”的核心人物是阮籍、嵇康和山涛，他们的基本精神是反传统，追求个体独立的人格精神。据史料透露的信息，“竹林七贤”内部成员的思想倾向并不统一，阮籍和嵇康思想接近，都反传统礼教，对仕途冷淡；而山涛和王戎则热衷于仕途，他们集聚山阳也主要是为了避祸保身。“竹林七贤”何以常聚山阳清谈，表现出“越名教而任自然”的精神追求？这是因为当时的政治环境所致。据王晓毅的考辨，“竹林之游”以嵇康赴河东三年（256—259）学道为界分前期（247—256）和后期（259—262）。前期的核心人物是嵇康、阮籍、山涛，特点是避开洛阳的政治旋涡；后期的核心人物是嵇康、吕安、向秀，特点是消极抵制司马氏的“名教之治”。这个划分在学界还有争议，比如高晨阳在《阮籍评传》中就认为“竹林之游”到甘露三年（258）嵇康离开洛阳到河东就结束了[③]，但无论怎样，“竹林之游”发生在正始末年是没有争议的。魏明帝死后（239），第二年齐王曹芳即位，改元正始，由大将军曹爽和太尉司马懿共辅八岁少帝曹芳。前几年曹芳对司马懿基本还是尊重的，政治局势也相对稳定。正始五年曹爽不听司马懿之劝发动骆谷之役，结果惨败，此后，曹氏集团和司马氏集团矛盾开始全面激化。正始八年（247），司马懿称疾避爽，标志着曹氏集团和司马氏集团的公开破裂。公元249年的“典午之变”，司马懿乘曹爽随少帝曹芳出洛阳祭扫明帝高平陵之机，一举控制京都，迅速勒兵占据要地，曹爽得知后慌了手脚，结果曹爽及其重要党羽被司马懿全部诛灭，司马氏集团在这场争斗中取得了初步胜利。据高晨阳的研究，“典午之变”中司马懿诛灭曹爽、何晏等八族，前后共杀人计三千多，以至造成“名士减半”，天

---

① 参见陈寅恪《三国志曹冲华陀传与佛教故事》，收入《寒柳堂集》，上海古籍出版社1980年版，第161页；《陶渊明之思想与清谈之关系》，《金明馆丛稿初编》，上海古籍出版社1982年版，第181页。

② 参见王晓毅《“竹林七贤”考》，载《历史研究》2001年第5期，第90—99页。

③ 参见高晨阳《阮籍评传》，南京大学出版社1994年版，第29页。

下震动的恐怖局面。[1] 这给当时的名士，特别是和曹氏集团有关的名士造成极大的心理压力，所以 247 年前后很多人为避政治之祸，采取退隐山林的办法，这就是“竹林七贤”常聚山阳的政治背景。此外，司马氏集团对一些不是曹氏集团核心的名士也采取了拉拢的政策，比如阮籍，山涛和王戎都先后出仕司马氏集团。以此来看，山阳是和动乱的政治局势相对应的一个空间存在。

鲁迅对魏晋文章及人事的关注是众所周知的事情，他在《孤独者》中设计地名山阳，这不是无意为之，而是为魏连殳和“我”设置一个具有隐喻意义的地理空间，然后通过这样一个地理空间把读者引入了一个动乱的时代。我们知道，在辛亥革命后，中国的政治局势非常动荡，袁世凯称帝，张勋复辟，二次革命失败，军阀之间战争连绵不断，这样的政治局势和魏晋正始末年难道不像吗？鲁迅也有这样的暗示，1927 年 7 月他在广州作《魏晋文章及风度和药及酒之关系》演讲，他说过是有感慨而发的。[2] 1923 年国民党联俄联共，这是国民党内部派系更换的转折点，一些精英知识分子比如胡适就肯定了它联俄的政策，从而使国民党与五四新文化运动的主流部分有汇合的迹象。1925 年孙中山逝世和广东两次东征的胜利又进一步加速了国民党内部派系的新陈代谢，结果在广州就出现了一个由孙中山的文武幕僚及亲戚组成的领导核心，也就是以国民党和黄埔军为核心的新型“客籍”势力击溃相对偏旧的“客军”和“本土军”，于是“土客”矛盾激化，比如“蒋李交恶”。同时，新的领导核心内部因权力和利益的不平衡而相互争斗，比如蒋介石与汪精卫之间的争斗。共产国际也作为支持共产党和国民党合作的一股势力进入广州。因而，广州成为共产党和国民党及国民党内部派系斗争的中心，各派都想寻找政治上的合作者以扩大自己的势力。蒋介石为提高自己在国民党内部的地位，不得不拉拢反共的国民党右派，这就是 1926 年 3 月 20 日的“中山舰事件”和 1927 年 4 月 15 日的“四·一五”

---

① 参见高晨阳《阮籍评传》，南京大学出版社 1994 年版，第 31 页。

② 参见《鲁迅全集》第 12 卷，第 143 页。

大屠杀的主要背景。[①] 由此可以看到，当时的政治形势和正始末年曹氏集团和司马氏集团的政治斗争很相似。鲁迅这个演讲大有把现实的中国和魏晋那个时代相对应的感觉，而中国当时的进步知识分子的生存境遇也在鲁迅的潜意识里被比成竹林名士。早在 1924 年到 1925 年，鲁迅参与女师大学潮，章士钊免了他在教育部的职位，和北洋政府关系闹得比较僵，1926 年南下也主要是因为“三一八”惨案和政府关系紧张而致。《孤独者》创作时间虽然比广州演讲要早，但 1925 年 10 月却是鲁迅内外交困的一个重要时期，再加上他对魏晋历史史实很熟悉，这就极可能把魏晋时期的名士的生存背景移居到小说中，来表现中国当时进步知识分子的现实状况。

《孤独者》不仅仅是通过山阳来展露当时进步知识分子的生存空间，也通过塑造和竹林名士相似的人物形象来表现当时进步知识分子精神状态。从相似程度来看，魏连殳更接近阮籍，而“我”则像嵇康。魏连殳首先是一个反抗传统的战士，小说中有很多细节的描写。王瑶早就指出魏连殳像狼嗥一样的哭和《晋书》中记载的阮籍在他母亲死后的哭很相似，他通过援引《晋书·阮籍》中阮籍哭母来说明这个问题，此处不赘述了。[②] 魏连殳不拘礼法，大家都哭的时候，他没落一滴眼泪，当哭的人走散后，接着就像狼嗥样的恸哭。这一段记述更像阮籍的做派：

> 大家又只得无趣地散开；他哭着，哭着，约有半点钟，这才突然停了下来，也不向吊客招呼，径自往家里走。接着就有前去窥探的人来报告：他走进他祖母的房里，躺在床上，而且，似乎就睡熟了。[③]

阮籍在母亲死后有这样怪异的举动，除王瑶说的“哭”外，还有青

① 参见李新主编，罗田志、杨天宏、冯筱才、何艳艳《中华民国史》第 5 卷，中华书局 2011 年版，第 507—546 页。

② 参见王瑶《鲁迅作品论集》，人民文学出版社 1984 年版，第 22 页。

③ 《鲁迅全集》第 2 卷，第 91 页。

眼和白眼的典故。《晋书·阮籍》说：“及嵇喜来吊，籍作白眼，喜不怿而退。喜弟康闻之，乃赍酒挟琴造焉，籍大悦，乃见青眼。由是礼法之士疾之若仇，而帝每保护之。”① 嵇康的哥哥嵇喜前来吊唁，给他白眼，当嵇康“赍酒挟琴”而来的时候，他却给以青眼。阮籍真是一个十足的怪人，不拘礼法到被人仇视的地步。魏连殳也不拘礼法，有阮籍的影子。魏连殳的一生事迹和阮籍也有诸多重合之处。魏连殳反传统而被传统反，生存受到威胁，不得不屈尊杜师长门下做顾问，而阮籍先被曹氏集团征辟，在正始末年为避祸保身，称病不仕曹爽集团，后来又出仕司马氏集团，作从事郎中，在司马昭手下请求外调做东平相，十余日回来又作从事郎中，觉得和核心政治集团靠得太近，就主动请求做步兵校尉，原因是那里酒多，可以和好友一起酣畅淋漓。阮籍的确通过买醉，逃脱了司马昭的求婚和钟会的谋害（见《晋书·阮籍》）。阮籍采取的策略是敷衍和游戏政治，就是表面上的与世浮沉。魏连殳后来做了杜师长的顾问，花钱似流水，喝酒度日，通过与俗浮沉的办法表达自己心中的不满和怨愤，这也和阮籍相似。王瑶讲：“在我国历史上对现实抱有强烈不满的知识分子本来是很多的，但他们在‘无计可施’的情况下，不是‘与俗浮沉’就是‘悲愤以殁’，这种情况一直到魏连殳的时代仍然是存在的。”② 王瑶认为鲁迅在塑造魏连殳的性格时受到阮籍的影响，王瑶不知道为什没有深入论证魏连殳和阮籍的思想的相似，其实他们二人确实有内在精神的近似点。阮籍虽“与俗浮沉”，但并不表示他没有自己独立的判断，他追求独立的人格精神，只不过在生存的压力下用一种变态的方式表现出来。他“口不臧否人物”，借酒装糊涂，不是是非不分，善恶不辨，而恰恰是一种无可奈何的决策。他身在官场，心在“竹林”，处于精神矛盾之中。《晋书·阮籍》说阮籍本有济世志，但是政治集团之间的相互争斗，使他无缘实现理想，最后不得不采取矛盾的方式来苟且偷生。阮籍的思想斗争和内心纠葛可见一斑。于是郭熹微认为：“他（阮籍）的世俗人格与理论人格、批评人格被封建专制主义割裂了，这成为他不可解脱的矛盾与痛苦，这正是他令人感觉

---

① （唐）房玄龄等撰：《晋书》（五传），中华书局1974年版，第1361页。

② 王瑶：《鲁迅作品论集》，人民文学出版社1984年版，第23页。

隐晦难解的咏怀诗的写作背景，而他种种沉默任诞的行为，也正是他社会批判与独立人格意识的表露与挣扎，是他对现实的变态反抗。”[1] 而魏连殳的精神状态也是如此，他与俗浮沉了，但并不是丧失了基本的价值判断，他只是通过这样一种变态的方式表达自己的不满和抗议，如同阮籍的消极抗议。按常理看，魏连殳如果真的喜欢做顾问的话，那他应该很珍惜，但实际上他既不珍惜官职也不珍惜通过做官挣来的钱，更不珍惜自己的身体，只希望在这浮沉中活几天。最后在死前通过轻蔑的笑来向这个覆灭他肉体的社会复仇。魏连殳是忧愤而死，阮籍也是抑郁而终。

嵇康青年时代，大约一直闲居在家，潜心读书或与友人相互来往，抚琴咏诗清谈高论。大概在二十五六岁结婚[2]，嵇康娶了曹魏宗室女为妻，也是在这个时候迁郎中，拜中散大夫，随即迁居洛阳。“竹林之游”当是迁居洛阳以后的事情。中散大夫是个闲职，嵇康也不热心政治，山涛曾经举荐他为官，他便与之绝交了。《晋书·嵇康》说钟会拜访嵇康，嵇康与向秀在大树下打铁，并没有像样的礼会他，钟会回后即向皇帝进谗言[3]，又因吕安事件最终在钟会的谗言下被司马昭杀害。这个事情的具体时间及情节在学界还有争议，但是嵇康不仕，以名士的做派反抗当权者是事实。由此可知，嵇康在做官上和阮籍有区别，他明确地告诉世人，他不想做官，这是司马氏集团杀他的根本原因。《孤独者》中的“我”反传统，和阮籍、嵇康一样追求独立的人格精神，这毋庸置疑。在细节上也能找出一些相似处，“我”在山阳也写文章遭到了流言的攻击，最后被迫离职，但是“我”却没有像魏连殳一样做某某师长的顾问。“我”收到魏连殳做了杜师长顾问的信后，有存在论意义上的认同，但反对的基本立场没有变。小说结尾“我”的心情轻松起来，又坦然地走在月光底下，也是进一步对自己的立场的坚守，不过这个坚守是经历感情和理智淘洗后的坚守。如此来看，“我”有嵇康的

---

① 郭熹微：《从竹林七贤看魏晋之际名士的政治心态》，载《文史哲》1992 年第 1 期，第 29 页。

② 童强：《嵇康评传》，南京大学出版社 2006 年版，第 71 页。

③ 参见（唐）房玄龄等撰《晋书》（五传），中华书局 1974 年版，第 1373 页。

影子。

还有一个证据在于“我”教书的地点。从王晓毅《“竹林七贤”考》中所引文献我们知道，山阳曾经是嵇康的居住地。他引证《太平御览》中的文字时这样说的：“山阳县城东北一十里，魏中散大夫嵇康园宅，今悉为田墟。而父老犹谓嵇公竹林地，以时有遗竹也。”① 王晓毅用这段文字说明这个地方有竹子，以此推证嵇康寓居山阳。“我”在山阳教书，正好和嵇康在山阳居住过形成对应关系，而阮籍是否到过山阳还是有争议的事情，史籍也大概没有他在山阳寓居的明确记录，学界只是推测他在洛阳时可能因“竹林之游”去过山阳。《晋书·嵇康传》记载王戎曾在山阳居住二十年，但王戎热心仕途和嵇康还有本质的区别。综合以上，《孤独者》中的“我”和嵇康相似度较高。

上面讨论了魏连殳和“我”与阮籍和嵇康的相似性，不是要坐实这两个人物与阮籍和嵇康的关系，而是想说明这两个人物在《孤独者》中从细节设置到精神内蕴都有阮籍和嵇康的影子。阮籍、嵇康的精神内核就是反传统的叛逆者，是中国文化中最具“个”性的历史人物之一，他们已经具有了个体独立的精神追求，对传统能够做出自己的是非判断，从阮籍的《大人先生传》《咏怀诗》和嵇康的《太师箴》《声无哀乐论》《答难养生论》及诗歌中都可以看到。李泽厚曾经指出：“儒家并不否认个体，但它认为群体、社会是无限地高于个体的；玄学也并不否认群体、社会，但它认为群体、社会不应成为个体人格自由的障碍、束缚，更不应当成其为个体人格自由的否定、取消。极大地强调人格的自由和独立，这是玄学区别于儒学的一个根本之点。相对于东汉日趋神秘化、烦琐化、虚伪化的儒学统治来说，这种强调带有‘人的觉醒’的重要意义。”② 阮籍和嵇康就是魏晋玄学发展出来的这种人格自由和独立精神的代表之一，他们体现了“人的觉醒”。鲁迅关注魏晋人事，对嵇康和阮籍的偏爱，是对他们这种反传统的独立而自由的人格精神的肯定，这也是鲁迅把这种精神通过形象的小说人物表现在《孤独者》

---

① 转引自王晓毅《“竹林七贤”考》，载《历史研究》2001 年第 5 期，第 94 页。

② 李泽厚、刘刚纪：《中国美学史》（魏晋南北朝编 上），安徽文艺出版社 1999 年版，第 7 页。

中的重要依据。

四、中西之“个”在《孤独者》中的交织和改编

《孤独者》作为一个独立的艺术文本，它里面蕴含的各种因素本身是有机体。那么，仅就鲁迅所看重的中西之“个”而言，他是怎么把不同文化语境下的“个”整合在一起的？这个整合是不是仅仅限于移植？

《孤独者》中的西方之“个”的原型是“超人”和“摩罗诗人”以及他们的文学变异体，而中国传统之“个”的原型则是阮籍、嵇康及他们的变异体。他们通过鲁迅这个桥梁，在《孤独者》中走到一起，然后有机交织起来，形成了我们现在看到的魏连殳和“我”的形象。这是因为他们之间有跨越古今中外的共同性。源于西方文化的“超人”和摩罗诗人，在前面已经说过他们的共同性就是反抗传统、专制、奴役，追求自由独立的人格精神。尼采所建构的“超人”要重估一切价值，对整个西方的传统文化提出了颠覆性的质疑；拜伦在他的一系列诗歌中为我们塑造了反抗传统、崇尚强力、孤傲、绝世而独立自由的“拜伦式英雄”；雪莱提倡无神论，反抗世俗，猛烈反抗专制统治；普希金、莱蒙托夫继承拜伦的叛逆精神，对沙皇的专制统治进行了最猛烈的揭露和攻击；密茨凯维支和斯洛伐斯基是反抗专制统治、向帝王复仇的歌者。鲁迅认为这些人都“无不刚健不挠，抱诚守真；不取媚于群，以随顺就俗；发为雄声，以起其国人之新生，而大其国于天下。”其思路是从“立人”到达“立国”，“立人”是基础和前提，因而什么样的国民就很重要。为完成这个造人的任务，他提出了“立人”的标准，就是“摩罗诗人”那种真诚、独立自主、不同流俗的人。而中国现在的国民已堕入“秋萧”，因此需要“摩罗诗力”来拯救，进而才能强国保种即“立国”。竹林名士的代表人物阮籍和嵇康处在一个个性觉醒的时代，他们在政治动荡中也坚守自己的信仰，“越名教而任自然”，不拘传统礼法，追求独立自由的人格精神，这在精神实质上与“超人”和“摩罗诗人”是相似的，尤其是在反抗传统上具有跨文化的相似性。具体来看，阮籍反传统不拘礼法，可是又和当局者消极合作，其生命轨迹和精神内核与普希金近似；而嵇康自幼不受约束，成年后就更加任性不羁，

情谊孤傲，坚守信仰，誓死不与统治者合作，近拜伦式英雄。因而，在生命呈现方式和精神内核上，都能找到阮籍、嵇康与“超人”和摩罗诗人之间的共同点，这个共同点正是他们能够交织起来的基础。鲁迅在自己的探索中自觉地把这个共同性熔铸在魏连殳和“我”身上，从而搭建了中西之“个”的对话平台。伊藤认为鲁迅的“个”是来自西方，是与中国文化异质的东西，这可能是伊藤对中国文化体味不深的缘故，也过分夸大中西文化的差异。

从“立人”到“立国”是鲁迅的思维路径，他在日本时期写的论文明确体现了这一构建理路。这其实也是他从“摩罗诗人”身上看到的，他推举的八位“摩罗诗人”几乎都具有一个共同特点：反抗专制，呼吁国家、民族独立与自由。“摩罗诗人”爱国思想的内容不同，但是关注国家是共同的，这一点在中国是太丰富了，几乎所有时代的进步知识分子都感时忧国，这是儒家文化中“修身、治国、平天下”塑造出来的国民性，因而成为中国的一个传统。阮籍和嵇康虽“越名教”，但并不是彻底的反名教，在追求独立自由的人格时，他们根本上还是关注国家社稷的，也提出自己的政治理想来批判曹魏政权，比如嵇康在他的《答难养生论》《声无哀乐论》《难自然好学论》中都有关于理想政治的建构。阮籍也一样，本有济世志，无奈之下理想破灭，才与俗浮沉，但在他的文章中还是表达了自己的政治追求。由阮籍和嵇康来看，他们对独立自由的追求和国家是相联系的。在思维方式上，阮籍和嵇康与“摩罗诗人”也相像。前面还谈到，鲁迅在写作《孤独者》时，中国正处在一个社会动荡、人民生活困苦、政府专制的时代，这个时代和魏晋之间形成对应关系，那么存在于这样社会的先进知识分子自然也面临着相似的处境。19 世纪初期的西方世界，也是一个要求个性解放的时代，浪漫主义文学的出现就是这个时代背景的反映，尼采具有“个”性的“超人”哲学也承接了浪漫主义的个人解放。于是魏晋、西方 19 世纪初期与鲁迅生活的 20 世纪初期就具有历史阶段的相似性，在这个历史阶段的人相应也具有共通的东西。鲁迅在此发现了阮籍、嵇康和尼采、摩罗诗人与魏连殳和“我”的古今中西的一体性，并创造性地实现了古今中西的交织。

《孤独者》对中西文化之“个”还进行了创造性的双向改编，并在此基础上实现了中西文化之“个”的变异，有三个方面值得分析：第一，用人间温情来软化“超人”的冷漠。魏连殳对祖母非常爱戴，发工资了首先给她寄钱，他祖母死了，他不是像很多人那样虚伪地哭泣，而是真诚地感受到祖母人生的不幸，并由这个不幸推及很多这样的人，因而才像狼嗥一样恸哭；同时，他对孩子也非常关心，给他们买吃买穿，可是有一次孩子不要他买的东西，他感到很伤感，这是魏连殳人性的善良。这两个细节可看出魏连殳身上充满了人间的温情，这种温情和爱有两个来源。一方面是传统的社会伦理。中国传统社会很讲究人际温情，人与人和谐相处，每个人要融入集体中，朋友之间也讲究谦恭礼让。即使是嵇康这样的人，他在日常生活中为人也性情温和，阮籍和朋友之间相处同样很融洽。而尼采的“超人”却是很高傲的，他耸立云端，视人民群众为庸众，俯视尘寰，拜伦的孤傲也是如此。《狂人日记》中的“狂人”就有“超人”和拜伦这样的特点。“我”在小说中也是很有人情味的，几次去看魏连殳，提酒去和魏连殳聊天，关心魏连殳的生计问题并给他推荐工作，这是朋友之间的关怀，体现了中国特色的人性温情。《孤独者》已基本摈弃了“超人”的人性冷漠，把中国传统中人性温情的一面附着在“超人”身上，其实就是用中国的文化元素改编西来的文化元素。另一方面是魏连殳的爱实质上不是传统型的爱，他突破了血缘关系而对需要帮助的人施以人道的爱，是基督教博爱精神在中国小说人物形象中的再现，可能是鲁迅从托尔斯泰的人道主义中吸取的养料。1925 年 5 月 30 日鲁迅在写给许广平的一封信中说：“其实，我的意思原也不容易一时了然，因为其中本含有许多矛盾，教我自己说，或者是人道主义与个人主义这两种思想的消长起伏罢。”①人间温情对应人道主义，“个”则对应个人主义，鲁迅袒露自己在这两种思想中斗争。《孤独者》中用人间温情来软化“超人”的冷漠，也是人道主义和个人主义消长起伏的表现。由是可知，在外在形式上，魏连殳和“我”透露出中国式的人性温情，但在爱的伦理关系上却不是以宗法血缘关系为基础的爱，而是带有基督教痕迹的托尔斯泰的人道主义。

---

① 《鲁迅全集》第 11 卷，第 81 页。

第二，用“与俗浮沉”的反抗批判血淋淋的仇杀。魏连殳在生计无着落的情况下投靠杜师长，过着“与俗浮沉”的生活，这是他反抗社会、对社会不满的变态表现。从鲁迅获得西方之“个”来看，尼采、摩罗诗人都具有强力性的复仇思想，后来鲁迅又翻译了《工人绥惠略夫》，主人公在反动势力威逼下最后举枪射向群众，使复仇变得盲目，主人公的这种“无治的个人主义”遭到鲁迅的批判。魏连殳形象受到了绥惠略夫的影响，但是鲁迅却用“与俗浮沉”的反抗改编对群众的疯狂射击的“无治的个人主义”。这个“与俗浮沉”正是阮籍所用的反抗手段，他做官，在表面上认同曹魏政权，他喝酒，酩酊大醉，借此麻醉自己。魏连殳的变态表现和阮籍极其相似，这就是说鲁迅把阮籍的与俗浮沉嫁接到魏连殳身上，来批判性改造一个外来的绥惠略夫。

第三，用进化论的个人存在改造复古论的个人存在。阮籍和嵇康在政治理想上是复古的，所对应的人格理想也具有复古的特点。魏晋时期，玄学兴盛，而玄学主要和道家思想有关，也可以说是道家思想在魏晋时期的新变，主要关注的经典文献是《老子》和《庄子》。竹林名士大都热衷于玄学的清谈，阮籍和嵇康当然不能例外，从他们的文章中可看出这一点。这里以嵇康《答难养生论》中的言论为例进行说明：

> 至人不得已而临天下，以万物为心，在宥群生，由身以道，与天下同于自得。穆然以无事为业，坦尔以天下为公。虽居君位，飨万国，恬若素士接宾客也。虽建龙旗，服华衮，忽若布衣在身也。故君臣相忘于上，蒸民家足于下。岂劝百姓之尊己，割天下以自私，以富贵为崇高，心欲之而不已哉？且子文三显，色不加悦；柳惠三黜，容不加戚。何者？令尹之尊，不若德义之贵；三黜之贱，不伤冲粹之美。二人尝得富贵于其身，中不以人爵婴心也。故视荣辱如一。由此言之，岂云欲富贵之情哉？①

这是讲理想人格和理想政治的构建问题。嵇康认为的“至人”是理

① 嵇康著，鲁迅校：《答难养生论》，收《鲁迅辑录古籍丛编》第四卷，人民文学出版社 1999 年版，第 54—55 页。

想人格的化身，他心怀天下，居高位处之泰然，居低位而不悲哀，正所谓宠辱不惊。嵇康所看重的不是“令尹之尊”，而是“德义之贵”，并且明确反对私欲膨胀，把物质之有视为不存在。嵇康建构这个理想人格是为了实现他的理想政治。“至人”这样的品德必然导致“君臣相忘于上，蒸民家足于下”政治局面。我们知道道家就倡导“无为”的思想，他们崇尚的人格理想是“无已、无功、无名”，在政治理想上则希望回到“小国寡民”的社会。嵇康这段论证的思想核心渊源于老庄为代表的道家，无论是人格理想还是政治理想都是道家思想的一次新的阐发，嵇康其他的文章中也能找到这样的证据，这说明嵇康的主体思想是回归道家的。阮籍在晚年所撰写的《大人先生传》中塑造了一个隐士孙登的形象，这是他的理想人格，“阮籍晚年的言论，表现为强烈的道家立场。他对名教的荒谬、虚伪、奸诈的抨击和揭露十分无情，其态度之激烈可以说近乎偏激”①。通过阮籍和嵇康核心思想的讨论，可以得出结论：他们追求个体人格独立的精神，但是他们却是指向过去的，带有很强的回归倾向。这和孔子复周礼是一样的思维，也可以说是中国文化的一个总体特征。魏连殳开始写进步文章，投靠杜师长之后就写传统的诗文，他也是一种回归的趋势。他的复古倾向是20世纪20年代复古潮流在小说中的表现，也是阮籍、嵇康身上体现出来的传统文化的一个宿命。《孤独者》通过“我”的形象对这个宿命进行了批判性反思，基本的理论武器是西方指向未来的进化论。鲁迅从南京求学开始就接触进化论，他对尼采和“摩罗诗人”的接受都带有进化论痕迹，要完“立人”任务，也要经过一个进化的过程，鲁迅的设想是把中国的奴隶人性首先改造成素朴之人，然后再使他们成为主体性的人。这个人要像“超人”和“摩罗诗人”一样有永远革命的精神，也就是说革命没有止境，进步没有止境。“我”除了对魏连殳具有人道主义关怀外，“我”更加关心他死后的问题。小说的结构以送敛开始，又以送敛终结。通过完整的一个环形结构把魏连殳的一生作了形象的再现。这个环形结构隐喻生命的重复和无意义，如同《在酒楼上》所说的苍蝇一样，绕了一个圈又回到了原地。其实，复古也是循环，中国历史上这样的复古几乎出现于

① 高晨阳：《阮籍评传》，南京大学出版社1994年版，第132页。

历朝历代。魏连殳的复古就是他生命的一次轮回，这个轮回引起了“我”反思，进而作出了逃离循环结构的举动。当“我”在最后看了魏连殳的遗容后，举步出了灵堂。其时那样写道：

> 敲钉的声音一响，哭声也同时迸出来。这哭声使我不能听完，只好退到院子里；顺脚一走，不觉出了大门了。潮湿的路极其分明，仰看太空，浓云已经散去，挂着一轮圆月，散出冷静的光辉。[①]

“我”不能听到哭声，是这个哭声里有太多的世俗与虚伪；顺脚出了大门，是他要与这个虚伪的世界和循环的生命作别。告别这个循环的寂静的不发展的社会，“我”要到哪里去呢？没有明确的方向，而且道路也是潮湿的，但是月光很明亮，乌云已经散去，天空是那样广阔，“我”在月亮冷静的光辉中坚定了要走下去的信念。这个信念在未来，魏连殳也曾经有过，可是他无法逃脱生的炼狱，最终做了与世浮沉的变态反抗，当然这也是人的存在悖论。“我”所要明确的是：只要指向未来，革新传统，就一定会遭受传统的反作用力，先行者于是经历阵痛就成为必然的事情。在此经过了一次情感和理性的再锻造，所见的月光就露出清冷的光辉。“我”在小说中是终极意义的存在者，如同“过客”，“我”与魏连殳形成对话关系，“我”像一条直线切破中国文化的圆圈。这就是是鲁迅用西方进化论的存在个体改造中国回溯性的存在个体。

中西文化之“个”在《孤独者》中的相互改编，其实是中西之“个”经过鲁迅的过滤而实现的一次变异。这是鲁迅在文化上的自觉创新，它浸透着鲁迅的内心挣扎和深刻的精神危机。所以，魏连殳和“我”不仅仅艺术形象鲜明，而且精神内蕴丰富复杂。魏连殳属于传统文化中类似阮籍这样的人，他原来是很激进的，也有改革社会的志向，但是因为生存的诸种问题，就放弃了原来的理想，和生活妥协了。鲁迅在塑造这一人物形象时，显然浸透他思想的血液，“我”从鲁迅中分裂出来，不是仅仅为了否定魏连殳，而是为了深刻地思考魏连殳的存在。从人存在的角度看，魏连殳作出这样的选择也是人的正常之举，他本身

---

① 《鲁迅全集》第2卷，第110页。

就表明了人类存在的通常方式，人都有求生的本能，所以不能完全否定阮籍和魏连殳的存在价值。鲁迅在此对西方那种具有冲创意义的个人主义产生了深刻的怀疑，《孤独者》已经表明先驱者和实际存在相脱节，因此魏连殳身上就有了阮籍那种表面上与世沉浮的性格特征。这样，鲁迅就通过魏连殳和“我”之间的对质把中西文化之“个”并置在同一个话语平台上，从而把人在这种现实下存在的复杂性表现出来了。由是，鲁迅在个人主义和人道主义之间的艰难挣扎就得到了艺术的呈现，而这一矛盾体现出来的精神危机也鲜明地表现在《孤独者》中。

《彷徨》表征了鲁迅彷徨、绝望、挣扎的心路历程，在总体的情感倾向上和屈原很相似。鲁迅受屈原的影响，更多地体现在他的旧体诗创作中，小说中似乎不易直接找到屈原的影子。如果要对应，吕纬甫和魏连殳两个人物形象和屈原比较接近。同时，“我”、涓生和爱姑都有追求个性解放和自由的倾向，也可能有庄子自由主义的影子。这表明鲁迅在整体精神旨趣上开始由西方之“个”向中国传统之“个”位移。这个位移仍然处于过渡时期，暗示了鲁迅多维度的精神世界。那么，在走过了这一过程后，中西文化之“个”在《故事新编》中又会怎样呢？

第四章 《故事新编》：中国传统之“个”的文学新生

《彷徨》是鲁迅小说技巧圆熟的标志性作品集，在《〈中国新文学大系〉小说二集·序》中鲁迅自己说他的小说已经摆脱了国外作家的影响。严格地说是鲁迅此时的小说已经看不到国外作家的明显影响，他把从外国文化和文学中获得的养料咀嚼吸收，然后化为他小说机体的组成部分。与此同时，他对传统文化资源的运用也达到一个新的阶段，比如《在酒楼上》《孤独者》《离婚》等小说有着明显的中国本土风情及传统文化元素。这是鲁迅小说表现风格重大转变的信号，也是他思想较大幅度转变的一个信号。从“个”这个角度看，西方之“个”和中国传统之“个”合流了，而且中国特色渐趋明显。再往前走，他就在中国传统文化中找到更新的资源，于是就创造了更具中国特色又带有西方“个”之背影的新人，这就是《故事新编》要给我们展现的“个”之世界。

第一节 两种英雄的建构

《奔月》和《铸剑》是鲁迅的英雄小说。周海波认为：“就《奔月》和《铸剑》的文本结构来说，鲁迅取用了‘英雄小说’的叙事，但是，鲁迅的叙事却是反‘英雄小说’的，鲁迅将英雄置于一个荒诞的氛围中，使英雄人物失去英雄的立足之地，甚至将英雄与世俗联系在一起，显示出英雄于世俗中的被嘲弄的角色。”① 这个看法有道理，鲁迅所写的这两篇小说的确有这样的思想内涵，其观点是学界有关这两篇小说的

---

① 周海波：《英雄的无奈和无奈的英雄》，载《鲁迅研究月刊》1998 年第 12 期。

最普遍的看法。蒋济永认为这个观点是偏狭的，他以《奔月》为例，用互文性理论把这篇小说拆解为三个套装故事文本，即作家虚构的“猎人故事”、“猎人故事+后羿、嫦娥神话传说故事”、鲁迅和高长虹构成“现实人物事件故事”，分别揭示了它们的互文性与意义生成关系，目的是为《故事新编》其他小说的构成和性质的把握提供方法论启示。他通过这样的分析说明了《奔月》的故事结构形成了神圣和世俗的巨大张力，并且说“这一张力背后所隐含的不仅仅如第二部分所论述的，表现了作者对现实人物事件的讽刺和批判，同时还暗含着鲁迅所代表的神圣与世俗的巨大冲突，凸显的是鲁迅灵魂深处不被世俗所理解的孤独情怀；相反，那种直接视后羿与逢蒙的关系为鲁迅与高长虹的关系，从某种意义上也贬低了鲁迅艺术创造的目的和意义——即把鲁迅小说创作视为借小说以泄个人私愤的功利之作”①。蒋济永的分析的确为研究《故事新编》提供了启示，他的研究是典型的阐释研究，即用西来的互文性理论阐释中国的小说文本，和王国维进行《红楼梦》评论一样，同时作者还注意到中国古代文化和现代之间的关系问题。但是，蒋济永没有关注到中外的关系问题。就鲁迅的小说而言，异域文化元素显然是研究者不可忽视的重要组成部分，即使是《故事新编》这样极富中国特色的小说集，也不能例外。就《奔月》和《铸剑》而言，很明显就能看出英雄后羿、眉间尺和黑衣人是中国文化之“个”，而西方文化之“个”则需要深入解析文本的内在结构才能看清。

一、“后英雄”及其矛盾处境

《奔月》的故事情节并不复杂，只是讲后羿靠狩猎和嫦娥过日子的事情。后羿几乎把所有的猎物都射完了，只剩下了乌鸦，所以天天给嫦娥做乌鸦炸酱面吃。嫦娥吃得非常厌烦，总是希望后羿能够射得其他的猎物来改善生活，于是后羿为满足嫦娥的愿望就跑到更远的地方去打猎，却只射得麻雀，但相对于乌鸦炸酱面而言毕竟是改善了，于是嫦娥希望他去更远的地方。结果后羿把别人家母鸡当猎物射了，后羿便赔了

---

① 蒋济永：《〈奔月〉的故事构造和意义生成》，载《现代文学研究丛刊》2007年第2期。

所带的干粮并欠了五个炊饼，还抵押了射鸡的箭，才满心欢喜地带着鸡回家。可是路上又遇到自己的小人徒弟逢蒙的暗算，结果天黑了才回到家中，这时嫦娥已经无法忍受这样没有着落的生活，她就偷吃了西王母送给后羿的成仙灵药升天到月宫上去了。学界一般把后羿说成末路英雄，重在分析后羿为什么是末路英雄，而对鲁迅怎样建构这样的英雄的研究并不充分，即使是有一些论文谈及也仅仅局限在古代与现代融合的这个角度，而对鲁迅如何把西方这方面的要素融合进来几乎无人谈及。其实这两个问题是具有内在逻辑的，因而先要从古代与现代融合谈起。

《奔月》的故事来源于古代神话传说，但不是取自某一本书，而是鲁迅对《淮南子》《山海经》《孟子》和《楚辞》这些书中有关故事的整合。《淮南子》之中的《本经训》和《览冥训》则提供了主要的故事梗概：

> 逮至尧之时，十日并出。焦禾稼，杀草木，而民无所食。猰貐、凿齿、九婴、大风、封豕希、修蛇皆为民害。尧乃使羿诛凿齿于畴华之野，杀九婴于凶水之上，缴大风于青邱之泽，上射十日而下杀猰貐，断修蛇于洞庭，擒封豕希于桑林。万民皆喜，置尧以为天子。①

> 譬若羿请不死之药于西王母，姮娥窃以奔月。怅然有丧，无以续之。何则？不知不死之药所由生也。是故乞火不如取燧，寄汲不若凿井。②

其实在上古神话中后羿并非被尧派遣，而是：“帝俊赐羿彤弓素矰，以扶下国，羿是始去恤下地之百艰。”③《山海经·海外南经》又说：“羿与凿齿战于寿华之野，羿射杀之在昆仑虚东。弃持弓矢，凿齿持盾，

---

① （西汉）刘安等编著，高诱注：《淮南子》，上海古籍出版社1989年版，第80页。

② 同上书，第67—68页。

③ 方韬译注：《山海经》，中华书局2009年版，第280页。

一曰戈。”[①] 先秦诸子文献中也多关于后羿善于射箭的记载，[②] 由此可以看出先秦以前后羿是一个受人尊敬的射箭英雄。《览冥训》所记有高诱的注：“姮娥羿妻，羿请不死之药于西王母，未及服之，姮娥盗食之，得仙，奔入月中，为月精。”[③] 其实在上古神话中后羿和嫦娥是两个不相关的人，嫦娥为何和怎样与后羿联姻还是一个谜。据考证嫦娥是帝俊的妻子常羲即常仪，她为帝俊生了 12 个月亮，而帝俊的另一个妻子则是生出 10 个太阳的羲和[④]，事实上就是说后羿拐走了帝俊的妻子。关于后羿之死常见的两个记载都说他是被自己的学生或家臣逢蒙害死的。[⑤] 鲁迅获得这个故事还有一个来源是《楚辞》，《楚辞 · 天问》首先说到射日英雄后羿，后又指出了后羿的荒淫无道，闫德亮认为这是屈原把神话英雄后羿和《左传 · 襄公四年》中的有穷后羿合二为一，并指出王逸早就看出这一点。[⑥] 有穷后羿荒淫无道，后被寒浞所杀，因而屈原的这个合并丰富了后羿射日的神话故事，同时也把上古神话英雄后羿世俗化。

现在回过头看看鲁迅怎样改编古代神话中的英雄故事。后羿是射日英雄，箭术高明。《奔月》中写后羿射麻雀，麻雀那么小，他却射得那样准，还写到后羿射母鸡正中心脏和在面对逢蒙的暗算时他的应对以及结尾他射月亮的胆魄，也提到帝尧时他射野猪和蛇的事情。这些描写都是为展现后羿英雄的面相，显然鲁迅直接借用了古书上的记载，对于嫦娥偷药奔月也沿用了《览冥训》中的说法。但是鲁迅进行了至少两个明显的改编：其一，后羿的世俗化。后羿是神话英雄，他具有神性，可是在《奔月》中后羿神性已经世俗化了。小说一开始就把读者带入现

---

① 方韬译注：《山海经》，中华书局 2009 年版，第 182 页。

② 见《论语 · 宪问》“羿善射。”《庄子 · 桑庚楚》：“一雀适羿，羿必得之。”《管子 · 形势解》：“羿，古之善射者也。调和其弓矢而坚守之，其操弓也，审其高下，有必中之道，故能多发而多中。”《孟子 · 告子上》：“羿之教人射，必志于议。”《荀子 · 王霸》：“射远中微，则莫若羿。”

③ （西汉）刘安等编著，高诱注：《淮南子》，上海古籍出版社 1989 年版，第 67 页。

④ 参见闫德亮《论后羿射日神话的产生与演变》，载《中州学刊》2002 年第 3 期。

⑤ 常见的两个记载见《孟子 · 离委下》：“逢蒙学射于羿，尽羿之道，思天下惟羿为愈己，于是杀羿。”王逸注《楚辞 · 离骚》：“羿归自田，……家臣逢蒙射而杀之。”

⑥ 参见闫德亮《论后羿射日神话的产生与演变》，载《中州学刊》2002 年第 3 期。

实中，后羿则是一个活生生的猎人形象，随后他便要面对嫦娥的抱怨，他明显陷入了生存的困境，我们只能从他的狩猎中领略到他英雄的一面。这个改编并不是鲁迅的独创，古已有之，屈原对神话英雄后羿和有穷后羿的叠合就使英雄后羿发生了世俗的转化，鲁迅应该受到了屈原的启示，但不同的是屈原把一些不好的世俗恶习加在了神话英雄后羿的身上，而鲁迅却是把后羿周围的人变得世俗，让后羿必须面对和处理最基本的世俗事物，从而把后羿置于一个英雄无用武之地的尴尬境地。鲁迅从北京南下厦门，固然有爱情的原因，但他作为先驱者与落后势力之间的斗争而导致自己遭受世俗势力的排挤也是他离开北京的重要原因。而在撰写这篇小说之前，他又遭受了自己曾经很看重的还在北京的学生高长虹的攻击。鲁迅离开战斗阵地北京，表面的战斗力量的削减必然造成世俗势力的增长，于是有些人以为英雄的战士将不复存在，而英雄也将没有用武之地。鲁迅借助后羿射日和嫦娥奔月的故事把这种社会形势很形象地展现出来，但是他并未否定英雄的存在，后羿作为英雄的一面依然还在世俗生活的背后。小说所展现的问题是英雄和英雄时代的错位，按理说英雄应该对应英雄时代，但是后羿作为英雄却面对的是世俗的时代，这样就把英雄的作用悬置起来。

其二，鲁迅改编了后羿的结局。后羿在古代正统文献中是被自己学生或者家臣杀死的，鲁迅没有让他死，而是在文中说了后羿保留了“啮镞法”从而防住了逢蒙致命的一箭，这是鲁迅借用《列子·汤问》中的说法来改编后羿的结局。为什么如此改编？此乃鲁迅肯定英雄的用意所在。英雄虽然不能遇到英雄的时代，但英雄本色不能变，“啮镞法”乃是英雄在世俗时代对付小人的手段。英雄倘若死了，世俗势力将更加猖獗。这里明显看到了高长虹事件的影子，高长虹是鲁迅曾经的得意门生，没想到他反戈一击，就像逢蒙一样。鲁迅显然不能让英雄死去，否则的话，高长虹这样的后生小人不就更加得意忘形。英雄后羿的存在就是对高长虹存在的一种对抗和警示，而且要用没有传授给高长虹的绝招制住高长虹们，这是鲁迅不想放弃的原则，也同时表明鲁迅对后羿英雄精神的再一次认同。通过这两个明显的改编，鲁迅不是为了展现一个所谓的“末路英雄”，也不是简单地否定英雄，而是向我们提出“后英雄”时代的问题，也就是说他要着力建造一个“后英雄”的存在，然后让这个存在逼视读者思考英雄的永恒性及其遭受现实反噬的问题。文中女乙所说的“老爷还是一个战士”就是对英雄后羿的承认。后羿式英雄不论在什么时候他都是英雄，虽然对象的阙如会使后羿的存在显得尴尬，但是后羿射日的社会作用和价值仍然会存在，只不过是被暂时的世俗时代悬置而已。

通过上面分析可以看出，鲁迅通过古代文本间的相互改编和现实细节对古代故事的改造完成了后羿形象的更新。当鲁迅把后羿悬置在世俗生活之中时，后羿和他周围的人就形成了一个表面上相合实质上却是对立的结构。最关键的人物是嫦娥，嫦娥是一个享受型的人，要过好日子，首先要吃好，对天天吃乌鸦炸酱面深恶痛绝，终于忍受不了清苦而偷吃灵药奔月。母鸡的主人听信谣言否定后羿的英雄壮举，逢蒙射暗箭加害后羿，仆人们对后羿只能是服服帖帖，听信别人谣言，不能作出自己的独立判断。嫦娥、母鸡主人、逢蒙和后羿的仆人一起构成了后羿面对的世俗世界。后羿为了生存去射猎，对嫦娥也是言听计从，这是他对生活的认同。可后羿的骨子里是有英雄气概的，他射猎的准确和射月雄姿是当年射日英雄的再现，虽然这些是在世俗事物中展开的，但实质上还是把后羿与世俗世界对立起来。鲁迅没有停留在这一点，而是对后羿这样的被悬置的后英雄进行了精神的追问。这个追问正是鲁迅在北京时期精神深层的问题。鲁迅在小说中对此作了形象的展现，他对仆人说：

> 那么，你们太太就永远一个人快乐了。她就忍心撇了我独自飞升？莫非看我老起来了？但她上月还说：并不算老，若以老人自居，是思想的堕落。①

鲁迅明显是沿用了古代文献中记载的后羿很心疼嫦娥的离去，但其实不是那么简单。嫦娥是后羿的妻子，在现实关系上和后羿是最为亲密的人，可这样的人竟然偷药奔月去独享幸福生活。英雄的后羿在嫦娥的眼中是不值得留恋的，嫦娥抛弃后羿是生活层面的，从另一方面说也是后羿在精神层面抛弃嫦娥，因为嫦娥根本不具有人的创造价值层面的意

---

① 《鲁迅全集》第2卷，第380—381页。

义，她和母鸡的主人、逄蒙及仆人都是世俗的人，他们不懂得一个思想的先驱者和战士的价值，于是在生活层面上后羿就被抛弃了，同时在精神价值意义上嫦娥及和她类似的人也被后羿所抛弃。最后鲁迅留给我们的仍然是超人和庸众之间的关系问题。后羿作为英雄为人类作出了贡献（射日免除干旱），但他完成这一壮举生存在后英雄时代时，他却被自己的妻子所抛弃。亲人对后羿的抛弃让我们想起鲁迅创作《奔月》之前的所写《颓败线的颤动》，母亲靠出卖肉体为儿女们铺路，但老了却遭遇到儿女们的抛弃，这正是先驱者的牺牲得不到回应的表征，后羿和这位母亲一样。看来鲁迅在《奔月》中并没有放弃先驱者和民众或者“超人”和庸众之间关系的思考，这种悖论一直困扰着鲁迅。鲁迅不想完全否定后羿式英雄的价值，上面引文中的疑问不正说明了鲁迅对思想先驱和战士的迷恋吗？这个迷恋是鲁迅留日以来一致所持有的“超人”观的再现，后羿被塑造成“后英雄”，同样在骨子里有“超人”、“精神界战士”和人民公敌的影子，而这些文化养料是来自西方的，所以在悄无声息中又展现了西方文化之“个”对鲁迅的影响，不过这个影响的痕迹已经非常隐蔽了。鲁迅在小说的最后虽然让后羿射月以示他的气愤，但后羿还想着去再请灵药，以便追上嫦娥。升天表面上是仙人的行为，但其实质却蕴含着世俗的享乐，这种追求是对人类价值的否定。后羿这样的行为动机又构成对英雄价值的否定，与前面叙事中后羿世俗化中的英雄性肯定相对应，从而完成否定中的肯定和肯定中的否定的回环结构。《奔月》的复杂性和鲁迅思想的复杂性形成同构关系。在这样的设置中最终把“后英雄”的悖论呈现在这里：面对现实，后羿的精神可能堕入尘俗。这是革新者面临的一个无法避免的困境。

二、多元文化织就的复仇英雄

《铸剑》塑造的是复仇的英雄形象，读来让人血脉贲张，最后在毁灭中收获快感和悲凉。之所以获得这样的艺术张力，鲁迅在写给增田涉的一封信里说了原因：“《故事新编》中的《铸剑》，确实写得较为认真。”① 鲁迅这篇小说的思想和艺术成就都可以说达到了炉火纯青的地

① 《鲁迅全集》第14卷，第384页。

步，其中最重要的表现在于复仇英雄宴之敖和眉间尺形象的塑造。考察宴之敖和眉间尺形象来源，我们发现鲁迅非常巧妙地通过现实生活的细节把他在中国传统、西方文化中所获得“个”之元素融合起来。

《铸剑》的故事情节源于一系列古代文献，郑家建认为主要出典：一是《吴越春秋·阖闾内传》《越绝书·越绝外传·记宝剑》《孝子传》；二是《列异传》和《搜神记》。[①] 郑家建的看法显然是根据《铸剑》文后的注释和鲁迅写给增田涉的信。[②] 蒋济永在《传奇故事的改写与现代小说的形成》一文中详细地梳理了《铸剑》的故事原型，并认同了周楠本在《关于眉间尺故事的出典及文本》的看法：《铸剑》故事的来源是西汉刘向所著的《列士传》。[③] 但西汉刘向所撰的这本书后来亡佚了，我们所看到的眉间尺故事其实是源自《太平御览》中的转录，熊明在《刘向〈列士传〉异文辑校》一文中对眉间尺故事进行了辑校。现在录于下：

> 干将莫邪为晋君作剑，三年而成。剑有雄雌，天下名器也。乃以雌剑献君，留其雄者。谓其妻曰：“吾藏剑在南山之阴，北山之阳，松生石上，剑在其中矣。君若觉杀我，尔生男，以告之。”及至，君觉，杀干将。妻后生男，名赤鼻，具以告之。赤鼻斫南山之松，不得剑，思，于屋柱中得之。晋君梦一人眉广三寸，辞欲报仇。购求甚急，乃逃朱兴山中。遇客，欲为之报，乃刎首，将以奉晋君。客令镬煮之，头三日三夜跳不烂。君往观之，客以雄剑倚拟君，君头堕镬中，客又自刎，三头悉烂，不可分别。分葬之，名曰“三王冢”。[④]

熊明辑校的这段文章和蒋济永引述的这段文章在断句和标点上都有

① 参见郑家建《历史向自由的诗意敞开》，上海三联书店2005年版，第59页。

② 鲁迅在信中说铸剑是取材幼时说过的书，大概是在《吴越春秋》或《越绝书》里面。(见《鲁迅全集》第14卷，第386页。)

③ 参见蒋济永《传奇故事的改写与现代小说的形成》，载《现代文学研究丛刊》2011年第3期。

④ 熊明：《刘向〈列士传〉佚文辑校》，载《文献》2003年第2期。

不同，蒋文所引原文写“头三日三日跳不烂”，这恐怕是引用时把“夜”写成了“日”。蒋文令人称道的是通过分析鲁迅的《铸剑》，辨析出鲁迅在什么地方改编了原故事，从而指出这种改编所产生的文本和思想意义，其中很有见地地认为通过这样的改编改变了叙述对象，即由以故事情节为主的叙述变成以塑造人物为核心。[①] 那么这个核心人物当然是指眉间尺和宴之敖了，蒋济永只分析了转变的文本现象，并未说明引入现实细节来转变。鲁迅首先从古代传说故事中看定了两个正面的人物形象赤鼻和客，并把他们改成眉间尺和宴之敖（黑衣人），这就是英雄的出典。为塑造这两个人物形象并使他们具有现代小说的韵味，鲁迅采用的手段是引入现实的细节。眉间尺在《铸剑》中有一个成长的过程，他在老鼠的啃咬中醒来，一下就把一个历史故事放在了现实的生活场景下，这场景正是鲁迅住在中山大学钟楼上的情景再现。《在钟楼上》写过这样的话：“这样地一天天的过去，而每夜是十多匹——或二十匹——老鼠的驰骋，早上是三位工友的响亮的歌声。”[②] 眉间尺醒来后玩掉进水缸的老鼠，在用芦柴玩弄老鼠最后把老鼠弄死的过程中，体现了眉间尺对敌人的残酷和基本人道关怀间的矛盾。一般把这一设置解读为眉间尺的优柔寡断，其实这正是眉间尺作为一个正常人的表现。眉间尺母亲醒来和他的对话是把眉间尺由一个正常人推向一个非正常人的过程，从而使眉间尺变成一个复仇的工具。眉间尺在没出生之前已经被定格为复仇的生命了，母亲含辛茹苦的培养就是最终要让他长成一个纯粹的复仇英雄。在十六岁的成人礼上，母亲用复仇来诠释了他的成熟，也就是说在母亲眼中他能够顶天立地地为父亲复仇就等于他的成熟。因为母亲的教育，眉间尺终于完全抛弃了对待敌人所残存的人道情怀。他于当天天明就穿上青衣、带上宝剑，走上复仇的路。他亲自复仇不成后遇到黑衣人，当黑衣人说帮他复仇时，他在作出黑衣人会为他复仇的判断后，果断地砍下自己的头颅并宝剑给了黑衣人，他的肉体生命在这里便结束了。最后黑衣人见了王，把他的头放在镬中，用计谋杀死了王。这

① 参见蒋济永《传奇故事的改写与现代小说的形成》，载《现代文学研究丛刊》2011年第3期。

② 《鲁迅全集》第4卷，第34页。

些情节鲁迅不断地通过街市上的世俗像来提示复仇英雄生活的现实背景，男人女人的慵懒，无聊的看客，还有向王臣服的民众以及侏儒样的弄臣都是鲁迅看到的中国现实的再现。黑衣人的出现是眉间尺式复仇英雄的转机，他很多地方都超越了眉间尺，有现实经验，消息灵通，更关键的是具有复仇的强大气场。据上面的分析可以得出，眉间尺和宴之敖两位复仇英雄直接渊源于中国古代的文献记载，然后鲁迅再通过现实细节的引入把他们塑造成具体可感的小说人物形象。

除了中国古代的“个”外，鲁迅这两个复仇英雄和越中的复仇文化品格及这种文化养育的复仇女鬼也有关联。清末王思任在给朋友一封信中说“夫越乃报仇雪耻之乡，非藏污纳垢之地”[①]，这是说绍兴有复仇的传统，大抵从越王勾践那里继承下来。杨义曾经指出，《铸剑》中的“剑”在这里就是古越文化的象征。而古越文化不仅有大禹的卓苦勤劳，还有勾践的慷慨之志。更重要的是，在古越文化中总是激荡着一种阳刚、悲壮的精神气概，一种报仇雪耻的文化品格。[②]《铸剑》通过“剑”构筑了这种古越文化的复仇的精神底蕴，激荡着生命的凌厉、崇高和震撼。古越民间文化中的复仇女鬼也是鲁迅在儿时于绍兴获得的中国传统之“个”。女吊就是女性吊死鬼，中国各地都有这种说法，但绍兴的女吊不大相同。杨义认为《吴越春秋》和《越绝书》是秦汉之际尚属边鄙之地的吴越文化，借民间情绪、生命及其想象力而写下的自己的复仇史诗。[③] 眉间尺故事在这两书中也有记载，看来绍兴民俗中的复仇女吊也同属于这一复仇谱系。正是这样的文化传统造就了这里的女吊死鬼不同于别处，鲁迅说：“不过一般的绍兴人，并不像上海的‘前进作家’那样憎恶报复，却是事实。单就文艺而言，他们就在戏剧上创造了一个带复仇性的，比别的一切鬼魂更美，更强的鬼魂。这就是‘女吊’。”[④] 女吊在鲁迅的笔下是一个极富生命力的鬼魂形象，她一上场，就摄人心魄：“大红衫子，黑色长背心，长发蓬松，颈挂两条银锭，垂

---

① 转引自《鲁迅全集》第6卷，第642页。

② 参见杨义《中国古典小说史论》，中国社会科学出版社1995年版，第86页。

③ 杨义《中国古典小说史论》，中国社会科学出版社1995年版，第84页。

④ 《鲁迅全集》第6卷，第637页。

头，垂头，弯弯曲曲的走一个全台，内行人说：这是走了一个‘心’字。”① 为什么穿红色，因为他投缳之际，准备做厉鬼到阳间复仇，而穿红色容易和生人接近。等到女吊表达自己遭受不白之冤时，是极尽女吊悲哀之能事，她四顾，倾听，似惊，似喜，似怒，终于唱出胸中积怨已久的愤慨：奴奴本是杨家女，呵呀，苦呀，天哪……女吊横死，在人间遭受了不平、不公，死了变成厉鬼，决计要向人间复仇，这是被压迫者的复仇，所以也绝无被报复的恐惧。在《铸剑》中，我们看到被砍下的头颅在镬中上下浮游、歌唱、搏斗，这分明是生命飞扬，哪是什么死亡的灰飞烟灭。和女吊上台走动和唱歌那种生命的激越很相似。而且眉间尺开始犹豫不决，最后义无反顾，一心为复仇，因而当黑衣人要借用他的脑袋和宝剑去帮他复仇时，他确信后毅然割下自己的头颅，其复仇的果敢是很明显的。黑衣人更是大义凌然，复仇的态度明朗、果敢而有计谋，最后也砍掉了自己的脑袋帮眉间尺在镬中咬死了国王。眉间尺和黑衣人复仇的坚决和女吊很相似。而在镬中三头打斗的场面更是鬼性的展现。本来头被割下，人就死了，可是在《铸剑》中这些被割下的头颅还有魂魄，复仇的意志还寄寓在他们头脑中，只有民间的鬼才这样。这一场景的设置不仅表达了复仇的坚决：砍了头也要和敌人斗争（无论眉间尺、黑衣人和国王），直到把敌人咬死；同时把鬼气挪用在这里，使小说具有恐怖的气象。眉间尺和黑衣人也有无常的影子。这无常虽是勾魂使者，却是一个追求公正、公平的鬼魂，“他爽直，爱发议论，有人情，——要寻真实的朋友，倒还是他妥当”②。这就是黑衣人的品格，他对待眉间尺就是真朋友，不计较得失，代表人类共同的价值追求。当三颗头颅落在镬中，眉间尺和黑衣人一起把王头咬死，最后剩下了三个不能分辨的头骨，这是一个极好的隐喻。王权和贫民在原来是有等级的，可是当他们都变成了骷髅头后，这里的等级就被消泯了，所以最终都被当作王的待遇而埋葬。这就是公正、公平、平等的极好表征，而无常作为勾魂使者在行使权力时也是铁面无私的。以上所说的女吊和无常当然是鲁迅在查越中的民间文化中获得的养料，并且他还善于

① 《鲁迅全集》第6卷，第640页。

② 《鲁迅全集》第2卷，第282页。

把现实和历史与他们交织在一起，从而在《铸剑》中打造了一个惊心动魄的人鬼世界。

眉间尺和黑衣人都是复仇英雄，但他们存在很大的不同。眉间尺只是为报父仇，为个人之利，是墨子侠士精神变迁被异化的产物，这在后来成为中国侠士的主流。而黑衣人却不同，在文本中是通过这样一段话来表现的：

> 我一向认识你的父亲，也如一向认识你一样。但我要报仇，却并不为此。聪明的孩子，告诉你罢。你还不知道么，我怎么地善于报仇。你的就是我的；他也就是我。我的魂灵上是有这么多的，人我所加的伤，我已经憎恶了我自己！①

史志谨分析这段话提出两点认识：第一，黑衣人否认并憎恶所谓的侠义之士，心里全没有所谓“仗义，同情，那些东西”；第二，黑衣人代眉间尺报仇也不是因为认识他的父亲，不是以“士为知己者死”为行为准则，而是因为“我怎么地善于报仇”，是因为彻底憎恶了黑暗的现实与代表了这黑暗的残暴的大王，乃至憎恶“我自己灵魂上有了许多人我所加的伤”的自己。② 这个分析没有明确指出黑衣人正是在这一点上与眉间尺存在根本的不同，也就是说黑衣人的复仇已经突破了个人私利，他具有追求人类公平正义的意义指向，这就与眉间尺形成了一个对立的人物结构。眉间尺是为个人利益的复仇英雄，黑衣人是体现人类价值维度的复仇英雄，他具有墨子侠士为天下打抱不平的精神气质。这正是鲁迅喜欢墨子的一个表现，所以史志谨笼统地说鲁迅反对传统的侠义观是不大确切的。③ 鲁迅在《流氓的变迁》中说墨子的侠老实，这是赞扬，他批评的是后来从墨子的侠演变而来的“取巧的侠”。④

其实，黑衣人之所以能成为一个与眉间尺对立的具有人类价值维度

---

① 《鲁迅全集》第2卷，第441页。

② 参见史志谨《〈铸剑〉与鲁迅的侠义观和讽刺艺术》，载《社会科学论坛》2004年第4期。

③ 同上。

④ 《鲁迅全集》第4卷，第159页。

的复仇英雄，还有西方文化元素的引入。鲁迅在日本留学的时候就写过《摩罗诗力说》，在文中他专门论述了波兰的两位复仇诗人：密茨凯维支和斯洛伐斯基。鲁迅介绍了这两位诗人的生平事迹和主要诗歌，密茨凯维支的诗歌《死人祭》几乎是诗人自己的经历再现，诗中的《契珂夫斯奇》和《娑波卢夫斯奇》往往闻报复之声。《死人祭》第三篇又是反抗沙俄皇帝的檄文，特别指出诗歌末尾的复仇之声：“渴血渴血，复仇复仇！仇吾屠伯！天意如是，固报矣；即不如是，亦报尔！报复诗华，盖萃于是，使神不之直，则彼且自报之耳。”① 又说：“斯洛伐支奇为诗，亦时责奸人自行诈于国，而以诈术陷敌，则甚美之，如《阑勃罗》（Lambro）《珂尔强》（Kordjan）皆是。《阑勃罗》为希腊人事，其人背教为盗，俾得自由以仇突厥，性至凶酷，为世所无，为裴伦东方诗中能见之耳。珂尔强者，波阑人谋刺俄帝尼可拉一世者也。凡是二诗，其主旨所在，皆特报复而已矣。”② 在鲁迅的眼里，这两位乃反抗民族压迫、主张报仇的诗人，而且复仇坚决，充满血腥。他们不是为个人恩怨复仇，而是为整个民族的解放和自由，提倡誓死与专制独裁者决一死战的精神。《铸剑》中的黑衣人具有人类价值维度的复仇精神显然也有波兰这两位复仇诗人的滋养，他们都指向专制王权，复仇的目的是毁灭专制暴政，获得人和民族的解放和自由。同时在《铸剑》也能看到绥惠略夫的影子，他一个人向专制挑战，最后被逼向群众开枪，具有“超人”的精神气质。黑衣人孤身前往王宫，用计谋刺杀了国王，也具有“超人”的英雄气概。刺杀国王本身是反对专制暴政的复仇，但《铸剑》却给读者展现了一个毁灭一切的场面，连同复仇者本身，这种决绝和毁灭一切的思想渊源之一正是鲁迅从尼采那里获得的，让人想起尼采“重估一切价值”。鲁迅南下厦门而广州，由革命的后台逐渐走向前台，他从北京的突围本身就是对专制暴政的一种反抗。《铸剑》通过奇特的想象，酣畅淋漓地描写了宴之敖、眉间尺和楚王的生死搏斗，主人公义无反顾、誓向暴君讨还血债的坚韧的复仇精神就是指向“三·一八”惨案的屠伯们和广州血腥屠杀革命人民的新旧军阀，其现实的维度是明

① 《鲁迅全集》第1卷，第97—98页。

② 同上书，第98页。

确的。同时，鲁迅对这种毁灭之后也存在希望，他似乎想从这里找到突破绝望的道路，正像他在《野草》中所说的那样："过去的生命已经死亡。我对于这死亡有大欢喜，因为我借此知道它曾经存活。死亡的生命已经腐朽。我对于这腐朽有大欢喜，因此我借此知道它还非虚空。"① 鲁迅果敢地毁灭旧世界的想法在五四时期就存在了，他力倡"超人"和先驱者，对庸众和普通民众的"末人"进行了全方位的展现，这在《呐喊》和《彷徨》很多见。到厦门广州后所做的小说也是不时露出这样的特质，《铸剑》中有很多例子，楚王出巡和眉间尺被干瘪少年围困的时候还有那么多看客，国王的侏儒弄臣以及事发后无计可施的一大群官僚和王妃都是庸众的再次展现。眉间尺自刎之后，凶恶的狼吃人的场景又让人想到《狂人日记》中的吃人，凶恶的专制势力就是狼，它吃人也吃自己的同类，但是面对黑衣人这样的强力之人，它也只有闪着绿眼看他扬长而去了。宴之敖的独异和超人性在此得到比较好的体现。郑家建认为："在主题原型上，它（宴之敖，笔者注）是鲁迅小说中独异于个人与庸众的对立形象谱系的延伸，干瘪脸的少年显然是那一群麻木、自私、无聊庸人的典型代表，从而对比出眉间尺反抗的孤独。"② 郑家建没有论述这种形象谱系的文化来源，其实它正是尼采"超人"与"末人"形象结构通过《呐喊》再经由《彷徨》传到《铸剑》中的表现。鲁迅不是像《呐喊》和《彷徨》那样借助现实的维度来展现，而主要是借助历史故事编入现实和西方文化的元素。同时狼又是强力的象征，茹毛饮血是狼的本性，鲁迅通过惊心动魄的细节描写让我们看到中西之"个"交织的影子。郑家建分析《铸剑》中狼的场面时说："小说中这一段描写虽然悚人毛骨，但又有着爽肌戛魄的艺术魅力，因为，在这野性的嗥叫中，洋溢的是一种强悍和力量，是一种愤怒之音，反抗之音，复仇之音，同时，也是刚劲之美，生命之美，悲剧之美。这种精神与鲁迅对摩罗诗人、无常、女吊的倾心是相契合的。"③ 从文本中能直接看到中国传统之"个"，而鲁迅早年从日本获得的"超人"、摩罗

---

① 《鲁迅全集》第2卷，第163页。

② 郑家建：《历史向自由的诗意敞开》，上海三联书店2005年版，第57页。

③ 同上书，第130—131页。

诗人则隐藏在了文本的后面，但这并不是说西方之“个”不存在了。鲁迅的高超在于自然地把西方之“个”熔铸到中国传统之“个”中，然后以一个中国化的新形象展现在读者面前。

《铸剑》的结尾同样耐人寻味，鲁迅在《野草》中期望的那种毁灭后的大欢喜只能是一个泡影。代表人类价值维度的复仇英雄和夏瑜一样死了，他虽不是被反动势力所屠杀，但他的刎颈同样把一个先驱者死后的问题放在了读者的面前。黑衣人和眉间尺的死并未对庸众产生警示作用，《铸剑》末尾提供了一幅让人无论如何也高兴不起来了的画面：

> 百姓都跪下去，祭桌便一列一列地在人丛中出现。几个义民很忠愤，咽着泪，怕那两个大逆不道的逆贼的魂灵，此时也和王一同享受祭礼，然而也无法可施。
>
> 此后是王后和许多王妃的车。百姓看她们，她们看百姓，但哭着。此后是大臣，太监，侏儒等辈，都装着哀戚的颜色。只是百姓已经不看他们，连行列也挤得乱七八糟，不成样子了。[①]

百姓对王的下跪说明百姓很盲目，这样一个因心情不好就随便杀人的残暴君主也值得给他下跪。百姓在这里是一个无主体独立性的“末人”形象，他们把一切希望都寄托在王身上，他们坚守既然当了王就是好的逻辑，这和人们认为阿Q被枪毙就是坏人一样没有区别。而那些王后、大臣、太监和侏儒也是王欺辱的对象，妃子就是王泄欲和生儿育女的工具，大臣、太监和侏儒充其量是弄臣，王的玩物而已，可是这些人没有丝毫的觉醒，他们还在为那不值得流泪的人流泪，尤其是这些麻木的民众还生怕两个复仇英雄享受祭礼，这真是莫大的讽刺和悲哀。这样鲁迅就在结尾中再一次把“后英雄”时代的问题凸显出来，也是对先驱者牺牲价值的再一次震撼人心的反思。让人更为担忧的是，鲁迅所期望的个人价值无法保证，死亡的过去能够使人知道存活过，但是现在这个黑衣人的躯体都死灭了，人对他的死并不理解。主体独立性又怎样传递给人民大众？这根本不可能，民众的下跪和这一干王妃、王臣都执迷

① 《鲁迅全集》第2卷，第451页。

不悟，他们没有觉醒的兆头。复仇英雄的毁灭是真的毁灭了，一干二净，不在世界留一点痕迹，而且还被民众害怕，反而倒是王的恩泽要流芳千古似的。于是我们知道，《铸剑》的结尾留给读者的不是毁灭后的快意和欢喜，而是绝望的悲凉和愤懑。

第二节 "民族脊梁"的重建

《奔月》和《铸剑》是鲁迅从北京到上海过渡阶段的小说，英雄气还较为明显，与《补天》中女娲形象更近，是英雄式的本能之人，对社会责任的那个维度还没有完全展现出来。也就是说，人物形象依然具有"超人"性或者说神性，这说明启蒙者优势在鲁迅心中还有一定的位置。到达上海后，鲁迅与许广平同居，和创造社、太阳社发生论战，逐渐学习和接受了马克思主义的文艺观。这场论战是鲁迅进入政治漩涡的重要的根源，使鲁迅成为共产党的"同路人"。鲁迅也因此卷入无休止的政治争斗中，外部复杂的矛盾斗争导致他内心矛盾也日益尖锐和复杂，在死之前的三年内是鲁迅最艰难的时期。《非攻》和《理水》就是产生于这一时期。一般认为这两篇小说是《故事新编》中最具亮色的小说，塑造了中国的脊梁。较早提出这个看法的是王瑶，他依据鲁迅所写的《中国人失掉了自信力吗》，认为墨子和大禹就是鲁迅所塑造的"民族的脊梁"。① 日本学者竹内好在《鲁迅》中否定了《故事新编》的小说价值②，伊藤反驳了竹内好的观点，给予了《故事新编》很高的评价，认为《非攻》和《理水》中的墨子和大禹是鲁迅所塑造的积极的英雄人物形象。③ 郑家建在《历史向自由的诗意敞开》中用文本细读的方法质疑王瑶的说法，认为鲁迅通过反讽解构了民族的脊梁。④ 刘春勇在《中国的脊梁》一文中不完全同意王瑶和郑家建的观点，他认为："这两篇既是鲁迅晚年对'希望'的表达，也是他对'大孤独''大寂

---

① 参见王瑶《鲁迅作品论集》，人民文学出版社1984年版，第214—219页。

② 参见［日］竹内好《鲁迅》，李心峰译，浙江文艺出版社1986年版，第83页。

③ 参见［日］伊藤虎丸《鲁迅与日本人》，李冬木译，河北教育出版社2000年版，第159页。

④ 参见郑家建《历史向自由的诗意敞开》，上海三联书店2005年版，第39—42页。

寞’与‘大绝望’的表达，而这一切反映在文学上就是对墨子和大禹两个历史形象的重新塑造上。在故事中，这两个形象一方面是‘希望’与‘脊梁’的象征，另一方面意寓‘大孤独’‘大寂寞’与‘大绝望’。”① 以上这些观点都有值得称道的地方，但是研究者大都似乎局限在古今的视域下来分析这两个人物形象，只有伊藤引入了西方文化的元素，但是他的论述又认为两个积极人物形象的实质是西方的“个”，这又把中国传统中具有积极意义的“个”舍弃了。那么，在中外古今的视域下，在整个鲁迅小说主体人物形象演变的过程中，来探索鲁迅在这两个人物形象身上是如何编织中西之“个”的，对重新认识墨子和大禹民族脊梁的现代新生具有重要意义。

一、“墨子”的现代性激活

在春秋战国时期，墨家与儒家并称显学，但是它们处于对立的地位，孟子骂墨子是禽兽，庄子也说墨家反天下心。学术界一般认为秦汉之际墨家衰亡，直到晚清墨家思想才再度中兴。晚晴朴学大家开始注释和辑校散佚错讹的墨家文献，经王氏父子、俞樾到孙诒让再到梁启超，墨学研究逐渐中兴，民国胡适继续研究墨子。鲁迅就是在晚清到民国墨学中兴这个历史过程中接受墨子的，但鲁迅主要不是从学术角度接受墨子（他重录整理过《墨经正文》），王富仁指出：“必须说明，鲁迅对墨家文化的肯定和赞扬，绝不是作为一个文化学派的继承者和发扬者而做的。鲁迅不是墨翟信徒，而是一个独立的现代思想家和文学家。他自己的文化思想不是从继承墨翟思想学说中形成的，而是在现实人生的感受和思考中形成的。”② 王富仁在继续深入分析中认为，鲁迅和墨翟思想的一个巨大差异还表现在对人的内在精神境界的重视上，并说明了墨子具有明显的社会功利主义，而鲁迅对人的内在需求关注更多，还特别提到了鲁迅的“立人”的思想。王富仁的看法值得分析，他谈的这个问题恰恰不是鲁迅与墨子之间的差异，而是他们之间的深层联系。我们知道相对于中国传统的主流文化而言，墨家是异端，墨家和儒家、法家最

① 刘春勇：《中国的脊梁》，载《中州学刊》2006 年第 6 期。

② 王富仁：《中国文化的守夜人》，人民文学出版社 2002 年版，第 130 页。

大的不同在于不想依附政治权力，因而墨家文化表现了中国知识分子的人格独立和主体性，而这一点正好是鲁迅“立人”的思想源泉。鲁迅看重墨子首先是从“立人”这个角度进入的，也就是说他想在传统文化中找到塑造现代人的精神资源，墨子的异端性正好和他的这一思想相同，然后他又摒弃了学者式的墨子接受路径，用小说家的眼光把墨子相对于中国传统主流文化的异端性表现出来。这就是《非攻》接受墨子的思想逻辑。

《非攻》总共有六个部分，由五小节和末尾组成。第一节是墨子与儒家的公孙高就有关非战进行辩论，墨子通过严密的逻辑打败了上门挑战的公孙高，并回敬儒家言行不一，说话尊尧舜，做事像猪狗，然后引出墨子到楚国去的事情，点明墨子亲自前往楚国的实干精神。第二节写墨子从鲁国出发到达宋国看到的各种情况。宋国国土狭小贫瘠，人烟稀少，即使这样楚国还要来打他，把楚国的恃强凌弱表露无遗。即使这样宋国也没有放弃守备，在墨子的众多弟子的帮助下宋国加固了城墙，准备了防御楚国用云梯攻城的武器及连弩，人民也并不畏惧楚国的进攻。还描写了宋国的舆论，批评曹公子不务实的“民气论”。第三节写墨子到达楚国拜见了公输班。楚国国土肥沃，物产丰富，人民康乐，与宋国形成鲜明的对比，同时把墨子的苦行僧式的行走与公输班的富裕生活进行对比。最精彩的地方莫过于墨子见到公输班的那段对话：

“可是先生这么远来，有什么见教呢？”

“北方有人侮辱了我，”墨子很沉静的说。“想托你去杀掉他……”

公输般不高兴了。

“我送你十块钱！”墨子又接着说。

这一句话，主人可真是忍不住发怒了；他沉了脸，冷冷的回答道：

“我是义不杀人的！”

“那好极了！”墨子很感动的直起身来，拜了两拜，又很沉静的说道：“可是我有几句话。我在北方，听说你造了云梯，要去攻宋。宋有什么罪过呢？楚国有余的是地，缺少的是民。杀缺少的来争有余的，不能说是智；宋没有罪，却要攻他，不能说是仁；知道着，却不争，不能说是忠；争了，而不得，不能说是强；义不杀少，然而杀多，不能说是知类。先生以为怎样？……？①

墨子首先把正义和非正义这两个选项放在公输班面前让他选择，然后极具逻辑地把公输班的言和行的不统一展现出来，公输班的助纣为虐本性也就暴露无遗。这样墨子就获得论辩的话语权，随之也把情节推向了墨子拜见楚王。公输班让墨子先吃完饭再去拜见楚王，墨子不同意，体现了墨子办事认真、主次分明的特点。第四节写公输班引荐墨子拜见楚王，并在大堂上通过说理和实战演习说服楚国放弃攻打宋国。墨子对楚王和公输班讲话的逻辑具有异曲同工之妙，使楚王认同了攻宋是不义的行为。又通过大堂上与公输班的实际演练，打败公输班，从理论和实践上让楚国国王和公输班心服口服。当公输班暗示楚王杀墨子以绝后患时，墨子却镇静地说出他在宋国的徒弟们已经做好御楚的准备，杀了他也没有用，楚王和公输班的最后一丝攻宋的希望也被断绝。第五节写墨子在公输班家用餐继续与公输班之间的论战。墨子与公输班用餐时的对话，进一步展现公输班是一个极端的功利主义主义者，想依靠锐利的武器战胜别人，没有什么精神的信仰，而墨子心怀天下，坚守正义。末尾写墨子回国在宋国的遭遇。墨子虽然为宋国立下了汗马功劳，但宋国的普通国民并不知道，他被搜检和募去包裹，还被巡兵赶走以至淋雨而感冒鼻塞了十多天。

以上的故事情节梗概源于《墨子·公输》，原文这样记述：

公输盘为楚造云梯之械成，将以攻宋。子墨子闻之，起于齐，行十日十夜而至于郢，见公输盘。公输盘曰：“夫子何命焉为？”子墨子曰：“北方有侮臣，愿借子杀之。”公输盘不说。子墨子曰：“请献十金。”公输盘曰：“吾义固不杀人。”子墨子起，再拜曰：“请说之。吾从北方闻子为梯，将以攻宋。宋何罪之有？荆国有余于地，而不足于民，杀所不足，而争所有余，不可谓智。宋无罪而

① 《鲁迅全集》第2卷，第474—475页。

攻之，不可谓仁。知而不争，不可谓忠。争而不得，不可谓强。义不杀少而杀众，不可谓知类。”公输盘服。子墨子曰：“然乎不已乎?”公输盘曰：“不可，吾既已言之王矣。”子墨子曰：“胡不见我于王?”公输盘曰：“诺。”

子墨子见王，曰：“今有人于此，舍其文轩，邻有敝轝而欲窃之；舍其锦绣，邻有短褐，而欲窃之；舍其粱肉，邻有糠糟，而欲窃之。此为何若人?”王曰：“必为窃疾矣。”子墨子曰：“荆之地，方五千里，宋之地，方五百里，此犹文轩之与敝轝也；荆有云梦，犀兕麋鹿满之，江汉之鱼鳖鼋鼍为天下富，宋所为无雉兔狐狸者也，此犹粱肉之与糠糟也；荆有长松、文梓、楩柟、豫章，宋无长木，此犹锦绣之与短褐也。臣以三事之攻宋也，为与此同类。臣见大王之必伤义而不得。”王曰：“善哉！虽然，公输盘为我为云梯，必取宋。”

于是见公输盘，子墨子解带为城，以牒为械，公输盘九设攻城之机变，子墨子九距之，公输盘之攻械尽，子墨子之守圉有余。公输盘诎，而曰：“吾知所以距子矣，吾不言。”子墨子亦曰：“吾知子之所以距我，吾不言。”王问其故，子墨子曰：“公输子之意，不过欲杀臣。杀臣，宋莫能守，可攻也。然臣之弟子禽滑釐等三百人，已持臣守圉之器，在宋城上，而待楚寇矣。虽杀臣，不能绝也。”楚王曰：“善哉！吾请无攻宋矣。”

子墨子归，过宋，天雨，庇其闾中，守闾者不内也。故曰：“治于神者，众人不知其功，争于明者，众人知之。”①

有关墨子的故事很多，鲁迅何以选择《墨子·公输》作为《非攻》故事原型？关键在于《墨子·公输》很好地展现了墨子思想的精髓，从这段简短的文章中我们能够看出墨子的和平主义、助弱抗强和实践科学精神。特别让人钦佩的是墨子孤身一人入楚去面见强悍的敌人，体现了他的英雄主义行为，但是他的英雄主义不像女娲、后羿和黑衣人，这

① （清）孙诒让撰，孙启治点校：《墨子间诂》（下），中华书局2001年版，第482—488。

些人有神力的成分。墨子的英雄行为是以正义和科学为后盾的，其责任意识特别明显，用今天的话说是国际主义精神，他是鲁国人，而去帮助弱小的宋国打仗。这些地方《非攻》继承了《墨子·公输》。同时鲁迅还整合了《墨子·耕柱》中子夏之徒与墨子的对话，当然也有孟子骂墨子的话。这样就丰富了《公输》，使墨子作为一个与传统文化主流儒家相对立的异端形象出现在读者面前。先秦诸子中鲁迅对墨子情有独钟，关键在于墨子通过他的异端形象及英雄主义行为展现了中国知识分子的独立人格精神，这是传统文化中很少有的东西，也是鲁迅在墨子身上看到的“个”性。

“《非攻》所讲的墨子的勤俭厉行、爱护民众、主张非战以及墨家学派的注重技术、善于战斗、凭借各种器械和战术帮助弱国守城等情况，在学问上已众所周知，鲁迅并没有把墨子写成近代人物。但同时《非攻》的墨子又是被鲁迅重新创造的人物形象，是个舍弃了研究者们指出的崇拜鬼神和专制主义的侧面的墨子形象，是个既活在从古代文献中被重新组织起来的古代社会，又活在有‘民气论者’和‘募捐救国队’登场的现代社会的‘虚构’的英雄人物。”① 伊藤指出了鲁迅通过选择墨子与公输班故事而继承了学界公认的墨子精神，同时也提醒我们墨子是鲁迅重新创造的人物形象。那么鲁迅是怎样进行重新创造的，又是如何把墨子塑造成一个很有“个”性的人？这有西方文化和现实的激活。

先谈西方文化的激活。鲁迅在《摩罗诗力说》中特别推崇拜伦声援希腊的战斗，他说：“故怀抱不平，突突上发，则倨傲纵逸，不恤人言，破坏复仇，无所顾忌，而义侠之性，亦即伏此烈火之中，重独立而爱自繇，苟奴隶立其前，必衷悲而疾视，衷悲所以哀其不幸，疾视所以怒其不争，此诗人所为援希腊之独立，而终死于其军中者也。盖裴伦者，自繇主义之人耳，尝有言曰，若为自由故，不必战于宗邦，则当为战于他国。”② 在拜伦之后，鲁迅又介绍了很多反抗专制的摩罗诗人，这些人

---

① ［日］伊藤虎丸：《鲁迅与日本人》，李冬木译，河北教育出版社2000年版，第164页。

② 《鲁迅全集》第1卷，第82页。

在诗歌中反抗强暴、争取自由。墨家文化的精髓正好与儒家文化相反，墨子援助宋国战胜楚国和拜伦亲自参加斗争援助希腊的战争极其相似，墨子反抗强暴，体现了和拜伦一样的献身精神与英雄主义。日本时期和五四时期的鲁迅对西方的个人主义及英雄主义比较推崇，经过痛苦的彷徨期，鲁迅在长期的辑校古籍的工作中，看到了中国文化与西方文化之间的桥梁，其中墨子的叛逆性和正义精神与拜伦及其他的“摩罗诗人”具有相似性。鲁迅通过拜伦式的“摩罗诗人”反观墨子，然后再回到传统文化中的墨子，这是用西方的文化因子激活中国古代文化的优秀成分。

这种激活同时是源于鲁迅遭遇的现实。鲁迅从五四开始就在小说中寻找中国人新生的道路，找来找去，都没找到。从《呐喊》和《彷徨》各篇来看，那些看似有些光亮的人物最终都被鲁迅否定了。1928 年左右，鲁迅逐渐开始用新的方法观察中国的社会现实，在与创作社和太阳社的论争中他逐渐掌握了马克思主义的文艺观点，又深入接触了他所欣赏的“左联”五烈士之一的柔石和共产党人冯雪峰。鲁迅到上海不久，就认识了青年作家柔石。1927 年 10 月 8 日鲁迅搬到横滨路景云里 23 号居住，1928 年 6 月柔石来到上海，寄居在景云里的朋友家，和鲁迅家相隔四五个门面，柔石听说鲁迅也住在这里，就主动找朋友引荐去和鲁迅见面。鲁迅与柔石志趣相投，非常欣赏这个台州式的硬汉子，说他有点迂，把它比作方孝孺。1928 年 11 月在鲁迅的帮助下，柔石、崔真吾和王方仁成立朝花社。1929 年 10 月内部出了矛盾，第二年 1 月朝花社就解散了。成立和运转朝花社，柔石出力最多。鲁迅在《为了忘却的纪念》中说：“然而柔石自己没有钱，他借了二百多块钱来做印本。除买纸之外，大部分的稿子和杂务都是归他做，如跑印刷局，制图，校字之类。可是往往不如意，说起来皱着眉头。”[①] 还高度评价柔石：“无论从旧道德，从新道德，只要是损己利人的，他就挑选上，自己背起来。”[②] 1928 年 12 月 9 日鲁迅日记记载：“星期。雨，下午霁。夜望道来。柔

① 《鲁迅全集》第 4 卷，第 496 页。

② 同上书，第 497 页。

石同画室来。收大江书店稿费十五元。”[1] 画室就是冯雪峰的笔名，鲁迅与冯雪峰的合作就是从这个时候开始的。1929 年冯雪峰迁居景云里茅盾家中，与鲁迅过从甚密，1930 年 5 月鲁迅迁居拉摩斯公寓，冯雪峰也随即迁到鲁迅家西隔壁的地下室，这有工作的原因，但更重要的是鲁迅与冯雪峰的关系非同一般，诸多事实证明冯雪峰是鲁迅晚年最信任的共产党人。冯雪峰是一个硬汉形象，言行一致，在拉摩斯公寓租住地下室，经济很困难，经常向朋友借钱，但是不久即归还。“左联”五烈士牺牲后，冯雪峰与鲁迅商谈出版《前哨》（纪念战死者专号）。由于白色恐怖，没有单位肯印这个刊物，通过各种关系总算找到一家印刷所，老板提出要收高几倍的排印费，而且从排版到印刷要一个晚上完成，天亮前必须把成品拉走。冯雪峰不惧白色恐怖，与“左联”战友们协同作战，在一晚上完成了刊物的印制。

回头看看这两位鲁迅看重的年轻人，他们身上具有共同的特征：做事认真负责，反抗强暴，追求进步，不计个人得失。鲁迅把柔石比成方孝孺，而方孝孺正是被朱棣的暴政所杀，和国民党屠杀“左联”五烈士有相似的地方。冯雪峰从事着无产阶级革命和文艺事业，与国民党政权进行艰苦卓绝的斗争，表现出一个青年人不畏强暴，做事认真负责的朝气。这两位青年人的诸多品质都和墨子有相似的地方，《公输》中的墨子反抗强暴，倡导和平，体现了那个时代中国知识分子独立人格，我们在柔石和冯雪峰这样的青年人身上看到了。有柔石和冯雪峰这样的人，我们的民族何愁没有希望呢？这便是鲁迅经过《呐喊》和《彷徨》后获得的亮光，他以文学家的敏锐把这个亮光记录在小说中，并把墨子塑造成中华民族的脊梁。由此可见，墨子的激活是中国古代之“个”、西方之“个”和现实之“个”对话的结果。

二、国家领导者的新生

大禹是中华民族上古时期的一位治水英雄，有关他的故事散见于《山海经·海内经》《尚书》《诗经》《墨子》《孟子》《淮南子》和《史记》等许多古典文献中。严格地说，大禹只是一位传说中的治水英

---

① 《鲁迅全集》第 16 卷，第 104 页。

雄，并不能确定真有其人，所以顾颉刚就曾经在《说文》中考证大禹是虫子，鲁迅很反感顾颉刚这个说法。禹是条虫子也不是毫无可能，鲁迅对此的反感不是从学术和科学角度出发的。无论学术上的分歧怎样，大禹对中国文化的影响那是无人能否定的。很多古代文献都记载并赞扬了大禹就是证明，其实在这些文献中大禹被逐渐塑造成中华民族的文化英雄。春秋战国时期，一些观点完全相反的学派他们都推崇大禹，比如儒家和墨家，但是他们从大禹身上汲取的东西有差异。《论语·泰伯》说大禹很完美，是把他当作圣人型的领导者看待的，而墨子赞扬大禹则主要看中了他自苦为极的品格和勤劳实干的精神。王富仁认为："儒家尊崇尧、舜、禹，是把他们作为施仁政的典范而尊崇的；而墨家文化独尊禹，则是把禹作为具有实干精神的政治家来尊崇的。"① 以此来看，大禹精神和墨家精神在内质上倒是更具有相似性，墨子可说是继承了大禹的衣钵。鲁迅接受并肯定大禹和墨子也是沿着这个路径进行的。在《非攻》中，墨子被鲁迅塑造成一个有独立人格精神和影响力的知识分子，这是一个社会和国家的文化支柱。当有了这个文化支柱以后，一个国家和社会还需要很好的管理者和领导者，他们能够带领一个国家自立自强。《理水》中的大禹就是这样一个管理者和领导者形象。

《理水》的写作手法是侧面烘托。整个小说直接写大禹的仅仅只有四处，第一、二次出现是于第一、二小节，在第一小节中说："接任的好像就是他（鲧，笔者注）的儿子文命少爷，乳名叫做阿禹。"② 第二小节中说："直道第十回飞车过后，这才传来了新闻，说禹确有这么一个人，正是鲧的儿子，也确是简放了水利大臣，三年之前，已从冀州启节，不久就要到这里了。"③ 这两次出现被鲁迅描述成一个不确定对象，都是传闻，而且还不知道有没有大禹这个人。第三次是在水利局讨论治水的问题。第四次禹治水成功后回到京城并接任了舜的皇位。事实上，在第三、四小节中对大禹的描写也着墨不多，这样就把大禹这个主人公放在一个被烘托的位置上。

① 王富仁：《中国文化的守夜人》，人民文学出版社 2002 年版，第 129 页。

② 《鲁迅全集》第 2 卷，第 385 页。

③ 同上书，第 389 页。

小说怎样在不直接描写大禹的情况下突出大禹的形象就特别值得研究。一开始读者就面临着洪水泛滥成灾的这一场景：老百姓流离失所，有的困在山顶，有的捆在树顶，有的坐着木排；而学者们被困文化山，他们的食物是靠齐肱国的飞车运来的，齐肱国来自《山海经》的记载，这个飞车很现代，类似现在的空投救援，关键是他们的对话是现代英语，这样就把这个历史的场景现代化了。鲁迅重点描写文化山上这帮学者的讨论，讨论的内容是禹治水会不会成功和有无大禹其人，学者们具有考据癖和历史癖，相对于眼前的洪水这些问题都显得有点不着边际。因为面临灾难，首先要解决的问题是通过什么办法救灾。乡下人和学者的对话指出愚人的肚子和聪明人的肚子一样都会饿，也就是说面对基本的生存问题没有聪明和愚蠢之分，然而这些学者们把这个基本问题都丢弃了。这是对他们不务实的批评。接着是灾情越来越严重，百分之九十的人都得了脚气病，而学者们还在讨论大禹是虫子的问题。因为灾情严重，就有大禹派来的考察大员，考察大员的到来说明两个问题，一是他们的官僚主义和形式主义的作风。他们还没到来，就欺压百姓，一位出去打浮草的乡下人因为回避官船慢了一点，额头就被打了一块乌青的疙瘩。官员们来了并不是实地考察的，而是很气派地走走过场，仅仅问了那些不想实际问题的学者们，就歇息和玩乐了三天，直到第五天才问下民的代表。这位下民就是挨打的那位，去了以后尽拣好的说，和文化山的学者那样不反映老百姓的疾苦，所以考察大员的考察就是形式主义和官僚主义，做做样子而已。

老百姓和学者们的初衷不一样，学者是不愿意知道，老百姓是畏惧当官的不敢说。这就是第二个要说明的问题：老百姓的奴性和官员的权力倾轧。因躲避官船慢而被打，官员的横行可见一斑，而老百姓也不敢反抗自己被打。当需要选派下民代表时，没有人敢去，这是不懂得维护自己的权利而向上反映问题，最后很糊涂地让挨过打的下民去，觉得他挨过官员的打有经验，这真是让人有点啼笑皆非，就像乞丐很自豪地告诉别人富翁和他说了话一样。最让人寒心的是下民代表见官时，两腿发抖地走进官船。见了考察大员后，说话顺着官员，官员说他老实，他就更得意地告诉官员们乡民们过得很好，这是讨好和献媚官员，下民被官员奴化。因不会写字，需要拣一份东西呈到上面去，下民们却把不好的东西硬是弄得很好，然后呈上去，这样就把调查材料弄得好过了实际状况，官员们把握到的情况就成为虚假的了。乡民在这里被官员恐吓，进而不自觉地被奴化，跟着官员的心思走，不会行使和保护自己应有的权利，下民依然是“末人”，所以这里出现的下民和《呐喊》与《彷徨》中的下民在人的主体性上没有任何改变。这里的下民正如鲁迅在1928年批评伪革命文学家所说的那样：“欢迎喜鹊，憎厌枭鸣，只捡一点吉祥之兆来陶醉自己。”[①] 考察大员回到水利局，大摆筵席，还很可笑的把灾区的情况看成是风景，明明是泛滥成灾、民不聊生，却被他们看成“国泰民安”，百姓的苦倒成了官员的乐事，可见这些官员的官僚主义和享乐主义作风。

大禹作为正面形象就在这时候出现了，从他的体貌到作风都和水利局的这些官员形成了鲜明的对比。面目黧黑，脚生老茧，一坐上椅子就问考察大员的考察情况，当得知学者们不切实际的文化本位主义时，大禹在心里很反对，并提出了自己改“湮”为“导”的治水方法。结果就出了争论，白须发的大员认为大禹违抗父命，是不孝。大禹还知道很多人认为他是为了名利，但他很明确地坚定自己的治水方法，因为这是他从实践中总结的正确方法。通过考察大员和大禹的对比，大禹重实干的精神一下就凸显出来了，而且考察大员的官僚主义和形式主义也遭到否定，同时说明大禹能够根据山川地理的实际提出新的解决治水的方法，敢于突破父亲的成法，这是他叛逆性和创新精神的体现。在这里，还描写了大禹的妻子对大禹的不满，这是为了表现大禹以天下苍生的忧患为忧患的精神，具有很强的社会责任感以及大公无私的精神。大禹离开京城治水去了，京城日渐出现奢侈的景象，但是却传来禹治理洪水诸多传闻，大都是说关于禹治水的智慧和艰辛的。大禹终于治水成功回到京城，把治水的情形告诉大臣皋陶，皇帝舜和皋陶都非常满意，并把大禹树立成榜样，还把天下传给大禹。大禹回京后，天下太平。

鲁迅通过对官员们官僚主义和形式主义反衬出大禹的朴实苦干和富有创新的高贵品质，并在这种反衬中肯定了作为管理者和领导者形象的大禹。这个形象的最终完成不是靠直接描写，就像《史记》中描写老

---

① 《鲁迅全集》第4卷，第105页。

子一样，通过孔子的问道而展现老子的高深。显然大禹的治水事迹是鲁迅从众多的古典文献中获得的，大禹作为治水英雄也是古代文化赋予鲁迅的，他肯定了大禹敢于承担重大社会责任的个性，天下水灾，民不聊生，大禹父亲鲧治水不成功而被杀头，对于他来说要挑起这个重担，就必须具有英雄主义的气概才可以，但是他的英雄气概和女娲不同，女娲是孤军奋战，而大禹是带领人民群众作战，也就是前面所说的女娲是更偏重本能的英雄，而大禹则是富有社会责任感的英雄，这正是中国传统文化“个”的重要特点。同时大禹和其他官员及老百姓之间的对立结构，也是“超人”和“末人”的对立结构，大禹的高大形象很有“超人”的气质，而下民和考察大员样的官员则是“末人”的模样。但是这种对立和《呐喊》与《彷徨》中的对立有所区别，前者通过对立是要彰显大禹给人希望的一面，后者则是把“超人”置于一个不被理解和孤独的境地，与普通民众比较远，更接近尼采的“超人”形象，而“末人”则给人无法振救的黑暗和无望之感。鲁迅的绝望也正是通过这两类形象在《呐喊》和《彷徨》中展现给读者的。大禹给人希望是因他走进民众，了解实际，并根据实际提出合理的解决问题的方案，这个形象显然是解决鲁迅提出的先驱者和普通民众之间的关系问题。先驱者的思想和革命性要求如何内化于民众身上，在大禹这里是通过实干或者从实际出发这样的方式解决的。从这点可证明，晚年鲁迅对尼采的“超人”学说已经有非常大的修正了，但并不是鲁迅放弃了尼采。1935 年 3 月 15 日写给赵家壁的信证明，鲁迅还在关注尼采及其著作，原信这样说：“《尼采自传》的翻译者至今不来，又失其通信地址，只得为之代校，顷已校毕，将原稿及排印稿各一份，一并奉还。/又书一本，内有尼采像（系铜刻版），可用于《自传》上，照出后该书希即掷还。”[①] 此处的《自传》是《瞧这个人》，又“书”中的“书”则是《查拉斯图拉如是说》。张钊贻也曾说鲁迅晚年鼓励徐梵澄翻译尼采的《瞧这个人》和《朝霞》，并帮他在 1935 年出版。[②] 但无论怎样，鲁迅直到晚年

---

① 《鲁迅全集》第 13 卷，第 410 页。

② 参见［澳］张钊贻《鲁迅：中国“温和”的尼采》，北京大学出版社 2011 年版，第 180 页。

也很关注尼采，而这个时候正处在他撰写《非攻》和《理水》之间的时间段上。

鲁迅在《理水》中试图解决国家管理者和领导者与民众的关系问题。这个关系正是马克思主义提出并尝试要解决的问题。从1928年开始，鲁迅逐渐接受并掌握马克思主义的艺术观，其实不是偶然现象，而是他自身思考问题的逻辑延伸。进化论无法解决这个关系问题，而马克思主义恰恰可以解决，所以接受马克思的艺术观是鲁迅自身的需要。鲁迅在《呐喊》和《彷徨》中所涉及的先驱者和民众、地方封建势力和下民实际上就包含了阶级分析的成分，也就是说用阶级的观点来看问题在鲁迅那里不是一个新问题，只不过当时鲁迅不那样说罢了。丸山升就很有见地指出："对他来说，'阶级'这一概念虽然没有包含明确的马克思主义的内容，但早已以支配者和被支配者、主人和奴隶、富人和穷人、权贵和民众的形式存在着。我曾经写道，我们说鲁迅'从进化论发展到阶级论'，但这并不是意味着从进化到革命或者从非革命到革命的变化。而是就他对中国革命、变革的承担者和实现过程的认识而言。同样地，对于阶级的认识，亦非只是在后期的鲁迅身上才能看到。"① 对鲁迅而言，关键不在于用阶级的观点分析问题，而在于用阶级的观点解决问题，也就是说在实践斗争中产生无产阶级的领导者，然后组成一个无产者联盟，反对压迫和专制暴政，实现人类自身的解放。这就是鲁迅理解的马克思主义领导者的个体形象。大禹在鲁迅笔下正是这样一个在治水的实践中产生的管理者和领导者，颇具实干和献身精神，也具有现实感召力，他所带领的一群自苦为极的治水队伍就是一个联盟。从撰写《理水》的历史情况来看，国民党实行残酷的书报检查制度，还大肆追捕和屠杀共产党人。1931年2月7日秘密枪决了鲁迅在"左联"的五位年轻的朋友，1935年6月18日共产党的领导人、鲁迅的知己瞿秋白被国民党杀害，这年年末鲁迅创作了《理水》，因而《理水》在某种程度上说是纪念瞿秋白的。瞿秋白式的人物在鲁迅看来可能是中国未来的希望，当然大禹身上也有"左联"五烈士和冯雪峰等人的影子。丸山

---

① ［日］丸山升：《鲁迅·革命·历史》，王俊文译，北京大学出版社2005年版，第42页。

升的话也证实了这一点：“当时马克思主义由鲁迅面前的年轻共产党员诚实朴实的工作承担着；另一方面以江西为中心、足以从根底撼动中国社会的运动具有了某种程度的实际力量，马克思主义这才第一次打动了鲁迅的心。”①

从以上的分析看，大禹除了有早期鲁迅从尼采那里获得的“超人”的影子外，它产生的另一外来文化源头是马克思主义，并对这一主义所造就的无产阶级的领导者给予了希望，原因是这样的领导者在中国已经出现在他的面前，瞿秋白和冯雪峰就是活生生的见证。倘若马克思主义只是作为“黄金世界”的理论，鲁迅是不会相信的，但是当这些共产党人以自己的行动践行了这样的理论并产生了足以震撼鲁迅的影响力后，鲁迅则不会无动于衷。鲁迅一直都在为中华民族的现代化寻找出路，当鲁迅看到自己苦苦思索的问题有了良好的开端时，他先前的绝望就变成了希望，《理水》就表达了这种希望，而大禹则是鲁迅寄希望的中国领导者。在《答托洛斯基派的信》中鲁迅对这样的领导者进行了肯定，信的前面回应了那些对毛泽东“各派联合一致抗日”的批评，最后指出：“那切切实实，足踏在土地上，为着现在中国人的生存而流血奋斗者，我得引为同志，是自以为光荣。”② 这里并不表明鲁迅完全赞同毛泽东，但他所言的同志也显然有毛泽东的影子。

1934 年 9 月鲁迅写了《中国人失掉了自信力吗?》，这篇文章的创作时间正好介于《非攻》和《理水》之间。从当时鲁迅思想实际看，鲁迅接受了共产主义世界观，但是他更看重这种世界观在中国的践行，这就是上面丸山升指出马克思主义打动鲁迅的地方。前面已经说过墨子其实是具有实践力的知识分子的代表，他是一个国家和民族的文化支柱，大禹本身所具有的实践性品格也是墨子着力宣扬的。相对墨子而言，大禹是一个在实践中成长起来的管理者和领导者形象，这便是鲁迅塑造的民族带路人。所以，从墨子到大禹的进程其实是偏重于精神文化到偏重于实际行动的进程，丸山升说：“对鲁迅而言，思想并非终极目

---

① ［日］丸山升：《鲁迅·革命·历史》，王俊文译，北京大学出版社 2005 年版，第 64 页。

② 《鲁迅全集》第 6 卷，第 610 页。

标，目标和现实之间的‘中间项’才是问题所在。”① 这个“中间项”是实现目标的保证，马克思主义的行动论和组织论正是这里所谓的“中间项”。由是，《非攻》和《理水》就以事理逻辑的形式重建了中国的民族脊梁，他们既具有思想方向又具有实际行动力的保证。这是鲁迅在无数挫折和失败后所建立的信念。

第三节 永不宽恕的“伪士”

把大禹和墨子与女娲相比，伊藤的观点值得重视：大禹和墨子都继承了女娲的能动性和创造性，但是他们的区别在于大禹和墨子是集团中的英雄并且具备实践和调查基础上的实学精神。② 这也是鲁迅接受马克思主义的一个见证。但是，也正如伊藤所言，鲁迅小说家的轨迹最终结束于阿Q式的人物形象塑造，他们是与大禹和墨子相反的消极人物，这就是1935年12月创作的三篇小说《出关》《采薇》和《起死》展现给读者的人物世界。这些人物其实质还是前面已经提到过的传统知识分子“伪士”，他们依然像病毒一样扩散在中国文化的躯体上，在现实中毒害中国人民及阻碍中国未来的进步和发展。鲁迅去世前的心态并不因为他塑造了中国的脊梁而“欢迎喜鹊”，即使是在《非攻》和《理水》中，他也没有让墨子和大禹完美无缺，墨子回到宋国的遭遇再一次提醒我们先驱者或先知与民众之间的隔膜，大禹坐上了权力宝座也似乎有堕落的迹象。鲁迅明白这是中国国民性的痼疾，革命不可能终止。鲁迅在给萧红、萧军的信中说：“近来文字的压迫更严，短文也几乎无处发表了。看看去年所作的东西，又有短评和杂论各一本，想在今年内印它出来，而新的文章，就不再做，这几年真也够吃力了。近几时我想看看古书，再来做点什么书，把那些坏种的祖坟刨一下。”③ 鲁迅所说的“坏种”大抵是指中国国民劣根性的始祖，他历经中国近现代社会的风云变

① ［日］丸山升：《鲁迅·革命·历史》，王俊文译，北京大学出版社2005年版，第63页。

② 参见［日］伊藤虎丸《鲁迅与日本人》，李冬木译，河北教育出版社2000年版，第168页。

③ 《鲁迅全集》第13卷，第330页。

幻，所见“坏种”孕育的人无计其数，他觉得中国国民性的改造依然还是一个重大问题，所以他要继续挖“坏种”的祖坟，于是这些“坏种”便以“伪士”形象出现在《故事新编》中。

一、“伪士”的始祖

有关“伪士”的概念已做过整理，此不再述。《彷徨》中四铭、高老夫子和张沛君是传统与现代混合的“伪士”，他们既有传统知识分子（士大夫）的影子，又有社会发展中士大夫变迁的历史痕迹。鲁迅晚年所写的《采薇》《出关》和《起死》都取材于历史，并且这些小说的主人公都是先秦时期很有代表的知识分子。伯夷、叔齐是为守节而隐逸的典型，老子和庄子是道家的代表，孔子则是儒家的创始人。这些人构成了中国几千年文化的根脉，他们对中国的社会文化生活及个人的存在状态产生了很大的影响，因而他们在中国文化中的积极意义是明显的。但是鲁迅却从中看到他们对中国文化的消极意义，决定要从根子上批判这样的士大夫（知识分子），因而他便通过鲜活的人物形象来表达他的具体看法：伯夷叔齐是伪隐士，老子是空谈家，孔子是政客，庄子是不顾实际的糊涂蛋。

伯夷、叔齐作为伪隐士是通过小说《采薇》表现出来的。鲁迅根据《史记·伯夷叔齐列传》的故事原型，博采其他文献，写了《采薇》。一般在解读《采薇》持有以下几种观点：其一，认为它是对国民党反动派及其走狗的揭露。这种观点更多地着眼于作品中负面人物周王发、小丙君、阿金姐等对伯夷、叔齐的攻讦和羞辱。其二，认为它是对封建王道虚伪性的揭露。这种观点认为伯夷叔齐正是践行王道的孝和仁，被这种虚伪的王道害死。其三，认为它是批判隐士对现实斗争的逃避。这种观点着眼于伯夷兄弟放弃对国家和人民的重任而隐避山林的消极态度。其四，认为它是对传统文化中封建道德观念自身对立性的揭示。这种观点着眼于伯夷、叔齐的命运悲剧上。[①]

以上看法都有一定道理，它们共同组成了理解《采薇》的立体结构。如果放到“个”的逻辑视域下看，伯夷、叔齐其实不是“真的

① 参见叶之文《鲁迅小说〈采薇〉的深层意蕴》，载《温州师院学报》1991年第4期。

人”，而是一个假隐士式的“伪士”，小说文本通过三个方面来表现。

第一，伯夷、叔齐并非不关心政治。故事从伯夷、叔齐逃到养老堂写起，按理说他们是不会关心政治的，可是在养老堂他们俩却谈论时局的问题，说明伯夷、叔齐并未真正脱离政治，尤其是叔齐在外面知道了很多有关武王伐纣的事情，便引起了伯夷的注意。在伯夷看来，商纣王残酷无道，变乱旧章，应该征伐，但是武王作为臣子去征伐是以下犯上，这不合乎先王之道，所以还是不应该征伐。这样就把伯夷、叔齐孝和仁的政治观点向读者交代清楚了。当叔齐早上出去练太极拳，听到武王出兵的事情后，他慌忙跑回来告诉伯夷，伯夷听到这个消息后，赶紧起床，并看到了武王贴在养老堂的布告，于是他们俩就去路过养老堂的军队前劝告武王，宣扬他们的孝道和仁道。不是姜太公开恩，他们也许就做了刀下之鬼，但伯夷终究因为年老经不起兵士的一推，结果碰了脑袋晕倒了。后来在好心人的帮助下，伯夷得救回到养老堂。战争结束后，伯夷、叔齐听到很多残忍的事情，首先是死了很多人，后来又听到了武王残忍地屠戮纣王及其妃子的尸体。伯夷、叔齐因此认为武王不孝不仁，便决定离开养老堂，逃往华山。这里所描写的有关伯夷叔齐的故事都和政治有关，所以说他们并不是不关心政治，而是处处关心政治，他们不但关心政治，还企图推行他们的政治理念：孝和仁。他们是因为自己的政治理念没办法实行的时候逃到了养老堂，得知武王伐纣，便不顾生死跑到大军阵前去推行他们的政治主张，武王当然不会听也不会实行他们的政治主张。战后许多传闻彻底摧毁了他们的政治信仰，便不得不逃走了。即使是逃到华山，也还是遭遇到武王“归马于华山之阳”，依然难逃政治的影响。伯夷、叔齐的隐逸不是真正不关心政治的隐逸，而是政治理念得不到认可后的逃逸。

第二，不敢直面基本的生存而内心却渴望生存。在养老堂，叔齐向伯夷谈到养老堂的饼子一天天小了，伯夷赶紧劝叔齐不要谈论这个问题，以此来表明他们的为守节而归隐的目标。叔齐说这个话显然希望饼子大一些，这样至少能吃得饱，这是生存的基本渴求。而且整篇小说有很多处用烙饼来表达时间的长短，这也许是很多研究者不注意的地方，这是鲁迅的暗示：饼子是伯夷、叔齐生存的基本原料，他们时刻面临着生存的危机，内心其实渴求用烙饼来充饥。逃到华山，他们饥饿难忍，最后不得不采薇充饥，尽管变着法儿做出各种花样的薇菜充饥，但终于采完了薇菜，最后又得挨饿。老天爷看他们很可怜，就吩咐母鹿去给他们喂奶，叔齐得寸进尺，想吃鹿肉，鹿知道了叔齐的想法，就逃走了，结果他们就饿死了。伯夷、叔齐的虚伪，在于他们“不食周粟”。人面临饥饿的时候，是无法抗拒的，他们的守死节，其实正好证明了他们无法守节，因为他们违背了人存在的基本常识，他们无法直面真实的人生，被外在礼法所束缚，最终只有一死。况且，他们所坚持的节气并不一定是节气，只是对一个残暴专制王朝的留念和不分好坏的错爱，这就更显得隐逸的虚伪了。

第三，不能正常防御敌人对自己的人身侵犯。有两个细节，一是伯夷兄弟被士兵们欺负，不知道合理的反抗，最后被碰晕。二是逃往华山的路上，遇到了小穷奇，伯夷吓得发抖，小穷奇大施土匪淫威，他们两个只有擎起手让土匪搜身，幸而土匪怜惜他们没有扒光他们的衣服。整个过程，伯夷兄弟就是任人宰割，在行为上没有丝毫的反抗。如果是一个正常的人，他不管是用智慧还是武力都会做出反抗的，这是一个真实人应该做出的举动，但伯夷兄弟没有，因而他们在这个意义上不是一个“真的人”。也有人说伯夷、叔齐是一个追求理想的典型[①]，这种观点值得推敲，因为一个真正有理想的人，首先是一个脚踏实地的人，也就是说既要仰望天空又要脚踏实地，只有这样理想才不是“黄金世界”。伯夷兄弟的理想其实不是真理想，而是他们一厢情愿构筑的孝和仁的“黄金世界”。那么，又怎能说他们是理想的坚守者呢？他们充其量是一个不得已的虚伪的隐士。

《出关》中写了两个人物形象：老子和孔子，具体通过孔子两次拜见老子、老子在函谷关的讲学及留下讲义、老子出关和关里的人对老子出关的议论等情节来完成这两个形象的塑造。老子在文本中的形象是复杂的，老子给孔子两次讲学，提倡变化之道，并窥察到了孔子的杀人之心，还有老子在应付关尹喜的诸种举动，这些都是老子智慧和提倡变化的表现，因而很难说鲁迅完全否定老子。但是，老子的“静”和“柔”又是鲁迅特别反感的，他几次描写老子像呆木头一样，还讲到老子面对

① 参见叶之文《鲁迅小说〈采薇〉的深层意蕴》，载《温州师院学报》1991 年第 4 期。

孔子的威逼就退却，提倡什么柔的东西活得长久，而硬的东西则短命。老子的这一套理论在现实面前其实是很虚空的。鲁迅否定老子有很多维度，在《出关》中更偏重于老子作为空谈家的一面。鲁迅说：“这关键，即在孔子为‘知其不可为而为之’的事无大小，均不放松的实行者，老则是‘无为而无不为’的一事不做，徒做大言的空谈家。”① 鲁迅一开始就把这个空谈家向读者敞开了，老子给孔子大谈“道”，尽管智慧，但是很玄乎，以至孔子没有搞懂，回去三个月后终于搞懂，于是就来向老子求证，最后孔子搞懂了，可是老子却面临杀身之险。老子尽管很形而上，但是他还得要吃，他收下了孔子送给他的雁鹅，要庚桑楚自己煮着吃，他不能吃是因为没了牙齿，言下之意有牙齿他也会吃的。如果真是得道之人，哪还会关注这些俗世的事物？由此看来，老子也是一个俗人，但是他的言论却把他表现成一个高人，俗人便起着解构高人的作用，高人在此成为虚伪的存在。最能解构老子高人形象的是关尹喜的一段话：

> 这也只能怪您自己打了磕睡，没有听到他说“无为而无不为”。这家伙真是“心高于天，命薄如纸”，想“无不为”，就只好“无为”。一有所爱，就不能无不爱，那里还能恋爱，敢恋爱？您看看您自己就是：现在只要看见一个大姑娘，不论好丑，就眼睛甜腻腻的都像是你自已的老婆。将来娶了太太，恐怕就要像我们的账房先生一样，规矩一些了。②

这段话出现在老子出关以后关里人的议论，前面说老子讲义因为字好可能能卖些钱，又说到老子的这些言论很老套，讲得他们直打瞌睡，本希望他是讲恋爱故事的，没想到会如此，于是就有了关尹喜这段关于老子恋爱的议论。老子“无为而无不为”本身就存在着矛盾，这个矛盾从逻辑上推出他不能恋爱和不敢恋爱，这样人存在的基本需要被老子给抹杀了，他的这个理论还很高超吗？尔后关尹喜又说老子一定会逃回

① 《鲁迅全集》第6卷，第539—540页。

② 《鲁迅全集》第2卷，第462—463页。

来，因为他身上只有十五个饽饽，他又去走上流沙这样艰难的路，外面没有基本的生存资料，这就进一步告诉读者，老子必然面临生存的困境，老子的高深言论换不来饭吃，他的结局可想而知，和《史记》所描述的神仙似的老子很有出入。

老子的空谈是一个不能面对实际生存的问题，他不能正视人的一切基本需要，用形而上的东西抹杀形而下的东西，而形而下的东西又是人必不可少的，形而上不管被老子描述得多么神乎其神，它也必须依存于形而下。老子把人的真性情都给装上了形而上的伪饰，正如王学谦所说：“鲁迅厌恶道家文化的‘静’与‘柔’。认为这不是人性的真诚袒露——人心没有那么恬淡，而是国民生命力衰退的证明，也是道德堕落的体现。它一方面抹去人心中的意志、力量，另一方面又自以为得计，圆滑处世，与时俱化，没有信念，没有灵魂深度和硬度，没有节操，没有责任，是国民劣根性的重要表现之一。”① 从老子这些形而上的高谈阔论中，我们看到鲁迅所塑造的老子是一个空谈家，不是一个真实存在的人。

在《出关》中，孔子在现实的层面上打败了老子，这是鲁迅自己的意思②，但孔子在两次向老子问道的过程中被塑造成一个政客的形象。第一次拜见老子，他说他研究六经，并希望用六经的道理去帮助人主治国，但是拜了 72 位人主，也无人理睬他，他很沮丧，于是来请教老子。这一下就把孔子想当官的面貌呈现在我们面前，他拜见老子，不是想真正弄懂学问，而是想怎样让人主认同他。老子很真诚地把“道”的微妙告诉他了，他回家三个月后，领悟了又来拜见老子，老子知道了他要杀他的念头。孔子得了真传，就要灭师，孔子只想让自己一人得主子青睐，怕老子抢夺了他的好事。这和逢蒙杀后羿是一个道理。孔子官瘾很大，而且狡诈，为做官心生杀念，这就是一个活脱脱的政客形象。他求“道”是假，做官是真，所以孔子是一个虚伪的求道者，不是一个“真的人”。

庄子在《起死》中是一个不顾实际的糊涂蛋。在塑造这一形象的时

---

① 王学谦：《鲁迅为何改写老子和孔子?》，载《文艺争鸣》2012 年第 5 期。

② 《鲁迅全集》第 6 卷，第 539 页。

候，鲁迅用了戏剧这种新的形式来表现。他设计了庄子到楚国去路遇一髑髅的舞台场景，然后让庄子把髑髅复活成人，再让这个五百年前的人给庄子提出棘手的问题。庄子的本意是想弄清楚这个髑髅怎么死的，在搞清原因后让这人重回家乡骨肉团聚。从这里看，庄子很具有人道精神，是人本主义的。可是，当这个髑髅复活成人后，首先要吃饭穿衣，于是他纠缠着庄子要衣服穿，并且认为是庄子剥了他的衣服，抢了他的包裹和伞，他就要用蛮力来抢夺庄子身上的衣服。庄子面对这个情况，给还原为人的髑髅讲了一大通道理，并用它无是非的观点说明衣服可有可无。这让还原为人的髑髅听了很生气，大骂他。庄子无奈，只有让他死，可是司命大神已经不听他的了，还原为人的髑髅就用蛮力抢他的衣服。庄子要去见楚王，不可能不穿，而且不穿袍子或小衫都不行，这是礼节。最后庄子在慌忙之中吹响警笛，叫来巡士帮忙，庄子脱身后，巡士却被还原为人的髑髅给缠住了。最终的问题很明显，还原为人的髑髅一定要穿衣服，这是一个铁的事实。庄子还原髑髅的初衷体现了人道主义的高尚，但是庄子万万没想到，髑髅还原成人后第一等的问题是要吃饭穿衣。庄子在这里讲的理论不关注人的基本需要，空洞不切实际，大讲做人圆滑，无是非观，很神圣，但是面对还原为人的髑髅一个基本的要求他也无法满足。从小说中看，庄子的理论对于解决实际问题来说，没有什么很大的用处，仅仅是一些原则性的理论而已。无论庄子本人，还是巡士、还原的大汉，他们作为人，首先是解决生存的问题，这就是鲁迅讲的一要生存；二要温饱；三要发展。当生存都解决不了的时候，再高深的理论对人来说都是可笑的。恩格斯曾经在《在马克思墓前的讲话》中说过，人们首先必须解决吃、喝、住、穿，然后才能从事政治、科学、艺术、宗教等活动。庄子的糊涂不在于他是否把髑髅还原成人，而在于他要考虑到髑髅还原成人后首先要解决什么问题。不能正视人的基本存在是小说中庄子理论的最大缺陷。然而庄子却在那里洋洋得意，他其实也是虚伪的存在，因为庄子寄托在一个官僚的体制内，还没有遭遇到髑髅还原成人所直接面临的困境，但其实这样的困境在庄子是存在的，还原的大汉要剥去他的衣服时，他不能脱掉，就是这样的困境。他虽然借助外来的力量解决了他自己的这个困境，但这仅仅是把这个困境转移到了巡士身上。之所以能进行这样的转移，也是因为巡士的地位比庄子要低，庄子借用了楚王的权力来保证了这个转移。庄子在这里的存在不是一个真实人的存在，而是一个有空洞理论和权力包裹的存在。庄子的糊涂是虚伪的糊涂，他是虚伪的糊涂蛋。

上面谈到《采薇》《出关》和《起死》中的主要人物形象，把他们放在“个”的视域下都是传统知识分子的“伪士”，而且有一个共同的问题：不能正视人的基本生存。鲁迅在日本留学就讲“立人”，他所立的人是“真的人”。作为“真的人”首先就要正视自己的存在，包括人的肉体和情感的基本需求。“鲁迅新的价值取向就是‘立人’，即所有的道德信条都应当建立在对人的基本欲望的肯定的基础之上。”① 从西方文化渊源看，这样的人是鲁迅从尼采、施蒂纳、易卜生及摩罗诗人中找到了，也就是前面反复说到的西方文化之“个”。而个体性的人的存在是以他对外在自然和社会作出独立的主体判断为标志的，并且还要在此基础上体现一个人的价值维度，因而他就需要具有社会责任的创造性。鲁迅塑造的伯夷叔齐、老子、孔子、庄子恰恰和这个相反，他们对人的基本的生存需要都不能正视，与“真的人”相对立，是传统文化中糟粕中最常见的知识分子“伪士”。那么鲁迅在自己生命的尽头为何要把目光聚焦在这些传统知识分子“伪士”身上呢？是鲁迅回归历史的一种表达吗？问题不会这样简单。鲁迅是一个具有很强的感时忧国情感的知识分子，他之所以回望历史，并不遗余力地去刨这些“坏种”的祖坟，有着很重要的历史逻辑和现实逻辑。

二、挖“坏种祖坟”的历史和现实逻辑

《采薇》中的伯夷叔齐坚守“仁”和“孝”，这是后来儒家文化提倡的内容，同时他们的隐逸又是后来道家文化坚守的东西。这就是说伯夷叔齐形象同时具有中国文化中儒家和道家思想的渊源。从中国的历史进程上看，伯夷叔齐的确也比老子和孔子早，《史记·伯夷叔齐列传》所描述的伯夷叔齐本身也是儒道两家的文化渊源，所以把伯夷叔齐看成儒道两家思想的始祖之一也未尝不可。和《采薇》一样，《出关》也是

① 李怡：《存在的哲学：对现实生命的残酷背弃》，载《聊城师范学院学报》1991 年第 1 期。

同时涉及道家儒家，不同的是，《出关》塑造的是道家和儒家形成的标志性人物——老子和孔子。《起死》是专门讲道家的另一个代表人物庄子的。综合这三篇小说可知，鲁迅的视域明显集中在道家和儒家身上，道家和儒家因此也成为鲁迅去世前反思的主要对象。何以如此？这恐怕是鲁迅长期研究中国历史和观察中国现实的结果。

道家和儒家是中国传统文化的两根拐杖，它们是矛盾的两个方面，在统一对立中推进中国文化的发展，常说的儒道互补其实也就是儒家和道家之间的矛盾统一。道家和儒家这种存在和运作关系维系了中国传统社会的整体性和持续性，它们的作用不能低估。但是，儒家和道家的思想学说经过两千多年的历史后，它们本身的问题逐渐暴露出来，虽然在不同的时代经过了自身的内部调节和更新，可最终也不能挽救它走向病弱的命运。在历史变化过程中，我们依据历史事实也能够看出它们的根本缺陷。

先来简要地看看道家。老子是道家的创始人，他提出的核心观念是“道”，这个“道”是根本，是“众妙之门”，也无法对它进行确切的界定，正所谓“道之为物，惟恍惟惚。惚兮恍兮，其中有象；恍兮惚兮，其中有物；窈兮冥兮，其中有精，其精甚真，其中有信”。（《道德经·二十一章》）按照老子的意思，“道”是一个无所不包的东西，是“有”和“无”整合，是模糊性和确定性混成。其实这个“道”展示了它的自然属性，自然的展现无所不包，同时又什么都没有。人的原始认识应该是这样的，意识到了就是存在，没意识到就是不存在。以此来分析，老子的“道”应该是人类认识的初始状态，也就是把意识和意识的对象没有完全分开。老子建构了自己的理论基点以后，他又设计了他的万物变化观：“道生一，一生二，二生三，三生万物。”（《道德经·四十二章》）这是演变的层级，同时他还有演变的理由：“万物负阴而抱阳，冲气以为和。”（《道德经·四十二章》）这样，老子所揭示的世界存在和变化的规律就基本展示出来了。既然如此，我们人类就不能违背这个规律，所以最终的一切行动就是要回归自然的本来状态，他于是就提出了个人、社会、国家应该遵循的基本法则：“人法地，地法天，天法道，道法自然。”（《道德经·二十五章》）这也是老子在乱世中为社会回归秩序所开的药方，这个药方的最大特点是对人世社会矛盾及其解决这些矛盾产生的文明和文化的否认。王富仁指出：“老子开创的道家文化，是人类由自然化走向社会化，由自然状态走向文化状态，中国的社会从无意识的自发性社会联系转变为有意识的政治联系的过程中产生的一种文化现象。它在创立者的人生感受的基础上敏锐地感觉到文化对人的异化，敏锐感到政治化对人类社会和谐性的严重破坏作用，这使他重新返回到人类社会的自然存在状态中去克服人类异化发展的方式。所以，他在理论上否定了人类文化的作用，更否定了社会政治的作用。”① 老子的视野非常宏大，人、社会、国家都被自然所收纳，作为单个的人这一社会和国家的基本构成单位必然要弃绝技巧与智慧，才能恢复到自然秩序的状态中。那么，作为主体性的人在这个收纳的过程中就泯灭在自然中，人的正当权利和生命价值与意义都只能在回归自然中才能实现，这其实就是抹杀人作为人的存在，主体性的生命过程就在这样的回归中丧失了。后来的庄子正是在自由个人的意义上把人和自然更紧密地结合起来，所以个人相对于老子来说就更加完全地实现了和社会现实的分离，庄子哲学也因此变成了个人的保身处世哲学。这种文化传统把中国历史上很多知识分子送到隐士的队伍里去了，尤其是他们在政治上遭受排挤后，他们就回归山林，在与自然山水的对话中冷眼旁观社会人生。隐士现象贯穿了中国传统文化的始终，从伯夷叔齐开始到晚清能找到无数这样的隐士。这些隐士在隐居中，坚守节气，最终老死山林，甚至到晚清还有人写《饿乡记》② 这样的文章来弘扬伯夷叔齐的那种守节精神，由此可见这种隐逸文化在中国文化中的坚挺。老庄哲学衍生出来的隐士文化正如老庄哲学本身的问题一样，他把个人正当权利抹杀了。个人在与自然的同构中，个人基本的物质需要及其在此基础上表现出的社会责任都给泯灭了，也就是说人的主体性在这里不能合理的展现。而在传统知识分子的视野里，他们却是被弘扬的东西，这就无形中起到了塑造中国

① 王富仁：《中国文化的守夜人》，人民文学出版社 2002 年版，第 52—53 页。

② 晚清管同《饿乡记》，见王筱云等主编《中国古典文学名著分类集成（14）》，百花文艺出版社 1994 年版，第 50—51 页。文章借《史记》中伯夷叔齐的故事，首先建构的饿乡是一个物质极度稀缺而没有人间纷扰的道德守志之乡，然后说寻找这个饿乡要经历很多艰难困苦，经受不了艰辛、饥饿及各种功名诱惑的“伪士”万不能到达，最后“真士”到达饿乡后，“豁然开朗，如别有天地”，人间纷争都将“无至吾前”。

国民性的作用，使人们承认了遇事退却，明哲保身，不关心个人基本生存及在这个基础上的社会责任。在老庄哲学的教导下，人们对自然的消极适应实际上就是对人和社会的消极适应。“在社会中，人必须是一个独立的有生命的主体。他在社会中失去了自己的独立性，在人与人的关系中失去了自己的独立性，也就失去了自己的全部独立性；他在社会中失去了自己的生命活力，在人与人的关系中失去了自己的生命活力，也就等于失去了自己全部的生命活力。人在更多的情况下对自然还是可以消极适应的，但对社会和人的消极适应便成了一个社会的奴才，就没有可能成为一个具有独立人格的、有生命力的人了。”① 这正是老庄哲学在个人存在上的重要问题。鲁迅显然在大量的历史事实面前看到这个缺陷，他指出：“老子书五千语，要在不撄人心；以不撄人心故，则必先自致槁木之心，立无为之治；以无为之为化社会，而世即于太平。其术善也。然奈何星气既凝，人类既出而后，无时无物，不禀杀机，进化或可停，而生物不能返本。使拂逆其前征，势即入于苓落，世界之内，实例至多，一览古国，悉其信证。若诚能渐致人间，使归于禽虫卉木原生物，复古渐即于无情，则宇宙自大，有情已去，一切虚无，宁非至净。而不幸进化如飞矢，非堕落不止，非著物不止，祈逆飞而归弦，为理势所无有。此人世所以可悲，而摩罗宗之为至伟也。人得是力，乃以发生，乃以曼衍，乃以上征，乃至于人所能至之极点。”② 鲁迅认为老子的思想违背了人类社会的发展实际，世界的发展是矛盾的、向前的，老子这种回归自然的思想是返祖，关键还在于老子的思想不能激越人心，而是泯灭人的各种需要和欲望，这违背人的存在实际，所以他就提倡能够“撄人心”的西方浪漫主义诗歌。对道家思想缺陷的认识贯穿了鲁迅的一生，直到晚年他还重拳出击，写出了《出关》和《起死》这样的小说。

儒家是中国传统文化的支柱，孔子建立儒家学派之初它并不具有权威性，但是其后的统治阶级在统治实践中经历了失败后，尤其是秦朝的灭亡，他们逐渐找到了法家与儒家结合的方式，即通过法家在政治上专制的外壳来维系儒家文化专制的内核，这样儒家就在国家政治生活中站

---

① 王富仁：《中国文化的守夜人》，人民文学出版社 2002 年版，第 114 页。

② 《鲁迅全集》第 1 卷，第 69—70 页。

稳了脚跟。儒家思想的核心内容是“仁”和“礼”，“仁”是儒家的理论基点，像老子的“道”，孔子也没有明确指出它的含义，《论语》中直接关于“仁”的概念是这样说的：“颜渊问仁。子曰：克己复礼为仁。一日克己复礼，天下归仁焉。为仁由己，而由人乎哉？”[①]“仁”在这里被说成人自身的问题，加上后面樊迟问仁，一般可以简单地理解成两个方面：内心的爱和爱别人。“仁”不是空洞的，它靠“礼”来实现，“克己复礼”，克服人不应有的欲望和情感，就是“仁”的境界。“礼”作为儒家思想的另一个核心观念，是一个操作性层面的概念，它是国家政治和社会生活各方面的秩序的保证。对于人来说，更接近于外在的约束手段，但是儒家是要把这种手段内化为人的一部分，只有“礼”才能保证“仁”，要使一个人到达“仁”的境界，就必须“兴于诗，立于礼，成于乐”[②]。这样把人修炼好了，就可以治家了，家治好了就可以治国了，于是就形成了正心诚意修身、齐家、治国、平天下的一个逻辑进程。这个逻辑进程建立了一个从“人”到“国家”的管理模式，表面上看孔子是很具有人文性的，可是他的“人”是在严格的礼法秩序中存在的，具体就是君臣、父子、夫妻、兄弟等以血缘为纽带的社会关系网。孔子的“家天下”的社会管理模式是以“仁”为根本保证的，不像法家靠法令和暴力。他的思想并没有得到当时统治阶级的认可，孔子在世周游列国不得志，在鲁国也没有被重用，那是因为在春秋这个乱世中，群雄并起，武力和财力更具有威慑力，而孔子提倡的这套思想比较空洞。秦统一六国用的法家思想，但这个思想把人民完全当做执行法令的工具，残暴没有人性，秦王朝不久就被推翻。西汉政权从秦朝灭亡中吸取教训，到汉武帝时期复兴儒家，儒家思想从此在中国古代社会中的统治地位就逐渐确定下来。儒家思想本身不具有很强的政治操作性，但是各朝统治阶级在运用儒家思想的时候找到了法家思想的保证，他们用法令推行的政治专制的外壳维护儒家思想的统治地位，并逐渐把儒家思想的社会关系固定成了三纲五常，“人”就在这个等级秩序

① （清）阮元校刻：《十三经注疏·论语注疏·颜渊》第5卷，中华书局2009年版，第5436页。

② 同上书，第5401页。

中被国家和社会吞没了。鲁迅的少年时代就浸润在这样的宗法关系之中，对统治阶级所打造的儒家思想深有体会，特别是晚清民族危亡之际，中国社会和个人都面临着巨大危机。他留学时期所倡导的"立人"正是看到中国传统文化尤其儒家文化对"人"的抹杀，普通的国民没有人的主体性，只是在三纲五常的束缚下奴隶般地生活着。五四时期他写出了《我之节烈观》和《我们现在怎样做父亲》这样的文章，是想把妇女和子女从三纲五常的关系网中解放出来，赋予他们人的地位。而对于那些在统治阶级打造的儒家思想下成长起来的官僚，鲁迅看得更清楚，他们唯主子是从，对上恭顺，对下压迫，圆滑世故，都是一些政客加流氓。这些人在新的历史时期完全复活，袁世凯称帝，张勋复辟。而最令他伤心的是，他晚年在上海看到中国的一丝希望的同时，也看到一个新型的组织集团（共产党）内部所谓革命者并不能摆脱儒家文化塑造的官僚的痼疾，很多"革命者"就是政客和流氓。鲁迅在《出关》中把孔子塑造成政客形象就有他们的影子。

儒道两家的源流及存在的核心问题鲁迅相当清楚，他晚年撰写《采薇》《出关》和《起死》正是这种历史逻辑的必然。当然，鲁迅把他小说家的轨迹终结在伯夷、叔齐、老子、孔子和庄子这些消极意义的小说形象塑造上，最直接的原因是他所处现实的强烈刺激。到上海不久，鲁迅就遭到了创造社和太阳社的攻击，后来在共产党高层的干预下才平息了这场论战，随后鲁迅与共产党结成同盟，他成为"左联"的精神领袖，并与共产党人柔石、冯雪峰和瞿秋白建立了很好的关系。柔石于1931年被国民党杀害，1933年、1934年好朋友冯雪峰和瞿秋白相继离开上海，鲁迅在上海陷入孤单。1934年夏季国民党在上海设立图书检查制度，大肆禁止进步言论的发表，鲁迅的很多文章被无理删改，禁止与读者见面。这让人想起马克思《评普鲁士最近的书报检查令》中的一句话："法律允许我写作，但是不允许我用自己的风格去写，我只能用另一种风格去写！我有权利表露自己的精神面貌，但是首先必须使这种面貌具有一种指定的表情！"① 国民党的书报检查制度和普鲁士的书

---

① 中共中央马克思恩格斯列宁斯大林著作编译局编译：《马克思恩格斯全集》第1卷上，人民出版社2008年版，第111页。

报检查制度很相似，给鲁迅带来了很大损害，朱正例举了鲁迅写给朋友的十封信来证明这个情况。[①] 这是来自敌人的进攻，在鲁迅的意料之中。但万万令鲁迅想不到的是来自“左联”战友的攻击。1933 年国民党对共产党伴随军事围剿的文化围剿更加猛烈，“左联”不得不转入地下。5 月丁玲被捕，周扬继任“左联”党团书记，成为“左联”的实际领导人之一。周扬等人也就是在这以后与鲁迅关系逐渐恶化，最后周扬被鲁迅公开点名批评。[②] 1934 年 7 月 3 日廖沫沙在《大晚报·火炬》发表《论“花边文学”》（署名林默），开始泛论那时报纸副刊上“四周围着花边”的杂文，泛论之后就攻击鲁迅《倒提》是宣扬买办意识，替洋人辩护。这就是鲁迅把杂文集命名为《花边文学》的缘故。另一件不愉快的事情是鲁迅写了一篇《答曹聚仁先生信》发表在 1934 年 8 月号的《社会月报》上，而同一期刊物又登载了共产党的叛徒杨邨人的《赤匪归来记（续）》这篇反共文章。于是在《大晚报·火炬》上就有一个署名叫绍伯的人写了一篇《调和》的文章，说鲁迅为杨邨人打开台锣鼓。这使鲁迅很愤慨，对他心情影响很大，1934 年 12 月 18 日写给杨霁云的一封信中就说到，最可怕的是口是心非的所谓“战友”，因为防不胜防。为了防后方，鲁迅不得不横站，而且瞻前顾后，很是费力。这里的绍伯是田汉。此外，鲁迅还遭到叶紫、周立波、徐懋庸、张露薇等人的攻击。吴敏认为：“1934—1936 年的鲁迅，生活很不平静。从其书信来看，林默（廖沫沙）的‘花边文学’之说、邵伯（田汉）[③] 的‘调和’之说、《文学生活》刊物、狄克（张春桥）批评《八月的乡村》文学社以及译文社等事情，都不同程度地引发了鲁迅的情感波动，而他最大的不平静则是来自于后期左联‘友军的暗箭’、‘工头的鞭子’、‘奴隶总管’、深居简出的‘元帅’等人事。这些人事，不仅与周扬有关，还与廖沫沙、田汉、周立波、叶紫、徐懋庸、张露薇等相关。”[④] 那就是说，鲁迅在 1933 年后，与“左联”主流倾向是对立的，

① 参见朱正《一个人的呐喊》，北京十月文艺出版社 2007 年版，第 323—327 页。

② 《答徐懋庸并关于统一战线的问题》中直接说“周起应之类”“发昏”“说谎”“左得可爱”。

③ 鲁迅自己写作绍伯，见《鲁迅全集》第 13 卷，第 301 页。

④ 吴敏：《晚年鲁迅与“周扬等人”》，载《现代文学研究丛刊》2012 年 11 期。

这个对立的扩大化主要是因为胡风的事情。胡风为了生计到国民党孙科创办的中山文化教育馆作日文翻译，“周扬等人”认为胡风可能成为“与反动派别有关系的嫌疑者”，这样周扬就与胡风断绝了关系，胡风也离开了“左联”。鲁迅赞同胡风谋职求生存，当“四条汉子”（田汉、周扬、夏衍和阳汉笙）来说胡风是内奸时，鲁迅对“周扬等人”的做法非常不满。[①] 鲁迅这段时间写给朋友的书信中可以看到很多心情不好的话，应该说在1935年年末到1936年年初，鲁迅与周扬等人彻底摊牌，最终的表现就是“左联”解散后鲁迅拒不参加周扬等人组织的文艺家协会。我们发现，鲁迅后期创作的五篇小说刚好是1934—1935年这段时间，《非攻》写于1934年8月，时隔一年多即1935年11月又写了《理水》，在写《理水》之前的10月发表了一篇重要的杂文《中国失掉了自信力吗?》，所以学界在解读这两篇小说时根据这篇杂文把墨子和大禹说成是中国的脊梁。鲁迅塑造的中国的脊梁和“左联”五烈士、冯雪峰以及瞿秋白有很大关系，五烈士牺牲后，冯雪峰和瞿秋白离开上海，鲁迅基本陷于孤军奋战的状态，1935年6月瞿秋白又被国民党杀害。面对“周扬等人”的种种表现，鲁迅肯定会想到柔石、冯雪峰和瞿秋白，他觉得希望还是在这样的人身上，这可能就有了墨子和大禹这样的正面形象的现实依据。可是，“周扬等人”在中国这个社会一直阴魂不散，他看过袁世凯称帝、张勋复辟、新青年阵营的解体、蒋介石政府的诸多流弊、创造社的多变，如今又领略到周扬等人的鞭打和“奴隶总管”“元帅”与“文坛皇帝”的“指挥”，这不能不让鲁迅很失望。辛亥革命已经二十几年了，中国社会究竟有多大进步呢？几千年的传统痼疾时不时出现在鲁迅的生活中，民众还没争得做人的资格，“周扬等人”和政客也没什么两样。之所以反复出现这样的现象，在鲁迅看来，它们的根源在于中国的传统文化，尤其是道家和儒家对形成国民劣根性起了不可推卸的作用。它们为我们“贡献”了像毒瘤一样的传统社会的知识分子“伪士”，这些“伪士”总头目就是伯夷、叔齐、老子、孔子和庄子。不管鲁迅感觉的事实是不是这样，但当时国民党的专制和“左联”内部的争斗的确给他心灵冲击很大，使他又回到了绝望的境

① 参见《鲁迅全集》第6卷，第554—555页。

地，他认为国民性的改造丝毫也不容乐观，所以他要继续挖坏种的祖坟，而且在他看来这个问题将是中国很长历史时期的问题。

1936 年 9 月 5 日，死前的一个多月，鲁迅写下了《死》（它被看成鲁迅的遗言）这篇文章，文中有一句话：“我的怨敌可谓多矣，倘有新式的人问起我来，怎么回答呢？我想了想，决定的是：让他们怨恨去，我也一个都不宽恕。”① 这些怨敌恐怕不是鲁迅的私敌，他们大概是每个中国人现代化的怨敌，集中表现就是传统知识分子的“伪士”及其在古今中国社会生活中的种种变形，他们作为一种文化遗留不可能在短时间退出历史舞台。鲁迅的预见是留给中国未来文学的一个长远的课题，中国作家还需要在这条道路上坚持不懈地探索。

① 《鲁迅全集》第 6 卷，第 635 页。

第五章　鲁迅小说“个”的文化原点、路线图及相关问题

《呐喊》《彷徨》和《故事新编》仅仅是鲁迅的整个创作中的一小部分，可是这部分却具有极其重要的地位：它们不仅仅是鲁迅文学生命轨迹的基本展现，也是鲁迅关于人和社会看法的集中表现，还是鲁迅探寻中国人现代化出路的一次勇敢而又富有成效的尝试。在这些小说中，最为人称道的是鲁迅抓住了中国社会转型过程中“人”存在的困境，并把这个困境和整个社会、民族的进步联系起来，因而鲁迅的小说着眼点在于展现“人”的困境并警示怎样摆脱“人”的困境。从表面上看，鲁迅的小说整体呈现出黑暗而绝望的格调，但是鲁迅作为一个伟大的思想性作家，他不是为黑暗而黑暗，而是想在此基础上把中国这个古老国民的劣根性清洗干净，为中国建造一个现代化的人。为完成中国人的现代化，鲁迅从他所获得的中外文化资源中汲取了“个”的养料，并把这些历史文化中的“个”与他对中国当时现实的情感体验进行了艺术性的整合，从而在他的小说中生动地再现了中西文化之“个”的起伏、显隐。这些起伏和显隐并不是杂乱无章的，而是通过一定规律呈现给读者。那么，对鲁迅获得的中西文化“个”的文化原点及鲁迅的文化接受逻辑、“个”在小说集中的路线及其相关问题的进一步研究就具有重要意义。

第一节　文化原点和鲁迅的文化接受逻辑

关于鲁迅文学的文化原点问题，伊藤有一段话：“他留学时期的思想，被说成是‘掊物质，张灵明’的尼采式的个人主义思想，他后来的文学主题，叫做萌芽也好，几乎全部都可以在写于这个时期的评论中

找到。”[①] 伊藤虽然没有直接用鲁迅文学的文化原点这个概念，但是在这段话中却暗示鲁迅后来的文学主题是源于日本留学所写的评论，而评论中最重要的思想是尼采等人的个人主义，这就间接表明鲁迅文学的文化原点是这个时期所获的以尼采为核心的个人主义思想。从伊藤的研究来看，他的确把鲁迅的“个”看成异质于中国文化的近代西方的神髓，他认为鲁迅后来的小说中的积极的人物形象是这种神髓即“个”的变异体。于是，我们可推导出伊藤认为鲁迅文学的“个”文化原点是西方近代文化中以尼采为代表的个人主义。在伊藤之前，竹内好也谈过鲁迅文学的文化原点问题，他说：“作为鲁迅的‘骨骼’的形成的时期，我不能想到别的时期。他晚年思想的变化，可以大致追溯其过程，不过，在根本上形成的鲁迅本身的生命和基础，只能认为是这个时期在黑暗中形成的。”[②]“这个时期”根据上下文是指《狂人日记》发表以前的北京生活时期，竹内好的看法给研究者很多启示。汪卫东在《鲁迅的又一个“原点”》一文中说伊藤发挥了竹内的观点[③]，但是从伊藤的思想来看，他不是发挥，而是提出了不同于竹内的观点（上面已经说过）。汪卫东在这篇文章中谈的又一个“原点”指的1923年，确切地说应该是鲁迅走向彻底绝望的转折点，不算是文化原点的问题。钱理群在《十年沉默的鲁迅》一文中才是真正发挥了竹内好的观点，他把竹内好所谈的绍兴会馆沉默的时间段扩大到从1908年到1918年，并指出：“鲁迅在文网密织下的自我麻醉，使他‘沉入古代’，‘沉入民间’，在魏晋、浙东文化中，寻到了自己的根，并获得了对生命本体的黑暗体验，这又是五四时期大多数人所没有的，这正是鲁迅的独特性所在。”[④] 钱理群明确指出，鲁迅在魏晋和浙东文化中找到了自己的根，这其实就是鲁迅文学的中国传统文化之根，还特别谈到具有“个”精神的魏晋名士和鲁迅之间的关系。不过在这里，钱理群似乎又没注意到西方文化对鲁迅的根性影响，并且对鲁迅南京求学以前的生活与后来的诸种选择之间的

---

① ［日］伊藤虎丸：《鲁迅与日本人·序言》，李冬木译，河北教育出版社2000年版，第13页。

② ［日］竹内好：《鲁迅》，李心峰译，浙江文艺出版社1986年版，第46—47页。

③ 参见汪卫东《鲁迅的又一个“原点”》，载《文学评论》2005年第1期。

④ 钱理群：《十年沉默的鲁迅》，载《浙江社会科学》2003年第1期，第133页。

逻辑联系。从伊藤和钱理群的研究中应该获得启示，鲁迅文学“个”的文化原点不应该是单一的，他们既有中国的也有西方的，同时在讨论“个”的中国文化原点的问题时也不能忽略鲁迅的儿童和少年时期。据以上关于这个问题的已有研究，我们认为，鲁迅文学的“个”之文化原点有两个：西方近代的个人主义和中国传统文化中的非主流部分，中国传统文化的非主流部分是通过南京求学以前的绍兴时期和十年沉默期构建起来的。

一、“个”的两个文化原点

“鲁迅是一位有着自觉个体主体性意识的思想家，他一方面和自身思想中传统文化的负面影响作长期的深度检视，另一方面又以‘拿来’的态度，自觉吸收传统文化中的有益因素，整合到对于个体精神存在的思考中去。”① 周承良指出鲁迅的个体精神有传统文化的因素，并从道家、佛家、墨家对鲁迅的影响角度分析了鲁迅是如何获得传统中的养料的，但他在把握问题的重心上出现了偏差，鲁迅的个体精神的传统文化渊源不集中在主流文化上，而是非主流文化。这就是在此将要分析的鲁迅小说“个”的中国传统文化原点问题。

鲁迅小说中“个”的中国传统文化的原点生发在南京求学以前的绍兴时期和十年沉默期。鲁迅南京求学以前在绍兴这段时间对“个”没有明确的意识，只是儿童和少年个性和心理的本能体现。在这个本能的体现中我们也能看到鲁迅对中国文化中“个”的偏向，已经列举了较多事实证明他不喜欢孔孟的正统，而是喜欢从大禹那里流传出来的浙东人文精神，这些人分别是勾践、王充、徐文长、周福清。大禹善于创新且有实干精神；勾践具有强的韧性，为复仇深谋远虑；徐文长个性自由，不随流俗；周福清生性耿直，具有民主的倾向。他们作为会稽的先贤虽然在这个时候没有被鲁迅自觉地纳入接受的对象，但他们汇合形成的精神已经成为一种地域文化。这种文化从鲁迅一出生就已经无形中进入了鲁迅的生命。这不能说明鲁迅一定就接受它们，可是鲁迅在成长的过程中所遭受的现实困境逐渐把他带入了“非圣”和反孔孟的倾向上

① 周承良：《论鲁迅文学世界的个体思想呈现》，广东人民出版社 2011 年版，第 92 页。

去了。这个现实困境首先是他们家族的衰落，据人研究在清朝嘉道年间，因为周家子弟的奢侈、吸食鸦片、赌博和太平天国运动家道中落。[①] 另一直接原因是鲁迅祖父周福清的科场舞弊案。鲁迅亲历了家族的衰落过程，体会到传统儒家文化所建立的家族无可奈何地走向覆灭，再加上他自身在避祸中所受的心灵刺激和阅读了大量的小说[②]，这让他接受的视野倾向于非正统。那么就是说，鲁迅从本能上所获得的“个”之文化资源起源于中国传统文化的非主流的部分。神话和民间文化也是中国传统文化的非主流部分，鲁迅在少年时期也有广泛接触。鲁迅从叔祖周玉田那里知道了《山海经》，后来长妈妈给他弄来一本，他对里面的神话人物产生极大的兴趣，是他后来从神话英雄中获得“个”的重要资源。他还在大大小小的绍兴地方戏和迎神赛会上，接触了很多他喜欢的鬼怪，比如无常和女吊，他们是阴间反抗压迫追求正义的代表，和非圣先贤共同组成了“个”的文化资源。这两个方面的资源初步铸造了孙郁所说的鲁迅具有的“浙东脾气”[③]，而养成他“浙东脾气”的核心文化人物乃是他这个时间接触的勾践、王充、徐文长、周福清及民间鬼魂文化中的无常和女吊。

“个”的另一中国传统文化原点是鲁迅在其沉默的十年建构起来的。1909 年鲁迅回国到 1918 年鲁迅发表第一篇小说《狂人日记》，这十年间鲁迅几乎没有文学创作（仅在 1913 年发表文言小说《怀旧》）。由于东京文艺事业的失败和政治的原因，他主要的精力放在辑校中国文化古籍、整理中国小说材料和抄古碑中。1909—1911 年鲁迅主要辑录和选录了《古小说钩沉》和《小说备校》。《古小说钩沉》共收录周青史子至隋侯白旌异记散佚小说三十六种；《小说备校》共收录《神异经》《十洲记》《洞冥记》《搜神记》《搜神后记》《拾遗记》《艺苑》等七种，是鲁迅在绍兴府中学堂任教时从《北堂书钞》《初学记》和《酉阳杂俎》三书中采录的异文。《唐宋传奇集》出版于 1934 年，但选录工作早在 1912 年于南京教育部任职时就开始了，《小说旧闻钞》是

① 参见曹振华《从〈恒训〉看鲁迅故家的败落》，载《齐鲁学刊》2011 年第 1 期。

② 参见周作人《鲁迅的青年时代》，河北教育出版社 2002 年版，第 16 页。

③ 参见孙郁《鲁迅忧思录》，中国人民大学出版社 2012 年版，第 55—80 页。

为撰写《中国小说史略》所做的准备，大概也应该在1918年以前就开始了。1913—1914年，鲁迅辑校了谢承《后汉书》、虞预《晋书》、张淏的《云谷杂记》、虞喜的《志林》和《会稽郡故事杂集》，辑校时间不详的《广林》《范子计然》《任子》和《魏子》等古书可能也在这段时间完成。鲁迅在辑校古书方面用力最深的是《嵇康集》，1913年10月20日他就写了《嵇康集跋》，那说明他已经辑校完毕《嵇康集》。但是此后鲁迅一直没有放弃对《嵇康集》的再辑校和考证，这一工作至少持续到1931年。[①] 除以上所说，鲁迅为躲避北洋政府袁世凯的政治灾祸，用抄录古代石碑打发时间。

上列事实说明鲁迅在这一段时间和中国古代文化有深入的交流，同时也看出鲁迅与古代文化沟通的重要特点：第一，偏重于地方文献的辑校和小说史材料的辑录。这明显偏离传统的主流文化，很多人在注疏经史子集这些正统的古典文献上下功夫，而鲁迅却看重会稽的地方文献和古代小说（当然也可能是因为正统文献注疏的太多，而难度更大。但从鲁迅的实际来看，主要是鲁迅不大喜欢正统文献）。看重会稽地方文献使鲁迅更加深入地了解了浙东文化，从他在《会稽郡故书杂集》序言中可以知道，他很喜欢家乡的先贤，尤其对那些非圣先贤更是情有独钟，而这些先贤又具有极强的“个”性，正好也是他少年时期从本能上偏重的文化资源。这是鲁迅地方文化之根。看重中国古代小说的史料也体现了鲁迅独到的眼光和个性，从小说辑校的工作中，鲁迅获得很多神话素材，延续了他少年时期的喜好，而这些神话传说中有他喜欢的各种神话英雄。从鲁迅后来的创作实践看，这些地方非圣先贤和神话英雄成为鲁迅小说之“个”的中国传统文化源头之一。第二，历史时间上主要集中在唐宋以前。这表明鲁迅对这个历史时期以后的文化存在看法，印证了他早在日本时期于《摩罗诗力说》中的说法：“人有读古国文化史者，循代而下，至于卷末，必凄以有所觉，如脱春温而入于秋肃，勾萌绝朕，枯槁在前，吾无以名，故谓之萧条而止。”[②] 鲁迅认为中国文化活力在历史的前面，尔后就逐渐枯槁至于萧条了，这样就自然

---

① 参见《鲁迅全集》第16卷，第277页。

② 《鲁迅全集》第1卷，第65页。

把目光主要放在唐宋以前。在这以前的历史中，他又特别喜欢魏晋。从鲁迅的小说实绩看，“越名教而任自然”的魏晋名士是鲁迅小说“个”之传统的重要文化资源。

鲁迅小说“个”的西方文化原点是西方的进化论、个人主义哲学和浪漫主义诗派。南京求学时，鲁迅通过严复翻译的《天演论》知道了进化论，他在理解进化论时是把达尔文、赫胥黎看成不同于历史的具有“个”性的人，沿着这个道路他又在日本接受了以施蒂纳和尼采为代表的个人主义哲学，此后又倾心拜伦、雪莱、普希金、莱蒙托夫、密克威支、斯洛伐支奇和裴多菲等浪漫主义诗人。鲁迅以日本为中介接受西方这些“个”也体现出自身的特点：由科学而哲学而文学，这就奠定了鲁迅现实主义的逻辑发展路径。西方现实主义的发展主要是19世纪自然科学巨大成果导致的，在19世纪中期发展成影响全欧洲的现实主义文学流派。鲁迅外出求学的过程，正好走的是从科学到文艺的过程，和西方现实主义兴起的逻辑是一样的。这样就奠定了鲁迅塑造具有“个”性的人物形象时始终关注中国的社会现实。鲁迅接受西方近代文化的“个”偏重于尼采的“超人”和“摩罗诗人”，并进行了改编。“超人”和“摩罗诗人”被鲁迅所钟爱，把他们作为批判中国传统丧失“个”性的主流文化的参照物。鲁迅在这样的接受中，把尼采“超人”的反道德、国家的维度去掉了，而把具有国家民族责任感的“摩罗诗人”说成“精神界战士”，并以此为武器对中国主流文化的痼疾进行深刻剖析，为他后来的小说创作提供了文化原动力。从整体上概括，鲁迅小说“个”的西方文化原点是近代以来的个人主义及其变异体。

二、鲁迅的文化接受逻辑

一个人生活的前一阶段养成的文化倾向和心理结构直接影响他后一阶段接受文化和实际行动的方向。西方的阐释学把这个称为“前见解”，指在具体的理解开始之前已有的某种观点、看法或信息。海德格尔在《存在与时间》中把“前见解”叫做“前结构（Vorstruktur）”。伽达默尔进一步解释了“前结构”，他认为：“与传统相联系的意义，亦即在我们的历史的－诠释学的行为中的传统因素，是通过共有基本的前见（Vorurteile）而得以实现的。诠释学必须从这种立场出发，即试图去理解某物的人与在传承物中得以语言表达的东西是联系在一起的，并且与传承物得以讲述的传统具有或获得某种联系。”[①] 阐释学是在哲学的意义上讲这个问题，具有普遍性意义，从人类的大量实践来看，一个人前一阶段所形成的文化和心理结构对后一阶段的文化接受及实际行动的确起很大的制约作用，它基本规定了一个人的接受范围、方向和视域，而这个“视域就是看视的区域（Gesichtskreis），这个区域囊括和包容了从某个立足点出发所能看到的一切”[②]。鲁迅的文化接受是人类文化的具体现象，它也体现出这样的接受规律。从鲁迅小说“个”的文化原点出发，我们能看到鲁迅的文化接受规律。

在中国传统主流文化衰弱的晚清时期，整个社会氛围和鲁迅家族本身的变故，对鲁迅儿童和少年时期的文化养成和心理结构产生了巨大影响。鲁迅在绍兴度过了儿童和少年时期，因为他特殊的社会环境和家庭背景，致使他在文化养成上本能式地偏重于非主流的部分，这种本能反应随着鲁迅的成长逐渐壮大成以个人为出发的关注社会和国家的责任意识。周作人曾说：“这个刺激的影响不轻，后来又加上本家的轻蔑和欺辱，造成他的反抗的感情，与日后离家外出求学的事情也是很有关联的。”[③] 这样，在儿童和少年时期就形成了鲁迅特有的看重非主流文化的倾向和反抗性的心理结构。非主流的文化倾向促使他可能对异于传统主流的各种文化资源具有接受的偏向，具有反抗性的心理结构促使他可能对历史文化中叛逆性的人和具有个性的人产生共鸣。这便是他接受西方文化之“个”的前理解或者期待视野。这种期待视野规约了鲁迅求学的文化要求和实际行动，从他接受西方文化的路径可以看出，从达尔文到尼采到“摩罗诗人”，体现了鲁迅具有自身特色的转换或者说回归。因为当时的时代背景使很多人认为民族危亡在于中国的物质和科技水平太落后，所以他们纷纷出国学习自然科学。到日本留学的人很多也是这样，他们基本选择学习自然科学和医学。但鲁迅却具有自己特点，

---

① ［德］伽达默尔：《真理与方法》（阐释学Ⅰ），洪汉鼎译，商务印书馆2010年版，第417页。

② 同上书，第427—428页。

③ 周作人：《鲁迅的青年时代》，河北教育出版社2002年版，第13页。

他刚到东京的一两年就觉察到“人”的问题，他对清国留学生的速成班那种在异国享受的场景非常不满意，自己就逃到了仙台，仙台的幻灯片事件可能彻底刷新了他的“人”的意识，他最终认识到中国的症结在于人精神的萧条。于是仙台医专没有毕业就回到东京弄文艺，虽没有成功，但是他比较系统地接受西方近代的个人主义文化及其相关的浪漫主义文学。这个事实就是前面总结的从科学到文学的过程以及关注重心放在尼采的个人主义和“摩罗诗人”的精神个性上。儿童及少年时期所获得的非主流文化资源及心理结构是鲁迅在日本接受尼采个人主义和摩罗精神的逻辑起点，中间经过科学的偏离，最终又回到个性文化和叛逆性人格上，不同的是开阔了儿童少年时期的文化视野，把伊藤所说的西方近代文化的“神髓”转化成他自身的文化营养。鲁迅在此实现了中西文化的第一次交流，通过这个交流整合了中西文化的“个”资源，形成“精神界战士”。

东京创办《新生》失败后，鲁迅又遭遇了翻译国外小说的失败。[①]沉默十年时期鲁迅又回到了中国古代文化中。从前面的论证知道，鲁迅表面上回到古代文化上去了，但他却偏重于地方文献和小说史材料的辑录与整理，而且对神话英雄和嵇康、阮籍等魏晋名士很关注。这种偏好其实还是他前面两个阶段的学习生活在学术上的延伸，其思维特点和心理偏向与少年时期、留学时期并未发生本质的偏离。少年时期具有很多本能的成分，日本时期这种本能成长为汲取西来文化的先在视域（前理解或期待视野）。沉默十年虽然抑制了鲁迅的这种偏重“个”性的文化接受和实际行动，但是又以一种隐蔽的表现形式展现在我们面前。鲁迅没有发生本质性的转向，比如转到辑校中国传统主流文化的经典上去，而是偏重于地方文献和小说史材料的辑校和整理，这就说明从绍兴开始到日本再到北京，鲁迅的整个接受文化的逻辑和心理结构存在内在的统一性，这个统一性奠基于他儿童与少年时期，在日本时期引入舶来的文化因素而加强，在北京时期虽然有所抑制但最终又通过学术上的偏好曲

---

① 1909年2月，鲁迅与周作人翻译的《域外小说集》第一册出版，6月又出版第二册，两册分别寄售上海和北京，各售出21册和20册，连成本都未收回，出版第三册于是终止，翻译外国小说的整个计划就破产了。

折地表现了出来。从这个接受逻辑去看，寄寓在这些文化原点中的鲁迅小说中的“个”的运行逻辑始于中国传统文化，中间被西来文化丰富而得到创新，最后把这个创新又回归到中国传统文化（非主流）的学术工作中。这就是鲁迅文学产生之前的文化接受逻辑。

如果鲁迅从此沉浸于学术的整理工作中，那就没有鲁迅小说中的“个”这个问题了，但历史和现实的力量再加上各种机遇，伟大的小说家鲁迅的诞生又成为必然。当这个必然以具体的小说成果高大了鲁迅的形象时，我们发现他小说中的“个”早在创作小说之前都已经建造好了，只是等待着具体的历史时机，这个历史时机就是《新青年》的北移，当然还有钱玄同、刘半农等人敦促。于是，鲁迅从《狂人日记》开始便把从中西文化中所获得的“个”进行了文学化的表现，他们看似杂乱，但深入小说文本内部和了解小说产生的历史背景，便可找到他们的演化路线。

第二节 “个”的路线图和鲁迅的文化身份

鲁迅小说“个”的文化原点是中国的非主流文化中蕴含的叛逆性人格和非圣先贤与西方近代以来的进化论代表人物达尔文和赫胥黎、个人主义哲学的代表施蒂纳和尼采、浪漫主义诗人。他们在五四时期开始成为鲁迅小说集《呐喊》中的主体人物形象，中间经过《彷徨》，最后走进《故事新编》。通过对这三部小说集的文本分析，这些中西文化中的“个”呈现出自身的显隐、交融、变异的轨迹。这个轨迹的逻辑演变和鲁迅的文化接受逻辑存在一致性，同时中西之“个”在鲁迅小说中变化路线图也暗示了鲁迅文化身份的问题。

一、“个”的流变路线图

通过对鲁迅小说的文本分析和社会现实背景的回顾，我们已经能够比较清楚地看到中西文化之“个”的演化轨迹了。为方便分析，需要从三个方面进行归纳总结。

第一，西方文化之“个”的退隐之路。东京创办《新生》的失败，回国沉潜的十年，使鲁迅对中国社会的黑暗体察加深，也因此非常压抑。当新的时机到来，鲁迅又热血沸腾。从发表第一篇白话小说《狂人日记》起，鲁迅的气势就很逼人，他完全以一个启蒙者的身份来批判中国的国民性，他所用的工具就是日本学来的西来之“个”。他把这些“个”做了文学化的处理，让“超人”“精神界战士”变成“狂人”、先驱者、N先生、反抗强权者和女娲。初版的《呐喊》有15篇小说，基本可把这里面的人物形象分为三类：积极的先行者、附着了封建黑暗的庸众和素朴之民。“狂人”、夏瑜、N先生、反抗强权者和女娲是第一类的代表，孔乙己、阿Q、单四嫂子和成年闰土是第二类的代表，孩子、人力车夫、少年闰土则是第三类的代表。鲁迅的基本立场是用第一类形象猛烈批判第二类形象，对第三类形象则是充满了人性的赞美和留恋。第一类形象是鲁迅早期在日本获得的“超人”“摩罗诗人”“精神界战士”的文学化变异，第二类是鲁迅在第一类形象审视下的中国传统之人，是鲁迅要批判进而改造的“末人”形象，经过孔乙己、单四嫂子、方玄绰、陈士成的发展，到阿Q走到了男性“末人”的高峰。第三类其实也是第一类形象的副产品，“真的人”是鲁迅在《摩罗诗力说》和《破恶声论》中特别推崇的，真性情、不虚伪是鲁迅“立人”的起点，先要回归“真的人”，然后才能长成具有独立个性和创造性的女娲这样的“超人”。当然从“狂人”、夏瑜的结局及“我”对N先生的态度来看，鲁迅对“超人”和“精神界战士”演变的先驱者已经有所怀疑。但据上还是可以说，《呐喊》的人物形象西方之“个”的特色明显，是鲁迅对早期所获得西方之“个”的文学化处理的初步完成。《彷徨》的战斗意气冷了许多，怀疑和虚无在这本小说集中更加凝重。《祝福》中的“我”强化了《呐喊》中对先驱者或者革命者的怀疑，对超人和庸众之间的距离进行了再思考，试图把“我”的主体性传导给被启蒙者。在这样的努力下，《幸福的家庭》的小说作者和《伤逝》中的涓生与子君都有走向现代独立个人的挣扎，他们的失败进一步把知识分子和民众之间的距离拉大，知识分子的主体性如何成为普通民众的主体性就展现出来了，所以《离婚》的爱姑就体现了“我”向普通民众的游移，最后也失败了。因而冯光廉说：“作为先觉者，他们将自己和庸众区别开来，但他们也不是‘超人’和‘真的人’，他们尚没有到达超人那种心灵形体的和谐、充盈、自由、新鲜的境界。在庸众与‘超人’发展的历史链条上，他们充当的是中间环节的作用。因而历史将悲剧降临到他们头上：他们与庸众战斗着，却始终难以摆脱弥浸在庸众头上的传统文化氛围的制约；他们是‘真的人’的预言者，而自己却将与庸众同归于尽，难见‘真的人’。”[①] 吕纬甫是一个颓废的革命者，引起了“我”的进一步反思，《长明灯》中的“狂人”气有反弹的趋势，但没能战胜鲁迅所看到的中国之黑暗，最终以《孤独者》中的魏连殳作结。魏连殳最后精神绝望，陷入孤独，并以变态的方式向他所寄寓的世界复仇，有尼采“超人”的痕迹，也有工人绥惠略夫的影子。“我”、吕纬甫、疯子、魏连殳、子君、涓生和爱姑是“超人”和“精神界战士”的再变异，并且体现了知识分子主体性向民众转移的趋势，也就是“超人”与庸众的沟通问题。他们不具有《呐喊》中的第一类人那种呐喊之气，这些人失败得更彻底，也更抑郁，只能看到先前鲁迅在日本获得的那些“西方人”的影子。祥林嫂是鲁迅在“超人”视野下塑造的女性“末人”的典型，而四铭、高老夫子和张沛君则是鲁迅在“真的人”的眼光看到的新时期的种种“伪士”形象。《彷徨》是鲁迅处在十字路口的小说集，西方之“个”相对于《呐喊》遭到鲁迅更加深入的质疑，因此西方之“个”的形象变得不如《呐喊》中那样明显了。到《故事新编》，“超人”和精神界战士就只剩下背影了。《奔月》中的后羿英雄无用武之地，“后英雄”虽遭遇大尴尬，可并没完全丧失他英雄的一面。《铸剑》中的眉间尺和黑衣人血性的复仇，有绥惠略夫的面影，而绥惠略夫在鲁迅看来是有“超人”之特色的。《非攻》中的墨子只身一人迎战强楚，也是很“超人”的；《理水》中大禹面对滔天洪水和一群无聊的政客，敢于提出异于传统的新方法，也是重估价值的体现。所以，伊藤指出：“《不周山》的女娲，《铸剑》的黑色人、《奔月》的翌（翻译时可能错写，笔者注）、《非攻》的墨子和《理水》的大禹，都是留学时代曾经心醉过的尼采的‘超人’以及‘精神界之战士’某种变形。”[②] 由“超人”和“精神界战士”那里抽离出来的“真

---

① 冯光廉：《鲁迅小说研究》，天津人民出版社 1989 年版，第 328 页。

② ［日］伊藤虎丸：《鲁迅与日本人》，李冬木译，河北教育出版社 2000 年版，第 170 页。

的人”，一直是鲁迅“立人”的一个方向，在《呐喊》中首先是以孩子出现的，经过人力车夫和少年闰土的发展，在女娲身上具有了本能之人和责任之人的维度。这是鲁迅设计的一条人的进化路径，受到进化论的影响。随后以“真的人”视野来批判中国现实和文化中各种“伪士”，并最终把眼光聚焦在中国文化的根上，对道家文化和儒家文化的始祖伯夷、叔齐、老子、孔子和庄子进行了解构。鲁迅对他们的不宽恕，正是他把国民性的改造看成是中国人未来一个长远的任务的体现。伊藤没有对“超人”和“精神界战士”在三部小说集中的具体演变路径进行说明，通过考察可以看出，他们从《呐喊》走到《故事新编》，正是一条逐渐退隐之路。

第二，中国传统之“个”的回升之路。鲁迅三部小说集中的中国传统文化之“个”是在鲁迅儿童少年时期和沉潜的十年获得的，在《呐喊》中是以隐匿的状态存在。《狂人日记》中的“狂人”具有很强的叛逆性，其性格特点是屈原描述的“举世皆浊我独清”，有位外国人还说他具有楚狂人接舆和魏晋名士的影子。①《药》中的夏瑜是先驱者，他和夏禹谐音，具有先驱者流血牺牲的革命实干精神。《头发的故事》中的N先生敢于非议现实对中国革命者的杀戮，很有王充、章太炎的气质。也就是说，《呐喊》中“狂人”和“革命者”形象系列蕴含了中国自接舆、魏晋名士、王充、章太炎、周福清等人精神品质，他的叛逆性格和古代文化中这些人的精神相通。《补天》中塑造的女娲形象源自中国的神话，她是一个造人和振救天下的英雄，这样的“个”显然是以中国神话中的“个”为原型的。综观《呐喊》中的传统文化之“个”，他们并不是一个非常显在的呈现，而是隐匿在形象的背后，以影子的状态丰富人物形象。到《彷徨》中我们在《长明灯》中还能看到“狂人”形象，不过“狂人”具有了实践性品格，但他身上的传统文化的“个”性还具有，吕纬甫和魏连殳已经很像嵇康和阮籍了，中国传统文化之“个”逐渐明显起来，这是鲁迅此时的小说中国特色加强的一个重要表现。从北京到厦门而广州，鲁迅创作了《故事新编》中的《奔月》和

---

① See Chinnery, J. D. “*The Influence of Western Literature on Lu Xun's* ‘*Dairy of a Madman*’”, Bulletin of the school of Oriental and African Studies Vol. 23, part2 (1960): 309—322.

《铸剑》，这两篇小说中神话英雄后羿与复仇英雄眉间尺和黑衣人明显是来自中国的古代神话传说。后羿是后英雄形象，是中国神话中的“个”，眉间尺和黑衣人是灌注了女吊那种血性的复仇精神的英雄。但是他们还处于一个回归中国现实的过渡期，到《非攻》和《理水》，“中国的脊梁”就产生了。墨子是春秋战国时期一位和平主义的倡导者，是具有实干精神、为民请命的知识分子。大禹是夏的皇帝，是行劳天下的一位领导者和管理者。鲁迅把墨子塑造成新时代知识分子的典型，把大禹塑造成新时期国家民族的领路人。这两个形象已经是地道的中国人形象了，他们的血肉和中国普通民众及国家民族紧紧相连。至此，中国传统文化中的“个”经过《呐喊》《彷徨》到《故事新编》，呈现出由后台走向前台的变化过程。《呐喊》中批判国民性，希望出现孩子似的“真的人”，女娲振救天塌地陷，她最终累死，她的精神无法延续。《彷徨》是绝望和孤独的，鲁迅的怀疑和寻找很明显，人物形象也打上了这个烙印。西方之“个”和中国传统之“个”在交织中存在，吕纬甫和魏连殳具有更强的魏晋名士气，他们的忧愤和踌躇是鲁迅走在十字路口对中国传统之“个”观照的产物。经过后羿与眉间尺和黑衣人的过渡，他终于把眼光聚焦在墨子和大禹身上，他们以中华民族新生的脊梁形象呈现在读者面前，似乎鲁迅的所有小说形象大概都没有墨子和大禹那样的明朗（尽管结尾也有否定，但是相对而言已经没有那么多黑暗了）。鲁迅在创作小说之前已经获得了中国的传统之“个”，通过《呐喊》《彷徨》到《故事新编》走过了一个回升之路。

第三，中西之“个”的交融之路。上面分别分析了中西之“个”在鲁迅小说集中的变化和变异之路，并不是否定他们之间的交融。事实上，从《呐喊》开始我们都能看到中西之“个”交融的痕迹，狂人、先驱者、革命者和N先生不是一个纯粹的西方产物，鲁迅在打造这些形象时，把中国的叛逆性人格，比如楚狂人接舆、魏晋名士的反叛性①，王充、章太炎和周福清的非圣精神都融合进去了，并且是用西方所获得的“个”改造中国传统文化中这些人对封建国家的依附性，从而让他

① See Chinnery, J. D. “*The Influence of Western Literature on Lu Xun's ‘Diary of Madman’*”, Bulletin of School of Oriental and African Studies Vol. 23, part2 (1960): 309—322.

们具有了现代化的元素，只不过是鲁迅的情感偏向于西方之“个”，融合二者的小说技巧还未达到非常圆融的地步。到《彷徨》，鲁迅的中国特色明显增多，把中国古代的现实的各种文化因素都纳入小说中，与西方文化元素交织在一起。《祝福》中的“我”、《幸福的家庭》中的小说作者、《伤逝》中的涓生和子君逐渐走向《离婚》中的爱姑，爱姑就是一位农村妇女的个性觉醒者，这是把西方之“个”与中国土生的“真的人”相结合的努力。《在酒楼上》和《孤独者》是中西之“个”交融的典范。吕纬甫和魏连殳是“超人”与嵇康和阮籍共同作用的结果，他们互相改编。两个形象既具有“超人”气又具有嵇康和阮籍的名士气，但不是二者的一个简单相加，从融合中我们看到的是鲁迅作为一个彷徨时期知识分子的内心挣扎和焦虑，所以形象更加摄人心魄。鲁迅在五四时期就对尼采有批评，到上海生活的十年间对尼采的诟病更加明显，但这是并不是说鲁迅完全摒弃了尼采，悉尼大学的梅贝尔·李在1985年写过《从庄子到尼采：论鲁迅的个人主义》，探讨了庄子、尼采与鲁迅的精神关联，说明《野草》形象化书写和尼采非常相似，他认为尼采对鲁迅一生都产生了影响，不同意分阶段来看这个问题，最后也说明了庄子对鲁迅的影响也是贯穿始终的。① 晚年鲁迅从中国古代神话传说中拿来很多英雄式人物，把他们与尼采的“超人”胶合起来。《奔月》中后羿对逢蒙的蔑视是“超人”对待陷害者的重要特征，正是通过这一“超人”因素的引入改变了传统文化中后羿被逢蒙射死的结局。《铸剑》中黑衣人是复仇女鬼与“摩罗诗人”中复仇诗人密茨凯维支和斯洛伐斯基的交织，当然还有“超人”重估一切价值的精神特征。《非攻》和《理水》中的墨子和大禹也一样具有“超人”和“精神界战士”的背影。鲁迅把西方之“个”的精神熔铸在中国传统神话传说中的英雄人物身上，表面上看中国人的气色很浓，但内质却有西方之“个”性，还是在彰显中国之“个”中体现了对西方之“个”的接纳。

鲁迅“个”的文化接受逻辑表明，这些中西之“个”从文化存在转变成文学存在时，他们的路线是西方文化之“个”逐渐退隐，经过

---

① See Lee, Mabel. “*From Chuang-tzu to Nietzsche*: *On the Individualism of Lu Hsun*”, Journal of Oriental Society of Australia 17 (1985): 21—38.

此起彼伏的挣扎、交织和融合，最后回归到中国传统文化之“个”上，并实现了传统文化之“个”的新生。这个过程就是三部小说集主体人物形象所对应的演变过程，《呐喊》是西方之“个”的文学化彰显；《彷徨》是中西之“个”交织、挣扎和变异，《故事新编》则是中国传统之“个”的新生式回归。从大禹、勾践、王充、徐文长、章太炎、周福清、无常和女吊到施蒂纳、超人、摩罗诗人和精神界战士，再到文学化的狂人、夏瑜、N先生、反抗强权者、女娲、“我”、疯子、吕纬甫和魏连殳，最后到后羿、黑衣人、大禹和墨翟，是中国传统之“个”经西方之“个”又回到中国传统之“个”的过程。鲁迅对“个”的接受始于中国传统，经由西方最后回归中国传统，是一个中西文化双向交流的历程。中西之“个”在此过程中获得改编而后新生，这正是鲁迅作为艺术家的一次勇敢的探索和创新。由《呐喊》经《彷徨》到《故事新编》，这些“个”在文学化的处理征程中通过此消彼长最终走向了融会贯通的现代新生。这就是中西文化之“个”在鲁迅三部小说集中的流变路线图。

二、鲁迅的文化身份

鲁迅小说集中中西文化之“个”的路线图是鲁迅文化探索和创新的很好说明，也生动地展现了鲁迅处在中西文化漩涡中的事实。那么，鲁迅必然要在中西文化面前做出自己的判断和选择，因此他的文化身份就是一个不能回避的问题。鲁迅小说集中中西文化之“个”演变过程能比较清楚地呈现鲁迅的文化身份问题。要弄清这个问题，需要对文化身份的概念做一基本的说明。

“文化身份”（cultural identity）这一概念自20世纪90年代以来在西方学术界广泛使用。1993—1994年英国开放大学社会学研究组组织了一系列以“文化身份”为主题的学术研讨会，这些研讨会的目的在于调查研究为什么文化身份问题近年来在社会文化理论领域和社会科学、文化研究及人文学科的大量不同领域日益突出并获得关注。[①] 文化

① 参见［英］斯图亚特·霍尔、保罗·杜盖伊编《文化身份问题研究·前言》，庞璃译，河南大学出版社2010年版，第1页。

身份问题之所以被关注，也是因为它在西方是个由来已久的问题。王晓路认为：“欧美等国学界的文化身份问题的引发，在很大程度上是上世纪 60 年代以降以民权运动为标识的文化政治思潮发展的结果之一。”[①] 作者在这里没有对民权运动的情况进行说明，按照他提供的时间应该是二战后美国民权运动（Civil Rights Movement），而不是 19 世纪资本主义的自由民权运动。美国的民权运动是黑人反对种族隔离与歧视，争取民主权利的群众运动，最后迫使约翰逊总统签署了保障黑人权利的《民权法案》。用文化视野来看，其实就是黑人要求美国当局承认他们的文化身份，这样就引出了文化独特性、个性和多元性的问题。如果按照这个思路来看，这也不是什么新鲜的事情，早在 19 世纪初期，德国的浪漫主义寻求德国文化在欧洲各民族中的独特性就是一种民族文化身份的诉求。因而，凡是追求自身独特性和个性的文化诉求都可以看成是文化身份的问题。从西方文化身份问题的产生过程分析，文化身份问题往往和民族文化、族群文化紧密相关，把这个问题扩展一下就很容易成为坚守民族和族群文化的强烈诉求。中国近些年在人文学术界也广泛运用“文化身份”这一概念，和这一逻辑存在紧密关系。许多学者认为中国自近代以来逐渐丧失自身的文化特色，西来话语占据了整个文化学术界，所以要确证自己的文化身份。在确证文化身份的过程中，主流文化坚持要复兴中国文化。曹顺庆提出“失语症”的问题[②]，便是对这个问题的思考和回应。可是，文化身份诉求固然要坚守自己的文化特色，但绝不是文化保守主义。文化身份的获得应该突破狭隘的民族文化视界，站在人类文化的总体上对文化进行创新，通过这个创新来展现主体的独特性，这是发展更新的文化身份诉求，不是保守的文化民族主义。通过对鲁迅小说中“个”的研究，我们发现鲁迅的文化身份正是在这个意义上建立起来的。

---

① 王晓路：《人文学术研究中的文化身份》，收入《跨学科视野下的文化身份认同》，北京大学出版社 2011 年版，第 48 页，

② 曹顺庆是“失语症”的提出者（1996 年《文艺争鸣》第 3 期《文论失语症与文化病态》），随后他又发表一系列文章，很多学者加入了有关“失语症”问题的讨论，支持者曹氏的居多，反对者较少。这一讨论一直持续到 21 世纪初期，从讨论的情况可以看出，文化民族主义似乎占了上风，也是中国当时文化身份诉求的主要倾向。

鲁迅生活在古今中西文化交织的大变革时期，天然蕴含着他的文化身份问题，所以这个问题必然会引起关注。关于鲁迅的文化身份问题何浩总结了三种基本观点：一是反传统的文化身份诉求，以林毓生《中国意识危机》为代表。鲁迅被看成反传统的文化革新家，同时也是民族文化的罪人；二是继承革新民族文化的价值追求，以林非、王富仁为代表。他们认为鲁迅在继承民族文化的基础上实现了自己的革新；三是从批判当下文化保守主义倾向切入鲁迅的文化身份问题，以李新宇为代表。他批判文化保守主义者把鲁迅看成是反传统文化的代表，并在此基础上坚守民族文化本位，强调民族文化的主体性。[①] 何浩在总结这些观点的基础上提出了自己的观点，他认为鲁迅文化身份在他对传统文化所做的价值选择中形成，肯定了传统一部分，也否定了传统一部分。中国近现代民族危机导致鲁迅的文化身份危机，使鲁迅能够正确地看待中国文化的特殊性，并在此基础上建立生命价值进化的文化身份，也就是对立足于现实生存的强悍、武健、勇烈的生命的肯定，所以鲁迅的文化身份问题就是理想与现实之间的难题。同时，也因为这个难题出现了鲁迅文化身份的焦虑。[②] 何浩的针对汪晖"中间物"立论，他认为汪晖的"中间物"理论忽视了鲁迅的价值判断和选择。鲁迅文化身份建构于"价值的中间物"，正是这样的价值选择使鲁迅出现了文化身份危机和焦虑。何浩的研究无疑把鲁迅的文化身份问题向前推进了一步，但对鲁迅的文化身份问题的实质还没有更明确的把握。出现这样的问题源于两点：一是何浩不能挣脱汪晖的"中间物"理论，导致他的鲁迅文化身份也是一个"中间物"；二是何浩是从文艺学的角度切入，可能缺少对鲁迅的小说及杂文进行整体性的分析。

鲁迅三部小说集中"个"的流变，在总体上呈现出西方之"个"逐渐退隐和中国传统之"个"逐渐新生的路线图，这之中又表现了中西之"个"交织挣扎的态势。这个路线图不仅反映了鲁迅不同时期的小说创作特点，也反映了他在不同时期的文化身份诉求。《呐喊》中被鲁迅基本肯定的形象是狂人、革命者、N先生、人力车夫、少年闰土、

① 参见何浩《价值的中间物》，北京大学出版社2009年版，第146—150页。

② 同上书，第150—168页。

反抗强权者和女娲，这些人可细分为三个类别：狂人、革命者、反抗强权者和N先生是“超人”和精神界战士的文学化表达；人力车夫和少年闰土是“真的人”；女娲是“超人”和“真的人”的结合体。他们的存在明显针对孔乙己、单四嫂子、成年闰土、阿Q、方玄绰、陈士成等人，换句话说，是用“超人”和“精神界战士”关照“末人”或者庸众。鲁迅借用了主要来自西方的“个”的精神来审视中国古老国民的劣根性，目的在于从精神上建造一种新的人，即“超人”和“真的人”结合起来的人。严格来说，此时的“超人”不是纯粹的尼采式“超人”，而是融合了中国传统之“个”的叛逆性的人格和素朴的情感。虽然女娲最后死掉了，但是并不表明鲁迅没有“人”的方向。那么，这个“人”的方向是什么呢？鲁迅这么激烈地批判中国的国民性，并且塑造了国民劣根性的集中代表阿Q和祥林嫂，他就是要人们彻底认清传统主流文化作用于普通国民身上所产生的消极作用，新的国民在鲁迅看来就是他在日本所获的精神界战士和纯白之人（在五四时期发展成“真的人”），《呐喊》中的狂人、革命者、N先生、人力车夫、少年闰土和女娲就是代表。鲁迅的文化身份诉求寄寓在这些人中，他们具有强烈的反传统倾向，所以林毓生就是在反传统的思维中来看视鲁迅的文化身份问题。但林毓生没有看到这些人物形象背后的中国文化因素，鲁迅比较隐蔽地把中国传统中的叛逆性人格和原始素朴之人融西来的“个”之中。这就说明，鲁迅在《呐喊》这样激烈的反传统小说集中都没有变成民族虚无主义者，他的文化身份不仅仅是反传统的。

《彷徨》中的“我”是一位具有“超人”和“精神界战士”气质的知识分子形象，鲁迅对他进行了充分的质疑，“我”的“超人”气远离祥林嫂这样的最普通的民众，启蒙者无法产生民众化的效果。这是对“我”之西方化文化身份的深刻质疑，这种质疑早在《药》中通过民众对夏瑜的不理解的形式就开始了，只是到《彷徨》中更加集中。经过《幸福的家庭》《伤逝》《离婚》，“我”的文化身份危机和焦虑逐渐剧烈，到《在酒楼上》《孤独者》到达最高峰。吕纬甫从反传统到民族文化保守主义的文化身份诉求的转变，并不是鲁迅对吕纬甫的简单否定，吕纬甫在这个转变过程中与“我”的对话明显有文化身份危机和焦虑感。魏连殳是吕纬甫的加强版，他整个生命的路程和吕纬甫相仿，曾经也是以反传统的文化身份出现的，但是在现实面前，他逐渐回归传统，变成了行动上的传统文化维护者。其实，魏连殳内心并不愿意与现实妥协，他之所以妥协是源于他想用随波逐流的方式来蔑视现实，是一种寄寓在传统中的反传统，而这种人格类型恰恰是中国魏晋名士所具有的。魏连殳的分裂心理和阮籍格外相似，不同的是鲁迅在魏连殳身上灌注了“精神界战士”的影子，并且让两种文化在他身上交织挣扎，从而体现出他强烈的文化危机和焦虑。这两篇小说中还有一个重要的人物形象，就是“我”。“我”不是外在于吕纬甫和魏连殳的，因而“我”不是看客，而是一个分有他们的精神的人物形象。“我”的文化身份危机和焦虑在《祝福》中被提出，到《孤独者》中表现得更沉着冷静。“我”一方面分有了吕纬甫和魏连殳的危机和焦虑；另一方面也在试图突破这种危机和焦虑，那就是超越吕纬甫和魏连殳所代表的两种道路（要么激烈的西化，要么颓唐的退居民族文化），走出新的道路，爱姑的反抗似乎预示了这样的探索。同时，《长明灯》中疯子的出现，又说明鲁迅对五四时期“狂人”的再次审视，并且把他放在“超人”的序列里。鲁迅以“超人”和“真的人”的视角展现新时期的各种伪士，这是对传统主流文化糟粕的再次否定，也在这个否定中表达了他的文化身份诉求：反主流的“伪士”文化，提倡的“真的人”。

《故事新编》的题材源于中国古代的神话传说和历史。《奔月》和《铸剑》中的后羿和黑衣人把神话英雄、复仇英雄与超人结合起来，“超人”不过隐藏在文本的后面，表明鲁迅对文化前驱者的深层迷恋。后羿的无奈不是对“超人”的否定，而是对后英雄“超人”的挽歌；黑衣人复仇后，所有王权、等级都在镬中消失，这里面是毁灭后的快意。从鲁迅这样的情感和理性逻辑看，黑衣人也是“超人”重估一切价值的隐秘表达。《非攻》激活了春秋战国时期的墨子，他是一个新型的知识分子代表；《理水》重塑了中国上古时期的大禹，他代表了中国新时代的领导者。墨子和大禹虽然是地道的中国货色，但是也隐约能见到精神界战士的影子。最后鲁迅把小说停留在揭露中国国民劣根性上，这次他选择的对象不是普通民众，而是塑造普通民众劣根性的文化始祖：伯夷、叔齐、老子、孔子和庄子。从整个《故事新编》看，中国传统之“个”是显在的人物形象，而“超人”和“精神界战士”则是暗流。鲁迅尽管肯定了传统中的非主流文化中的“个”，批判了主流文化中的文化始祖，但也怀疑了西方文化之“个”。应该说，《故事新编》通过完全新的人物形象的塑造更鲜明地表现了鲁迅的文化身份。尼采的个人主义和“超人”在鲁迅三部小说中的变化，正是鲁迅在不同时期对尼采思想的认识之表现。《呐喊》时期肯定尼采很明显，也有所批判；《彷徨》时期深入怀疑尼采的个人主义，也不主张绥惠略夫式的“超人”；《故事新编》时期有很多非议尼采的言论，尼采“超人”的蔑视一切也淡出鲁迅的视野。同时，鲁迅对中国文化之“个”也体现了一个价值选择的过程，经由十年沉潜，他体会到中国传统主流文化的黑暗，所以出山时期的《呐喊》就高举西方之“个”，《彷徨》开始关注中国传统之“个”，到《故事新编》中中国传统文化之“个”经过整合西方之“个”便成了鲁迅颂扬的积极人物形象，这样就完成了他对中国非主流文化之“个”的价值选择。

这个总体的路线图反映了鲁迅深深眷念着中国传统文化中的优秀成分，是他内心深处民族身份诉求的表现，但鲁迅不是一个文化民族主义者，他也看重外来文化的优秀成分。通过上面三部小说集中人物形象的文化身份分析可看出，鲁迅对西方之“个”走过了一个由肯定到辨析的道路，对中国传统之“个”走过了价值选择并逐渐更新的道路。但无论怎样辨析和选择中西之“个”，鲁迅都有一个明确而不变的倾向，即对中国主流文化所造就的国民劣根性始终都是批判的。在三部小说集中有很多篇幅集中来展示庸众和“伪士”，而且直到他生命的结束都没放过“伪士”。这正是期望中国人的现代新生，鲁迅汲取中西文化之“个”立足于中国现实，他始终关注现实生命的价值问题，以存在论视角来构建自己的小说叙事基点。鲁迅的文化身份就是通过这个过程建立起来的，因而说他反传统不恰当，说他是继承和创新传统文化也不恰当，说他是价值选择的文化身份构建也不甚明确。那么，鲁迅的文化身份是怎样的呢？我们认为鲁迅立足于现实生存，肯定强悍、武健、勇烈的生命价值。在这样的出发点下，通过吸收消化中西文化之“个”，对中西文化的元素进行了变异整合，提出了新的“人”的方向，并赋予这样的人永远革命之精神。在这样的过程中鲁迅不仅激活了中国传统文化因素，也变革了世界其他文化成分，从而探索性地实现了人类文化的新生和提出了人类文化新生的方向。鲁迅的这一创新表现了他的独特性和主体性，是他通过艰难的文化反省和执着的上下求索对自己在世界文化中的文化身份的有力确认。鲁迅的文化身份问题不是仅仅以民族和国家的视界能解决的，而且用狭隘的文化民族主义或反传统的文化身份诉求来分析是对鲁迅文化身份的误读。

第三节　“个”与政治理性及相关研究的反思

在尊重生命价值的基础上，鲁迅通过小说等文学形式对中国及中国以外的所有文化坚持开放的态度，并以已有的这些文化资源为素材整合创造出人类新的文化样态来确立自己的文化身份。这样的文化身份使我们有理由把鲁迅定义为文学家和文学性的思想家。但是这并不是说鲁迅和政治没有关系，恰恰相反，鲁迅的一生都和政治关系紧密，许多人也正是在文学与政治的格局中研究鲁迅。毛泽东在 1937 年纪念鲁迅逝世一周年会议上把鲁迅看成现代中国的圣人，1940 年又在《新民主主义论》中把鲁迅说成伟大的文学家、思想家和革命家。毛泽东的观点奠定了中国学者文学与政治的鲁迅研究格局。经过新中国成立到“文化大革命”时期，鲁迅便被塑造成了宣扬政治观点的工具，这条道路随着中国新时期的到来走进了死胡同。日本是另一个文学与政治的鲁迅研究格局的重镇，经历了三代学者，直到藤井省三才基本摆脱。[①] 日本这方面的研究具有很强的实证性、思想性和学理性，所以比中国学者要深刻得多，通史蕴藏的问题也不易发现。以“个”为基点来看，鲁迅小说集中“个”的流变与中国近现代社会的政治变化紧密相关，这个动态关联体现了鲁迅的“个”与政治具有极其复杂的矛盾统一关系，而且以现代政治理性来审视，鲁迅的“个”也存在诸多值得思考的问题。

一、“个”与中国近现代政治的动态关联

中国近代社会以来，政治变革最有影响力的是康有为、梁启超领导

---

① 参见蒋永国、吴丹《日本的鲁迅比较研究》，见阎纯德主编《汉学研究》第 14 集，学苑出版社 2012 年版，第 333—343 页。

的维新变法、孙中山的民主共和革命及共产党的社会主义革命。维新变法主张君主立宪，梁启超在《开明专制论》中认为，中国的国民没有达到民主共和所要求的资格，只有通过政府形式的开明专制，十年才可见效，如若通过国民自觉，则数十年、数百年也没有成绩。[①] 梁启超对中国国民的认识是深刻的，他的这篇文章发表的时间正是鲁迅留日时期。据周作人回忆：“鲁迅更广泛的与新书报相接触，乃是壬寅（一九〇二）年二月到了日本以后的事情。其时梁任公亡命日本，在横滨办《清议报》，后来继以《新民丛报》，风行一时，因为康梁虽然原来都是保皇的，但梁任公毕竟较为思想开通些，他攻击西太后看去接近排满，而且如他自己所说，‘笔锋常带感情’，很能打动一般青年人的心，所以有很大的势力。”[②] 鲁迅对中国国民的认识和梁启超很相似，他从梁启超那里受到启发应该不会有很大问题。但鲁迅与梁启超的政治观点不同，鲁迅倾向于革命派，对章太炎很推崇就是例证，他在日本加入了光复会，而这个政治组织主要由革命派的人组成。梁启超保皇，鲁迅和革命派一样对此不认可，所以鲁迅倾向于革命派就是反皇权专制和排满的，周作人也指出鲁迅在日本时期的思想可以用民族主义来概括。革命派的政治观点和人的解放、个性的觉醒之间存在内在的统一性，而鲁迅在日本留学时期最看重的就是关注人解放和个性觉醒的个人主义思想，所以他在政治上倾向于革命派。

鲁迅所获得“个”因他文艺事业的失败被压抑了，回国后沉潜了十年。这段时间，鲁迅比较高兴的事情是看到了辛亥革命。1911 年 10 月 10 日武昌起义爆发不久，接着各省纷纷响应革命，浙江也很快宣布光复，11 月 4 日消息传到绍兴，6 日绍兴府宣告光复，当时很多人很害怕，鲁迅为安定人心，集合学生组成“武装演说队”到街头宣传革命。武装演说的第二天，他就和好朋友范爱农满怀希望和兴奋之情上街去看光复的绍兴。后来王金发入驻绍兴当了都督后，鲁迅被任命为绍兴初级师范学堂的校长，并应学生王文灏等人的敦请，做了《越铎日报》发起人。1912 年 1 月 3 日出刊《越铎日报》，鲁迅在发刊词上说：“纾自

① 参见梁启超《开明专制论》，《新民丛报》1906 年第 75、76 期。

② 周作人：《鲁迅的青年时代》，河北教育出版社 2002 年版，第 72—73 页。

由之言议，尽个人之天权，促共和之进步，尺政治之得失，发社会之蒙覆，振勇毅之精神。”① 但是也因这个报纸监督军政府，使都督王金发不满，鲁迅觉得自己无法在绍兴待下去，就辞去了校长之职。1912 年应蔡元培之邀到了南京的教育部任职，5 月随教育部北迁到了北京。后来相继看到袁世凯称帝、张勋复辟、二次革命，鲁迅自己说见过这些政治事件后他变得很颓唐。孙中山领导的辛亥革命是革命派政治活动的最终结果，鲁迅看到革命变成现实后，当然很高兴，从他给《越铎日报》写的发刊词就可看出。鲁迅满以为革命后中国的形势会大变，可事实上在绍兴光复后他就敏锐地觉察到革命并没有改变中国社会的实质，后来政治上的诸多事件进一步证明了他的判断。《呐喊》就是在这样的政治背景下产生的。这部小说无论是“个”还是与“个”对应的普通民众的形象都和中国传统政治和文化专制相关联。在鲁迅的眼中，孙中山尽管提出并在形式上建立了民主共和的国家政体，可是民众依然还是传统社会的民众，共和民主只是名义上的存在，它无法在政治实践中产生作用。由此来看，关键不是建立共和民主制，而是在于从精神上激活中国的国民，使他们个性觉醒，具有民主自由的意识。《呐喊》中的狂人、革命者、N 先生、女娲是个性觉醒和主体自由者，而孔乙己、单四嫂子、成年闰土、陈士成、方玄绰和阿 Q 则是奴隶性的个体存在，不能成为民主共和的民众承担者。鲁迅的小说《药》显然具有这样的政治意图，他对孙中山的政治理念是赞同的，但是他对这种政治理念和普通民众的嫁接持悲观的态度。北洋政府统治中国的时期，鲁迅看到了各种复古势力的出现。传统政治和文化上的沉渣泛起使鲁迅变得更加悲愤和彷徨以至绝望，段祺瑞政府的专制对普通民众的主体性觉醒是一次更巨大的压制，五四所开创的新文化方向在此时已逐渐瓦解。《彷徨》中对“人”存在的绝望正是这种政治文化状况的艺术化反映。现实民众的麻木在深深地腐蚀“个”的存在，所以对“个”本身的质疑在《彷徨》中达到了鲁迅小说的最高峰。“我”、子君、疯子、吕纬甫和魏连殳是一条逐渐从怀疑走向孤独的对抗世界而死去的道路，艺术格调越来越阴冷。可是，鲁迅始终没有放下的对普通民众国民性的深度再现，祥林

---

① 《鲁迅全集》第 8 卷，第 42 页。

嫂、四铭、高尔础、张沛君就是这种艺术展示的典型人物。1926 年鲁迅南下厦门而广州，此后他逐渐倾向共产党，到 1930 年他就在事实上成为中国共产党的同路人了。与共产党并肩作战的过程中，鲁迅与柔石、冯雪峰、胡风及瞿秋白等共产党人有了深入交往，他看到了他们身上的那种埋头苦干、为民请命、舍身求法的精神，鲁迅很认可。《故事新编》中两篇基调比较明确的小说《非攻》和《理水》应该是鲁迅把自己的“个”性精神和共产党的政治理念相结合的产物。伊藤曾经指出墨子和大禹都是集团性的存在者，这和鲁迅先前小说中独异的“超人”和革命者是不同的。[①] 这里讲的集团性就是指向当时的共产党组织的。不过鲁迅没有想象的那样简单，当他觉察到了“左翼”内部一系列的争权夺利后，又把眼光聚焦在批判中国的国民性上了。在他看来，共产党在中国的政治实践依然会造成对个人主体性的扼杀，他曾经给胡风写的一封信中就把当时左联的领导者比喻成工头，而把自己说成是被工头鞭打的人。[②] 友军阵营的暗箭让鲁迅难防，战友的攻击对他心灵打击很大。他又一次看到中国国民性的痼疾，这简直就是一个毒瘤，在中国历史和现实中随处可见。这应该是鲁迅生命最后几年也要掘中国文化祖坟的重要原因。墨子和大禹不能光明鲁迅的身心，而伯夷、叔齐、老子、孔子和庄子的消极面却像一根根毒刺深深扎入鲁迅的机体，因而他死前也要尽力把他们拔掉。

鲁迅一生中先后部分认同了革命派、孙中山民主共和与共产党的政治主张，这些政治派别所崇尚的政治理念都或多或少地与人的解放和自由相关，这是鲁迅能够和它们在某一历史阶段走到一起的根本原因，我们从鲁迅小说中“个”的演变过程也能约略看到。但鲁迅一直坚守个体觉醒与自由，并把它作为他人生追求的基本支撑点，这又必然使他和这些党派保持距离。那么，鲁迅小说中的“个”如果放在政治理性的角度来看，它本身是否存在问题？我们在文学与政治对应的格局中来研究这个问题，又有哪些地方值得反思？

---

① 参见［日］伊藤虎丸《鲁迅与日本人》，李冬木译，河北教育出版社 2000 年版，第 168 页。

② 参见《鲁迅全集》第 13 卷，第 543 页。

二、鲁迅小说“个”研究的政治性反思

政治理性是人类经历了无数非理性的政治后，对政治实践的存在、认识和价值的再思考所产生的一种有极强哲学意义的观念，它的重心应该是“理性”。理性（reason）是一个西方的名词，它原本的意义指区别于感性直觉意志的认识能力，但它在西方的哲学中更多的是指普遍的、永恒的自然和社会规律以及真实不变的客观价值。古典主义作家强调的理性和王权秩序紧密相关，因而也可以说理性具有秩序的意义。现代理性基础上建构起来的政治理性，也必须以尊重人的物质利益和精神需要为前提。马克思主义的经典作家在他们的论述中为现代政治理性的准确理解提供了非常重要的启示，他们把关注人和人的本质作为一切政治活动的出发点。“对人的本质的现实分析以及对人性的界定，必然在很大程度上影响政治的发展，尤其影响到政治生活的深层价值理念的变革，不仅构成了政治哲学的逻辑的起点，而且是政治理性产生的前提。”① 政治活动首先要关注人的利益要求和利益实现，也就是说政治原则、政治制度和政治实践都应该是以这一点的实现为目的。哈耶克在谈论“真正的个人主义”时，指出它的两个特征：“首先，它主要是一种旨在理解那些决定人类社会生活的力量的社会理论；其次，它是一套源于这种社会观的政治行为规范。”② 哈耶克特别强调制度为个人提供保障的这一层面，他启示我们政治是服务于人的，现代政治理性也蕴含在他的这一论证中。“政治哲学的视角下的政治理性是人的精神层面表现出来的理性的政治认知能力和政治实践能力。同时，政治理性表现为一定社会的观念上层建筑，是政治主体围绕着特定的政治和阶级利益，借助于社会公共权力，依靠一定的逻辑推理和思维规则，为研究政治社会的深层本质，在最高层面上实现政治生活正当性的价值诉求提供理性

① 王岩、邓伯军：《政治理性的学理透析与逻辑解读》，载《政治学研究》2010 年第 5 期。

② ［奥］F. A. 冯·哈耶克：《个人主义和经济秩序》，贾湛、文跃然等译，北京经济学院出版社 1989 年版，第 6 页。

的方法和原则，是现实政治生活所应遵循的正义原则的方法论基础。”①所谓的“政治生活正当性的价值诉求”应该是指政治原则、政治制度和政治实践都必须尊重个人的利益要求和利益实现，这样政治理性的关键内容就很明确地界定出来了。鲁迅小说中的“个”首先是尊重人的，这和政治理性有相合的一面。同时，鲁迅小说的“个”又是反秩序和理性的，这和政治理性又相对立。因此，这种关系就提供了反思鲁迅文学与政治对应研究格局的可能。

早在日本时期鲁迅就批评过“众治”，他认为民主制是多数人压制少数精英的一种政治制度，并不利于个性的培养和塑造。② 鲁迅这一时期所写的文章，主要是通过汲取西方个人主义的养料来建造他的“立人”观，进而使沙聚之邦转入人国。这个思想成为鲁迅的文学原点之一，并且贯穿了鲁迅的一生。鲁迅的三部小说集基本勾画了他的这一文学原点的变化过程，《呐喊》《彷徨》和《故事新编》尽管外在表现形态存在很大的差异，但是在“个”与普通民众的形象对立体系中始终存在“立人”的目的性预设，也就是三部小说集人物形象的展现是为了激活中国人作为人的主体性，把奴隶从政治专制和文化专制中解放出来。鲁迅的这个追求和现代政治理性为“人”的出发点相同，但是现代政治理性偏重于人的物质存在维度的维护，要以人的利益要求和利益实现为前提，还要以此制定一系列的政治原则、政治制度并进行政治实践，所以它就要求秩序性和相对不变性。鲁迅的“立人”预设下的“个”形象是永远革命的，是破坏现有秩序的，这就必然和政治理性冲突，从这个意义上讲，鲁迅的“个”和现实政治的冲突是根本性的冲突，是无法调和的。鲁迅明白个道理，他在 1927 年所写的《文艺与政治的歧途》中说：“我每每觉到文艺和政治时时在冲突之中；文艺和革命原不是相反的，两者之间，倒有不安于现状的同一。惟政治是要维持现状，自然和不安于现状的文艺处在不同的方向。不过不满意现状的文艺，直到十九世纪以后才兴起来，只有一段短短历史。政治家最不喜欢

① 王岩、邓伯军：《政治理性的学理透析与逻辑解读》，载《政治学研究》2010 年第 5 期。

② 参见《鲁迅全集》第 1 卷，第 45—64 页。

人家反抗他的意见，最不喜欢人家要想，要开口。”① 这段话的核心是讲文艺要打破现状，而打破现状就是要具有革命性，要敢于表达自己的观点，这正是文艺“个”性的表现，如此文艺当然就和维持现存秩序的政治背道而驰。张福贵说：“这是一篇经常被人有意回避的文章，其内容核心虽说谈的是政治与文艺、政治家与艺术家的关系，但究其实质，则是政治统治功能与思想个性本能及其关系的哲学阐述，表明鲁迅对于包括‘众治’和专制以及其他一般非现代政治的普遍否定，从而把早期对‘众治’和后来对专制的具体政治学意义的批判，上升为一种形而上的政治哲学批判。”② 张福贵的研究进一步阐明了鲁迅的属“人”和“个”的文艺观与政治之间的根本冲突，但是他指出鲁迅通过文艺否定了非现代的政治，也就推理出鲁迅的文艺观和现代政治之间不是冲突的。然而事实上，鲁迅所坚守的“个”性是“过客式”的“个”性，过客的行走是无止境的，代表过去的老人和代表未来的小姑娘都无法终止过客继续行走。由是可知，鲁迅的“个”和政治理性具有相同的出发点，但于现实层面永远冲突。鲁迅对现代民主制“众治”的否定就是明证，这个否定从中国近现代政治的实际看，是存在问题的。就这个问题，张福贵也说过这样一段话：

> 以“立人”为目的，鲁迅早期的文化选择从“任个人而排众数”的思想起点出发，终于走向了对中国社会变革的合理性进程“众治”的否定。从而造成了这样一种结果：从一般的人学理论建构看，鲁迅为中国思想提供了一种全新的内容，为中国的民族人格发展确定了一种普遍的理想尺度；而从具体的社会变革过程看，鲁迅对“众治”的否定，在超越中国社会一般思想的同时，也超越了中国社会的一般现实。其最大的原因在于，他把西方19世纪社会现实作为中国社会发展的前车之鉴的时候，忽视了中西社会发展的时差，即中国思想、现实相对于世界文化时代的落后性。③

---

① 《鲁迅全集》第7卷，第115页。

② 张福贵：《“活着”的鲁迅》，中国社会科学文献出版社2010年版，第28页。

③ 同上书，第31页。

这段话也暗示了鲁迅和胡适的冲突。1922 年，胡适、蔡元培、李大钊、陶行知、梁漱溟、陶孟和等 16 名社会贤达联名发表《我们的政治主张》。这篇文章首先提出“好政府”的内涵，从消极方面是要有正当的机关监督营私舞弊的不法官吏，从积极方面要满足两个条件：“（一）充分运用政治的机关为社会全体谋充分的福利。（二）充分容纳个人的自由，爱护个性的发展。”① 他们认为组织一个“好政府”是改革政府的第一步，并相应地规划了政治的三个基本原则：宪政的政府、公开的政府、有计划的政府。此后又指出，政治改革的唯一下手功夫是好人需要奋斗的精神。最后针对当时的政治问题提出了五项具体主张：南北议和、召开旧国会解决南北议和、裁兵、裁官、改良选举制度。② 宪政和民主政治是胡适的基本政治主张，后来对蒋介石政府他基本也是站在这样的立场上提出改良的建议。从中国现代政治的历史进程上看，胡适的主张在当时也是超前的，相对于鲁迅来说他的这个政治模式更具有现实意义，我们今天要求的政治道路基本也是胡适提出的道路。从政治的角度思考问题，胡适比鲁迅要成熟得多。但是不是说鲁迅的“个”真的很有问题？从政治理性的角度审视，鲁迅的“个”的确远远超越了中国近现代社会的实际，学者们的批判就是站在这个角度而言的。问题是我们能不能仅仅把鲁迅的“个”放在政治理性角度或者是与政治对应的格局中的看？倘若这样来看，又会存在什么样的问题？

从鲁迅小说“个”之文化原点及其在三部小说集中流变的探析中，我们知道鲁迅小说的“个”是中西文化复杂交融进而更新的产物。这个“个”首先在思想的意义上存在，然后通过文学而存在。那么，把这“个”赋予政治的意义就背离了鲁迅文学的实际。从思想的意义上看，“个”和启蒙存在关系，而启蒙又和中国的政治革命存在关系。这是很多研究者把鲁迅和政治挂钩的深层原因。这样就可以说“个”为政治革命提供了思想准备，但并不能说“个”和政治革命发生直接同构。因此，不能把鲁迅的“个”看成一个政治性存在，它只能是文学性存在和思想性存在，而且思想性存在还只能是文学化的思想性存在。

---

① 胡适：《胡适文集》第 3 卷，北京大学出版社 1998 年版，第 328 页。

② 同上书，第 328—331 页。

把这一点搞清楚后，就能够评价很多学者这方面的研究。就这方面的研究而言，不管是肯定还是否定的都值得我们反思。否定性的研究张福贵给我们提供了启示，从上面他有关鲁迅“个”和“立人”在政治层面的考察看，他明显看到鲁迅的思想违背政治理性的一面。张福贵在这个问题上对鲁迅的批判，显然是在文学与政治对应的格局中进行的。在此不是否定张福贵可贵的探索，而是要说明鲁迅“个”和“立人”本身是一个文学和思想的问题，研究它的基本立足点也应该坚守文学和思想的立场（不否认它和政治的关系，譬如鲁迅的“个”和政治相关又对政治永远具有批判性）。倘若把鲁迅的“个”和“立人”直接和政治对应起来，意义并不大，还容易出现政治与文学边界不清的问题。肯定性的研究很多，中国自新中国成立以来，出现了一大批，其中最具代表性的是以周扬为首的马克思国家政治派的研究，王富仁总结他们的研究模式时说道：“鲁迅思想的局限性和伟大意义是在固定的马列主义、毛泽东思想的标准下得到衡定的，马列主义、毛泽东思想是自在的、有自身完整的理论体系，它既是自身的标准也是衡量其他一切思想（包括鲁迅思想）的标准，而鲁迅思想则不具有这种自在的、有自身完整性的性质，它是需要纳入到马列主义、毛泽东思想的更高原则下被衡量、被检验的思想，鲁迅思想的伟大性表现在它比任何一个中国知识分子的思想都更大程度上符合马列主义、毛泽东思想，因而它又是中国知识分子的最杰出的代表，是中国知识分子的榜样。”① 国家政治派的研究把马列主义、毛泽东思想赋予了太上皇的地位，鲁迅文学只能成为它的附庸，同时通过鲁迅把中国那个时代的很多知识分子都打入了思想的牢笼。另外，马列主义和毛泽东思想被看成绝对的政治理性，鲁迅文学与绝对政治理性同构，文学和思想的“个”被完全否定。

相较而言，日本的鲁迅政治与文学对应格局的研究成就斐然，其中伊藤立足于小说的研究给人极大的启示。他在《鲁迅与日本人》中集中讨论了鲁迅在日本获得的“个”以及它在鲁迅三部小说集中的演变情况及其现实意义。这本论著的最后归宿是通过鲁迅的“个”来反思

---

① 王富仁：《中国鲁迅研究的历史与现状》，福建教育出版社2006年版，第122—123页。

亚洲的民族近代化，认为“个”与民族主义在内在逻辑上是相通的，并以此来反思亚洲民族国家的独立问题。通过考察分析，可知伊藤提出的“个”不仅是日本思想史背景的产物，也有近代欧洲个人主义的渊源，和欧洲文艺复兴、洛克一派的个人主义相关，也和德国个人主义有亲缘关系。① 而德国的个人主义发展过程正好暗示了德国法西斯主义出现的过程，法西斯的文化逻辑起点就是伊藤讲的“个”，从“个”到文化民族主义再到国家主义。日本走上军国主义道路也是这样的逻辑过程，先是引进德国的尼采的哲学，经由积极奋斗到本能主义的尼采理解路线图，最后与天皇制相结合就发展成日本的军国主义。伊藤在建构他的这一模式时，本意正是想抵抗日本的军国主义危险，可是他万万没想到，他所运用的理论正是军国主义产生的思想基础。伊藤“个”之研究出现这一悖论主要原因是他把文学与政治对应起来。鲁迅“个”的源头之一是以叔本华、施蒂纳和尼采为代表的非理性主义哲学，把“个”与亚洲国家民族的独立的政治问题同构，这就等于间接地承认了非理性主义的政治合法性，和现代政治理性刚好背道而驰。伊藤的这个建构逻辑延伸出来的政治问题正是经过了第二次世界大战后要反思的问题，但是伊藤却没有很好地警觉。出现这个问题的症结在于，伊藤把文学和思想的问题（鲁迅的“个”的问题）最终上升为政治问题。从文学角度看，鲁迅的“个”正可以和政治理性形成对抗关系，从而在思想上警醒人们：政治永远需要改进，文学永远反政治。这印证了张钊贻的说法：“鲁迅代表的这种新文化方向，其实就是‘反政治’‘反现代’的‘文化现代化’的方向，也就是‘温和’的尼采的方向。”② 从这里也能看到鲁迅的文学与政治之间的紧密关系，可是却不能把小说中的“个”和政治对应起来，进行伊藤这样的理论构建。如果这样，就是在理论上间接承认政治的非理性，承认政治神话。德国的法西斯、日本的军国主义和中国的“文化大革命”不是活生生的反面教材吗？

---

① 参见蒋永国《伊藤虎丸“个”之思想的再评估》，载《文学评论》2013 年第 2 期。

② ［澳］张钊贻：《鲁迅：中国“温和”的尼采》，北京大学出版社 2011 年版，第 413 页。

第四节 个体生命乌托邦的诗意敞开

鲁迅小说集中的“个”在弘扬人进步和创造的意义上是一笔可贵的精神财富，这和歌德所倡导的浮士德精神有同等重要的意义。中西文化之“个”作为小说形象在鲁迅小说集中的变化呈现了自己的路线图，它不仅是鲁迅文学艺术的伟大成果，也是他生命精神的动态展现。这种精神其实就是人的文学价值的存在维度，它体现了个体生命的乌托邦式的追求，和浮士德精神一样具有感召力，因此我们可把它称之为个体生命的乌托邦精神。鲁迅在社会学意义上反乌托邦，但在人的存在价值的意义上却是一个十足的乌托邦。

鲁迅最早看到“乌托邦”这个词语可能是在南京求学时期①，但直接写到“乌托邦”大概要追溯到1922年所写的《估〈学衡〉》一文。鲁迅说：“《中国提倡社会主义之商榷》中说，‘凡理想学说之发生。皆有其历史上之背影。决非悬空虚构。造乌托之邦。作无病之呻者也。’查‘英吉之利’的摩耳，并未做Pia of Uto，虽曰之乎者也，欲罢不能，但别寻古典，也非难事，又何必当中加楦呢。于古未闻‘睹史之陀’，在今不云‘宁古之塔’，奇句如此，真可谓‘有病之呻’了。”② 他从词的构造上来批评“学衡派”不通文法，也间接透露了他对这个词的出处很了解。鲁迅早在译介西方科幻小说的时候就证实了他对乌托邦精神的基本肯定，而有关这个问题的清楚表达是在《摩罗诗力说》中：“而战场在前，复自知不可避，于是运其神思，创为理想之邦，或托之人所莫至之区，或迟之不可计年以后。自柏拉图（Platon）《邦国论》始，西方哲士，作此念者不知几何人。虽自古迄今，绝无此平和之朕，而延颈方来，神驰所慕之仪的，日逐而不舍，要亦人间进化之一因子欤？吾中国爱智之士，独不与西方同，心神所注，辽远在于唐虞，或迳入古

---

① 严复翻译的《天演论》中有一篇叫“乌托邦第八”（参见［英］赫胥黎著，严复译《天演论》，商务印书馆1981年版，第20—23页），鲁迅很喜欢严复的这个译本，达到了熟读成诵的地步。

② 《鲁迅全集》第1卷，第398页。

初，游于人兽杂居之世；谓其时万祸不作，人安其天，不如斯世之恶浊阽危，无以生活。”① 鲁迅在这里是说西方人运用智慧创造“理想之邦”来为人的上征提供动力，而中国人却回到古代的“和平世界”，没有西方这种上征之力。1923 年鲁迅在《娜拉走后怎样》中又阐明了他对理想社会的看法：

> 但是，万不可做将来的梦。阿尔志跋绥夫曾经借了他所做的小说，质问过梦想将来的黄金世界的理想家，因为要造那世界，先唤起许多人们来受苦。他说，‘你们将黄金世界豫约给他们的子孙了，可是有什么给他们自己呢？’有是有的，就是将来的希望。但代价也太大了，为了这希望，要使人练敏了感觉来更深切地感到自己的苦痛，叫起灵魂来目睹他自己的腐烂的尸骸。惟有说诳和做梦，这些时候便见得伟大。所以我想，假使寻不出路，我们所要的就是梦；但不要将来的梦，只要目前的梦。②

这段文字说得很明确，不可做不要现在的虚无之梦，将来的“黄金世界”不属于现在的自己，只要目前的梦。由此看来，鲁迅赞同基于现实之梦。《影的告别》中也说：“有我所不乐意的在你们将来的黄金世界里，我不愿意去。”③ 在《两地书》中他又表达了类似的观点：“我疑心将来的黄金世界，也会有将叛徒处死刑，而大家尚以为是黄金世界的事，其大病根就在人们各各不同，不能像印版书似的每本一律。”④ 1935 年 12 月 30 日鲁迅又写道：“潜心于他的鸿篇巨制，为未来的文化设想，固然是很好的，但为现在抗争，却也正是为现在和未来的战斗的作者，因为失掉了现在，也就没有了未来。”⑤ 可见，鲁迅在晚年依然坚持这种基于现实的梦想，反对迷梦于虚无的“黄金世界”。鲁迅的作品和信件中还有很多地方涉及这个问题，此处不多列举。

---

① 《鲁迅全集》第 1 卷，第 69 页。

② 同上书，第 167 页。

③ 《鲁迅全集》第 2 卷，第 169 页。

④ 《鲁迅全集》第 11 卷，第 20 页。

⑤ 《鲁迅全集》第 6 卷，第 3 页。

鲁迅在有关乌托邦的问题上有两点非常明确：第一，他看好西方在现实基础上建造出来的“理想之邦”赋予人的上征精神；第二，他反对脱离现实的“黄金世界”（理想社会）对人的迷惑，特别批评中国人回到古代的“唐虞”时代的想法，也反对把自己预约给未来的“黄金世界”。钱理群在论述这个问题时说：“‘拒绝黄金世界’，这是鲁迅的典型命题。所谓‘黄金世界’是人们对于将来的一个想象，中国传统中的‘大同世界’，西方思想中的‘乌托邦’，都是‘黄金世界’。人们设想，那将是一个没有矛盾，没有斗争，没有缺陷，绝对完美，绝对和谐的理想世界，是人类社会和历史发展的‘极致’”① 钱理群对鲁迅的“黄金世界”进行了解说，并在空想的意义上运用“乌托邦”一词，但鲁迅本人并没有否定西方的“乌托邦”赋予个体上征的意义，而是批评了“乌托邦”作为社会理想的“黄金世界”对人产生的消极作用，这可能是钱理群没有注意的一个细小的地方。后面钱理群又有一段精彩的解读：

> 他要打破的是“普遍，永久，完全”的此岸人生的梦幻，但他仍然保留了对彼岸世界的理想，也就是说，他要消解的是此岸世界的终结性，至善至美性，但他并没有把终结性、至善至美性本身完全消解。所谓“彼岸世界的至善至美性”就是可以不断趋近，却永远达不到，是作为人的一种理想，一种追求存在的，所以不能把鲁迅的“执着现在”理解为没有理想，没有终极关怀，可以说他是怀着对彼岸世界的理想来执着现在的。鲁迅提醒人们要区分“奴才式的破坏”与“革新的破坏者”，后者“内心有理想的光”，他自己就是这样的有理想的革新的破坏者。②

这段解读明确了鲁迅是对个体生命有“执着现在”和“破坏现在”的理想并呈现出永不停止的趋势，这就是鲁迅个体生命的乌托邦。

鲁迅的生命轨迹也体现了这样的精神特质。鲁迅三次标志性的人生

---

① 钱理群：《与鲁迅相遇》，三联书店 2007 年版，第 161 页。

② 同上书，第 164 页。

突围表征了他始终在冲破自身和社会对他的阻碍，体现出永不实现的上征精神。第一次是弃医从文，创办《新生》。《新生》流产后留下的《摩罗诗力说》《文化偏至论》和《破恶声论》，是在文化上通过“立人”进而“立国”。鲁迅面对民族危机和自身的心灵危机，弃医从文，企图医治愚弱的国民，就是要打破这个现存的不合理的文化秩序，从精神上完成救国的目标。《新生》的流产，标志着鲁迅文艺救国道路的破产，此后一直到1918年，他都没走出失败的阴影。在辛亥革命、袁世凯称帝和张勋复辟的一系列历史事件中，他走进了抄古碑、整理古籍和学习佛经的暂时解脱中。但是鲁迅不可能忘记青年时期的梦，1918年他又一次突出重围，站出来摇旗呐喊，激烈反抗封建传统对国民的戕害。可是振臂一呼的刚勇不久就在现实面前被击得粉碎，寄希望于知识分子的启蒙被推上了怀疑的日程。“三一八”惨案和爱情的现实困境把鲁迅推上了逃奔之路，可是南下厦门广州也依然是四面楚歌，他的确试图在这两个地方冲出重围，可是国民党政府的血腥把他吓得离开了，到达上海他依然没有获得片刻的安稳，又一次遭受前所未有的文化围剿。面对这些围剿，鲁迅积极迎战。1930年鲁迅加入“左联”，来自创造社和太阳社的攻击暂时得到和缓，这是他的第三次突围。但不久鲁迅就“横站”了，他处于腹背受敌的境地。从进程上看，对鲁迅来说形势一次比一次严峻，也就是一次比一次面临着更大的挑战，所以突围对他来说就越来越难，但是他总是在努力，呈现的是一个上征的生命历程，充分体现了鲁迅的过客精神。王晓明因此说：“他不断地夺路而走；却又总是遇上新的穷途和歧路，说得严重一点，你真可以说他的一生就是走投无路的一生。因此，人生的种种滋味当中，他体味得最深的，正是那种从仿佛的生路上面，又看见熟识的穷途时的幻灭，那种从新找来的光明背后，又发现旧有的黑暗时的悲哀。”① 鲁迅总是在冲破现存的秩序（自己的内心秩序和现实秩序），他的整个人生极具革命性和破坏性。这种精神从未终止，使他从一种状态走向另一种状态，他永远都在走。从早期的立意反抗到走上文学道路的呐喊再到晚年的激烈斗争的一生，鲁迅始终处在和现实对抗的位置，不仅在地理空间上突围，也在精神空

① 王晓明：《无法直面的人生——鲁迅传》，上海文艺出版社2001年版，第236页。

间上突围，秩序和反秩序从来都纠缠他一生，这正好体现出一个上下求索、不停地战斗、突围的战士形象。鲁迅的生命轨迹体现着对真善美价值理想的不懈追求精神，体现着基于现实又超越现实的内在超越精神，体现着批判性的向度。这种精神实质上是个体生命的乌托邦精神。

鲁迅把个体生命的乌托邦精神变成了文学，赋予了诗性的内容。就小说而言是通过一系列人物形象的塑造，使抽象的个体生命乌托邦精神变得具体可感，从而震撼国人的心灵，为中国文化的新生创造了诗性的存在。鲁迅三部小说集塑造了一系列“个”的人物形象，他们表征了鲁迅从来没有停止过对生命现实存在的怀疑和批判，他们正是在这样的怀疑和批判中体现出生命的永恒价值。这个价值就是挣脱现实的束缚获得人的自由和创造性，最终走向“立人”的预设，但是“立人”永远不存在终极目标，所以汲安庆认为：“鲁迅作品的乌托邦情结集中体现在人物形象的塑造中，这些人物形象揭示的是人尚未实现的状态或者部分实现的状态，看似描述当下，实则指向未来。这种乌托邦情结构成了鲁迅人格的主要特质，推动他不断走向自我生命的超越，也帮助他实现了对传统文化的叛逆。”① 其实，鲁迅的小说、散文和杂文也是个体生命乌托邦的诗意（文学）转化，它形成了一个丰富而永不枯竭的鲜活世界。这个世界就像一个召唤结构永远激励着后来者去探索无尽的宝藏。从小说中“个”的系统分析中，发现这个召唤结构正是鲁迅个体生命乌托邦的诗意敞开的表现之一。所以，“在鲁迅的小说中，我们总是能感受到有一种诗意在流动，在飞扬，在升华。感受这种诗意永远是一种美的蛊惑，一种温馨而神秘的幸福感。这犹如黑夜中独有的一点灯火，闪烁在空旷的田野，这种诗意‘照亮’了我们所走过的小路，‘照亮’了我们寂寞的生活，也‘照亮’了我们在这个贫乏的时代生存着的全部内涵”②。

---

① 汲安庆：《鲁迅的乌托邦情结》，载《江苏广播电视大学学报》2008 年第 4 期。

② 郑家建：《历史向自由的诗意敞开》，上海三联书店 2005 年版，第 20 页。

结 语

鲁迅生活在一个政治动荡和文化转型的历史时期，他以一个知识分子的使命感和社会责任感，对他生活的时代和自身的存在作出了艺术上和思想上的回应。这个回应不仅仅以光鲜亮丽的艺术品呈现给世人，更浸透了鲁迅的血液。我们在进入鲁迅的艺术世界时，常常被鲁迅的热诚、执着、坚决、探索、奋进、彷徨、绝望所震颤。鲁迅汲取了中西文化之“个”的养料，把自己最具个性的一面进行了艺术化的展现，所以他的小说、散文和杂文在中国现代文学史上散发着独异的光辉。

鲁迅的“个”的形成有着他自身和外在文化的原因，少年时期形成的特殊心理结构和文化偏好决定了他的文化选择和接受方向，而中国当时的社会动荡和文化转型又为他这样的选择和接受提供了外部条件。从绍兴到南京，再到日本，最后回到中国，这和许多留学生所走过的道路表面上看没太大差异，但鲁迅特有的心理结构和文化偏好使他与其他的留学生从本质上区别开来。从绍兴到归国的行程中，鲁迅与中西文化之“个”发生了事实上的相遇。绍兴时期因家庭原因形成的心理结构和文化偏好成为他接受进化论、尼采的个人主义和“摩罗诗人”的前理解。归国后的沉潜进一步加强了鲁迅对中国传统文化之“个”的体验。这样，中西文化之“个”就植入了鲁迅的内心，为鲁迅日后的文学创作提供根基性的文化资源。

历史没有让鲁迅沉默，反而赋予了他登上中国现代文坛的机缘。鲁迅在沉默中爆发，他经受内心的十年煎熬后，东京求学时期的文艺梦想以更加成熟的形式出现，而先前所获得的西方文化之“个”首先在他的小说中得到彰显。为了揭露封建礼教和制度的弊害并对其进行改革，鲁迅塑造了“狂人”、夏瑜、N 先生；为了改造中国的国民性，鲁迅描摹了孔乙己、单四嫂子、阿 Q、陈士成、方玄绰；为了反抗强权，鲁迅声援爱罗先珂；为了打造“真的人”，鲁迅找到了人力车夫、少年闰土、儿时看戏的玩伴和女娲。这就是《呐喊》呈现给我们的人物世界。在这个丰富的艺术家园中，鲁迅表达了他呐喊的渴望，他觉得中国的国民麻木、不觉醒，缺乏人的主体独立性。中国的国民需要注入追求独立和自由、昂扬向上的精神品格，而这正是鲁迅汲取的西方文化之“个”所具有的。因而，《呐喊》在整体上表现出对西方文化之“个”的文学化彰显。

北洋政府的政治形势、新文化阵营的解体、复古文化的涌现及家庭婚姻的变故使鲁迅进入了生命的彷徨期，因此产生于这一时期的《彷徨》也展现出了彷徨的中西文化之“个”。鲁迅虽然对普通国民表现了一如既往的关注，塑造了女性“末人”的集大成者祥林嫂，但是他已经开始深入怀疑具有西方之“个”之特色的先驱者。“我”在和祥林嫂的对话中开始被深度质疑，经过《幸福的家庭》到《伤逝》被彻底解构。这个解构不是彻底摒弃“我”的主体性，而是思考它与普通民众的结合问题。爱姑是鲁迅这一探索的具体人物形象，但她的离婚最后失败，预示着“我”向普通民众游移的破产。爱姑的失败是国民劣根性的顽固，它在新的历史时期以一种新的样态表现出来，这便形成了四铭、高尔础和张沛君等人物形象。这些人或秉承传统文化糟粕，或披上外来文化的外衣，但中国传统文化“伪士”的真面目没有改变，普通国民中难见“真的人”。面对复古大势，鲁迅又一次获得了“狂人”的力量，“狂人”于是在《长明灯》中得到反弹，并通过这一形象对中国传统文化的糟粕又一次进行了全面批判。这个批判在《示众》所展示的庸众群像中冷却。具有西方文化之“个”的特点的“狂人”、革命者、“我”被质疑进而被彻底解构，而普通民众中又找不到“真的人”，鲁迅小说的人物走进了深度的彷徨期。这是鲁迅思想困境在小说中的表现，但这个困境却加深了鲁迅与中国传统文化之“个”的深层联系，他与竹林名士产生了精神上的共鸣。鲁迅通过中西文化之“个”的共通性把尼采的“超人”和浪漫主义诗人与魏晋名士并置在同一小说空间下，让他们交织、相互改编，打造出吕纬甫、魏连殳和“我”这样的艺术形象，从而实现了中西文化之“个”的艺术合成，《孤独者》可说是这种合成的典范文本。鲁迅在《在酒楼上》和《孤独者》中对阮籍和嵇康产生了情感认同，小说人物形象在血肉上更加中国化，这预示了鲁迅小说新的发展方向。

《彷徨》是鲁迅小说艺术成熟的重要标志，新生的完全中国化的小说形象在这部小说集中崭露头角。到了《故事新编》时期，鲁迅的这一追求就完全体现出来了。《故事新编》借助中国传统的优秀文化资源，再植入鲁迅所体验的现实生活细节，从而实现了中国传统文化之“个”的现代激活，同时又独具匠心地把西方文化之“个”蕴藏在人物形象的精神深处。通过这样的艺术处理，后羿、眉间尺、黑衣人、大禹、墨子就作为一个完全现代的中国化人物形象出现在世人面前，这是中国传统文化之“个”的文学新生。大禹和墨子应该是鲁迅所有小说中最光明的两个人物形象，鲁迅通过知识分子和国家领导人的重塑建构了中华民族的未来和希望。但是，这个希望仅仅昙花一现，鲁迅又在与国民党和共产党的复杂关系中看到国民劣根性的顽固，他决心在生命的最后掘坏种的祖坟。这就在“真的人”视域下出现了的伯夷叔齐、老子、孔子和庄子的形象。

中西文化之“个”进入鲁迅的思想，通过《呐喊》《彷徨》和《故事新编》的文学化，体现出自己的演变规律：西方文化之“个”的逐渐退隐；中国传统文化之“个”的缓慢回升；中西文化之“个”的交织、交融和变异。这一演变规律反映出鲁迅小说之“个”的文化原点和鲁迅的文化接受逻辑。鲁迅在传统文化熏陶下形成了“个”的心理结构和文化偏好，这成为他接受进化论、尼采个人主义和浪漫主义诗人的潜在规约。鲁迅所接受的西方文化之“个”加强了他的“个”性，让他在沉潜期的学术工作中也具有鲜明的“个”性。这样的运行逻辑同样反映在鲁迅的三部小说集中，从中西文化之“个”的流变路线图中能清楚地看到。

鲁迅小说之“个”的流变路线图反映了鲁迅的文化身份诉求。鲁迅对传统文化的优秀成分有着深层的迷恋，同时也以开放的态度汲取人类其它文化的养分。鲁迅不是文化民族主义的，也不是民族虚无主义的。他立足于现实，通过吸收消化中西文化之“个”，对中西文化的元素进行了变异整合，提出了新的“人”的方向，并赋予这样的人永远革命之精神，从而肯定强悍、武健、勇烈的生命价值，最终与中国传统文化中的“天行健，君子以自强不息”相呼应。鲁迅小说的“个”是对生命价值的张扬，是在文学和文学性思想的意义上表现出来，对它进行文学与政治对应的研究很可能为政治上的专制提供文化资源。但是，在人的价值意义或者文学意义上，鲁迅的小说之“个”是个体生命乌托邦精神的体现，它形成一个开放的艺术世界，向世人诗意敞开。我们每个阅读鲁迅小说的人都有可能在这样的诗意敞开中被照亮，从而获得生命的升华。

优秀的作家总是善于对各种文化进行拆解和辨析，然后筛选出自己钟爱的文化元素，对之进行吸收、利用，以此优化自身的基因，激活自身的潜能。鲁迅正是这样一位优秀的作家。因此，在研究鲁迅小说时应该突破国别文学的匡范进行深入的比较文学研究。整个研究正是把鲁迅小说的人物形象放在比较文学的视域下，从“个”角度切入，在文本细读和史料实证的基础上辨析鲁迅获得和筛选的中西文化之“个”，然后厘清了中西文化之“个”在鲁迅小说中的艺术合成，动态展现了中西文化之“个”的小说化过程，最终揭示鲁迅小说人物形象系统的动态性、丰富性和复杂性。

主要参考文献

一、作品

1. 许广平著，马蹄疾辑录：《许广平忆鲁迅》，广东人民出版社 1979 年版。
2. 周建人：《鲁迅故家的败落》，湖南人民出版社 1984 年版。
3. 周作人：《鲁迅的青年时代》，河北教育出版社 2002 年版。
4. 周作人：《鲁迅的故家》，河北教育出版社 2002 年版。
5. 周作人：《鲁迅小说里的人物》，河北教育出版社 2002 年版。
6. 鲁迅：《鲁迅全集》第 1—18 卷，人民文学出版社 2005 年版。
7. 许广平：《鲁迅的写作和生活》，上海文化出版社 2006 年版。
8. 鲁迅著，刘云峰编：《鲁迅全集补遗》，天津人民出版社 2006 年版。
9. 鲁迅：《鲁迅译文全集》第 1—8 卷，福建教育出版社 2008 年版。
10. 周作人：《知堂回想录》（上、下），安徽教育出版社 2009 年版。

二、古籍

1. （唐）房玄龄等撰：《晋书》（五传），中华书局 1974 年版。
2. （宋）孟元老撰，邓之诚注：《东京梦华录》，中华书局 1982 年版。
3. （西汉）刘安等编著，高诱注：《淮南子》，上海古籍出版社 1989 年版。
4. （清）王先慎撰，钟哲点校：《新编诸子集成 · 韩非子集解》，中华书局 1998 年版。
5. 鲁迅辑录：《鲁迅辑录古籍丛编》第 1—4 卷，人民文学出版社 1999 年版。
6. （清）孙诒让撰，孙启治点校：《墨子间诂》（上、下），中华书局

2001 年版。
7. 王焕镳撰：《墨子集诂》（上、下），上海古籍出版社 2005 年版。
8. （南朝）刘义庆撰，刘孝标注，余嘉锡笺疏：《世说新语笺疏》（上、中、下），中华书局 2007 年版。
9. （清）王先谦、刘武撰，沈啸寰点校：《庄子集解》，中华书局 2008 年版。
10. （清）阮元校刻：《十三经注疏》（第 1—5 册），中华书局 2009 年版。

三、专著

中文

1. 阮无名编：《中国新文坛秘录》，上海南强书局 1933 年版。
2. ［英］达尔文：《物种起源》，谢蕴贞译，科学出版社 1955 年版。
3. 陈漱渝：《鲁迅在北京》，天津人民出版社 1978 年版
4. 孙瑛：《鲁迅在教育部》，天津人民出版社 1979 年版。
5. 冯雪峰：《鲁迅的文学道路》，湖南人民出版社 1980 年版。
6. ［丹］勃兰兑斯：《十九世纪文学主流》（第一分册 流亡文学），张道真译，人民文学出版社 1980 年版。
7. ［丹］勃兰兑斯：《十九世纪波兰浪漫主义文学》，成时译，人民文学出版社 1980 年版。
8. ［英］赫胥黎：《天演论》，严复译，商务印书馆 1981 年版。
9. 林辰：《鲁迅事迹考》，人民文学出版社 1981 年版。
10. 薛绥之：《鲁迅生平史料汇编》（第一辑），天津人民出版社 1981 年版。
11. ［丹］勃兰兑斯著：《十九世纪文学主流》（第二分册 德国的浪漫派），刘半九译，人民文学出版社 1981 年版。
12. 赵端蕻：《鲁迅〈摩罗诗力说〉注释·今译·解说》，天津人民出版社 1982 年版。
13. 薛绥之：《鲁迅生平史料汇编》第二辑，天津人民出版社 1982 年版。
14. ［丹］勃兰兑斯：《十九世纪文学主流》（第五分册 法国的浪漫

派），李宗杰译，人民文学出版社 1982 年版。
15. 薛绥之：《鲁迅生平史料汇编》第三、第四辑，天津人民出版社 1983 年版。
16. 北冈正子：《〈摩罗诗力说〉材源考》，何乃英译，北京师范大学出版社 1983 年版。
17. 王瑶：《鲁迅作品论集》，人民文学出版社 1984 年版。
18. 鲁迅博物馆鲁迅研究室编：《鲁迅年谱》（第1—4 卷），人民文学出版社 1984 年版。
19. ［丹］勃兰兑斯：《十九世纪文学主流》（第四分册 英国的自然主义），张式谷、江枫、徐自谋译，人民文学出版社 1984 年版。
20. 冯雪峰：《雪峰文集》（卷四），人民文学出版社 1985 年版。
21. 勃兰兑斯：《尼采》，安延明译，工人出版社 1985 年版。
22. 中国社会科学院文学研究所鲁迅研究室编：《1913—1983 鲁迅研究学术论著资料汇编》第 1 册，中国文化出版公司 1985 年版。
23. 薛绥之：《鲁迅生平史料汇编》（第五辑 上、下册），天津人民出版社 1986 年版。
24. 中国社会科学院文学研究所鲁迅研究室编：《1913—1983 鲁迅研究学术论著资料汇编》第 2 册，中国文化出版公司 1986 年版。
25. 范伯群、曾华鹏：《鲁迅小说新论》，人民文学出版社 1986 年版。
26. 朱正：《鲁迅回忆录正误》，人民文学出版社 1986 版。
27. 王富仁：《中国反封建革命的一面镜子：〈呐喊〉〈彷徨〉综论》，北京师范大学出版社 1986 年版。
28. ［日］竹内好：《鲁迅》，李心峰译，浙江文艺出版社 1986 年版。
29. ［丹］勃兰兑斯：《十九世纪文学主流》（第三分册 法国的反动），张道真译，人民文学出版社 1986 年版。
30. ［丹］勃兰兑斯：《十九世纪文学主流》（第六分册 青年德意志），高中甫译，人民文学出版社 1986 年版。
31. ［德］姚斯等：《接受美学与接受理论》，周宁、金元浦译，辽宁人民出版社 1987 年版。
32. 中国社会科学院文学研究所鲁迅研究室编：《1913—1983 鲁迅研究学术论著资料汇编》第 3—4 册，中国文化出版公司 1987 年版。

33. ［奥］F. A. 冯·哈耶克：《个人主义和经济秩序》，贾湛、文跃然等译，北京经济学院出版社 1989 年版。
34. 中国社会科学院文学研究所鲁迅研究室编：《1913—1983 鲁迅研究学术论著资料汇编》第 5 册，中国文化出版公司 1989 年版。
35. 冯光廉：《鲁迅小说研究》，天津人民出版社 1989 年版。
36. 中国社会科学院文学研究所鲁迅研究室编：《1913—1983 鲁迅研究学术论著资料汇编》索引分册，中国文化出版公司 1990 年版。
37. ［德］尼采：《苏鲁支语录》，徐梵澄译，商务印书馆 1992 年版。
38. 乐黛云主编：《当代英语世界鲁迅研究》，江西人民出版社 1993 年版。
39. 钱理群：《丰富的痛苦——堂吉诃德和哈姆雷特的东移》，时代文艺出版社 1993 年版。
40. 高晨阳：《阮籍评传》，南京大学出版社 1994 年版。
41. 瞿秋白：《饿乡纪程》，太白文艺出版社 1995 年版。
42. 杨义：《中国古典小说史论》，中国社会科学出版社 1995 年版。
43. 朱立元：《当代西方文艺理论教程》，华东师范大学出版社 1997 年版。
44. 刘大杰：《魏晋思想论》，上海古籍出版社 1998 年版。
45. 王吉鹏、李春林：《鲁迅世界性的探寻——鲁迅与外国文化比较研究史》，辽宁人民出版社 1999 年版。
46. 叶世祥：《鲁迅小说的形式意义》，作家出版社 1999 年版。
47. 王乾坤：《鲁迅的生命哲学》，人民文学出版社 1999 年版。
48. 陈方竞：《鲁迅与浙东文化》，吉林大学出版社 1999 年版。
49. 李泽厚、刘刚纪：《中国美学史》（魏晋南北朝编 上），安徽文艺出版社 1999 年版。
50. 解志熙：《生的执著》，人民文学出版社 1999 年版。
51. 林非：《鲁迅和中国文化》，学苑出版社 2000 年版。
52. ［日］伊藤虎丸：《鲁迅与日本人——亚洲的近代与“个”的思想》，李冬木译，河北教育出版社 2000 年版。
53. ［英］史蒂文·卢克斯：《个人主义》，闫克文译，江苏人民出版社 2001 年版。

54. 王晓明：《无法直面的人生——鲁迅传》，上海文艺出版社 2001 年版。
55. 张杰：《鲁迅：域外的接近与接受》，福建教育出版社 2001 年版。
56. 顾蕴璞：《莱蒙托夫》，华夏出版社 2002 年版。
57. 王富仁：《中国文化的守夜人——鲁迅》，人民文学出版社 2002 年版。
58. 周作人：《鲁迅小说中的人物》，河北教育出版社 2002 年版。
59. 张梦阳：《中国鲁迅学通史》（宏观反思卷），广州教育出版社 2002 年版。
60. 钱理群：《与鲁迅相遇》，三联书店 2003 年版。
61. 吴传来、黄蔡龙、鲍世济：《越中传说》，台海出版社 2003 年版。
62. 李长之：《鲁迅批判》，北京出版社 2003 年版。
63. 张芸：《别求新声于异邦——鲁迅与西方文化》，中国社会科学出版社 2004 年版。
64. 张铁夫：《普希金的生活与创作》，中国社会科学出版社 2004 年版。
65. ［日］丸山升：《鲁迅·革命·历史》，王文俊译，北京大学出版社 2005 年版。
66. 陈方竞：《陈方竞自选集》（上、下），汕头大学出版社 2005 年版。
67. 郑家建：《历史向自由的诗意敞开》，上海三联书店 2005 年版。
68. ［日］伊藤虎丸：《鲁迅、创造社与日本文学——中日近现代比较文学初探》，孙猛等译，北京大学出版社 2005 年版。
69. ［日］竹内好：《近代的超克》，李冬木、赵京华、孙歌译，三联书店 2005 年版。
70. 肖振明：《鲁迅评点古今人物》，福建教育出版社 2006 年版。
71. 李城希：《鲁迅与中国传统文化》，云南人民出版社 2006 年版。
72. 王富仁：《中国鲁迅研究的历史与现状》，福建教育出版社 2006 年版。
73. ［日］丸尾常喜：《“人”与“鬼”的纠葛——鲁迅小说论析》，秦弓译，人民文学出版社 2006 年版。
74. 汪卫东：《鲁迅前期文本中的“个人”观念》，人民文学出版社 2006 年版。

75. 童强：《嵇康评传》，南京大学出版社 2006 年版。
76. ［德］马克斯·韦伯：《新教伦理与资本主义精神》，于晓、陈维纲译，陕西师范大学出版社 2006 年版。
77. 王宏志：《鲁迅与“左联”》，新星出版社 2006 年版。
78. 乐黛云、王向远：《比较文学研究》，福建人民出版社 2006 年版。
79. 李伟江：《鲁迅粤港时期史实考述》，岳麓书社 2007 年版。
80. 郜元宝：《鲁迅六讲》，北京大学出版社 2007 年版。
81. 徐昭武主编：《追寻鲁迅在南京》，中国画报出版社 2007 年版。
82. 朱正：《一个人的呐喊》，十月文艺出版社 2007 年版。
83. 孙玉石：《野草研究》，北京大学出版社 2007 年版。
84. ［德］尼采：《不合时宜的沉思》，李秋零译，华东师范大学出版社 2007 年版。
85. 中共中央马克思恩格斯列宁斯大林著作编译局编译：《马克思恩格斯全集》（第 1 卷上），人民出版社 2008 年版。
86. 顾琅川：《周氏兄弟与浙东文化》，人民出版社 2008 年版。
87. ［日］伊藤虎丸：《鲁迅与终末论》，李冬木译，三联书店 2008 年版。
88. 刘青汉：《跨文化鲁迅论略》，人民出版社 2008 年版。
89. 汪晖：《反抗绝望》，三联书店 2008 年版。
90. 宋志坚：《鲁迅根脉》（上、下），福建教育出版社 2008 年版。
91. ［英］艾伦·麦克法兰：《英国个人主义的起源》，管可秾译，商务印书馆 2008 年版。
92. 霓墨炎、陈九英：《鲁迅与许广平》，上海书店出版社 2009 年版。
93. 高远东：《现代如何“拿来”》，复旦大学出版社 2009 年版。
94. 何浩：《价值的中间物》，北京大学出版社 2009 年版。
95. 王家平：《鲁迅域外百年传播史：1909—2008》，北京大学出版社 2009 年版。
96. 顾钧：《鲁迅翻译研究》，福建教育出版社 2009 年版。
97. 李怡：《日本体验与中国现代文学的发生》，北京大学出版社 2009 年版。
98. ［捷克］丹尼尔·沙拉汉：《个人主义谱系》，储智勇译，吉林出版集团有限责任公司2009年版。
99. 许寿裳:《鲁迅传》，国际文化出版公司2010年版。
100. 朱正:《鲁迅的人脉》，东方出版中心2010年版。
101. 朱正:《鲁迅三兄弟》，复旦大学出版社2010年版。
102. [英]斯图亚特·霍尔、保罗·杜盖伊:《文化身份问题研究》，庞璃译，河南大学出版社2010年版。
103. [德]伽达默尔:《真理与方法》(阐释学I)，洪汉鼎译，商务印书馆2010年版。
104. 刘岳兵:《日本近代思想史》，世界知识出版社2010年版。
105. 曹禧修:《鲁迅小说诗学结构引论》，中国社会科学出版社2010年版。
106. 曹聚仁:《鲁迅年谱》，三联书店2011年版。
107. 张福贵:《"活着"的鲁迅》，社会科学文献出版社2010年版。
108. 何成洲:《跨学科视野下的文化身份认同》，北京大学出版社2011年版。
109. [日]田仲一成:《中国戏剧史》，布和译，北京大学出版社2011年版。
110. [澳]张钊贻:《鲁迅：中国"温和"的尼采》，北京大学出版社2011年版。
111. 刘再复:《鲁迅论》，中信出版社2011年版。
112. 周承良:《论鲁迅文学世界的个体思想呈现》，广东人民出版社2011年版。
113. 孙郁:《鲁迅忧思录》，中国人民大学出版社2012年版。

外文

1. Hsia, Tsi-an. *The Gate of Darkness: Studies on the Leftist Literary Movement in China.* University of Whashington press, Seattle and London, 1968.
2. Lee, Leo Ou-fan, ed. *Lu Xun and Legacy.* Berkeley: University California press, 1985.
3. Lin Yu-sheng. *The Crisis of Chinese Consciousness: Radical Antitraditionalism in the May Forth Era.* Madison: University of Wisconsin Press, 1979.
4. Liu, Lydia H. *Translingual practice: literature, national culture, and transla-*

ted modernity-Chian, 1900—1937. Stanford University press, 1995.

5. Levitas, Ruth. *the Concept of Utopia*, New York: Philip Allan, 1990.
6. Lyell, William A. *Lu Hsun's vision of reality*. University of California press, Berkeley and Los Angeles, 1976.
7. Karl Mannheim, *Ideology and Utopia*. China social sciences publishing house, 1999.
8. More, Thomas. *Utopia*. Beijing: Foreign Language Teaching And Research Press, 1998.
9. Pusey, James Reeve. *Lu Xun and Evolution*. State University of New York Press, 1998.
10. Lukes, Steven: *Individualism*. the ECPR Press, 2006.
11. 竹内好撰『魯迅』、世界評論社、1948 年。
12. 增田涉著『魯迅の印象』、角川書店、1970 年。
13. 伊藤虎丸著『魯迅と日本人』、朝日新聞社、1983 年。
14. 伊藤虎丸［ほか］編『近代文学における中国と日本』、汲古書院、1986 年。
15. 伊藤虎丸著『近代の精神と中国現代文学』、汲古書院、2007 年。
16. 工藤貴正著『魯迅と西洋近代文芸思潮』、汲古書院、2008 年。

四、期刊论文

中文

1. 郭沫若:《鲁迅与庄子》，载《中苏文艺》1941 年 4 月 20 日第 8 卷第 3、4 期合刊。
2. 傅斯年:《读鲁迅〈会稽禹庙窆石考〉》，载《辽宁师范大学学报》（哲学社会科学版）1979 年第 2 期。
3. 姜德明:《鲁迅与钱玄同》，载《新文学史料》1979 年第 3 期。
4. 钱理群:《鲁迅与进化论》，载《现代文学研究丛刊》1980 年第 2 期。
5. 文行:《阿 Q 精神胜利法是以道家思想为主体的释老思想的反映》，载《文艺理论研究》1980 年第 2 期。
6. 唐达晖、陆耀东:《论〈鸭的喜剧〉》，载《武汉大学学报》1983 年第 2 期。
7. 曾华鹏、范伯群：《论〈高老夫子〉》，载《扬州师范学院学报》（哲学社会科学版）1984 年第 2 期。
8. 高旭东：《拜伦的〈海盗〉与鲁迅的〈孤独者〉和〈铸剑〉》，载《湖北大学学报》（哲学社会科学版）1985 年第 6 期。
9. 王富仁：《从"兴业"到"立人"》，载《中国社会科学》1987 年第 2 期。
10. 徐小蛮：《鲁迅辑校古籍手稿及其研究价值》，载《鲁迅研究动态》1987 年第 7 期。
11. 程致中：《〈孤独者〉与〈工人绥惠略夫〉比较论》，载《中国文学研究》1989 年第 3 期。
12. 李春林：《鲁迅与外国文化总体比较研究概述 1986—1988.6》，载《鲁迅研究月刊》1989 年第 4 期。
13. 陆小秋：《目连戏四题》，载《文艺研究》1990 年第 5 期。
14. 李怡：《存在的哲学：对现实生命的残酷背弃》，载《聊城师范学院学报》1991 年第 1 期。
15. 叶之文：《鲁迅小说〈采薇〉的深层意蕴》，载《温州师院学报》1991 年第 4 期。
16. 郭熹微：《从竹林七贤看魏晋之际名士的政治心态》，载《文史哲》1992 年第 1 期。
17. 林毓生：《论鲁迅个人主义的性质与含义——兼论"国民性"问题》，载《二十一世纪》（香港）1992 年第 8 期。
18. 马利安·高利克、伯拉第斯拉瓦著，丁松译：《鲁迅的长明灯与 V. M. 迦尔洵红花两部短篇小说的文学比较观》，载《鲁迅研究月刊》1993 年第 5 期。
19. 薛若邻：《目连戏的思想内涵和民俗特征》，载《文艺研究》1994 年第 5 期。
20. 薛毅、钱理群：《〈孤独者〉细读》，载《鲁迅研究月刊》1994 年第 7 期。
21. 璩存锋、杨洪勋：《卫婆"作伐"善女"不善"》，载《山东师范大学学报》（哲学社会科学版）1995 年第 6 期。

22. 曹顺庆：《文论失语症与文化病态》，载《文艺争鸣》1996 年第 3 期。
23. 贺来：《乌托邦精神：人与哲学的根本精神》，载《学术月刊》，1997 年第 9 期。
24. 周海波：《英雄的无奈和无奈的英雄》，载《鲁迅研究月刊》1998 年第 12 期。
25. 高远东，《论鲁迅与墨子的思想联系》，载《现代文学研究丛刊》1999 年第 2 期。
26. 梁伟锋：《〈在酒楼上〉新解》，载《鲁迅研究月刊》1999 年第 4 期。
27. 钱理群：《〈鲁迅小说的形式意义〉序》，载《鲁迅研究月刊》1999 年第 7 期。
28. 陈岸瑛：《关于"乌托邦"内涵及概念演变的考证》，载《北京大学学报》2000 年第 1 期。
29. 尹康生：《鲁迅与魏晋》，载《鲁迅研究月刊》2000 年第 2 期。
30. 王晓毅：《"竹林七贤"考》，载《历史研究》2001 年第 5 期。
31. 梁展：《个人意志的发展与虚无主义的起源》，载《鲁迅研究月刊》2001 年第 11 期。
32. 闫德亮：《论后羿射日神话的产生与演变》，载《中州学刊》2002 年第 3 期。
33. 李可亭：《钱玄同与"五四"后新文化阵营的几次论争》，载《河南师范大学学报》2002 年第 5 期。
34. 钱理群：《十年沉默的鲁迅》，载《浙江社会科学》2003 年第 1 期。
35. 谢世洋：《是"兄弟情"之哀还是"国民性"之哀?》，载《南昌大学学报》2003 年第 2 期。
36. 熊明：《刘向〈列士传〉异文辑校》，载《文献》2003 年第 2 期。
37. 田刚：《〈庄子〉与鲁迅的早期思想》，载《鲁迅研究月刊》2003 年第 4 期。
38. 胡德才：《〈兔和猫〉在鲁迅创作中的意义》，载《鲁迅研究月刊》2004 年第 2 期。
39. 史志谨：《〈铸剑〉与鲁迅的侠义观和讽刺艺术》，载《社会科学论坛》2004 年第 4 期。
40. 汪卫东：《“个人”、“精神”与“意力”：〈文化偏至论〉中的“个人”观念的梳理》，载《鲁迅研究月刊》2004 年第 5 期。
41. 高旭东：《论鲁迅与屈原的深层精神联系》，载《鲁迅研究月刊》2004 年第 6 期。
42. 汪卫东：《鲁迅的又一个“原点”》，载《文学评论》2005 年第 1 期。
43. 梁伟峰：《“无词的言语”——试论兄弟失和后鲁迅的焦虑和抑郁精神状态》，载《徐州师范大学学报》（哲学社会科学版）2005 年第 5 期。
44. 李亮：《鲁迅与〈会稽郡故书杂集〉》，载《鲁迅研究月刊》2006 年第 1 期。
45. 何立波：《鲁迅与周作人失和始末》，载《文史天地》2006 年第 3 期。
46. 黄震云：《〈越绝书〉、〈吴越春秋〉大禹治水神话比较》，载《黄冈师范学院学报》2006 年第 4 期。
47. 刘家思：《绍兴目连戏原型与鲁迅的主体意识》，载《现代文学研究丛刊》2006 年第 5 期。
48. 王卫东：《“寂寞”、“内耀”、“白心”“信仰”与“人性”：〈破恶声论〉中的“个人”观念的梳理》，载《鲁迅研究月刊》2006 年第 6 期。
49. 刘春勇：《中国的脊梁》，载《中州学刊》2006 年第 6 期。
50. 蒋济永：《〈奔月〉的故事构造和意义生成》，载《现代文学研究丛刊》2007 年第 2 期。
51. 王定璋：《〈尚书〉所载的大禹》，载《天府新论》2007 年第 3 期。
52. 罗华：《文化重复困境中的反思——在〈狂人日记〉到〈长明灯〉之间》，载《文学评论》2007 年第 4 期。
53. 陈国恩：《论鲁迅启蒙主义观的转变——从〈祝福〉说起》，载《南京师范大学文学院学报》2007 年第 4 期。
54. 刘家思：《论绍兴目连戏对鲁迅审美意识的影响》，载《文学评论》2007 年第 4 期。

55. 陈绪石：《重论启蒙视野下的〈长明灯〉》，载《鲁迅研究月刊》2007 年第 11 期。
56. 汲安庆：《鲁迅的乌托邦情结》，载《江苏广播电视大学学报》2008 年第 4 期。
57. 张法：《中国现代性以来思想史上的五大观念》，载《学术月刊》2008 第 6 期。
58. 朱崇科：《“肥皂”隐喻的潜行与破解》，载《文艺争鸣》2008 年第 6 期。
59. 张隆溪：《乌托邦：世俗理念与中国传统》，载《山东社会科学》2008 年第 9 期。
60. 王利：《“兄弟怡怡”？一个幻觉》，载《名作欣赏》2008 年第 12 期。
61. 王晓初：《“沉默的鲁迅”及其意义》，载《文学评论》2010 年第 1 期。
62. 甘智钢：《奠定中国现代文学传统的文化密码》，载《河北学刊》2010 年第 2 期。
63. 王岩、邓伯军：《政治理性的学理透析与逻辑解读》，载《政治学研究》2010 年第 5 期。
64. 陈独秀、李大钊、瞿秋白：《新青年》第 1—11 卷，中国书店 2011 年版。
65. 曹振华：《从〈恒训〉看鲁迅故家的败落》，载《齐鲁学刊》2011 年第 1 期。
66. 蒋济永：《传奇故事的改写与现代小说的形成》，载《现代文学研究丛刊》2011 年第 3 期。
67. 王学谦：《鲁迅为何改写老子和孔子?》，载《文艺争鸣》2012 年第 5 期。
68. 吴敏：《晚年鲁迅与“周扬等人”》，载《现代文学研究丛刊》2012 年 11 期。

英文

1. Chinnery, J. D. *The Influence of Western Literature On Lu Xun's 'Diary of a Madman'* Bulletin of the school of Oriental and African Studies Vol 23,

Part 2 (1960).

2. Cheung, C [hui]. Y [ee]. *Lu Hsun and Nietzsche: Influence and Affinity after* 1927. Journal of Oriental Society of Australia 18/19 (1986/87).

3. Cheung, C [hui]. Y [ee]. *The Love of Decadent 'superman': A Rereading of Lu Xun's 'Regeret For the Past'*. Journal of the Oriental Society of Australia 30 (1999).

4. Lee, Mabel. *From Chuang-tzu to Nietzsche: On the Individualism of Lu Hsun.* Journal of Oriental Society of Australia 17 (1985).

5. Park, Min-woong. *On Lu Xun's Attitude Toward the masses.* Chinese Culture 39, 1 (1998).

后　记

本书是在博士论文的基础上修订而成，原来的题目《论中西文化之“个”在鲁迅小说中的流变》是为应对比较文学学科意识而设计。显然，这个题目不大适合做书名。现有幸得到广西师范大学文学院自治区级优势特色重点学科建设专项经费资助，才有了出版的可能，于是经过反复思考起了现在这个书名。在付梓出版之际，我也想起了研究鲁迅的一些往事。

我进入鲁迅研究时已经 37 岁，正好和鲁迅发表第一篇白话小说《狂人日记》时的年龄相同。此乃上天的安排，我明白这纯属巧合，但也分明警告我：一个近不惑之年的人，可不能为获得一个学位去玩文字游戏，或为逢迎时代抑或某人去做马屁文章。如果我不按照自己的意愿去表达内心的渴求，那是对我当初离开秦岭深山的否定，也是对自己良知的否定。我听说中国今天的知识分子被调侃，原因之一大概是知识分子的学术良知和社会责任感正在消泯。我能觉察到，知识分子天生就犹疑不定，这决定了他们的行动能力很差。由此，我决定要少说话多做事，这是对我自己过去常爱发牢骚的反思和校正，也是阅读鲁迅给我心灵震撼的结果。

鲁迅内心深处那种悲壮的抗争像铁锤一样敲打我的灵魂，时时把我曾经的生活再现出来。这些再现不仅仅是一己的情感和利益得失的回望，而是更加清楚地向我展现现实中人的被扭曲和无可奈何。这绝非个人能够超越。既然如此，它就昭示着我要作出作为人应有的努力：实现创造和更新的价值。我们不能悲观地认为，这个时代人人都不想创造。问题的症结可能是，一些外在的不是人本身的东西还在强加给我们。那么，我们目前要做的是如何尽可能地挣脱这些外在的东西，在现有的空间中尽最大努力获得人的主体性和独立性。

鲁迅的丰富和坦诚展示了他的伟大，对比了我的渺小。我像老黄牛，在鞭子的抽打下缓慢地往前挪，努力想接近鲁迅贡献给我们的那个复杂而真实的世界。虽然我告诫自己要认真地对待，但这毕竟是个难度很大的工作，即使我主观上这样要求，客观上也不一定能做得好。

生命不可逆转，即使过去憋足，也要真实面对。

回望过去五年多时间，我看到了很多人对我的支持和帮助。第一个要记住的是高旭东教授，他敞开了让我进入北京语言大学读博士的大门。我硕士毕业后考了七次博士，因各种各样的原因被拒，我在穷途末路中获得了这线生机。倘若2010年我得不到这个机会，恐怕这辈子都走不上我喜欢的学术道路了。第二个感激不尽的是周阅教授，她是我的授业导师。记得她第一次给我看论文时，连标点符号的错误都一一更正，她认真和严谨的治学精神深深地触动了我。斯世浮华，这种对学生负责的态度在高校里已经很少见了，我不得不由衷地感叹：跟她学习和聆听她的教诲是我一生的幸运。在三年读博期间，周老师不仅毫无保留地把她的治学方法和经验教给了我，还在生活上给了很多帮助和照顾，并使我从中受到诸多启发。她没有老师的架子，和每一个学生平等相处，在和我们相处的细节中散发出高洁的人格品质。第三个必须要感激的是钱理群先生。他和我素不相识，但我把我研究鲁迅的设想冒昧地发给他，他不仅认真地看了，还给我提出很中肯的修改意见，最终启发了我博士论文的切入角度。我给他写过五六封信，他每次都回复我，后来我知道他非常忙而且身体不好，这让我感到很过意不去。钱先生可能看到了我很多不足，但是他从不居高临下地批评我，最多也只在侧面提供一点点信息。这是钱先生对晚辈的鼓励和爱护！我会用心去体会钱先生的指导和教诲，并努力地反思自己，争取更大的进步。第四个要感谢的是李玲教授。读博期间，她和我就鲁迅的一些问题进行了比较激烈的讨论。她并不介怀，还不时地通过导师周阅把她的意见和鲁迅研究的前沿信息转达给我，可见她为学为人的态度和精神。我在和她的交流中受到很多启发，从而使本书在总体构思和逻辑上更加合理。在此要诚挚地感谢李玲老师的关怀和启迪，同时对她包容学生的宽广胸怀表示钦佩。

我在秦岭深山教书时，结识了好朋友刘培海、任振刚、付惠民和史明华，这么多年都一直在物质和精神上支持我，使愚笨而贫穷的我能够继续朝前走。在这个急剧变革的时代，我能遇到这些好朋友，能享受到这样的友谊，这不仅是感谢他们的问题，而是一笔让我终身受益的精神财富。

家人是我的坚强后盾。儿子还没出生的时候，我就离开了家。现在我还能隐约地看到：在长沙科教新村那套光线不太好的房子里，妻子挺着大肚子一个人艰难地从客厅蹒跚地走到卧室。孩子出生后头两年，我在家里的时间很少，是妻子和岳母承担了繁重的抚养任务。妻子不仅要赚钱供房贷，还要给儿子购买奶粉和生活用品及支撑家里的日常生活，可以想到她肩上的压力。岳母年迈，患有心脏病、类风湿和白内障，可是为了支持我读博士，她不辞劳苦地承担了家务和照顾孩子，同时还在经济上不时给我们援助，使我们家度过了那段艰难的日子。远在陕西农村的已经古稀的父母亲更是让我无颜面对，他们在山区的那个角落里默默地生活着，得不到我的照顾和帮助。我不知道何时才能报答他们含辛茹苦的养育之恩。

最后，要真诚感谢曾经的生活给我的馈赠，不管是主观还是非主观原因导致这些道路的曲折，它们都会更加有力地支撑我一直坚守自己的信仰：从鲁迅这样的人身上继承更多的精神能量，寻求人的主体性、独立性和创造性，完成一个普通人应有的社会价值。